国家哲学社会科学基金资助项目
宁波大学学术著作出版基金资助出版
浙江省高校人文社科重点研究基地(外国语言文学)资助出版

成长的风景

——当代美国成长小说研究

芮渝萍　范　谊　著

商务印书馆
创于1897 The Commercial Press

2012年·北京

图书在版编目(CIP)数据

成长的风景——当代美国成长小说研究/芮渝萍,范谊著.—北京:商务印书馆,2012
ISBN 978-7-100-09486-3

Ⅰ.①成… Ⅱ.①芮… ②范… Ⅲ.①小说研究—美国—现代
Ⅳ.①I712.074

中国版本图书馆CIP数据核字(2012)第226317号

成长的风景
——当代美国成长小说研究
芮渝萍　范谊　著

商务印书馆出版
(北京王府井大街36号　邮政编码100710)
商务印书馆发行
北京瑞古冠中印刷厂印刷
ISBN 978-7-100-09486-3

2012年10月第1版　开本880×1230　1/32
2012年10月北京第1次印刷　印张12⅞
定价:32.00元

目　录

序

20 世纪 90 年代初，我到美国印第安纳州的戈申学院(Goshen College)进修，研习美国文学，发现以青少年成长为主题的作品在美国文学中有突出的地位。回国后我把它作为一个文学现象加以系统研究，并以成长小说这一概念加以概括，先后发表了“美国文学中的成长小说”等系列论文①，2004 年出版了专著《美国成长小说研究》②，这是我国出版的第一部美国成长小说研究专著。

数年间，成长小说研究已经成为我国文学界的一个热门话题。不仅中国文学界和外国文学界关于成长小说的研究成果迅速增多，国家有关部门和机构也高度关注这一文学研究新动向，并在 2005 年《国家哲学社会科学规划课题申报指南》中首次列入了“欧美成长小说研究”。2004—2007 年四年间，中国知网(CNKI)收录的关于成长小说的研究论文达到 549 篇(其中中国期刊全文数据

① 参见芮渝萍“美国文学中的成长小说”(《四川外国语学院学报》2000 年第 4 期)、“文化冲突视野下的成长与困惑——评波·马歇尔的《棕色姑娘，棕色砖房》”(《当代外国文学》2003 年第 2 期)、“成长小说：一种解读美国文学的新视点”(《宁波大学学报》2005 年第 1 期)、“英国小说中的成长主题”(《宁波大学学报》2004 年第 2 期)。

② 芮渝萍：《美国成长小说研究》，北京：中国社会科学出版社 2004 年版。

库收录461篇,优秀硕士学位论文数据库79篇,博士论文数据库8篇,重要会议数据库1篇),而2000—2003年四年间有144篇(其中期刊全文数据库收录130篇,优秀硕士论文数据库13篇,重要会议数据库1篇),1990—1999年十年间却只有56篇(其中期刊全文数据库收录55篇,重要会议数据库1篇)。国内成长小说研究的热度急升可见一斑。

成长,不仅是文学界高度重视的审美对象,也是大众媒体的显性话题。作为一个高度抽象的词汇,它在大众媒体的出现频率居然超过许多常见的生活话题。在百度搜索引擎的网页上键入关键词"成长"(2008年6月14日),共有63000000条记录,超过"金钱"(49000000条)、"生死"和"住房"(同为52000000条),甚至超过"工资"(57000000条)、"收入"(58800000条)和"就业"(59000000条)。① 由此可见成长在当下国人心目中的地位。究其深层次原因,恐怕不仅在于它迎合了"80后"、"90后"一代新人成长的热望和诉求,即所谓"青春写作",而且在于它暗合了改革开放三十年来我们民族在国家高速发展中感悟到的成长经历:成就与问题同在,喜悦与失望同生,自信与困惑同行。成长是我们这个时代个人的、群体的甚至民族的现实问题,载负着全社会的关注和期待。因而,成长已经成为我们这块辽阔土地上涵盖个人体验、代际认同和民族复兴的时代隐喻。这种认识成为我们持续研究成长小说的内在动力。

美国文学对青少年成长的关注由来已久,几乎与美国文学

① 出现频率超过"成长"的话题有"教育"、"娱乐"(同为100000000条)、"健康"(92000000条)、"发展"(82000000条)、"爱情"(79000000条)。

的历史一样久远。美国文学的一个显著特征就是它的青少年性:不仅青少年主人公占比重很高,对青少年成长过程的刻画也是一个非常普遍而且经久不衰的主题;青少年那种不稳定的、游戏的、敏感的,时而忧郁、时而感愤的心理,似乎就是美国文学的一个外化特征。然而,美国文学评论界对美国文学中的青少年成长问题的理论自觉和系统研究,还是20世纪40年代以后的事情。

20世纪四五十年代是美国成长小说研究的起步时期,重要研究成果有:弗莱伯格(Barton Friedberg)的专论《美国小说中的青少年崇拜》,汉森(Ihab Hassan)的《美国文学中的青少年观念》,约翰生(James Johnson)的《青少年英雄:当代小说的一个潮流》,基尔(Norman Kiell)的《小说中的青少年:心理分析》,马科斯(Mordecai Marcus)的《什么是成长小说?》等。费德莱尔在他的《美国小说中的爱情与死亡》和《好哈克,再回到木筏上来吧!》等原型批评论文中,也有很多有关成长小说的论述。当时的研究主要集中在对这个文学样式的界定和探源上。哪些作品属于成长小说?成长小说为什么会在美国如此流行?这些问题引起不少美国学者的关注,成为美国成长小说研究的第一个高峰期。

20世纪六七十年代,美国文学评论界对美国成长小说的理论兴趣开始转向分类研究、编撰专集。由于美国文学中以青少年为主人公的小说成千上万,它们或多或少涉及到青少年的成长问题,要按主题分类,严格区分每一部作品是一件十分困难的事情。因此,大多数文集采取简单的方式,把青少年文学作品按年代收集在一起,再作初步的分类。如威瑟姆(W. Tasker Witham)编撰的《美国小说中的青少年:1920—1960年》,德玛和贝克曼(Mary J.

DeMarr and Jane S. Bakerman)编撰的《60 年代以来美国小说中的青少年》。后一本书从1961—1982 年间出版的涉及青少年人物的4200 本小说中筛选出600 本小说,做了简略的介绍和归类,其中包括成长小说类。凯威尔(Joan F. Kaywell)主编的《青少年文学:对经典的补充》是一部青少年文学教学参考书,以成长小说为主。成长小说研究专集有科伊尔(William Coyle)编撰的《美国文学中的年轻人——成长主题》,其中收集了五篇关于青少年成长的论文,具有较大的参考价值,其余则是文学作品选集。

1983 年伊莉莎白·艾贝儿(Elizabeth Abel)等人编撰的文集《向内航行:女性发展小说》从女性主义的角度评论了美、英、德等国的一些女性作家的小说。她们把所选论文按年代分为三大部分:第一部分的论文研究19 世纪的几部女性成长小说,如英国作家夏绿蒂·勃朗特的《简·爱》①、《维莱特》和美国作家路易莎·梅·奥尔科特的《小妇人》;第二部分研究20 世纪的英美作品,包括《山狮》、《达洛维夫人》,以及多丽丝·莱辛的作品;第三部分的论文既有针对某部具体作品的研究,也有就某一文学现象的研究。前者包括对《社会中坚》、《莫德·玛莎》、《家庭纽带》的研究;后者有对女性叙事、女性心理、同性恋小说的研究。按照编者的观点,关于青少年成长的心理学、社会学或者教育学理论都有一个通病,就是常常在强调某个因素的时候忽略了其他因素;但文学,尤其是小说,反映了影响个人成长诸因素之间相互牵连的复杂关系。正是那种欲将这些相互牵连的因素讲述出来的欲望,催生出一种独

① 本书中所列的外国文学作品的英文书名参见本书附录中“作品名称中英文对照”,正文中只列出中文译名,下同。

特的小说类别——成长小说。[①] 文集的作者们希望通过这些研究，勾画出女性成长小说的基本范式。

1985 年怀特（Barbara White）出版了《女性成长——美国小说中的女性青少年》。1986 年达西梅尔（Katherine Dalsimer）的专著《女性青少年——对文学的心理分析》由耶鲁大学出版。这本书选择了主人公分别属于五个年龄阶段的文学作品，从心理学的角度评价了文学作品对青少年成长过程的艺术再现，其中作品引文较多，分析比较简略。

1991 年德国人加布瑞尔·维特克（Gabriele Wittke）出版了著作《美国小说中的女性成长》。该书实际上是作者的论文集，以单篇作品分析为主，加上一章对 18 至 19 世纪美国文学作品中女性人物的分析评论，没有对美国成长小说这一独特的文学样式进行整体研究。

1991 年詹姆士·哈丁（James Hardin）编辑出版《反思与行动：成长小说论文集》，收录了 17 篇论文，讨论了歌德等德国作家的小说。编者指出，在 18 世纪后半叶，德国出现了一种小说样式，它通常带有自传性，有时甚至难以归为小说，它主要关注主人公的精神和心理成长，后来被称为成长小说。他指出，这类小说是德国小说中最重要的类型之一。而且，最伟大的德国小说均属于这个类别的作品。[②] 由于学者们对 Bildung 这一术语的解释不尽相同，作者

① 参见 Elizabeth Abel, Marianne Hirsch and Elizabeth Langland (ed.), *The Voyage In: Fictions of Female Development*, Hanover: University Press of New England, 1983, p. 5。

② 参见 James Hardin (ed.), *Reflection and Action: Essays on the Bildungsroman*, Columbia: University of South Carolina Press, 1991, p. ix。

花了较多的笔墨来追溯词源及词义。无论从他追根溯源的努力，还是观察现实生活中的实例，都可以得出一个结论：一个词的基本意义虽然相对来说是比较稳定的，但绝不是静止不变的。随着历史的变迁和“成长小说”创作的推陈出新，这个术语的内涵和指代对象也在不断扩大，变得更加丰富。可以想象，如果所有成长小说都是一个模样，那么读者很快就会厌倦这类小说。哈丁指出了一个有趣的问题：成长小说在各个国家是有所不同的，也就是说，各个国家独特的文化和社会环境决定了其成长小说具有的民族性和本国特色。

巴赫金的《小说理论》专章论述了“教育小说及其在现实主义历史中的意义”。根据其定义和描述，所谓教育小说也就是成长小说。他认为，按照主要人物形象的构建原则进行分类，可以把小说分为漫游小说、考验小说、传记小说和教育小说等。并且认为，小说的一切要素都是彼此互为制约的，“某种构建主人公的原则总与一定的情节类型、对世界的一定见解，与长篇小说的一定的布局结构相联系”。[①] 巴赫金以一种生态系统观的视角，提出小说的一切要素是相互制约、相互关联的。这为我们研究成长小说提供了有价值的观察方式。

2004 年艾莉西亚·奥塔诺(Alicia Otano)出版专著《讲述历史：美国亚裔成长小说中的儿童视角》。第一章从理论的角度探讨了英语文学中的儿童视角问题，后面五章则结合实际，通过五部小说中的对话和独白，进一步论述了儿童和成人双重视角在四部小说

① 巴赫金：《小说理论》，白春仁、晓何译，石家庄：河北教育出版社 1998 年版，第 215 页。

中的呈现方式及其意义。所选的小说文本是《记忆中的鬼兄弟》、《中国男孩》、《布鲁的麻烦》、《彩虹女神哭泣的时候》、《众神的气味》。在该专著的文献综述中,作者把视角转向英语文学中的儿童视角问题,指出现有的论著中,论述较多的是文学中的儿童或童年主题,如讨论童年为何如此频繁地出现在文学作品中,以及它的意义等,而从写作技巧上探讨儿童视角的论著不多。具体说,对语气、意识形态、叙事声音的地位及读者构建叙事者形象的复杂过程的探究较少。作者还简要介绍了她所参考的关于视角和声音方面的理论著述,认为卢梭和弗洛伊德对童年的认识极大地影响了世人,而马克·吐温的《哈克贝利·芬历险记》、亨利·詹姆士的《梅西知道多少》、詹姆斯·乔伊斯的《一个青年艺术家的画像》、弗吉尼亚·沃尔夫的《海浪》等小说在儿童对话和儿童心理方面的刻画,则对文学创作产生了很大的影响。她指出,儿童声音的真实感离不开对儿童观察力缺陷、认知缺陷和有限表达手段的反映。因此,研究儿童的声音和视角不应该忽略小说中多层次叙事的存在。她强调"是作者的一系列选择让叙事者拥有了一个孩子所具有的独特的意识。这些选择在作品中是有所反映的,也能通过分析那些传达儿童声音和视野的语言来对此进行研究"。[①]

一些学者还主编了专集,方便读者集中阅读这一类别的文学作品。但编选的方式往往比较简单,大都以简介加读本为主。简介又分为两种:一种介绍所收文本的故事梗概,另一种以原型批评的理念进行主题归类,然后对每一主题进行简介。对成长小说进

① Alicia Otano, *Speaking the Past: Child Perspective in the Asian American Bildungsroman*, Münster: Lit Verlag Münster. 2004, p. 16.

行深入研究的专著，相比其他一些类别的小说而言，还是不够丰富。对美国成长小说的整体发展进程进行系统研究的著作几乎没有。科纳特在他的论文中也指出了这个问题①。

在我国，"成长小说"作为文学作品的分类术语，20 世纪 90 年代后才开始频繁出现，而在我国外国文学评论界出现的时间更晚一些。国内的许多美国文学史、外国文学史、工具书和教科书，均没有"成长小说"这一词条，更没有"美国成长小说"的词条。相对来说，德国的同类小说"教育小说"较早被介绍进国内。冯至先生 1943 年与人合译了《维廉·麦斯特的学习时代》。特别值得指出的是，冯先生为这部小说写的译本序介绍了教育小说在德国出现的历史背景和它在德国文学中的地位。他指出：

> 德国有一大部分长篇小说，尤其是十七世纪到十九世纪这三百年内的代表作品，在文学史上有一个特殊的名称：修养小说或发展小说。它们不像英国的和法国的小说那样，描绘出一幅广大的社会图像，或是单纯的故事叙述，而多半是表达一个人在内心的发展与外界的遭遇中间所演化出来的历史。这里所说的修养，自然是这个字广泛的意义，即个人和社会的关系，外边的社会怎样阻碍了或助长了个人的发展。……作者尽量把自己在生活中的体验和观察写在这类小说里，读者从这里边所能得到的，一部分好像是作者本人的经历，一部分是作者的理想。在德国，从十七世纪的格里美豪森到十九世

① Kirk Curnutt, "Teenage Wasteland: Coming-of-age Novels in the 1980s and 1990s", *Critique*, Vol. 143(1), 2001.

纪中叶，几乎每个第一流的小说家都写过一部或两部这类的长篇小说。其中，歌德的《维廉·麦斯特的学习时代》是最突出的一个榜样。①

1999年，国内有三项关于“成长小说”的重要研究成果发表。王守仁、吴新云在其专著中把《看不见的人》、《褐色姑娘、褐色楼房》和《所罗门之歌》等黑人小说称之为“教育小说或成长小说”②。张德明发表文章“《哈克贝利·芬历险记》与成人仪式”，在其英文摘要中把这部小说归入Bildungsromans，文中称之为“成长小说”③。杨武能教授发表文章“《威廉·迈斯特的学习时代》：逃避庸俗”，文中专门讨论了德国的Bildungsroman，建议译为“教育”、“修养”或“发展”小说④。芮渝萍2000年发表文章“美国文学中的成长小说”，通过讨论几位美国学者对“Initiation story”这一术语的定义，建议把它译为“成长小说”。2001年，谷裕发表文章“试论诺瓦利斯小说的宗教特征”⑤，把德国作家诺瓦利斯的《海因里希·冯·奥夫特丁根》和歌德的《威廉·迈斯特的学习时代》称作“教育发展小说”，指出这是“德语文学中一种特殊的小说形式，成熟于18

① 冯至：“译本序”，见歌德：《维廉·麦斯特的学习时代》，冯至、姚可昆译，北京：人民文学出版社1988年版。

② 王守仁、吴新云：《性别、种族、文化——托妮·莫里森与二十世纪美国黑人文学》，北京：北京大学出版社1999年版，第15页。

③ 张德明：“《哈克贝利·芬历险记》与成人仪式”，《浙江大学学报》1999年第8期。

④ 杨武能：“《威廉·迈斯特的学习时代》：逃避庸俗”，《外国文学研究》1999年第2期。

⑤ 谷裕：“试论诺瓦利斯小说的宗教特征”，《外国文学评论》2001年第2期。

世纪后半叶，贯穿 19 世纪并一脉相承直至当代德语文学，构成了二百年来德语小说的精华”。

国内较早发表的相关文章还有陶洁的“成长之艰难——小议福克纳的《坟墓的闯入者》”[①]，作者从儿童成长的角度解读了福克纳这部小说的寓意。孙胜忠的“成长的悖论：觉醒与困惑——美国成长小说及其文化解读”，文章选取了几部颇有代表性的作品，在文本分析的基础上，一方面探讨了美国的民族心态和文化，另一方面介绍了成长小说情节的发展模式：天真—顿悟—幻灭—觉醒的困惑。[②] 近年来，成长小说研究不断升温，尽管专著不多，相关论文却目不暇接。

2005 年，我在出版《美国成长小说研究》的基础上，申报了国家哲学社会科学规划课题“当代美国成长小说研究”，并获得立项批准。当时的主要考虑是，《美国成长小说研究》作为我国第一部研究美国成长小说的学术著作，主要还是基础性和描写性的。它的重点是介绍、分析成长小说这一小说类型的基本特征、分类理据、历史渊源、发展沿革和重要作品，力图向读者展示美国成长小说的基本面貌和发展脉络。它的文本依据主要还是美国文学史上的经典作品，尤其是二战以前的作品，当代作品涉及较少。因此，很需要了解和研究当代美国成长小说的新发展和新变化，也需要开拓成长小说研究的新视角。

本课题以 20 世纪 50 年代以后出版的美国成长小说，尤其是获

① 陶洁：“成长之艰难——小议福克纳的《坟墓的闯入者》”，见虞建华主编：《英美文学研究论丛》第一辑，上海：上海外语教育出版社 2000 年版。

② 孙胜忠：“成长的悖论：觉醒与困惑——美国成长小说及其文化解读”，见虞建华主编：《英美文学研究论丛》第三辑，上海：上海外语教育出版社 2002 年版。

奖作品和社会影响较大的作品为研究对象。以此划分的理由有两个:其一是文学界对美国当代文学的起点一般是把第二次世界大战结束作为现当代文学的分水岭。其二是50年代初塞林格发表《麦田里的守望者》(1951年),在美国文坛和社会上引起轰动,成为青少年文学发展的一个新界标。虽然这部小说一度遭禁,后来却被奉为经典,成为美国大、中学校广泛推荐的青少年读物,影响了不少后来的青少年文学作家和作品。

文学研究应该以什么为重点?长期以来,一直存在各种不同的观点。英国作家兼评论家爱·摩·福斯特把小说切分为故事、人物、情节、幻想、预言、图式与节奏等几大元素,由此展开对小说的评论。[①] 美国新批评派的主将韦勒克和沃伦说:"倘若研究者只是想当然地把文学单纯当作生活的一面镜子,生活的一种翻版,或把文学当作一种社会文献,这类研究似乎就没有什么价值。只有当我们了解所研究的小说家的艺术手法,并且能够具体地而不是空泛地说明作品中的生活画面与其所反映的社会现实是什么关系,这样的研究才有意义。"[②]加拿大文学理论家弗莱认为,文学批评应该以发展真正的诗学为目的,"必须识别并摒弃毫无意义的批评,即不再以一种无助于建立系统的知识体系的方式去谈论文学"。他反对那些杂感式评论、意识形态的高谈阔论,反对吹捧"最杰出"作家的评论和一切轻率的、感情用事的和抱有偏见的评价。[③]

---

① 参见爱·摩·福斯特:《小说面面观》,苏炳文译,广州:花城出版社1984年版。

② 韦勒克、沃伦:《文学理论》,刘象愚等译,北京:生活·读书·新知三联书店1984年版,第104页。

③ 诺思罗普·弗莱:《批评的解剖》,陈慧等译,天津:百花文艺出版社2006年版,第25页。

他自己则对文学传统中的常规、文类、反复出现的意象或意象群等他称之为“原型”的东西感兴趣。希利斯·米勒认为，自1979年以来，文学研究的重心已经从文学“内在的”修辞学研究转向了“外在的”关系研究，并且开始研究文学在心理学、历史学或社会学语境中的位置。他同意德曼的说法，认为在未来的几年里，文学批评的任务将会是调和文学的修辞研究与颇具吸引力的文学的外部研究之间的矛盾。①

我们认为，对当代成长小说的研究既应该有文内研究，研究这一文类特殊的内在结构和艺术肌理；也应该有文外研究，从宏观上理解它们在社会、文化、历史和个人生活中的作用。毕竟，文学的主要动力源自对社会生活的体验，其目的也是为了对社会产生影响。对文本内在肌理的认识，从微观上看，是探讨文本内在组成成分之间的互动及功效；从宏观上看，则是检视其发挥社会影响的内在因素和机制。这是促进创作水平提升的基础。具体到成长小说研究，我们首先意识到成长不是一个空洞的口号。成长的内涵是什么？当代美国成长小说又是怎样表达这些内涵的？青少年成长作为一个文学审美对象具有哪些表现形式和价值？当代美国成长小说有哪些突出特征和发展？有哪些作品脱颖而出，受到广泛好评？而后一个问题，还涉及经典的判断问题，也涉及文学批评的精髓，即艺术性的具体内涵和读者接受问题。

本书研究内容包括：当代美国成长小说的基本面貌，重要作家和作品；当代美国成长小说的思想主题；当代美国成长小说的道德

① J.希利斯·米勒：《重申解构主义》，郭英剑等译，北京：中国社会科学出版社1998年版，第216—219页。

取向，尤其是对美国文学和文化传统的继承与扬弃；当代美国成长小说与美国当代社会思潮的关系，重点讨论当代美国成长小说中的性别、身份和政治意识；成长小说与青少年认知发展的关系；当代美国成长小说的艺术特征，如结构特征、话语特征和叙事特征；当代美国成长小说与青少年教育和社会化等问题。本课题努力在两个方面有所创建：在研究内容上，尽可能扩大范围，把 20 世纪 50 年代以后美国成长小说中较有影响的作品纳入本书的研究，①把成长从个人经历引向青少年群体，研究它的文学表达形式和审美意义。在文学形式研究上，将着重分析成长小说超越故事范畴的艺术成分，探寻所选作品对审美空间和表现手法的开拓和创新。

本书研究立足于较丰富的小说文本，从思想主题、伦理表达、身份意识、认知发展、叙事结构、叙事策略、青少年的社会化等方面展开研究。作为一种文类研究，认识成长小说的典型特征是研究的基本内容之一。美国学者丹尼尔·钱德勒在介绍类型理论时说："显然，一个人需要接触足够多的属于某一类型的案例后，才可能识别出那些能够反映这一类型特征的共同之处。"②当然，一种小说类型绝对不是一成不变的。新批评派的主将韦勒克和沃伦说："完全类似或重复的模式枯燥无味，完全陌生的形式难以理解，也难以想象。"③他们还认为，文学的类型问题不只是一个名称问题，

① 一些重要的当代成长小说，因为在 2004 年笔者出版的《美国成长小说研究》中已经有较详细的介绍或探讨，为避免重复，本书不再进一步讨论，如《最蓝的眼睛》、《秀拉》、《所罗门之歌》、《紫色》、《我知道笼中鸟为何歌唱》等。

② Daniel Chandler (1997), "An Introduction to Genre Theory", http://www.aber.ac.uk/media/Documents/intgenre/chandler_genre_theory.pdf

③ 韦勒克、沃伦：《文学理论》，第 256—269 页。

文学批评的一个特色似乎就是发现和传播一个派别，一种新的类型样式。他们指出，类型研究的明显价值之一是引起我们对文学内在发展的注意，亦即对“文学遗传学”的关注。他们认为，优秀的作家在一定程度上既遵守已有的类型，又在一定程度上超越、扩展它们。

对一个问题开展研究的方法和思路，构建起认识这个问题的理论框架。中国学者张荣翼说：人们看待事物都是内含理论或依靠理论的。[①] 如何运用理论，实际上不是采用一种现成的理论按图索骥，而是针对一个问题，从不同理论侧面对问题进行分析、梳理。我们在研究成长小说时，首先是找出成长小说作为一种文学类型所具有的共性。归纳共性的基础是对大量文本的解读与阐释。有了对共性的认识，才可能进一步把握每一文本的个性特征，即独特性，才能发现新的变化和发展。

对当代美国成长小说思想内容的总结和研究，主要集中在对作品反映的社会意识形态、流行主题、伦理价值观的解读上。文学表达的思想和观念源自特定的社会文化背景。在一个时代占重要地位的意识形态和价值观，必然影响这一时期的文学创作，并通过多种形式得以呈现。社会伦理是文学创作与批评永恒的主题之一。青少年文学批评尤其离不开对价值观的评价，对主题思想的评价。因此，我们把成长小说的主题分析和伦理批评作为成长小说研究的重要成分进行专门研究。

青春期还是一个人对自我身份——性别身份、族裔身份、社会身份、政治身份等逐渐敏感的时期，也是一个人越来越关心自我发

① 张荣翼：“文化批评：理论与方法”，《社会科学战线》2002 年第 3 期，第 96—100 页。

展，并有意识地建构自我形象和身份，渴望获得更多认同，渴望建立亲近的人际关系的时期。在美国，20 世纪 60 年代后，轰轰烈烈的民权运动和女性解放运动带动了一大批关于族裔身份和女性成长与发展的小说。社会对不同种族、性别的态度和期许、鼓励或约束、指令或暗示，必然在每个人的成长道路上留下印记，又通过他们的行为反映出来，影响着每一个人的自我认知和对自我身份的确立。大量的少数族裔文学和女性文学作品通过对人物心理成长或生活挫折的揭示，实现了对社会文化的剖析和批判，同时也实现了作家对社会文化的构建和参与。这样的作品数量之多，引起的反响之大，容不得我们忽视其存在和价值。因此，我们对认知发展和性别身份、文化身份等现实问题给予了专题研究。

我们对当代美国成长小说艺术层面的研究，主要集中在叙事和结构上。在叙事策略研究方面，重点探讨青少年认知发展作为成长小说叙事内在动力的运行机制，同时也对青少年视角、青少年话语、青少年心理等叙事策略展开研究。成长主题在一定程度上影响了作者的选材和对材料的组织，也在相当程度上决定了叙事内容、叙事话语和叙事方式。因此，成长小说的叙事策略成为我们探讨这种文类艺术特征的聚焦点。

研究小说的艺术性不可避免地要涉及其结构。小说的结构与内容之间的关系并不是任意组合，特定的内容必然影响其外化的形式。成长小说在捕捉和反映青少年成长事件和进行心理刻画时，大多从青少年的社会认知、自我认知、道德认知、情感认知、智慧认知和环境认知等方面来凸显青少年的成长过程。成长对每个人来说，都是一个漫长的、渐进的、伴随终身的过程，但每一部成长小说总得通过具体的细节和故事来反映成长主题，这种提炼本身就是作者对成长的理性认识的反映。越是优秀的作品,越能反映作者对个人成长理性认识的深度。相反,我们也发现一些比较平庸的小说,作者对成长事件的选择平淡而琐碎,缺乏精巧的提炼;人物的认知片面发展,内涵单调;人物心理描写比较肤浅。在这些作品中,文学的艺术提炼和感染力是不够的。本书重在提炼能够反映成长主题和成长小说特质的艺术成分,以构建起研究和认识成长小说的基本框架。

小说和其他任何媒体一样,其目的是面向读者,并对其发挥影响,其价值通过阅读得以实现,因此它的社会功能不容忽视。研究成长小说不仅有益于我们深入认识一种文类的形成,也有益于我们了解青少年成长心理,了解文学创作如何与读者产生互动。如果说,接受是儿童阶段的主要认知方式,反思则是青少年认知的重要特征。人生也因反思而富有生机和活力。随着年龄的增长和阅历的丰富,同化必然过渡到一定程度的反思,过渡到有选择的认同和扬弃。人的头脑从接受转向反思与同化,是青少年认知方式发展的普遍特征。青少年成长需要有丰富的、代表主流和各种边缘群体价值观的信息输入,以实现从量变到质变的飞跃。这种飞跃既是认知发展的过程,又是身份建构的过程。青少年时期成为许多文学作品的聚焦点,也是因为青少年生活在童年和成年两个世界之间。在这一阶段,青少年常常遭遇矛盾心理,徘徊在独立与依赖、自由与约束、梦想与现实、个人与社会、反叛与妥协、犹豫与抉择之间。这是一种心理上的"蚕茧"情结。人总是要长大,如同蛾总是要冲出茧的束缚和保护才能化蛹成蝶;但在某些时候,人们却希望自己能够退缩进"茧"的保护之中,躲避外面的风险和伤害。青少年只有在社会的磨砺中才会蜕去"茧",进入更加成熟的人生阶段。但变化的过程总是充满风险,变化的程度和方向还会影响一个人的未来和人生。从前人们普遍认为,幼年期发生的事对一个人今后的个性确立奠定了基石,早年的许多影响是不可改变的。现在人们认识到,青春期的经历对人生发展的影响同样重要。青春期的调整对个人未来的发展具有关键意义。这个认识已经导致心理学家和社会学家对青春期产生了新的研究兴趣。①

我在《美国成长小说研究》中写道:"我希望这是美国成长小说研究的一个新起点,而不是任何意义上的终结。"本课题就是对这一希望的自我践行。说实话,写这本书的压力远远大于前一本书。前一本书的写作动力源自于内在的发现感和研究冲动,时间上可以自己把握,基本上是十年磨一剑。而这本书的写作就没有那种从容和淡定的心境。不仅要尽量避免和前一本书在内容上的重复,还要收集、阅读大量新出版的当代作品。2007 年 5 月,以成长小说研究为重点,我们筹备主办了"青少年文学国际研讨会",会后要编辑出版论文集,因此时时感到时间的压力。好在我们组成了一个合作团队,大家同心同德,齐心协力,成功举办了国际研讨会,六个国家的 78 名专家学者参加了研讨会。会后经过四年编校,论文集《青少年成长的文学探索》终于在北京出版(外语教学与研究出版社 2011 年版)。为了高质量完成本课题研究,校院领导给予了充分支持,帮助我获得了 2008 年王宽诚教育基金的资助,使我有机会到美国威斯康辛大学密尔沃基分校开展专题研究,使本项研究获得了比较充分的学术资源。

① 关于对青春期重要性的认识参见 J. C. 考尔曼:《青春的本性》,杨高潮、杨新潮译,杭州:浙江人民出版社 1987 年版,第 1 页。

同时,国内同行也给予了很大的支持。我国著名外国文学专家、华中师范大学的聂珍钊教授对课题研究给予了持续的关心和指导,还组织了一支研究队伍参加了“青少年文学国际研讨会”。我国著名儿童文学研究专家、北京师范大学的王泉根教授也给予本课题很大的支持。他在《2004 中国儿童文学年鉴》(江苏少年儿童出版社 2007 年版)中,用大量篇幅详细介绍了我对成长小说的研究成果,并给予高度评价和鼓励。近年来,我还收到国内许多高校硕士生和博士生的来信,或是讨要资料,或是讨论问题,他们对成长小说的研究热情也是我持续这项专门研究的动力。他们的问题不断深化了我的思考,催我不断前行。

我还要特别感谢国家哲学社会科学研究规划办公室的专家和同志。正是他们的立项资助、中期检查、结题审查提供了一种鞭策力量,使我和课题组成员不敢有丝毫懈怠;他们的结题评语也进一步开阔了我们的视野。根据评阅专家的意见和建议,我们又花了三年的时间对著作进行反复修改、补充和完善,竭尽所能地努力工作,争取拿出高质量的研究成果,回报他们的关心和支持。我要特别感谢范谊教授在本课题设计研究上的意见建议和在全书修改统稿上的严谨态度,他撰写的第一章为全书奠定了一个良好的基础。我还要借此机会感谢香港“王宽诚教育基金会”(K. C. Wong Magna Fund in Ningbo University),他们的资助让我能够到美国开展为期半年的专题研究。我相信,有了这些具有远见卓识的人士和团体的关心、支持和参与,我国的成长小说研究和青少年文学研究将会得到不断深化和拓展。

芮渝萍

2011 年夏于宁波大学

第一章　当代美国成长小说概述

一个真正的学者，不能只为他自己思考或不着边际地思考；他只能扩展一种思想的有机整体，合乎逻辑地为自己或他人已经思考的东西增加一些相关的东西。

——弗莱《批评之路》

成长小说虽然在美国文学传统和欧洲文学传统中都有久远的历史，但是作为一种小说样式成为美国文学研究的独立对象，还是20世纪40年代以后的事情。推动这一研究形成的原因有三个方面：

一是第二次世界大战后美国文坛出现了悲观主义情绪。两次世界大战严重动摇了西方文明的自信和乐观，西方知识界和文学界普遍弥漫着一种怀疑和迷茫的心态，人类思想和行为的非理性主义催生了“垮掉的一代”、荒诞戏剧、黑色幽默等一系列所谓现代派和后现代派文学现象。这些作品在艺术观念和形式上表现得相当叛逆和前卫，在思想上他们自称是“没有目标的反叛者，没有口号的鼓动者，没有纲领的革命者”①。显然，这样的作品超越了青少

① 转引自秦小孟主编：《当代美国文学》（下册），上海：上海译文出版社1986年版，第2页。

年的认知，不适合青少年阅读。

第二方面的原因是战后的经济繁荣提高了全社会青少年的生活和教育水平。青少年童工现象大大减少，同时政府开始普及高中义务教育，延长了青少年的在学时间。这些变化在提高青少年生活水平的同时，也凸显了青少年教育的难度和紧迫性，美国社会出现了所谓“青年危机”，如青少年犯罪、儿童抚养和教育、单亲家庭、代沟问题等等。① 在文学界主流思想紊乱的背景下，迫切需要针对青少年思想成长和认知水平的文学作品。

第三方面的原因是，在以上两个方面的合力作用下，青少年文学作为一个独立的文学分类逐渐被出版界、学术界和消费市场所认可。儿童文学作品和青少年文学作品在书店的货架上开始出现分离现象：儿童文学向低龄化方向发展，主要以幼儿图画书、儿童诗歌、童话故事等为载体，以愉悦身心、丰富想象和道德隐喻为主要取向，读者定位一般在12岁以下。图书的普遍特点是有大量的配画，或者干脆以图画为主，文字为辅。相反，青少年文学却朝着成人化方向发展，主要的文学形式是小说，以文字为主，只有少量配画，甚至完全没有配画，读者定位在13岁至20岁之间，其小说主人公也多半是同龄青少年。青少年文学多数以现实社会为人物和情节的背景，故事在成人世界和儿童世界之间来回穿梭，它以帮助青少年读者体验生活、认知社会、了解自我为目的。与儿童读物相比，它在语言、情节、思想和情感上越来越丰富和复杂，幻想和超自然的成分越来越少，现实和理性的成分越来越多。它不回避现

---

① 参见丹尼尔·霍夫曼主编：《美国当代文学》（上），上海：中国文联出版公司1985年版，第34—35页。

实社会生活中的矛盾和困境,不再把读者看作是需要特殊保护的儿童,而是把他们看作是正在快速社会化的年轻人(the young adult)。他们需要的是社会真相,而不只是善意的谎言;是冷峻的思考,而不只是愉悦的温情。总之,厘清儿童文学和青少年文学的分野,有助于我们理解当代美国成长小说异军突起的时代背景和意义。

第一节　生活在两个世界之间的青少年

济慈曾经用一幢有许多房间的宅邸来描述人生不同阶段的心理特征:

> 我们首先迈步进去的那间房子叫做“幼年之室”或者“无思之室”,只要我们不会思维,我们就在那里呆下去。——我们会在那里呆很久,纵然第二间屋子的门是敞开的,显示出一片光亮,我们可不急于进去。但我们不知不觉地受到我们内在的思维能力的觉醒所驱使而前进。——我们一走进“初觉之室”的第二间屋子就将为那里的光线和空气所陶醉,到处都是使人愉快的新奇事情。但是呼吸了这种空气的后果之一,就是使人对人类的心灵和本性敏感起来,使我们觉得世界上充满悲惨、伤心、痛苦、疾病和压迫。这一来,“初觉之室”的光明就逐渐消失,同时它四周许多门敞开了——都是黑阒的,都导向黑暗的过道。我们看不到善恶的平衡,我们生活在迷雾

之中。①

济慈所说的第一间屋子“幼年之室”发生的故事，属于儿童文学的主要内容；而第二间屋子“初觉之室”发生的故事，就是成长小说讲述的故事。我们在这里变得敏感起来，因为我们的认知能力在这个阶段快速地发展起来，我们学会了对耳闻目睹的人物和事件进行体悟和思考。济慈相信人生的“第三室”将是幸福和慈祥的，那里“储藏着爱情的酒和友谊的面包”，但通向“酒和面包”的路途却充满坎坷，这段坎坷历程就是成长小说关注的重点。

用年龄段来标记人类个体生命的成长和发展是人类跨文化、跨种族、跨时代的普遍思维方式。但是把人的一生划分为几段，不同的历史时期，不同的社会生产形态和水平却有不同的划分方法。少年（儿童）、青年、老年的三分法就是农业社会的产物。

“青少年”在我国是一个现代汉语词汇。即便是在现代汉语中，它也还没有充分词化，仍带有明显的词组痕迹，是青年和少年的合成词。根据《辞源》，“青年”一词至少在唐朝就出现在文献中，有歌曰：“皎洁玉颜胜白雪，况乃青年对芳月”；“少年”一词出现的时间更早，在《史记》中就有记载。②而在《辞源》、1982 年版的《新华词典》（商务印书馆）、1979 年版的《现代汉语词典》（商务印书馆）中，都没有收入“青少年”这个词条。

同样，“青少年”一词在英语中出现的时间也要大大晚于“儿

① 转引自刘若端：《十九世纪英国诗人论诗》，北京：人民文学出版社 1984 年版，第 181—183 页。

② 《辞源》，北京：商务印书馆 2006 年版，第 3350、893 页。

童”和“青年”。“青少年”一词在英语中的对应词是 Adolescent（指人，意为“青少年”）和 Adolescence（指时间阶段，意为“青少年时期”），来源于拉丁词 Adolescere，意思是“长大成熟”。根据李华驹主编的《21 世纪大英汉词典》，这两个词出现在英语的具体时间大约是在 1475—1485 年之间。而 child/children（儿童）和 youth（青年）都是古英语就有的词汇，早在公元 900 年以前就出现在古英语中了。[①] 尽管 Adolescence 一词 15 世纪就出现在英语中，但美国学者西波德认为，直到 20 世纪后半叶，它才经过漫长的“成熟”期，确立了稳定的内涵并获得社会公认，被用来标记人生中的一段特殊时期。[②]

在传统的农业社会中，只有儿童与青年之分，没有青少年这个人生阶段。从出生到二至三岁是婴儿阶段（infancy），从 3 岁或 4 岁到 13 岁或 14 岁是儿童阶段（childhood），从 16 岁到 30 岁是青年阶段。[③] 传统的人生年龄段划分依据，是人生不同阶段在传统农业社会的生产和经济结构中的地位。在传统农业社会中，儿童长到 15 岁至 16 岁，不论是生理上还是社会角色上就基本算是成人了。女子可以出嫁，结婚生子；男子要担当农活或者出门学习手艺。因此“青年”在本质上是成人概念，它的年龄段可以一直跨到 30 岁左右。

“青少年”之所以在农业社会被忽视，在工业社会受到重视，其

① 李华驹主编：《21 世纪大英汉词典》，北京：中国人民大学出版社 2003 年版，第 39 页。

② Hans Sebald, *Adolescence: A Social Psychological Analysis* (3rd edition), Prentice-Hall, 1984, p. 2.

③ 参见《新华词典》和《现代汉语词典》。

原因在于工业社会要求的技能比农耕社会更加复杂，青少年需要接受更长时间的教育和培训。随着社会的发展，大范围的教育和培训不仅因经济实力的提升成为可能，也成为胜任未来工作之必需。与农业社会相比，工业社会的青少年在父母监管指导下成长的时间越来越少，与社会中其他人共处的时间越来越多。社会的发展对青少年的要求也越来越高，同伴竞争越来越激烈，青少年可能遇到的压力和挫折也呈上升趋势。因此，在工业社会，青少年的行为和成长问题成为不可忽视的社会问题。

在工业革命发展最早的英国，青少年问题早在 17 世纪就开始引起社会关注。美国的青少年问题则在 19 世纪后半叶开始上升。这个时期，美国工业快速发展，大量涌入的移民替代了一些以前被儿童和青少年占据的工作岗位，儿童变成一种经济上的负担和义务，有人将其描述为“只有感情价值，没有经济价值”①。1904 年美国成立了全国童工委员会（the National Child Labor Committee）以维护儿童权益。1918 年各个州都要求学生至少完成小学教育。1938 年第一次颁布联邦法律，明确了雇用劳工的最低年龄，以及童工最高工作时限。青少年越来越脱离成人世界，有了大量时间与同龄人一起度过。20 世纪初，对青少年问题的报道越来越多。“青少年”作为一个独立的、具有一定共性的社会群体开始引起社会的关注。20 世纪 40 年代已经有针对青少年群体的社会心理学论著。60 年代以后，研究青少年心理的论著已经形成较大规模。

美国文学中专门针对青少年读者创作的反映青少年心理和青

---

① 参见大卫·谢弗：《发展心理学——儿童与青少年》（第六版），邹泓等译，北京：中国轻工业出版社 2005 年版，第 10 页。

少年生活的小说也在这个时期繁荣起来。美国国家图书奖从 1969 年开始,增设了儿童文学奖,而当时所谓的“儿童文学奖”包括了青少年文学。1996 年又专门增设了青年图书奖,它的英文名称采用了一个比较含混的表达 young people's literature(年轻人的文学),让青少年文学从儿童文学中独立出来。1988 年美国图书馆协会和学校图书馆杂志共同创立了玛格丽特·爱德华兹奖,每年嘉奖一位为青少年文学作出卓越贡献的作家。1998 年艾利克斯奖成立(Alex Awards),奖励为 12 岁至 18 岁读者创作的佳作。2000 年迈克尔·普林兹奖成立(Micheal L. Printz Award),奖励优秀的青少年文学作品。这个现象表明,文学的分类越来越细,学界已经意识到青少年文学有必要与儿童文学区分。而美国最大的图书销售网“亚马逊书网”对青少年小说的读者对象做了更加细致的年龄区分,如《巴德,不是巴迪》适合于 9 岁及以上的读者阅读,《没有猪儿被宰杀的一天》适合 12 岁及以上的读者阅读等。

当今许多国家规定的初中到高中段义务教育期,也就是 13 岁到 19 岁青少年时期。这个年龄段的年轻人有很多共同的生理特征、心理特征和思维特征:他们生理上进入快速成长期,生理上的性萌动和心理上的性意识开始出现;心理上开始反叛说教和约束,自我身份、自我形象意识不断增强,开始逃避儿童身份,渴望了解和认知成人社会。他们也具有了一定的阅读思辨能力和独立见解,希望得到成年人的尊重和接纳。显然,把这个时期的年轻人混同于心智朦胧、依附于成人的儿童,是违背他们的成长渴望的,也不符合他们的情感、认知和心理成长的阶段性特征。

由于我国长期处于农业社会,城市化水平和国民教育水平到 20 世纪 50 年代初还处于起步阶段。因此,青少年时期作为一个人生阶段,没有受到特别关注,青少年文学被长期涵盖在“儿童文学”之中。根据茅盾的考证,“儿童文学”在我国出现的时间是“五四运动”前后,此后一直沿用至今。我国当代儿童文学研究专家王泉根教授虽然早在1986年就提出了“儿童文学三分说”(即为3岁至6岁幼儿服务的“幼年文学”,为7岁至12岁儿童服务的“童年文学”,为13岁至17岁少年服务的“少年文学”)①。但是他新近出版的专著《中国现代儿童文学主潮》中仍然只有儿童文学的概念,没有青少年文学的专章。②孙建江在《20世纪中国儿童文学导论》中高度评价“儿童文学三分说”的现实意义,他说:

> 他将这一问题的讨论深入化、系统化了。王泉根从儿童文学的本质“找不到共同的易于普遍接受的语言”、“少年儿童年龄的差异性与儿童文学标准的单一性”之间存在着矛盾这一事实的检讨入手,以儿童心理学将儿童分为不同层次为依据,提出儿童文学应该一分为三。进而,谈了儿童文学分为幼儿、童年、少年三个层次的必要性(这也是王泉根论述最见分量的地方)。③

显然,王泉根教授已经注意到“儿童文学”这一概念的内在矛盾性。儿童随年龄增长而快速变化的智力和心理使“儿童文学”成为一个过于宽泛的概念,失去了它内在分类学理的一致性和外在

---

① 王泉根:《浙江师范大学学报》儿童文学研究专辑,1986年。

② 王泉根:《中国现代儿童文学主潮》,重庆:重庆出版社2004年版,第502—508页。

③ 孙建江:《20世纪中国儿童文学导论》,南京:江苏少年儿童出版社1995年版。

服务的针对性。王泉根强调,这三类文学各自具有鲜明的艺术个性与特殊使命。他指出,少年文学应该多强调教育性,幼年、童年文学应该多强调趣味性;幼年、童年文学应该注重儿童化,成人化出现在少年文学中则是必要的。我国儿童文学专家朱自强高度评价儿童文学一分为三的观点,认为这是一个很大的进步,推动了儿童文学理论的发展。[①] 现在的问题是:青少年文学究竟应该继续保留在儿童文学的范畴,还是以青少年文学的名义从儿童文学中独立出来,自成一体,成为一个独立的文学类型?

中国有一句习语"名不正,言不顺"。"儿童文学"这个名称给人们一种语义暗示和引导,即所指涉的作品应该是给那些我们称为"儿童"的人读的。现在已经很少有人把14—18岁的年轻人叫"儿童",在美国等西方国家尤其不会,因为这个年龄段的很多年轻人身高已经接近成年人,心理上也急于摆脱"儿童"身份。社会对这个年龄段的正式称呼是"青少年"。命名可以产生推波助澜的引导作用,这在美国所谓"问题小说"中也得到印证。虽然"问题小说"在一定程度上,反映了美国70年代青少年文学创作的一个突出现象,但这个命名对后来的跟风者来说,成为了一种暗示和引导。以至于"青少年问题"在70和80年代的作品里,成为压倒一切的首要特征。而且,所反映的问题越来越极端,甚至让人恐慌。

前面我们已经从人类学意义上说明,"青少年"作为一个具有独立存在意义的年龄段,已经成为一个被现代社会普遍接受的人类学分类概念。它以自己鲜明的所指和丰富的能指,区别于"童年"或者"儿童"。"青少年"的社会学含义是:儿童到成年之间的

① 朱自强:"新时期儿童文学理论的误区",《儿童文学研究》1993年第1期。

这个阶段。过去人们认为,这是一个人从童年到成年身份转化过程中的断裂阶段,现在人们认为青少年就是一种身份,这种身份具有不确定的、散乱的指导路线,因此造成无所适从的、散漫的行为。简而言之,它是指一种缺乏明确行为准则的社会身份。① 由于青少年已经具有一定的创造能力和自立能力,在自己的圈子里构建一种独特的亚文化成为自然现象。人们也因此把青少年看成一个独特的群体,既有别于幼稚天真的儿童,又不同于能够承担重任,情感和认识已经稳重和成熟的成年人。因此,青少年生活在儿童与成人两个世界之间,其行为有时像儿童,有时又像成人。

作为一种独立的社会身份和客观的社会存在,“青少年”在哪些方面区别于儿童呢?首先,儿童在社会身份上还不具备独立性。儿童和成人双方都认同儿童在人格上的依附性,他们需要受到、也自觉接受成人的庇护;青少年则不同,他们已经开始具有独立的社会身份,开始逃避成人的过度指导和关心,开始探索并逐渐形成自己的人生态度和行为方式。其二,儿童在认知上具有当下性和幻想性。所谓当下性,是指儿童只对眼前自己经历的东西感兴趣,并不关心事件的未来和后果;所谓幻想性,是指儿童常常对幻想世界和现实世界不加区分,对任何幻化和超自然的描写都产生快感和痴迷。青少年则不同,他们的认知特点在于亲历性和现实性,他们对世界的兴趣逐步从幻想王国回落到现实社会。与儿童相比,他们更加愿意了解现实世界的人和事。幼儿读者在阅读中接受的是符号化的人物,如白雪公主和狼外婆,在阅读中接受的是奇异的故事,如孙悟空大闹天宫;而青少年读者在阅读中获得的是人物和故

① Hans Sebald, *Adolescence: A Social Psychological Analysis*, p. 3.

事的个性化体验和它的社会意义。其三，儿童在生理上还没有发育成熟，还没有自觉的两性意识和性冲动。青少年则不同，他们已经在性激素的作用下，开始对异性世界感到好奇，原始的生理冲动和社会行为规范形成反差，使男女青少年普遍存在青春期性困惑和焦虑。其四，儿童在心理上自我意识还不充分。他们对同伴的示范和成人的教育愿意认同和模仿，对自己的失误和失败并不敏感挂怀，自我社会形象概念淡薄。青少年则不同，他们的自我意识非常强烈，非常在乎自己的社会形象，对别人的评价和认可非常敏感和关注。青少年和儿童之间的这种差异性，还可以这样无限地描述下去。

简而言之，儿童还处在一个幻想、游戏的人生阶段，他们违反社会观念和规范的一切行为，都可以理解为童心和童趣而得到原谅；而青少年则处于一个从幻想世界到现实社会的转型阶段，社会化既是他们内在的渴望，也是外在的要求，他们任何违反社会观念和规范的行为，都可能得不到原谅而受到处罚。这使他们感到一种前所未有且无所不在的成长的压力。成长，成为他们感到焦虑的心结。

显然，一个青少年要从一种无所适从的、散漫的、缺乏明确行为准则的生存状态实现人格的社会化成长，成为一个自立于社会的人，必定充满了生动的、戏剧性的故事和艰难的心路历程。因此。青少年文学必定不同于一般的童话或者少儿故事，它的重点不在于讲述一个有趣的故事，而在于表现这个故事中的人，表现这个人社会化过程中一次或几次成长的经历和感悟。青少年站在成人世界的门槛上，不断地向成人世界窥探，充满了渴望，又充满了迷惘。他们的智力和心理处在一种不稳定的状态，他们不满足于充满呵护和服从的儿童世界，又怕涉足复杂的成人世界。青少年阶段面临的人生转折和青少年心理自身的不稳定性，为青少年文学提供了广阔的创作空间和审美空间。

有学者说："青少年时期是一个可能性得到扩展、可以尝试各种选择的时期，个人在经历了这个时期之后开始承担成人的义务，从而使各种可能性大大缩减。"[①]安娜·弗罗伊德在分析青少年心理时也指出了青少年游移不定的心理特征：

> 我认为青少年在相当长一个时期里具有以下特征是正常现象：行为不一、难以预测；一会儿抵制自己的冲动，一会儿又接受它；一会儿成功地打消冲动，一会儿又受制于冲动；爱他的父母又恨他的父母；反叛他们又依赖他们；……一会儿表现出少有的理想化、艺术化、慷慨大方、毫无私心；一会儿又完全相反，以自我为中心、自私自利、小心算计。这种走极端的现象在一个人一生中其他时期都是不正常现象。而在这一时期，这些不过表明成年人的性格需要花很长时间才能形成，这个年轻人还一直不停地在尝试，还不急于缩小可能性，并稳定下来。[②]

每个人生命中都要经历这样一个彷徨、烦躁、不安分的阶段，它成为一个人社会化进程中的关键时期。它为青少年文学提供了

① Katherine Dalsimer, *Female Adolescence: Psychoanalytic Reflections on Literature*, Yale University Press, 1986, p. 5.

② 转引自 Katherine Dalsimer: *Female Adolescence: Psychoanalytic Reflections on Literature*. p. 5。

丰富素材,既有青少年成长的个体经验,也有人类成长的集体意义。青少年成长经历的独特性使它有足够的理由应该得到特殊的关注、研究和呵护,让它不至于混同于3—6岁的童年儿歌和童话故事,不至于湮没在少年幻想与儿童故事之中。

在青少年文学中,成长小说关注的就是青少年走向成年的过渡阶段。它不仅反映了青少年成长过程中的个性问题,而且往往也反映了青少年群体共同面对的困境。它形象生动地刻画出青少年对这些问题的感受和反应。比如青少年面对选择时表现出的不知所措、盲目从众,以及失误;青少年的失落感——失去童年快乐后的焦虑、失去长辈无微不至关怀后的担当;青少年的迷茫与彷徨——对自我价值的怀疑、飘渺的前途、孤独和空虚等等。矛盾心态是青少年时期的一个突出特征:期盼与失望、理想与行动、独立与依赖、自恋与自贬、茫然与憧憬等等,都以不同方式和程度出现在青少年文学及成长小说中。

第二节　当代青少年的成长压力

当代社会处于知识爆炸的时代,获取信息的手段更为便捷和廉价,知识的产生和普及处于加速发展时期。儿童的心智成长也处于加速发展之中,童年期正在缩短已经成为普遍的事实。当代流行的社会意识和新观念,不仅出现在以成年人为读者对象的小说中,也出现在以青少年为读者对象的作品中,乃至在青少年文学中也出现了一些观念化小说。这类观念化小说大多具有比较明显的引导功能,其思想观念在多大程度上被解读和认同,取决于读者的理解水平和阅读经验的积累。观念化小说出现在青少年，乃至少年读物中这个事实反映了童年期缩短的理论正被越来越多的人认同。

现代媒体不断给青少年提供信息轰炸，促使其认知能力加速发展，甚至造成了不均衡的“畸形”发展。《童年之死》的作者大卫·帕金翰说：“儿童在成长的过程中已被剥夺了童年的观念，这已经成为通俗心理学的首要主题。”①他介绍了 20 世纪 80 年代出版的两部著作：戴维·艾尔凯德的《拔苗助长的童年》和玛丽·威妮的《失落的童年》。他指出，这两部著作的标题就简洁地概括了其主题——成长过速。

儿童心理学家艾尔凯德认为，导致儿童成长过速的主要原因是不断增加的社会压力。社会对青少年成功的期望越来越高，社会竞争不断加剧，父母离婚导致的儿童心理困扰日益升高，少女怀孕与性病发生的案例也在增多，通过吸毒、犯罪、自杀、宗教迷信等方式来寻求社会逃避的年轻人越来越多。他认为，儿童现在被父母、学校、媒体“催赶着”度过童年。那些在自己工作中承受了过多压力和挫折的家长，将他们的焦虑转移到孩子身上，从小就给他们施加压力，要他们在学业和各项体育活动中获得成功。学校日益变得以成绩为取向，日渐沉迷于对儿童各种技能的训练和评分定级。家长被敦促着将家庭变为学校的延伸，在家里为儿童提供正式的、专门为他们设计的教学内容，而不像从前那样进行比较随意

① 大卫·帕金翰：《童年之死：在电子媒体时代成长的儿童》，张建中译，华夏出版社 2005 年版，第 19 页。

而自然的学习。①

他还认为，当代大众媒体不仅反映，并且也助长了这种“催赶式”的成长状况。他指出，电视缺乏报纸和广播等旧媒体所具有的“知识屏障”(intellectual barrier)功能，因此儿童不需要通过正规学习就能理解许多成人的信息。电视帮助儿童简化了他们对信息的收集和理解。电视将从前保留给成年人的经验公开展示给儿童。儿童无法通过言辞描述来想象的暴力与性亲密镜头，却直接而形象地呈现在电视屏幕上。而且，由于电视并不提供有关信息的前因后果和道德评价，儿童不能充分了解和认识所看到的内容，电视因此促成了一种“虚假老成”(pseudosophistication) 的现象，这种情况转而导致成年人把儿童当作比他们实际年龄更大的个体来对待。他甚至认为，当代的儿童文学也有类似的倾向。当代儿童文学对贫穷、残疾、病痛、暴力以及罪恶的关注，会带给儿童更多的压力，促使他们加速老成②。

那么究竟应该怎样面对这样的现实呢？是该采取行动缓解这种加速的成长，还是采取行动迎合儿童快速成长的现实？对此，美国社会也存在不同的观点。《童年之死》的作者帕金翰认为，有必要在年龄上加以区分，应该赋予年龄较大的青少年更多的权利，主要是政治权利。他认为，如果说青少年目前还没有显示出这方面的足够能力，是因为他们没有受到鼓励去发展这方面的技能和知识。他认为需要解决的问题不是我们应该如何保护儿童免受媒体侵害；与之相反，我们要处理的问题是，媒体如何更加有效地为儿

① 大卫·帕金翰：《童年之死：在电子媒体时代成长的儿童》，第19—24页。
② 同上，第19—20页。

童做好准备，使他们了解拥有成年人公民权的一系列责任。[1] 帕金翰赋予青少年更多权利的观点，显然迎合了儿童快速成长的现实。

在文学领域，我们也能找到相同的观点，如儿童文学专家哈林德认为，我们不应该低估当代儿童的认知能力。当代一些写给14岁至20岁青少年读者的观念小说（the novel of ideas）受到不足13岁的儿童喜爱。他以此现象说明，童年期正在缩短，甚至消失。他甚至用“前成人”（pre-adult）指10岁至13岁的儿童，“年轻的成人”（the young adult）指14岁至高中毕业的人，并以此划分青少年。[2] 哈林德认为，既然“前成人”阶段的读者都喜爱思想深沉的观念小说，因此应该鼓励更多这样的作品出现，这些书能够“让人的头脑长大一号”。

正如哈林德指出的那样，童年的消失或者缩短，反映在文学创作中，就是青少年文学呈现出思想内容更加深刻和复杂的趋势，一些当代的新思潮也进入青少年文学中。青少年读物因深刻的社会批判和对人类文明发展的反思而增添了深沉、厚重的分量。《传承者》、《相约星期六》、《巧克力战争》、《保佑动物和孩子》等都可以列入这类小说。

《巧克力战争》的作者就曾告诉读者，他创作这部小说的动机源于自己儿子的亲身经历。他儿子的学校有一年一度的巧克力义卖活动。一次，他的儿子反感地说，他不参加这个活动了。虽然儿子没有因此受到打压，但作者自己却在思考一个问题：如果学校对

---

① 大卫·帕金翰：《童年之死：在电子媒体时代成长的儿童》，第188—189页。

② Peter Hollindale："The Adolescent Novel of Ideas", *Children's Literature in Education*, Vol. 26 (1), 1995.

这种行为做出反应,会有什么样的后果呢?他从这件事情中获得感想和启发,创作了这部反映青少年学校生活的小说。在这部小说中,向街坊邻居推销巧克力被公开合法化,加上每个人有销售数量的压力之后,青少年必然会感受到一定的心理压力。在小说中,作者把销售巧克力转化成为一种霸权命令和霸权者玩弄权术、愚弄青少年的恶劣行径。小说中的年轻主人公杰瑞成为受愚弄者,但杰瑞不是一个甘心听命于人的懦夫,他顶着压力,挑战权威。在霸权话语的纵容下,他遭到"守夜者"学生团伙的骚扰和人身伤害,生命垂危,生死未卜。结合作者的创作起因、小说叙事以及人物刻画,我们可以看出,作者的创作意图是要探讨和揭示权力异化的可能性以及异化的可能途经。这样的意图导致小说以悲剧结束,取得了震撼人心的效果。这样的小说显然不仅适合成人阅读,同样适合青少年阅读。

通过书籍和阅读增进青少年对社会问题的了解,与亲身体验这些问题产生的心理压力有本质的区别。书籍提供的间接经验和移情体验,不仅有助于青少年认知这些社会问题,也在一定程度上为他们在将来的生活中遭遇类似问题,提供必要的心理准备和经验参考。过度保护可能造成青少年成长的心理和精神残缺。

第三节 成长问题与青少年文学

青少年文学中的叛逆倾向跟二战后美国社会冷战心理带来的压抑、60 年代的反叛运动有很大关系。50 年代后期美国就出现了以年轻人为主体的新波希米亚亚文化群,反叛情绪高涨。50年代末,金斯堡的《嚎叫》、《祈祷》和克鲁亚克的《在路上》等作品都表现了青年人的迷惘、郁闷和愤怒,预示着60年代的反叛爆发。

1960年,约翰·肯尼迪以年轻、富有朝气的形象当选美国总统。这一年美国开始了一场争取民权的非暴力反抗运动,青年人是这场运动的积极参与者。在60年代初的反对种族隔离运动中,自由乘车、示威游行、和平静坐成为斗争策略,一种新的抗议精神应运而生,这种精神很快被应用于女权主义运动和学生运动中。

"不再一切照旧"是60年代主导文化批评者们的一句口头禅。[①] 60年代是解放的年代。所谓解放是指人们以各种方式,想要摆脱传统观念和制度的羁绊。人们维护自己权利的意识空前提高,不再像50年代那样担心进入黑名单,受到政治迫害。年轻人组织起抗议征兵的游行示威来反对越南战争。他们为了释放50年代受到的压抑,寻求一切可能的发泄方式:吸毒、骚乱、示威、群居等。"偏执狂"、"嬉皮士"等称号被冠在许多年轻人头上。起初,年轻人创作民歌,歌颂新思想,后来进一步发展到用声嘶力竭的摇滚来释放能量,鼓励极端的自我表达方式。60年代的青年人,有的成为行为举止一反常态的"嬉皮士",有的像克鲁亚克那样,驾车四处奔走,参加各种集会,"在路上"寻觅生活的意义,还有的成为以各种方式放纵欲望的"垮掉的一代"。

迪克斯坦指出,民权运动与人的潜力运动有一个共同观点,

① 参见莫里斯·迪克斯坦:《伊甸园之门——六十年代美国文化》,方晓光译,上海:上海外语教育出版社1985年版,第VI页。

即:人们有权在此时此地享受幸福。“各种时髦事物来去匆匆,掠过社会的表面,然后销声匿迹,甚至历史也无法挽救它们。”[①]他在《伊甸园之门》中多次指出,60年代许多人把弗洛伊德的心理学理论片面地理解,夸大性欲满足的意义,忽视了弗洛伊德晚年提倡的禁欲和自我克制。60年代的“解放”建立在50年代美国的经济实力之上。“解放”对于广大黑人来说,是要获得平等的权力和社会尊严;而对于富裕的白人来说,则是思想观念的解放和个人欲望的解放。带着另一种文化的距离感看待这种解放,我们会敏感地注意到其中的偏激和非理性成分。因为,社会的稳定需要不同个人欲望之间的调和和一些必要的制约,以避免冲突和内战。60年代的自我发展和自我发泄若没有强大经济基础的支撑也是难以维持的。这为后来的事实所证明,70年代的经济衰退让美国人重新以务实的态度关心工作和生活。但60年代发生的变化“使整个道德领域改观”[②]。

60年代的美国也是青少年犯罪事件突出的年代。在青少年中有一句流行的口号:“三十岁以上的人说的话,别信。”[③]在60年代后期,出现了反映青少年吸毒、暴力、恶作剧、早育、性骚扰、在破裂家庭中长大等问题的小说。其中最引人注目的是16岁的女青年辛顿的小说《局外人》。这类小说被冠以各种名称:青少年文学中的“新现实主义小说”、“现实主义小说”或“问题小说”。其中一大批也属于成长小说。如果说50年代霍尔顿的语言暴力让社会惊

① 参见莫里斯·迪克斯坦:《伊甸园之门——六十年代美国文化》,第129页。

② 同上,前言,第Ⅲ页。

③ 参见 Michael Cart, *From Romance to Realism: 50 Years of Growth and Change in Young Adult Literature*, NY: Harper Collins Publishers, 1996, p. 42.

讶,60 年代反映青少年暴力和犯罪的小说,带给美国社会的阅读效果就只能用“震惊”来描写了。五六十年代,“嬉皮士”、“颓废派”、“垮掉派”、“一无所知派”等描绘青年人精神状态的新词不断涌现,叛逆的青少年给社会带来一次又一次的震动。

然而,美利坚民族是一个务实求新的民族。务实的精神决定了他们不可能忽视生活中的问题。直面现实生活中青少年成长面临的问题,成为当代青少年文学作家、社会学家、心理学家、教育学家共同关心的课题。研究青少年心理学的著作一部接一部。反映在小说创作上,我们可以看到许多作品都把青少年成长问题作为主题。如果只是展示和反映这些问题的存在和严重性,那么这样的小说可以被放进“问题小说”类。但优秀的作品不光指出问题,更重要的是揭示出这些问题带给青少年的思考和感悟。正视问题并着手解决问题的态度是文学工作者参与社会文化建设的表现。

许多学者后来接受了用“问题小说”来描述这一时期的青少年文学。但是,学界对这一术语的理解稍有差异。道诺森和尼尔森在他们的重要论著《当今的青少年文学》中指出,这类小说与早期的青少年文学相比有四个基本区别:第一,人物主要来自社会下层家庭;第二,背景与以往的宜人郊区相比,通常是严酷、艰难的生存环境;第三,为了让人物的语言符合他们的生长环境和身份,作者们用口语写作;第四,作者们开始用青少年的真实语言写作,比如粗俗的、非标准的口语。他们还认为,大众接受这样的语言,表明人们的文学观念改变了,不再认为青少年文学的主要目的是给青少年读者树立起中产阶级的行为榜样。人们开始认为小说的教育价值是给读者提供各种各样的社会经验。他们还指出:问题小说的哲理基础是，如果年轻人对生活抱有符合现实的期待，如果他们知道现实生活中有善也有恶，他们将来可能更加幸福。[①] 由于这两位学者把问题小说等同于新现实主义小说，所以绝大多数的当代青少年小说都可以归入这类作品。

而另一学者麦克尔·卡特对现实主义小说和问题小说作出了区分。他说，1967 至 1975 年间的一些青少年文学开始面对现实问题，具有开拓性的意义。不幸的是后来的跟风之作没能超越，反而把现实主义小说变成了后来的所谓“问题小说”。他认为 70 年代问题小说的作者们忘掉了现实主义小说的使命，即不仅要描写真实的现状和问题，还要描写真实的人。但问题小说注意了前者，忽略了后者。当作者们反映的问题越来越具有轰动效果时，问题小说就过度成熟了，必然导致 80 年代的反弹，即浪漫小说重新回潮。[②]卡特的话不仅批评了美国文学中十分流行的跟风现象，以至于把一种原本具有新意的创作现象推向极端，毁掉了读者阅读这类作品的兴趣；同时也批评了把现实主义小说等同于问题小说。但是由于区分的标准建立在对问题的渲染程度和艺术水平的高度，所以哪些是现实主义小说，哪些是问题小说，很难达成共识。卡特自己在论著的后半部分也几乎把这两个术语等同起来。对问题小说的缺陷，汤姆林森和林奇-布朗也作出过类似的评价，他们指出：“问题小说有时可以看作是当代现实主义的同义词，有时则作为一个贬义词来指代那些问题或者冲突压倒了情节和人物塑造的

① 参见 Kenneth L. Donelson and Alleen Pace Nilsen, *Literature for Today's Young Adults*, New York: Addison Wesley Longman, 1997, pp. 77—78。

② Michael Cart: *From Romance to Realism: 50 Years of Growth and Change in Young Adult Literature*. pp. 64—72.

小说。"[1]他们的后一个描述指出了问题小说中一个比较普遍的艺术硬伤。

问题意识是美国文学经久不衰的传统,它是一个民族的文化性格和思维方式的反映——发现问题,解决问题,知难而上。美国能够成为世界头号强国,在发明创造和科学技术等方面领先,也是这种问题意识的印证。在美国文学中,极少见到歌功颂德的作品;揭示人性弱点、反映社会问题、反思文化诟病、发现社会隐患的作品尤其多,这是问题意识在文学创作中的体现,尽管过分渲染问题对一个社会的健康发展不一定有益。虽然一个社会要进步就不能回避其问题,但青少年成长也需要良好的榜样来引导他们的行为和思想。

总体而言,当代美国社会基本摆脱了贫穷和原始竞争带来的人性扭曲等社会问题。多种族与多元文化之间的冲突,性别、身份与权利等问题上升到意识形态的主导层面,这些都反映到成长小说的创作和评论中来。除此之外,青少年自身的成长问题,以及与此相关的家庭、学校、教育理念和社会文化环境等,都是成长小说思想主题的敏感领域。

在问题意识突出的现实主义成长小说中,《局外人》(1967年)、《猪人》(1968年)、《巧克力战争》(1974年)常常被奉为青少年现实主义小说的开拓之作。它们都反映了当代青少年中令人担忧的现象——青少年暴力、青少年犯罪、青少年精神空虚和家庭问题。虽然这三部小说描写的是青少年生活,但小说批判的矛头都

---

① Carl M. Tomlinson and Carol Lynch-Brown, *Essentials of Young Adult Literature*, Pearson Education, Inc., 2007, p. 41.

指向了失职的成年人、学校和社会。在《局外人》中，波尼小子和两个哥哥失去了父母，却没有得到社会的关心。他们也害怕被“社会关心”，因为按照美国社会的惯例，失去父母的未成年人将被送到寄养家庭，三兄弟不愿意分开，所以也不向社会机构寻求帮助。他们的伙伴约翰尼尽管有父母，却得不到关爱，还经常被醉醺醺的父亲打出家门。在这些青少年的生活中，几乎没有家长的影子。伙伴情谊就是他们的精神支柱，维系着生活的意义。

《猪人》同样也揭示了家庭问题。约翰和罗琳都跟家长不合，约翰讨厌父亲的吼叫和粗暴的管教，罗琳则看不起单身母亲的庸俗。他们对学校教育也不感兴趣。在无聊中，他们想出一个打发时间的怪游戏：电话马拉松，看谁能够在电话上跟一个陌生人不停地聊下去。罗琳在电话簿上随意找到一位叫皮各纳逖的老人。老人独自生活，所以很热心地在电话上跟罗琳聊天，还相信了她的话，同意给他们的“慈善机构”捐款。在他们去老人家里取款的时候，发现这位老人非常友善，很乐意以平等的身份跟他们交谈、做游戏、讲笑话。老人跟他们的父母形成强烈对比。他们开始了与这位老人的友谊。可是在老人心脏病发作住院期间，他们利用老人的信任，在他家里举办晚会，在喧哗失控的晚会上，有人打破了老人的精心收藏——他送给妻子的一套礼物，一套各种各样的小猪。这套收藏对老人有着重要的纪念意义，是他和去世的老伴相爱的见证。因为他的名字前半部分是“猪”的发音和拼写（Pignati），所以他的妻子非常喜欢他送的这些小猪。这天老人正好出院，看到这个场景之后，非常痛心。约翰和罗琳希望补偿他们的过错，陪老人去动物园看望他的好朋友——一只叫“波波”的狒狒。不幸的是，这只狒狒也在他住院期间死了。两次打击使老人心脏病再度发作,终因抢救无效而死亡。约翰和罗琳从中吸取了教训,懂得了他们应该为自己的行为承担责任。

青少年失去指引的主题在《巧克力战争》中再次呈现。杰瑞的父亲因妻子去世变得一蹶不振。见他委靡不振的样子,杰瑞放弃了跟他交流和寻求帮助的念头,独自面对“守夜者”团伙的骚扰。在杰瑞的学校,学生与其说是被老师管教,不如说是被“守夜者”帮控制。学校对这个学生帮派不仅不给予正确的引导和干预,还有人故意纵容,利用它来实现个人野心。成年人的失职为“守夜者”的恶性发展提供了温床,杰瑞作为一位敢于挑战“守夜者”的理想主义斗士孤军奋战。在小说的结尾,他被一路鸣笛的救护车送去医院,生死未卜。

这三部小说揭露了社会给青少年营造的成长环境问题,只有家庭、学校和社会齐心协力,才能构建良好的成长环境。同时它们也让我们看到成年人应该树立必要的权威和榜样。如果成长中的青少年都“不要相信三十岁以上的人说的话”,人类经验的传递、文明的传承都将化为乌有。

1994 年,由 100 位图书管理员、教育工作者、编辑和作者推选的“1967—1992 年百部青少年文学佳作”中,五本在前三次类似选拔中入选的小说再度入选,它们是:《我知道笼中鸟为何歌唱》①、《钟形瓶》、《朋友》、《保佑动物和孩子》、《临终守护》。除《临终守护》具有斗智斗勇的冒险性质以外,其余四部小说都反映了青少年成长过程中确立自我身份、塑造自我、获得社会认同、实现自我价

① 对这部小说成长主题的讨论参见《美国成长小说研究》。对《钟形瓶》的讨论见本书第四章。

值的努力和成长旅途上的各种严峻考验。

《朋友》(1973 年)是一部反映移民孩子在纽约生活的小说。它细致入微、令人信服地刻画了一位移民少女菲利西亚在一个陌生的、充满敌意的环境中经历的伤痛和内心矛盾。菲利西亚是一位来自西印度群岛的 14 岁女孩,她的父亲在纽约哈莱姆开餐馆,小有成就之后,把她和姐姐露比接到美国。菲利西亚学习优秀,成为老师的"宠儿"。但老师只不过在课堂上利用她来讥讽其他学生,导致她成为同班同学的眼中钉。她在街上被同学欺负,老师不闻不问,还公开告诉大家:"你们在街上干什么我管不着,但在我的课堂上,得听我的。"菲利西亚的一位邻桌叫艾迪丝,是唯一一位对她表示友好的同学。但菲利西亚对艾迪丝的友好示意不屑一顾,因为她看不起艾迪丝身上的破旧衣服。不仅如此,艾迪丝还经常迟到,每次迟到都被老师讥讽,而她本人总是显得满不在乎。但当菲利西亚遭到同学欺负之后,艾迪丝勇敢地走到教室前面告诉大家,谁要是再欺负她的朋友,就是她的敌人。大家都不愿意与艾迪丝为敌,凭借她平日里冒犯老师的胆量,大家都怕她三分。菲利西亚既感激艾迪丝,需要她的保护,又讨厌与她为友,因为她不愿意跟一位贫穷的黑人女孩产生认同。即便在她们来往密切,成为朋友后,菲利西亚对艾迪丝的矛盾态度仍然不时流露出来。她愿意认同的是艾迪丝的勇敢、友善、责任和生存能力。艾迪丝的母亲去世后,16 岁的哥哥和年老体弱的父亲在外打工挣钱,14 岁的艾迪丝不仅要上学,还要做家务,照顾四个妹妹,所以她常常迟到,而且有时还偷窃杂货店的食品。艾迪丝的偷窃行为和贫穷是菲利西亚不愿意认同,甚至讨厌的。

作者把菲利西亚的成长集中到两个重心上:一是如何磨合内

心矛盾，学会接受这位特殊的朋友；二是如何公正地认识自己的父亲。菲利西亚对父亲有很多错觉：认为他很富有、专制、不讲理，爱姐姐不爱她等等。后来当她把让她产生错觉的只言片语重新审读后，才发现是自己错误地理解了这些信息。其实，她的父亲并不富有，他的顾客都是一些穷人，他自己整天就像一个打工仔一样在餐馆里忙碌。亲眼看到父亲的工作环境后，她开始理解父亲的心情，也后悔自己看不起艾迪丝，还几乎断绝了跟她的来往。艾迪丝的父亲离家后生死不明，哥哥也被警察开枪打死。妹妹们被拆散，送到不同的寄养家庭。作为朋友，她几乎没有帮助过她。忏悔的心情使她获得勇气要跟父亲认真交谈，保证不再跟他作对，恳求他不要把她和姐姐送回西印度群岛。因为遭遇一连串打击之后的艾迪丝需要她的友谊，她还向艾迪丝保证，一定要去看望她。小说在菲利西亚获得觉醒后结束。

《保佑动物和孩子》与其说是反映孩子们的问题，不如说是揭示成年人的问题给孩子们的心理和性格带来的影响。15 岁的卡顿参加了一个男孩夏令营，并成为一个营帐的头领，他善良勇敢，具有责任心。他的母亲结过四次婚，照他的一个继父的说法，她需要年轻人和钱。一天，在观看他母亲化妆时，他突然意识到，他的母亲害怕自己进入中年，害怕孤独，害怕失去美貌，也害怕他长大，要让自己永远年轻，就必须让儿子永远是个男孩。获得洞见后，卡顿一心想要早日离开母亲，做一些冒险的事情，证明自己已经长大。同一个营帐中，14 岁的古迪劳有强烈的恋母情结。他的父亲在他 4 岁时就去世了，之后 8 年他一直跟母亲同床，直到 12 岁时母亲改嫁。古迪劳的恋母情结给他的生活带来隐患，母亲和儿子都不能离开对方。古迪劳在寄宿学校也表现出心理障碍，继父一气之下决定把他送到这个西部夏令营来培养男子汉气概。

营帐中的拉里两兄弟来自富裕家庭，哥哥14岁，弟弟只有12岁。他们的父母年轻美貌，继承了大笔遗产，每年都要闹离婚，然后和好，两人再一起外出度假，修复感情，把两个孩子留在家里，让佣人们照看，这次又把他们送到了男孩夏令营。这个营帐中的男孩根本不是其他男孩们的竞争对手。这个夏令营的规则是鼓励胜者，羞辱败者。败者被赶出胜者的营帐，集中到同类人的营帐去。胜者的营帐各自拥有一个印第安部落的名称和战利品，败者的营帐被贬称为"尿床者"，他们的象征物品是尿罐。各个营帐里被淘汰出来的败者都被好心的卡顿收留在他的营帐里。他的营帐还有一位出身华尔街富翁家庭的特夫特和一位出身犹太家庭的谢克。卡顿想方设法鼓励帮助这帮落后者战胜自我，激励他们不能一蹶不振，被彻底打败。然而他们的成功却是以极大的代价换来的。他们偷偷溜出营帐，又是骑马又是偷车，在夜色的掩护下，到一个偏远的牧场去解救30头即将被残酷猎杀的野牛。一路上他们经历了不少风险，而要接近这些庞大的野牛也是非常危险的事情。但他们克服了各种意想不到的困难，最终获得成功。野牛被彻底放生，在美洲大地上继续生存。但是，他们的头领——勇敢的卡顿，为了刺激这些已经被驯化的野牛跃过围栏，逃过即将赶来的猎人们的追捕，不幸跟车一起冲下了悬崖。野牛们自由了，"尿床者"们战胜了挑战，证明了自己的力量，孩子们一边为失去卡特而伤心地哭泣，一边为他们的成功而欢呼。

除了《局外人》的作者等一些文坛新人创作的青少年现实主义小说外，知名女作家乔伊斯·欧茨的长篇小说《狐火——一个少女帮的故事》和短篇小说代表作《你从哪里来，将到何方去？》也是反映当代青少年成长问题的小说。《狐火》反映的是20世纪50年代都市里的少女生活。小说中的少女们都来自问题家庭，父母要么离异，要么忙于自己的生活，很少过问或干预子女们的生活。少女"长腿"把经常受到男同学欺负和威胁的几位女孩组织起来，成立了少女帮，入伙的几位女孩因此欢欣鼓舞。她们相互忠诚，共同对敌。这个组织成为她们的生活中心和精神支柱。小说揭示了这个少女帮怎样一步步被逼上绝路，最后灭亡，展现了少女生活中遭遇的典型问题：性骚扰、被男孩子欺辱、遭遇暴力和不公正对待、被社会遗弃等。这些问题在大都市的贫民窟里尤其突出。欧茨的这部小说显然是要为无助的少女们鸣不平，希望社会能够给予她们更多的关心，同时也揭示：青少年的任何激进的反社会行为，哪怕是被迫的，也具有破坏性和灾难性，最后受到伤害的主要还是青少年自己。

欧茨的短篇小说《你从哪里来，将到何方去？》常常被收入各种短篇小说集里。它批判了流行文化对性爱的渲染，暗示它像毒品一样，一方面吸引着青少年，另一方面则毒害着他们的心灵。该小说中的少女科尼喜欢听流行歌曲，喜欢逛街，去酒吧，看电影。这些都是当代青少年喜爱的娱乐方式。但是，这些地方却越来越被色情文化主宰，成为阻碍青少年健康成长的源头。小说中15岁的少女科尼对异性格外感兴趣，以能够吸引异性的目光为荣。除了听音乐、逛街、看电影，她没有别的爱好。周末父母和姐姐去参加亲戚朋友的聚会，她也不感兴趣，宁愿独自在家听流行音乐。正是她的爱好导致她被一位受她吸引的色狼阿诺德威逼离家，其结果凶多吉少。科尼成为色情文化的受害者，阿诺德则是色情文化培养出的施暴者。他们有一些共同的特点：对异性感兴趣、对外貌

(衣装和发型)感兴趣、喜欢流行音乐、喜欢去酒吧。不同的是,作为男性,阿诺德更加主动、强悍,更加具有攻击性;科尼只懂得如何吸引男性,并不知道该怎样与男性交往,更不具有自我保护能力。所以她就像流行歌曲中的"baby"("宝贝",对女孩的称呼)一样,在施暴者面前,像个无能为力的"小宝贝",只能屈从阿诺德的淫威,走出象征安全和保护的家门。

作者们用不同的故事揭示了当代青少年成长面临的许多深层次社会问题。他们的故事选材代表了一种社会心理——对不良社会现象的忧虑和批判。电子时代的视觉媒体拉近了青少年与成人的距离,传统社会为了保护青少年健康成长树起的知识信息屏障,被电视和电脑屏幕一一摧毁,使得成人世界不再神秘,儿童也更早地失去了天真。然而,无论他们的认知能力还是心理承受能力,都还难以正确理解和应对复杂的成人社会。不仅如此,媒体不断灌输和渲染的暴力、滥交、低俗乐趣等,本身就是在构建他们对社会的认知和态度。电视上丰富的画面、流行歌曲里声嘶力竭的情感宣泄,可以引起他们的好奇和模仿,但模仿行为可能带来的各种后果是他们难以应对的。正如欧茨笔下的科尼,面对色狼的威逼,毫无自卫能力。更具讽刺的是,这个色狼却是她自己吸引上门的。流行音乐激发起青少年对异性交往的渴望,但却没有告诉他们应该如何交往,如何判断交往的对象。青少年成长在一定意义上讲,出现了"畸形"发展的症状。

一些问题小说由于过分突出社会诟病,忽视了作品的趣味性、幻想性和艺术性,因此带给读者的阅读补偿比较有限。有些问题小说反映的社会问题过分沉重,往往能够引起学者的兴趣,但却不易激发青少年的阅读热情。虽然当代青少年从认知能力上讲,能够接受有一定思想深度的作品，但无论从人的心理健康、兴趣发展还是认知发展看，他们的文学阅读能力还是有一定限度的，不是任何主题都能够正确理解和把握。因此，一部优秀且畅销的青少年小说，其价值往往是多元的，具有多重“补偿”功能，虽然它们也涉及一些个人和社会问题。如哈泼·李的《杀死百舌鸟》，自问世以来，这部小说一直受到好评。这类经典作品内容丰富，包含多个主题，语言有特色，故事精彩，人物丰满，能够启迪思想，是多种优秀元素的组合体。不同年龄层次的读者，均可从中获得多方面的阅读补偿。反观问题小说，正如汤姆林森和林奇-布朗所指出的那样，问题或者冲突压倒了情节和人物塑造。在这一点上，问题小说跟观念小说相类似，存在着艺术建造上的不足。

揭示问题既是对青少年成长的关心，也是对社会的批判。在当代美国成长小说创作和评论中，较为流行的观点是：青少年问题主要是社会文化和社会环境造成的。因此，批判的矛头大多对准成年人构建的主流社会，青少年成为社会环境的受害者。在这样的社会心理主导下，成长小说对人性与环境微妙的互动关系的刻画比较欠缺。为什么在同样环境下会有不同的行为反应？个人的主观能动性是怎样发挥作用的？这些也是问题小说应该探索的命题。虽然个人的精神面貌在很大程度上由社会决定，但人不是完全被动的。人的主观能动性决定个人在任何时刻都在根据自己的愿望、目的、意义和价值创造着自己，以自己的方式融入社会。遗憾的是，能够结合客观影响与主观能动，并能够提供深刻洞见的问题小说还比较少见。

第四节　成长小说中的观念化倾向

当代美国成长小说中观念化倾向比较突出，以至于有学者将一些作品称之为观念小说。这种现象一方面是当代社会思潮的产物，另一方面也是青少年文学作家参与文化建设和青少年教育的自觉行为。我们从这类小说中能够发现它们指涉的是当代青少年的成长困惑和社会问题，作者用当代流行的思想观念来揭示问题或解决问题。具体地说，在个人主义、多元文化主义、女权主义、后殖民主义、环境保护主义、后现代主义等流行思潮的视域下，探讨政治权利意识、身份意识、阶层意识、性别意识、个性发展等，是当代意识形态在青少年文学中的呈现。

比如，1997年获得纽伯瑞金奖的《相约星期六》，把多元文化、环境保护、团队合作、家庭亲情、智力竞赛等当代美国理想融入小说创作中，既是对这些观念的宣扬，又是对现实生活中这些元素欠缺的暗示。观念小说的意图是引导和改良社会，这也是大多数成长小说发出的信号。《巧克力战争》、《传承者》是警世性较强的观念小说，与之对照的是积极乐观的观念化小说，如卡波特的《公主日记》系列，它们介于观念化小说和新童话小说之间。公主就是大家身边的普通人，她跟普通青少年一起上学读书。她除了有常人的生活和烦恼外，还多了一种皇家身份和这种身份带给她的新问题。因此，她面临的生活考验更多。《公主日记》系列之所以又可以被看作是“新童话”，原因在于它总是有乐观美好的结局，类似于传统童话中曾经一度流落民间的公主，总是会被称心如意的白马王子拯救，并开始幸福的生活。之所以把它归类为观念化小说，原因在于作品的乐观基调和暗示：童话就在我们身边，每个人都可能成为公主那样不同寻常的人物。另外，成为公主也不是十全十美，公主也有公主的苦恼和责任。公主的神秘感和距离感在《公主日记》中被消解了，这不能不说是民主思想、多元文化主义、解构主义对社会观念的改造。

1994年荣获纽伯瑞金奖的《传承者》也是一部观念意味很重的作品。作者把此书献给“托付着未来的所有儿童”，这本身就表达了作者庄严的历史感和使命感。该书的一大特点是结合了成长小说与反乌托邦小说的主要特征，表现了在高科技控制下的一体化社会中，一位少年主人公人道意识的觉醒，以及他追求理想的勇气和行动。故事的主人公名叫乔纳斯。小说前半部介绍了他所生活的社会环境。在那里，儿童的成长有规定的时间表和统一的标准。12岁是每个人进入成年的开始，他们要出席仪式，每个人要轮流登台接受未来社会角色的分配和大家的祝福。乔纳斯是一位全面发展的优秀少年，因此被光荣地指定为“继承人”（The Receiver）。他的任务是从该社会唯一的“传承者”（The Giver）那里接受人类发展的历史知识和人类在漫长的发展过程中积累的智慧和情感等。该社会的其他成员只需要过简单的生活——没有个人意志，生活在现在，做好本职工作，彬彬有礼，语言准确。这个社会不允许语言歧义可能带来的混乱。该社会分工井井有条，严格实行计划生育，专门供养了一批身强力壮的妇女繁育后代，这些妇女每人生育三次后便成为终身的体力劳动者。长老们通过仔细观察，把每个人分配到合适的家庭。这些长老恪尽职守，通过观察每位成员的行为、嗜好和性格来判断他们的天赋才能，商议每个人应该从事的工作，哪个家庭可以接纳哪位幼儿等。由于掌握高科技生物技术，每一位青春期到来的少年，一旦有骚动不安的迹象，便马上接受药丸治疗，以控制情欲。因此，这是一个消除了欲望的、和平的、彬彬有礼的，既发达又简单的社会。

这个看似完美的社会也孕育着自我颠覆的元素，即他们所依赖的异类成员，乔纳斯和他的老师。他们俩是这个社会最聪明、最优秀的人，被赋予特殊的使命：要替整个社会了解历史，以便在遭遇不测时能够出谋划策，解决难题。他们不能服用一些麻痹神经的药丸，必须保持自然人的生活方式，承受自然人的喜怒哀乐。乔纳斯对历史的了解越多，内心的苦闷越大。因为，他既不能与人分享历史上人类曾经拥有的幸福，也不能告诉他们战争、疾病和死亡等痛苦。而且由于他在这个社会中的特殊使命和地位，“可以说谎”居然明文写在他的指令单上，这与他的价值观构成严重的冲突。他和老师是社团里唯一真正有情感的人。其余的人在药片的作用下，只拥有一些温和的情绪，过着“幸福”的生活。但在乔纳斯眼里，这种生活是异化了的、平淡虚假的生活。他最不能忍受的是，这个社会在温情脉脉的外表下隐藏着无比的残酷。人们举行隆重的仪式送别老人，仿佛要把他们送到一个世外桃源。乔纳斯的特殊身份，使他有机会目睹所谓送别的真实景象。实际上，这些老弱病残先被注射药剂致死，然后被推进一个黑暗的窗口，从此消失。最让他震撼的是，他的父亲负责“送走”那些发育不良、不够标准的婴儿。

作为未经异化的正常人，乔纳斯不能容忍现状，他得到老师的支持。经过商讨，他们决定让自然的生活还原这个异化的社会。最好的办法是乔纳斯逃离出去。由于失去了依靠对象，在短时期里又无法造就新的继承人，人们必须自己去承担责任，了解历史，获得智慧。为此，乔纳斯和老师做了周密的安排。但是，一个突发事件打破了他们的计划。为了挽救发育不良的加布利艾尔的性命，乔纳斯不得不仓促逃离，等待他的是未知的命运。

这部小说中的科幻性并非无稽之谈。它不过以现有的科技发展状况为基础，预见其恶性发展的可能性。比如，人工降雨和消雨证明了人类对天气的控制能力。在《传承者》里，人的这种控制能力更加强大，实现了让气候四季如春的愿望。现实生活中，人们可以开山填海，在《传承者》里，为了交通便捷，山川早已不复存在。用生物制药控制人的欲望、好恶、情绪等早已不是幻想，只不过在《传承者》里，每一个人都受到控制而已。现代反乌托邦小说的主旨大多指向对高科技的滥用，而滥用的动机也许并不邪恶，是为了"公平正义"、"社会稳定"、"整齐划一"、"有效管理"。《传承者》中，人的欲望和差异被消除，人与人之间的争斗不再发生。为了简化生活，让一切井井有条、快捷便利，人类消除了雷雨风暴、阳光白雪、高山丘陵，甚至五颜六色。在这种异化的自然界里，白色圣诞节、滑雪溜冰、五彩缤纷的花朵都成为遥远的历史。人类利用先进的技术把自己的生活变得单调乏味。故事结尾处，极度虚弱疲惫的乔纳斯带着奄奄一息的加布利艾尔，经过长途跋涉，爬上了一座山头。乔纳斯看见了雪橇，老师曾经通过意念，传递给他坐雪橇的经历。他怀里兜着加布利艾尔，坐上了雪橇。他朦胧地看到山脚下有灯光。雪橇和灯光是主人公在身体极度虚弱状态下的精神幻景，还是现实世界的真实存在，不得而知。作者故意没有明确叙述，从而给故事留下一个可以乐观也可以悲观的结尾。这个结尾预示，乔纳斯和加布利艾尔的命运其实也是人类未来的命运。

反乌托邦小说表现出西方人文学者积极入世，捍卫他们珍惜的一些价值观的努力。两次世界大战之后出现的反乌托邦小说，首先把专制主义看作是自由、个性、独立等传统价值观的大敌。希特勒的独裁导致了波及全人类的巨大灾难。日本军国主义把国民变成了受其支配的杀人武器。一个堂皇的主导意志，可以压制绝大多数人的自主选择和个人意志，制造了人类历史上最大规模的野蛮屠杀。对此，人们深怀戒心。《传承者》也不例外，展示在读者面前的未来社会，是一个为了便于管理和控制，消除了矛盾、负担、麻烦甚至不能容忍双胞胎的社会。在这个社会里，为了及时控制不良行为，处处都有监视装置。任何个人一旦有越轨举动，马上就会听到广播里传来的警告。如果一个孩子不能像同龄人一样正常发育，就会被“送走”；一个上了年龄、对社会不再有用的老人，也会被“告别”。这种高度“理性化”、“科学化”的社会，难道是我们理想的社会形态吗？弗·詹姆逊把乌托邦理想看作是一种邪恶的冲动。他说：“专制者被认为是最伟大的现代乌托邦主义者，更具体地说是治理国家的一种宏伟观念。”①这种观点是否过激，可以再思考，但历史上确实有一些想把一切“治理”得整齐划一的专制者，制造了种种非人道的残酷事件，其典型莫过于纳粹分子对犹太人的迫害。在他们眼里，犹太人就是“异类”，需要首先被消除。赫胥黎在他的反乌托邦小说《美丽新世界》中也批判了消除个体意志的行为，他戏仿行为主义的刺激反应理论，批判统治者利用刺激反应来对社会成员实施洗脑和观念移植。总之，反乌托邦小说所要维护的是一些传统的人文价值观，所要抨击的是对现代科技的滥用，所

① 弗·詹姆逊：“反乌托邦与后现代”，王逢振译，《南方文坛》1997年第3期。

担忧的是人道精神的衰落。一位美国学者总结反乌托邦小说的意义说，这类小说向人们揭示，追求极端完美的地方、完美的社会可能反而导致僵化或集权社会的出现。人类的进步，尤其是科技进步是一把双刃剑；克隆蔬菜、克隆动物、克隆人也许可以帮助人类战胜饥饿、疾病，但也许会导致自然社会和人类社会的机械化。交流技术的发达也许反倒会导致交流的停滞(dis-communication)和异化。反乌托邦小说所要揭示的就是人类建立"完美"社会的冲动反倒可能带来一个与理想背道而驰的社会。①

《传承者》的作者在回答采访者的提问时说："我的愿望是年轻人在阅读《传承者》和《收集蓝色》时，体会到书中关于人类在塑造其社会时，选择的重要性。"②反乌托邦小说对21世纪的读者具有非常现实的意义，它提醒公众要充分考虑新技术、新制度的各种可能性，尽可能作出明智的选择，确保科技和创新带给人类的是幸福而不是灾难。

第五节　战后美国成长小说的繁荣

虽然美国成长小说的源头可以追溯到美国文学早期，而且每个时代都不乏表现当时美国青少年成长经历和奋斗的优秀作品，

---

① Jack Zipes, "Forward" in Carrie Hintz and Elaine Ostry (eds.), *Utopian and Dystopian Writing for Children and Young Adults*, NY: Routledge, 2003, p. xi.

② Carrie Hintz and Elaine Ostry, "Interview with Lois Lowry, Author of *The Giver*", in Carrie Hintz and Elaine Ostry (eds.), *Utopian and Dystopian Writing for Children and Young Adults*, p. 199.《收集蓝色》是该作者2000年出版的另一部反乌托邦小说。

然而非常明确地把青少年作为自己读者群的作家非常少见。19 世纪马克·吐温创作《汤姆·索耶历险记》时,主要意图是为青少年提供愉悦,但作者在前言中也同时声称,希望这部小说能够唤起成年人对童真的回忆。麦尔维尔的《白鲸》虽然也描写一位少年水手在海上的成长经历,它的隐含读者显然是成年人,而不是青少年。原因很简单,当时美国的教育并不发达,教育的普及率也不高,大部分青少年都还是文盲。当时很多作家都是靠了坚韧的毅力,自学成才,成长为作家的,比如杰克·伦敦。

美国从 19 世纪末开始实施义务教育,开始是六到九年不等,各州实施的时间和年限也很不一致。实施全国统一的十二年义务教育(从小学到高中)是二战以后开始的。中等教育的普及,大大提高了青少年的阅读能力,很快产生了一个巨大的阅读消费市场。然而,当时文学界的主流却是思想上对西方文明的失望和颓废心态与艺术上对小说形式的试验探索结合在一起,出现了越来越多内容晦涩、形式怪诞的作品,如黑色幽默、荒诞派小说、实验小说等,这些作品很多都不适合青少年阅读。因此,一些作家开始专门针对青少年读者群,创作适合这个年龄阶段的文学作品。这个现象主要是从 20 世纪 50 年代以后开始,经过 60 年代的发展,70 年代已经蔚为壮观了。在以青少年为隐含读者的作品中,成长小说占据了很大的比例。

战后美国成长小说的繁荣给任何全景式的描写带来了巨大的考验,分类描写是必然的选择。分类的方式很多,但是选择分类标准却是一个难题。可以按照年代写:50 年代、60 年代、70 年代、80 年代、90 年代、新世纪等;也可以按照青少年成长的社会环境写:富裕家庭青少年成长、中产阶级家庭青少年成长、贫穷家庭青少年成长、知识家庭青少年成长、城市青少年成长、农村青少年成长、单亲家庭青少年成长等;还可以按照种族写:白人家庭青少年成长、犹太人家庭青少年成长、非洲裔家庭青少年成长、亚裔青少年成长、拉美裔青少年成长等等。这些分类方法各有所长,各有其现实的基础和意义,但是也各有难处。最大的难处是,不管哪一种分类方法都只能顾及到一种需求,而难以兼顾其他需要。因此,只能希望随着美国成长小说研究的不断深入,学术界会从不同角度进行研究,集学界同仁之力总可以描绘出一幅比较全面的当代美国成长小说的全景图。

其实,任何分类的企图都是形而上学的,因为一部优秀的成长小说必定具有丰富的内涵和多种解读可能性,不可能仅仅适应某一种分类需要。分类只是为了描写的方便,满足某一种阅读的需求,而分类本身对文学作品的丰富性必定是一种伤害。但是没有适当的分类,要对当代美国成长小说做全景式的概述是不可能的。

类别的形成离不开归纳。其前提条件是一定数量的作品具有某些共性。共性往往体现在超越修辞和句式层面的主题、题材和艺术结构等方面。本节采用分类综合描写的方法:按照读者年龄、作品题材、主题、性别、族裔身份,介绍战后美国成长小说的繁荣景观。通过这种分类描写,我们希望对当代美国成长小说做一个粗线条但具有全景视野的概述,以期对这一时期的重要作家和作品有一个总体的介绍。

如果从读者年龄定位进行分类,当代美国成长小说明显可以分为两类:一是适合青少年读者的成长小说,二是适合青春期后的青年乃至成人阅读的成长小说。属于前一类的作品有:《谁知我心》、《星妞》、《亲爱的汉修先生》、《巴德,不是巴迪》、《少年小树的教育》、《洞》、《公主日记》、《风中无信》、《无家可归的小鸟》、《没有猪儿被宰杀的一天》、《芒果街的房子》、《某个黑暗之处》、《传承者》、《唐老鸭》、《青少年偶像》、《滚雷听到我的哭声》、《局外人》、《巧克力战争》、《制作柠檬汁》等大量作品，其中尤其以获得纽伯瑞儿童文学奖的作品为突出代表。第二类包括《钟形瓶》、《惧怕飞行》、《起始之处》、《克里斯蒂》、《杀死百舌鸟》、《波特诺伊的抱怨》、《黎明之屋》、《秀拉》、《所罗门之歌》、《紫色》、《第一学期》、《中国男孩》等等。区分这两类作品的主要参考标准是语言难度、思想深度和性描写程度三个方面。前一类语言比较简单，内容易懂，不涉及性描写。第二类有一定语言难度，思想内容更加深刻丰富，甚至较隐晦，可能包含性描写。

根据题材划分，当代美国成长小说更是丰富多彩。题材指“构成文学和艺术作品的材料，即作品中具体描写的生活事件或生活现象”①。美国成长小说题材广泛，内容丰富，涉及社会生活和青少年成长的方方面面：学校教育、家庭教育、单亲家庭、青少年友谊、生存技能、早恋早孕、强奸、种族歧视、种族偏见、艾滋病传染、宗教情结、离家出走、生态环保、青少年暴力、性幻想等等。那种单纯以善恶的寓意来引导和善诱青少年成长的童话模式，已经不能适应当代美国青少年的审美和思维要求。让青少年面对社会现实，了解社会真相，增加观察和适应社会的能力，成为当代美国青少年文学的主要定位。

在当代美国成长小说中，还有相当数量的作品截取某个历史

① 中国社会科学语言研究所词典编辑室编：《现代汉语词典》，北京：商务印书馆1980年版，第1116页。

时期为故事背景，以反映那个时期青少年的生活状况和他们在特定历史时期的成长之路，用历史题材宣传珍爱生活、战胜困难、互助友爱、自强自立、家庭亲情等观念。这类作品有《风中无信》、《孤女流浪记》、《巴德，不是巴迪》、《背井离乡的365天》、《远离芝加哥的地方》、《给星星编号》、《中国男孩》、《上帝的特选》、《滚雷听到我的哭声》等。这类作品通常具有“忆苦思甜”的性质，通过展示动荡年代或艰难时代的生活场景和故事，来反衬现代生活的富足与和平，通过再现历史以教育和感化当代读者。不少作品把30年代的经济大萧条、二战期间的犹太人生活，拓荒时代的坚忍不拔，甚至更远年代的艰苦环境作为故事背景，再现人类曾经经历的苦难和磨难对人物性格的锤炼。比如《风中无信》以30年代初的经济萧条为背景，揭示失业和贫穷对人性的扭曲，连家庭亲情都在严酷的现实面前遭受考验。大都市的市民成为经济危机最直接的受害者。对于这些没有土地的人来讲，失去工作意味着失去生活来源，连买食物的钱也没有。流浪、乞讨、焦虑、到处找工作，成为那个年代较为普遍的人生经历。在人人为温饱而挣扎的环境下，人的尊严、良知和人性受到严峻考验。一些人变得冷漠消沉，一些人表现出自我牺牲的高尚精神。艰难岁月中成长的青少年较早地走向了自立，大多数人通过了考验，少数人失去了生命。该小说中三位少年结伴去西部谋生，其中一位死在爬火车的时刻。对于绝大多数当代美国青少年来说，经济大萧条只是一个遥远而模糊的历史概念，只能通过阅读来了解。而小说与历史资料的重大区别在于，小说以鲜活的人物把历史生活化，历史通过人物的生活经历和心理感受走进读者的心田，成为他们的知识库存，转化为可以通过故事和人物产生联想、回忆和感知的生活经验。

我十九岁时，纯洁是最重要的事情。世界在我眼里不是什么天主教与新教的区别、共和党与民主党的区别、白人与黑人的区别、男人与女人的区别，而是失去纯洁与没有失去纯洁的人的区别。而且这就是人与人之间唯一重要的区别。①

艾丝特最后终于如愿失去了贞洁，她把这次经历看作是一次重要的成人仪式，并且很满意让一个有学问的、有性经验的年轻数学教授破除了她的处女身。当看到流出的血时，她满意地微笑了，称"我感到自己成为伟大传统的一部分。"

艾丝特生活的时代是新旧观念交织的时代。一方面是更多的妇女走出家庭，接受大学教育，并寻找合适的职业；另一方面大多数妇女仍以家庭为主，即便接受大学教育，也是为了找到地位更高的丈夫，就像小说中亚马逊旅店里的那些年轻女士们一样。艾丝特以前的生活是成功的，她学习优秀，获得各种奖学金，男朋友是耶鲁大学医学院的学生。她对自己期望很高，曾为自己描绘出一幅生活事业双丰收的理想蓝图。但 19 岁后，她的见闻和经历向她证明，生活远非拿高分那么简单，生活中有许多不如意的事情。女性身份更加限制了她的发展机会。单就作为女性而言，她想要体验性生活，却害怕怀孕；她想结婚，却恐惧日复一日的家庭劳务。曾有学者这样描述社会转型期人们的心理困惑：

在文化快速变迁的情形中，用以穿越迷津的传统方式可能不再适用；新的目标出现了，而通向目标的途径虽可揣测但

① Sylvia Plath, *The Bell Jar*, p. 77.

还因存有障碍而难行。个人可能变得有点同时受到两种文化的影响,可能利用传统的价值观与伦理肯定新的行为策略。这就需要在认识上有一次复杂的重组,让个人重新构思新的世界观,构思应付世界的新策略及新道路。①

艾丝特的挫折在于,她是那个时代一位年轻的先觉者,虽然敏感地注意到女性受到的束缚和虐待,却不知道该怎样改变命运,在她的身边没有哪位成年女性的生活是令她羡慕的。因此,她缺乏生活的榜样和目标,不知道该如何打破社会对女性发展的压制。加之她与多位男性的交往挫折极大地打击了她的自信。马斯洛的发展心理学认为,当人的基本需求,包括安全与保障、爱与归属、他人的尊重、自我尊重等受到挫折时,都会出现心理变态症状。这种需要得到满足之后焦虑就会平息,受到挫折就会使人生病。② 在基本需求之上是人的发展需求,即人存在的价值,从低到高包括:意义、自我满足、轻松、乐观诙谐、丰富、单纯、秩序、正义、个人风格、活跃、美、善、真等。艾丝特从纽约回到家后,她的心理病变愈来愈严重,越来越沮丧,她服用了大量安眠药企图自杀。

当代女性成长小说既有表现艾丝特那样抱憾自己的身份,哀怨自我发展难以实现的小说;又有《公主日记》那样对生活充满乐观期盼和想象的流行小说。前者旨在抨击美国社会存在的弊端,后者旨在激励青少年热爱生活,相信自己的潜力,勇敢接受生活的

① 罗杰·M.基辛:《当代文化人类学概要》,第93页。

② 弗兰克·G.戈布尔:《第三思潮——马斯洛心理学》,吕明、陈红雯译,上海译文出版社2006年版,第45—47页。

挑战，就像米娅那样，从憎恨公主身份到接受事实，并勇敢地改变自我。严肃的小说主要受到学界的好评，而大众则喜欢轻松乐观的流行小说。平凡生活中的快乐想象和不期而至的好运是白日梦的生动再现，可以说是人类集体无意识的一种宣泄形式。

在20世纪后半叶发展壮大起来的少数族裔文学作品中，种族身份意识是一个重要的主题。在这些作品中，大多数主人公都不得不面对自己的种族身份问题。即便是《最蓝的眼睛》中的佩科拉和《唐老鸭》中的唐纳德那样的少年，虽然一心想摆脱自己的民族身份，融入白人社会，却不断在他人的眼光中，看到自己身上抹不掉的民族痕迹。他们的肤色就是改变不了的外在特征。即便他们想主动融入美国主流社会，其皮肤颜色、黑眼睛和黑头发就是他们种族身份的符号，影响了人们对他们的态度和先入之见，迫使他们不得不面对自己的民族身份。

在《最蓝的眼睛》中，佩科拉无论在外还是在家都微不足道，因为她是一位黑人女孩。她羡慕电影明星秀兰·邓波儿，认为自己的不幸都是因为没有邓波尔那样的白皮肤、蓝眼睛和金色的卷发。14岁的佩科拉缺乏必要的关爱和指导，在盲目追求蓝眼睛的过程中不堪打击，精神失常。

在赵健秀的《唐老鸭》中，12岁的唐纳德讨厌中国人和唐人街，希望别人不要把他看成一个华人。但事与愿违，他是一个生长在唐人街的华裔后代这个事实总是无法摆脱。与《最蓝的眼睛》中的佩科拉不同的是，唐纳德有一个温暖的、关心他成长的家庭。父母没有因为他的幼稚幻想，打击或辱骂他。他们宽容地接受他成长过程中的过错，给予必要的指导，给他改正错误的时间和机会。因此，唐纳德能够顺利度过幼稚的童年。

唐纳德的父亲借儿子发现白人掩盖华人贡献的史实教育他说:“他们不把我们的名字写进历史书,又怎样呢?你很惊讶是不是?如果我们自己都不去书写自己的历史,他们干吗要写我们呢?”父亲让他认识到,一个民族如果自己都不重视自己、尊重自己,自然不会受到别人的重视和尊重。父亲借此机会批评他的错误:信任白人,不信任自己。自以为只要听从白人的话,按照他们的规矩行事,就会受到关照和接受。父亲告诉他,他是在做梦,还对他说:“你必须自己记下自己的历史,否则就失去了历史。”①

唐纳德的父亲表达的观点也是当代少数族裔文学中一种流行的观点,即一个人的民族身份,无论是否愿意接受,都是客观事实。回避事实,永远也解决不了问题。而要了解自己的身份,就必须知道“我是谁?我从哪里来”,即我的根、我的历史。这是“我将何处去”的先决条件。失去对这些问题的回答,就失去了对自我的认识。个人就会成为茫茫世界中迷失了方向的孤儿。这种观点在当代美国社会非常流行。美国学者大卫·雷·格里芬在对比现代精神和后现代精神与时间的关系时认为,现代性的“进步神话”通过把“现代科学”和原始的以及中世纪的“迷信”加以对照,来诋毁过去和传统,把现代性说成是“启蒙”,把过去说成是“黑暗的时代”。人们因此只专注于目前。后现代精神与过去和未来建立起新的联系,“恢复了人们对过去的关注和敬意”②。他说:“在后现代精神看来,当下的经验在某些方面和某种程度上自身包容了整个过去

① Frank Chin, *Donald Duk*, Minneapolis: Coffee House Press, 1991, p. 123.

② 大卫·雷·格里芬:《后现代精神》,第5—23页。

的经验。”[1]这种历史观必然影响人们对自我和民族身份的认识。传统、历史和过去的经验成为自我认识的重要部分，联系着现实的自我与自我的未来。

身份意识和历史意识导致了种族文学中另一个元素的流行——寻根。主人公回到祖籍地以获得对本种族的认知。“离开是为了归来”成为一种叙事模式，即主人公离开限制个人发展的社区，走进历史，走进更加广阔的世界，汲取养分，以便将来回归自己的社区，为它的发展做出贡献。《芒果街的房子》中的叙述者艾丝珀兰姹在故事结尾时就申明：

> 有一天我会收拾起我的书和纸向芒果街告别。我太强壮了，这里再也无法容纳我。有一天我会离开的。
>
> 朋友们和邻居们会问，艾丝珀兰姹怎么了？她带着那些书和纸去哪里呀？她为什么要走那么远？
>
> 他们不会知道，我离开是为了归来。为了那些我离开的人。为了那些无法离开这里的人。[2]

“离开是为了归来”的意识，早在波·马歇尔的《棕色姑娘，棕色砖房》和《喜福会》等作品的结尾就有体现。在不少种族文学中，主人公的成长都包含了强烈的身份意识。他们通过与外界接触，获得了自我认识——意识到自己属于特殊的种族和社团，而自己

① 大卫·雷·格里芬：《后现代精神》，第24页。

② Sandra Cisneros, *The House on Mango Street*, NY: Vintage Books, 1984, p. 110.

的种族是弱小的，被人轻视的。外界不会因为他个人的才能或特殊性而区别对待他，所以他必须上路，为自己、为自己的民族谋求新的发展空间。他们踏上的旅途通常有两种：一种是走进历史，从本民族的历史中寻找精神养分，发现支撑本民族繁衍生存的文化精髓；另一种是走进多元文化社会，知己知彼，学习其他民族先进之处，开拓本民族新的发展空间。

第三节　自我与社会的协调

确定了我是谁，只是给自己找到了一种社会归属感，使漂泊的灵魂有了可以归依的港湾。美国社会是一个个人主义社会，重视个人价值的体现。个人的价值取决于他在这个社会中的独立性，或者说他拥有的区别性特征。如果说身份认同是为了寻找归宿的话，个性定位就是为了寻找自我的价值，我有什么可以在这个社会上安身立命。这是青少年成长必然面临的问题。弗雷顿伯格认为，个性化是青少年成长的专利。“在所有人中，青少年是最具有个性的；他们强烈的个性常常让成年人难以接受。随着合作、团队顺应成为普遍深入的社会规范，容忍成为社会行为的基础，个性化成为虚假的愿望，青春期越来越困难。”他还认为美国的高中教育越来越具有阻碍个性化发展、助长同一性的倾向。①

西方学界还有一种流行观点，即儿童是成年人的精神之父。在这样的世界里，老年人不仅不是智慧的化身，反被认为精神昏

① 参见 Edgar Z. Friedenberg, *The Vanishing Adolescent*, p. 29,79.

聩、年老体衰。这种观点认为,人天性中的善与真被社会机构、学校和学术机构压抑和阻碍。因此,一个年轻人要获得对世界纯真的认识,必须摆脱社会流俗,尊重自己的个性,跟着自己的心性走自己的路。小说《星妞》就是把这种观点人物化、故事化的代表,一个特立独行的姑娘改变了整个校园的氛围。

> 从来没有在课堂上发过言的学生开始发言了。"致编辑的信"占了学校第十二期报纸的整个版面,有上百名学生客串了春季讽刺剧,有个学生创办了摄影俱乐部,另一个学生扔掉了运动鞋,穿上了哈什帕拔鞋,一个平时朴素、腼腆的学生把脚趾甲染成了鲜黄绿色,一个男生满头紫发出现在我们面前。学生身上骚动的个性爆发了。①

虽然染发、染指甲不是什么值得提倡的个性表达,但作者显然认为这是一种活力和个性的象征。小说这样写道:"具有讽刺意味的是,当我们发现自我,突出自我的时候,一个新的集体却形成了——活力、存在,一种从未有过的精神。"②在以现实主义为基调的当代成长小说中,《星妞》更像一部观念化小说,即作者希望美国青少年中出现一些星妞一样的人物,而现实生活中星妞是不存在的。也就是说,星妞不具有现实代表性。作者显然是想利用文学的教育感染功能去影响青少年读者,因此,塑造了一个性格独特,具有博爱之心,坚持善行,无视流言飞语,特立独行的中学生形象。

---

① 杰里·斯皮内里:《星妞》,陶咏译,南京:译林出版社 2004 年版,第 45 页。
② 同上,第 45 页。

她来无踪，去无影，就像一颗流星，在黑暗的天空闪亮而过，留下人们对她的思念。

该小说中的考古学家、星妞的启蒙老师亚齐评价星妞说："有时候我思忖应该是她来教我。她似乎和我们这些人失去的某些东西有联系。……世上有一个我们共同居住的地方，但是我们并不太在意，我们只是偶尔意识到这么一个地方，每天连一分钟都不到。"①亚齐老师没有点破的这个地方就是人性中纯真、善良之福地。星妞的所作所为让她身边麻木的、堕落的人感到惊讶和警醒。

在星妞的故事开始前，有一个短小的引子，关于"豪猪领结"。叙述者"我"，即雷欧，讲述了他与豪猪领结的故事。他的叔叔彼得有一枚豪猪领结。小时候，他经常去摸，彼得叔叔总是耐心地站在他面前，让他玩弄领结。12 岁那年，他们家要搬到亚里桑那州去，彼得叔叔把那枚领结送给他作为"分别纪念"。从此，他开始收集豪猪领结，但两年之后还是只有一枚。在他过 14 岁生日时，妈妈在当地报纸"家庭栏目"里介绍了雷欧，最后写道："作为一种爱好，雷欧 · 博罗克喜欢收集豪猪领结。"几天以后，他放学回家时，在家门口的台阶上放着一个塑料袋，里面有一个系着黄丝带的包裹，上面写着"生日快乐"。包裹里是一枚豪猪领结。他一直不知道送礼的人是谁。从这个事件中，雷欧得出一个结论："没有想到当时会有人在注视我。我们都被人注视着。"②这段引子传达了两个深层含义：一是对活着的"圣诞老人"的敬爱；二是要注意自己的行为，因为我们都被人注视着。小说里的星妞就是一位"圣诞老人"

---

① 杰里 · 斯皮内里：《星妞》，第 111 页。

② 同上，第 2 页。

似的女孩，关注着他人的需求，并试图用自己的言行去感染带动他人。

对于星妞这样一个异类人物，同学们反映各异，有人喜欢，有人讨厌，有人说她是校方安插的疯子，因为学校里的青年人太沉闷。她知道同学们的生日，并在学校餐厅里，给过生日的同学唱生日祝福歌。她的穿着与众不同，标新立异，而其他同学都穿同样的衣服，以同样的方式说话，吃同样的食物，听同样的音乐。“甚至我们中的傻蛋身上也带着米嘉地区中学的痕迹。要是我们碰巧有点与众不同的话，我们会像橡皮筋一样很快地弹回原处的。”①在过道上，星妞会向根本不认识的人说：“你好！”她给同学们留下了“怪异”、“傻呆”的印象。

星妞渐渐在改变着她周围的人。万圣节来临时，教室里的每个人都发现自己的课桌上有一个冰糖南瓜。不用问，大家都知道是星妞干的。不少人渐渐喜欢她了。“我们发现我们渴望上学了，渴望看见她有什么新花招。她给我们提供了谈话的资料，能使人感到快乐。”②到了感恩节的时候，星妞已经成为学校最受欢迎的人，她的影响也更大了。人们不再只是擦肩而过，他们会点点头，相视而笑。“我们还知道了各自眼睛的颜色。”③

如同叙述者雷欧评价的那样，星妞太与众不同，“她是一个未知的领域，不安全，我们害怕涉足太深”④。与其说星妞不像任何人，不如说世上根本没有星妞这样的女孩。她是作者为小读者们

① 杰里·斯皮内里：《星妞》，第10页。
② 同上，第26页。
③ 同上，第44页。
④ 同上，第26页。

树立的榜样。这个榜样告诉读者：你没有必要屈从于大家的爱好、兴趣和行为方式，只要你做的事情对大家有利，就大胆地做吧。它还通过与众不同的星妞告诉年轻读者，个性和特殊性是值得保持的品质，一旦这些品质消失了，这个社会将十分乏味和沉闷。当然，个性和特殊性的基础是像星妞那样与人为善，而不是纯粹的稀奇古怪。

观念化小说的问题在于它与“真实”的距离较远，减少了故事的可信度。也就是说，比较虚假。尽管现在不少作家都强调文学作品的虚构性，刻意增加一些虚假、幻想，甚至魔幻的成分，但人们往往把这类作品当作消遣和娱乐看待，不会认真对待它、相信它。《星妞》的问题主要也在这里，它的虚假成分可能会阻碍作者教育意图的实现。

以悲剧效果强调个性和独立人格的重要性，是另一种文学表达方式，如科米尔的《巧克力战争》。在这部小说讲述的“三一高中”里，“守夜者”帮控制了学生生活，这个团伙的头目阿齐是权力中心。与阿齐性格相像的代理校长里奥也是一个玩弄权术的人。他们的残忍和不可捉摸的邪念让学生们害怕，绝大多数学生不敢招惹他们，宁可忍气吞声受他们作弄。有了一帮顺从的大众，他们更是为所欲为。一年级新生杰瑞受到一幅宣传画的鼓动，想试一试宣传画中所说的“撼动一下这个世界”，结果他被打得头破血流。《巧克力战争》给读者展示了个性泯灭的可怕后果。有了大多数人随波逐流，就会出现主导潮流的少数人；由于大多数人的顺从，主导潮流的人很有可能因不受监督，失去舆论评价这面镜子而被权力腐化，变为霸权主义者，从而提供滋生罪恶的温床。

杰瑞和星妞都是具有个性、不随流俗的人。他们自然成为学校的异类，与学校形成对立。有学者说，个人与他者的冲突是与生俱来的。这种冲突在青春期对个人发展尤为关键。甚至可以说，青春期就是这种冲突。通过冲突，个人认识到他与环境之间复杂、微妙和珍贵的区别。在一个没有区别的社会，在一个不允许存在区别的社会，自我与他者就无法区分，“青春期”就失去了意义。①青春期的冲突是辩证的，它引导个人协调自我与他者的关系，引导青少年进入社会，并成为既有批判能力、又有包容能力的社会成员。不过杰瑞和星妞经过与环境的痛苦冲突后，能够在多大程度上坚守个性，同时又融入环境，实现自我与社会的协调，则是小说留给读者的思索。

80年代以来，多元文化主义渐渐在美国树立起意识形态的正统地位。多元文化思想与美国人崇尚的个性化和民主精神携起手来，逐渐成为一种社会的主导思潮。多元意味着多种个性、多种风格、多种文化的并存，意味着自我与他者的共存和协调。这是当代美国成长小说的一个突出思想。

第四节　学校教育的悖论

青少年成长离不开教育，学校是社会帮助青少年实现社会化的主要制度安排。教什么？如何教？什么场合教？什么时间教？对这些问题的不同回答构成了不同的教育理念。当代美国成长小说中，也不乏作者通过人物和故事表达个人的教育思想。《克里斯

① Edgar Z. Friedenberg, *The Vanishing Adolescent*. pp. 33—34.

蒂》中的同名主人公受到传教士的鼓动，来到贫困山区教学。她认为丹麦格兰特维格主教的教育理念值得推广。该主教认为，不应该把童年看成是成年的预备阶段，童年有自身的特点，成年人应该充分尊重儿童的特点，太多的智力活动会抹杀掉儿童心灵的养分。应该让孩子们跑动、玩耍、建树屋、捉萤火虫、躺在地上观察行云，为孩子们提供健康的环境，让他们的心灵自由驰骋。他还认为，儿童成长的每个时期都需要特殊的教育。青少年时期，除了上课之外，应该安排许多体力活动，让他们做一些将来可能从事的职业工作，多动手，并学会尊重体力劳动，多有一些体育运动。他认为，十七八岁是觉醒的时期，应该接受严肃的教育。在他兴办的“大众学校”(folk school)，没有考试。学校的目的是帮助青年寻求答案。他的教育方针是培养青少年对国家和人民的爱，乐观地生活，善于解决问题。借小说主人公来介绍和宣传这种教育思想，暗示了作者本人的认同。

美国社会有一种比较流行的观点，即书可以自己读，孩子可以自己教，学校并非是孩子受教育的唯一场所，甚至未必是理想场所。这一认识具有悠久的传统。林肯和爱迪生的母亲们的成功家庭教育，长期以来鼓舞着一些母亲给幼年的孩子特殊的、符合他们个性的教育。一些母亲对公立学校教育质量心存疑虑，宁愿亲自负责年幼子女的教育。她们通过一定的申请程序和评估，让孩子在家学习，孩子定期参加政府规定的考核，以审核他们的家庭教育是否达标。美国成长小说中，一直不乏对学校教育的批判，如《芒果街的房子》中，艾丝珀兰妮的父亲说，没有人会去公立学校，除非他不想学好。无独有偶，《公主日记》中米娅在日记中写道：“告诉你吧，如果父母们知道在美国的高中里每天都在发生些什么，他们肯定都会赞同孩子们在家里学习的。”[①]米娅的感叹来自学生们对恋爱问题的过分关心，她的男朋友科力想要跟她接吻，由于她并不爱他，所以故意躲避。这件事仿佛整个学校都在关心，让她觉得难堪。《麦田里的守望者》中的霍尔顿，更是一个反感学校教育的当代少年。在他的眼里，连校长都是一个道貌岸然的势利眼，在这样的人领导下，虚伪势利的人扎堆，也不足为奇。《杀死百舌鸟》中的珍也一直讨厌学校教育。她说：“卡罗琳小姐不过二十一岁。”[②]这句话包含了双重意义：一是她很年轻，二是她的教学经验不足。卡罗琳小姐发现珍·露易丝入学前就已经会读书识字了，很不高兴，让珍转告她的父亲，不要再自己教育孩子了，还抱怨他的教育给她带来了麻烦。当她发现珍会写草体时也不满意。她告诉珍，一年级只能写印刷体，三年级才能写草体。在这里，聪明、早学的学生，不仅受不到鼓励，还在学校受到压制，必须按部就班地跟其他孩子学同样的东西。刚入学的珍对卡罗琳小姐的教育非常反感。她只好在课堂上给住在外地的好友迪尔写信，来打发时间。

卡罗琳小姐对小孩子心理的了解，以及对当地居民的了解，有时候还不如珍。她坚持要借钱给没有带午饭的沃尔特·肯宁安，珍则婉转地提醒她：“他是肯宁安家的人。”卡罗琳小姐一再追问，珍才不得不告诉她：“肯宁安家的人从来不拿他们还不起的东西——不要教堂的施舍，不要人家的钱。……他们自己有多少花多少。”[③]珍直率地告诉老师：“你说的话羞辱了他，卡罗琳小姐。

---

① Meg Cabot, *The Princess Diaries: Third Time Lucky*, Macmillan Children's Books, 2002, p. 43.

② 哈泼·李：《百舌鸟之死》，舒逊译，上海：上海译文出版社1984年版，第19页。

③ 同上，第24页。

沃尔特家里没有两毛五分钱还给你，而你又用不着劈柴。”[1]珍知道，沃尔特的父亲会用柴火、坚果等物品支付所欠的债。但她的解释反而惹怒了老师，遭到严厉的训诫。上学头一天就遭遇种种打击，珍想出了好几个逃学方案。她把想法告诉了父亲，父亲用种种道理开导她，才说服她继续上学。这部小说中，珍多次表示出对学校教育的不满。她说：“当我在梅康姆县立学校吃力地上完那漫长的学程时，总有一种上当的感觉。究竟上了什么当我也弄不清，可我总有点不相信亚拉巴马州让我上学的本意就是硬让我度过这么枯燥乏味的十二年。”[2]她的哥哥安慰她说，他开始上学时也是这样的，一直到六年级才真正学到些有价值的东西。

珍的抱怨反映了特定时代和区域里存在的教育问题：基于工业化时代特征的教育模式过于刻板，教师不能因材施教，鼓励学生主动学习。另外，一些教师的道德素质也与教书育人不般配。珍就指出，老师批评希特勒对犹太人抱有偏见，却对自己的种族偏见浑然不知，习以为常。

当代美国成长小说中，关于学校教育问题的小说最典型的恐怕还是罗伯特·科米尔的《巧克力战争》。在这部小说中，以阿齐为首的“守夜者”秘密团伙经常欺压同学，并胁迫内部成员完成一些无聊的恶作剧，破坏正常教学秩序。学校对这个团体采取默认的态度，一个重要原因是校方认为有这帮“守夜者”控制，学校不至于像其他高中那样四分五裂，发生学生游行示威等让学校难堪的事。“守夜者”中尽管也有人讨厌阿齐的霸道和无聊，但他们敢怒

① 哈泼·李:《百舌鸟之死》,第26页。
② 同上,第39页。

不敢言。"守夜者"的秘书欧比就既厌恶阿齐,又嫉妒他聪明的头脑和丰富的想象力。阿齐凭借灵活的头脑,依靠几个体力强壮,缺乏理智的成员来巩固他的领导地位。连学校的一些老师也有些惧怕这个组织,不愿意招惹他们。邪恶势力因此在校园壮大起来。"三一高中"是一所宗教学校,但这里发生的故事背离了宗教的博爱精神和道德规范,这里没有对上帝的敬畏,只有对阿齐和"守夜者"的恐惧。在小说结尾,载走杰瑞的救护车拉响的汽笛就像鸣响的警钟,响彻在美国社会。

通过实证研究,心理学家已经证明,个体的攻击和反社会倾向依赖于文化和亚文化对攻击行为的宽容程度。生活在同一社会环境中的青少年,有些人具有较高的攻击性,原因在于他们通常生活在能够培植敌意和反社会行为的家庭环境中。[①] 在《巧克力战争》中,父母几乎是缺席的,看不到他们对青少年产生影响,更没有监管。斯皮内里的《星妞》中也同样揭示了美国普通中学存在的问题:缺乏道德教育和人文关怀教育,缺乏精神内核,缺少个性和创新。按照叙述者雷欧的说法,球星怀特·帕就是学校的代表,而他只不过是一个头脑空虚、爱慕虚荣的人,最大抱负就是成为《先生杂志》上的封面人物。"要是把全体学生身上的东西一层层剥掉的话,你会发现核心的东西不是所谓学校的精神,而是怀特·帕。"[②]

青少年必须读书学习,才能获取知识、学问、智慧和教养。这是人类普遍的信念。与学校教育受到的众多批评相比,家庭教育

① 大卫·谢弗:《发展心理学——儿童与青少年》,第516页。
② 杰里·斯皮内里:《星妞》,第22页。

常常受到美国作家的肯定。在《少年小树的教育》中,小树和爷爷尽管不识字,却常常从图书馆借回莎士比亚的剧本和历史书,让识字的奶奶朗读给他们听。爷爷常常一边听,一边发表他对书中人物的看法。文学作品为他们提供了一所虚拟的道德法庭,借此少年小树吸收了奶奶爷爷为人处世的原则。爷爷奶奶还告诉他,如果一个人不知道过去,就不会有未来;如果不了解族人过去的遭遇,也不会知道他们将何去何从。爷爷朴素的话语包含了深刻的哲理,了解过去其实就是学习历史,了解历史上的成功经验和失败教训,人类才会变得更加聪明,才会为未来发展作出明智的选择。

家庭是青少年人格及心理成长的最佳环境,在美国成长小说中已经成为一种流行的共识。在《相约星期六》里,当视角转向学校时,问题重重:新来的同学受欺负、残疾老师遭捉弄、课堂遭恶意捣乱等。尽管只是少数几个人,但却是害群之马,同学、老师都可能成为他们的受害者。相反,当视角转向家庭时,我们看到彬彬有礼的朱利安有一个彬彬有礼的父亲,他勤劳、热情,在儿子的协助下,经营起小旅店。诺亚不仅有乐于助人的爷爷奶奶,妈妈对他的管教也比较严格。伊桑在家经常帮妈妈干活,处在妈妈的管教之下。尽管该书有一些篇幅描写学校生活,但选取的事件都是展示"灵魂组"的成员如何解决在学校遇到的麻烦。连他们获得的竞赛知识都主要来自"灵魂组"的周六聚会。与其说学校教给了他们什么,不如说学校成为锻炼他们解决人际交往问题的场所。不少美国成长小说都强化了这样的认识,恐怕也助长了现实生活中家长对学校的不满情绪。

第五节　社会情感的培育

家庭是儿童成长的第一空间，亲人是儿童成长的第一参照。亲情关系是儿童感受到的第一种社会关系，儿童在亲人身上观察和体会社会的含义。在青少年成长问题上，当代教育者普遍认为，感受爱是施与爱的先决条件，期待儿童产生亲社会情感、做出亲社会行为，必须首先让他们感受到家庭、亲人、长辈和社会的关爱，在关爱的滋润下成长。这种观点在诺贝尔文学奖获得者托尼·莫里森的小说中反复出现。

莫里森认为，自爱源于被爱。一个孩子首先需要享受到被爱，体会到自我价值和他人的尊重，才会产生自爱和自尊。没有体验过母爱的孩子，不懂得如何爱自己。一个人若没有自爱，他的"自我"就处于迷失的状态。① 然而，客观现实不容乐观，不少儿童在孤独无助中长大，只能从同伴那里寻求亲密关系和互助友爱。这与当代美国家庭结构的变化有密切联系。当代社会不仅有越来越多的单亲家庭、再婚家庭和血缘混合家庭，还有越来越多的母亲在外谋职，儿童受到的关注相应减少。加之美国文化中的个人主义引导人们关注自己的事务和个人发展，使得家庭成员间的关系纽带也越来越松散。西方学者在观察工业化社会中的儿童状况时指

① 参见 Andrea O'Reilly, "In search of my mother's garden, I found my own: Mother-love, healing, and identity in Toni Morrison's *Jazz*", *African American Review*, Vol. 30 (3), Fall 1996。

出:“过分繁重的工作使家庭生活出现枯萎,亲人之间的联系正在萎缩,社会与年轻人之间的隔膜越来越大,年轻人更多地被作为消费者而不是儿童来对待。”①所谓作为消费者,指父母为他们提供经济上、物质上的资助,忽视了他们是需要陪伴和关爱的未成年人。面对这样的现实,呼唤家庭亲情,成为当代美国成长小说中的流行元素。

《杀死百舌鸟》是一部表现家庭关系的成长小说,浓浓亲情、专制无情和放任自流的三种家庭关系形成鲜明对比。小说的故事围绕三个主要家庭展开,少年吉姆和妹妹珍生活在充满关爱的家庭,邻居亚瑟生活在专制冷酷的家庭,梅耶拉生活在贫穷愚昧的家庭。吉姆和珍的母亲早逝,父亲阿蒂克斯既当爹又当娘,还是他们的朋友。孩子们称呼他“阿蒂克斯”,遇到困惑都会向他讲述,而且总能够及时得到建议和开导。他不像其他成年人那样严厉,不容错误,批评多于提醒。他能够理解孩子们的某些“越规行为”,认为是好奇心驱使他们做出一些违背成年人愿望的事情。这些行为没有对他人构成真正的伤害,所以他能够容忍。小女儿珍常常会在晚饭后,坐在他的腿上,听他读报,并因此成为小神童,还未上学,就学会了读书识字。

父亲对孩子们的爱护,培育了他们的爱心。吉姆见沃尔特·肯宁安没有午饭吃,便邀请他一起回家吃饭。听说隔壁有一位外号叫阿布的人十几岁就被关押在家,二十多年不许出门,他们从害怕到好奇,发展到同情和关心这位被关押的邻居。在大多数白人

① 参见居伊·勒弗朗索瓦:《孩子们——儿童心理发展》,王全志等译,北京大学出版社2004年版,第13页。

歧视和欺压黑人的时候，他们能够无视舆论压力，坚持和善良的黑人站在一边。在父亲遭遇一些极端偏执的白人乡民攻击的时候，吉姆领着珍和他们的好友迪尔勇敢地站到父亲身边。结果，是珍对人群中的熟人肯宁安先生天真的问候和关心，化解了一场一触即发的人身攻击。

除了表现和呼唤家庭亲情的小说外，当代成长小说中，还有大量作品从反面揭示亲情缺失对青少年成长的影响。这些作品传达的一个共同声音是：一个没有爱的环境好似贫瘠的土壤，培育不出健康的果实。

爱的缺失导致青少年成长发育不良的范例是托尼·莫里森的几部小说，如《最蓝的眼睛》、《秀拉》和《所罗门之歌》。莫里森曾在多种场合表示，对爱和身份的寻找贯穿在她的大多数作品中①。在《最蓝的眼睛》中，14 岁的佩科拉为了赢得家庭和社会的关爱，一心想变成跟秀兰·邓波尔一样的人见人爱的姑娘。佩科拉在学校受同学欺负；在小店里购物，店员连看都不看她一眼；寄住在别人家里，她遭到女主人的责备，只有这家的小孩克劳迪亚和姐姐对她表示同情和友好。自己的母亲当着外人的面打她骂她，自己的父亲又奸污了她。在她去寻求帮助时，又被人利用，亲眼目睹一条狗在她面前被她毒死。佩科拉彻底崩溃，精神错乱了。小说不仅追溯了佩科拉的成长和毁灭，也间接描写了她的父母的成长背景。他们都是在缺乏关爱的环境中长大，根本不懂得怎样去关爱他人，

---

① 参见 Andrea O'Reilly, "In search of my mother's garden, I found my own: Mother-love, healing, and identity in Toni Morrison's *Jazz*", *African American Review*, Vol. 30 (3), Fall 1996。

怎样去赢得关爱。在这样的家庭环境中长大的佩科拉，情感需求遭到忽视，缺乏自我价值，她只能在不现实的身份渴望和幻想中得到暂时的解脱。

在《秀拉》中，秀拉的成长也同样因为缺乏爱的滋养，结出了苦果。在小说的前半部分，秀拉和奈尔在相互友爱中度过青少年时代。尽管她们遭遇这样那样的困难，都还能在互相帮助和支持下一同长大。后来奈尔结婚，秀拉外出，两位朋友分开了十多年。当秀拉回到家乡，她和奈尔已经成为完全不同的人。奈尔在很大程度上继承了母亲的特征，努力做一位贤妻良母，为了家庭而改变自己的个性和追求。她曾经在少年时代，对着镜子发誓，要与母亲不同，要成为她自己。成年后的秀拉也在很大程度上继承了母亲的特征，她不结婚成家，却跟许多男人上床，不承担责任。秀拉和奈尔完全不同的生活方式拉开了她们之间的距离，两人之间的友爱因为秀拉引诱奈尔的丈夫上床而破裂。奈尔在秀拉病逝前来探望她，恐怕也是为了维护自己受人尊敬的社会形象，做出宽宏大量的姿态来看望快要死去的老朋友。

无论是否成家，秀拉和奈尔都没有能够获得幸福的生活。根源在于她们的生活中缺乏家庭和社会的关爱。秀拉曾经无意间听到母亲告诉别人说，她爱秀拉，但是不喜欢她。如果一位母亲这样评价自己的女儿，她在女儿身上的情感投入以及给女儿的印象可想而知。所以，秀拉能够亲眼目睹母亲被火烧死而不采取行动。一个没有体会到深爱的人，似乎倾向于变得冷酷。秀拉能够不顾后果破坏奈尔的婚姻，再次表明了她的冷酷。所以她遭到社区所有女人的谴责。奈尔也没有获得幸福，原因在于她嫁给了一位并不真正爱她的丈夫。她的丈夫本来有自己的理想和人生计划，但在一个种族歧视的社会里，他的机会一次次被剥夺。他无法展示自己的能力和强壮体力，在灰心失望中，他通过结婚来证明自己的成熟和男人气概，通过对妻子的控制来实现自我能力的发泄。这样的家庭组合自然经受不起时间的考验。

莫里森的另一部作品《所罗门之歌》讲述了黑人青年奶娃的成长。奶娃的父亲对财富的追求胜过对家人幸福的关心。在他家里，没有一个人感受到幸福和满足。两个女儿找不到自己的归属，奶娃像一个长不大的青年。他在朋友吉塔的带领下，来到自己姑姑家。在那里，他真正体验到了家庭的温暖和关爱。这为奶娃后来愿意把生命献给朋友打下了爱的基础。

华裔作家李建孙的《中国男孩》也通过丁改的成长反映了家庭关爱对青少年成长的重大影响。在丁改生活的贫民街区，不称职的父母不仅不能帮助孩子们解决成长中的难题，还无情地把他们推向社会。而贫民窟通常是警察都不愿光顾的地方，弱肉强食的丛林法则主宰街区。然而，人类社会除了有一些被自然动物性支配的人以外，还有一些追求理性和文明的人。正是这些人的存在，才给生活带来阳光和希望。丁改的父亲在银行工作，经常要出差到亚洲国家和地区。大姐和二姐已经能够独立生活，但丁改和三姐珍妮年纪幼小，还不能自立。后母艾黛娜把继子们看作额外的婚姻负担，尤其不能忍受丁改的一口洋泾浜英语。艾黛娜白天把他赶出家门，不准他进屋。丁改弱小的身躯、近视的眼睛和不伦不类的语言成为街头小霸王们欺负、嘲弄的对象。继母把唯一的庇护所——家给锁上，不到吃饭时间不允许他回家。艾黛娜的自私和冷酷把幼小的丁改推进了梦魇般的生活。

暴力得以盛行的重要原因是无人制止。在这个街区还有一些像艾黛娜那样待在家里的妇女，他们对孩子们的打斗几乎不闻不问。丁改的父亲知道自己的儿子在家里家外受到虐待，丁改身上、脸上的伤痕就是明显的证据，而艾黛娜对子女的打骂他也亲眼目睹多次，但他根本不知道该怎样解决家庭问题。他出生在旧中国的一个富裕家庭，移居美国前是国民党的军官，前任妻子继承了相夫教子的传统，从来不需要他操心家庭内政。在他的生活经历中，他只知道男人负责在外挣钱，管家是女人的事。所以当艾黛娜当着他的面打子女耳光时，他从来不干预，或则干脆回避不看。

在这样的家庭里长大的孩子，若身体强悍，就可能成为街头小霸王；若个头矮小，则像丁改那样，成为小霸王们的出气筒和拳击对象。丁改曾勇敢地反击了一个欺负他的小男孩，却被小男孩的姐姐看见，被狠狠地揍一顿。多亏了一位好心的拉美裔年轻人出面干预，才制止了这场狠毒的暴力行为。他不仅解救了可怜的丁改，还决定帮助他摆脱被人蹂躏的命运。他把丁改领回家，当着他的继母和父亲的面说，丁改经常被欺负，他们应该把他送到基督教青年联合会去学习拳击，他可以亲自教他一些防身术。父亲听从了建议，给了丁改十二美元，让他自己周末乘车去基督教青年联合会报到，学习拳击。

丁改在好心人的帮助下，开始看到生活的曙光。黑人教练巴纳热看着这位营养不良、两眼充满恐惧的小孩，非常同情。他让小吃店的店主安吉给丁改足够的食物，把账记在他自己的名下。营养不良的丁改，根本无力接受训练。黑人安吉对丁改的关照胜过其继母。她让丁改帮忙做一点力所能及的杂活，每周付给他一些零花钱，丁改可以到唐人街去买一点他喜欢的中国食品。与安吉的体贴形成对照，丁改的继母为了斩断他们对母亲和中国的思念，不准他们在家做中国菜，还把他母亲千里迢迢从中国带来的东西统统烧掉，包括她的照片。基督教青年联合会里的教练们帮助丁改度过了童年最困难的时期。在他们的培训、指导和策划下，丁改终于击败了不可一世的街头霸王威利，改变了被欺负的命运和胆小如鼠的性格。

《中国男孩》通过两种文化的对照，揭示了美国的家庭观念、婚姻观念和教育观念中存在的问题。这些问题从丁改成长的角度被揭示出来。比如，艾黛娜婚前对丁改的父亲和家庭缺乏应有的了解，她原以为在银行工作的 T. K.（丁改的父亲）很有钱。婚后，她只愿意照顾 T. K.，和他在一起。在她的道德观里，照顾前妻的孩子不是她的责任。她明知丁改在外面受到欺负，却不闻不问，甚至不让他进门，忍心让一个弱小的儿童在毫无指导和保护的情况下自己去适应社会，致使丁改越来越胆小懦弱。

艾黛娜对待孩子的态度，在美国社会比较流行，即把孩子推向社会，让他们在生活的磨砺中去学习应对技能。怀着这种态度，一些成年人几乎不干预青少年的生活，甚至包括打斗。基督教青年联合会的教练们也在一定程度上认可这种思想，都认为丁改只能依靠自己的能力击败大块头威利，才能彻底摆脱受害者的命运。他们通过给丁改壮胆、单独培训、特别指导、出谋划策、制订反击方案，来帮助丁改。说到底，还是要他依靠自己的力量去战胜困难。成年人几乎都不直接出面帮助孩子们解决问题，包括阻止打斗行为。丁改和威利在学校决斗时，一大群观望的人群中也有老师，他们不仅没有及时出面阻止，反倒一起旁观，希望丁改能够打败威利，狠狠教训一下这个顽劣少年。

无疑,学校老师和官方的这种教育观只会助长青少年暴力行为。在这样的社会里,以沈叔叔为代表的中国伦理和教育理念就像鸡蛋碰石头。沈叔叔教导丁改说:“……统治世界的是道德力量,不是拳头。如果街上充满危险,就不要出去。”①当丁改告诉他,是继母逼迫他出去时,老先生只能悲叹:“这太可悲了,但无论怎么可悲,父母的权威是要遵从的。”他还告诉丁改:“你的运气很神秘。这肯定是一次考验。能干的学生,你必须服从圣人之言!不能打斗!”②而黑人教练巴纳热则明确告诉沈老先生,丁改若不学会保护自己,他迟早会被街头恶棍打死。

几位黑人的同情心,促使他们出面帮助弱小的丁改。在他成功击败威利后,丁改才真正找到了自信。以前在妈妈的心目中,他是无价之宝,是丁家的根;在沈老师眼中,他是能干的学生,前途无量。可连生存都受到威胁的丁改,除了在恐怖逃难中练出的飞跑本事外,根本顾及不上其他。有了生存的基础,丁改才可能开拓属于自己的成长空间。

在当代成长小说中,不仅少数族裔家庭和贫民家庭存在情感问题,中产阶级家庭也同样存在阻碍青少年成长的家庭情感问题。卡罗琳·马克勒的《地球、我的屁股和其他又大又圆的东西》反映的青少年成长问题,在中产阶级白人家庭很有代表性。15岁的女孩弗杰尼亚是小说叙事者。她的父亲是软件工程师,母亲是青少年心理学者。父母几乎每个周末都离开他们居住的纽约市,到康纳狄格州的度假村去打高尔夫球,把三个孩子留在家里。平时父

---

① Gus Lee, *China Boy*. p. 235.

② Ibid. ,p. 236.

母也常常在外吃完晚饭后才回家,或顺路带点外卖回家。母亲虽然是青少年心理工作者,但对自己的子女很少关心,很少交流。对进入青春期的女儿,她只是找来一本关于性知识的启蒙书给她们看,叫她们有问题再找她。对儿子,她想当然地把这类知识交给丈夫去教。而照她大女儿的说法,父亲最多不过是给弟弟一包避孕套而已。结果,这位一直让他们引以为豪的儿子,大学一年级就在约会时犯了强奸罪,被学校处罚停学一学期。这件事极大地影响了妹妹弗杰尼亚的生活。她终止了初见成效的减肥计划,断绝了跟男朋友的往来,课堂上总是走神,学习成绩不断下降。她想换一个环境,和好朋友夏伦一家去西雅图过感恩节,但遭到母亲的反对。弗杰尼亚认为父母对自己很不公平,他们对自己严格要求,对哥哥的过错却采取掩盖的态度,极力维护自己的面子。他们不去体会那位受到伤害的女孩的感情,还让哥哥去看球赛、去巴黎度假。在她看来,父母把她的体重问题看得比哥哥的性侵犯行为还严重,好像她长得胖一点比哥哥的犯罪还让全家人感到羞辱可耻似的。

弗杰尼亚对父母教育方式的批评贯穿作品始终,姐姐成为她成长的引路人。姐姐是他们家的反叛者,她不顾父母的反对,报名参加了去非洲的和平队。姐姐临走前主动找弗杰尼亚讨论性爱和贞节问题。她告诉妹妹,一个少女失去处女之身不像电影里表现的那么浪漫,而且告诫她,绝不能跟没有真心交流的异性发生性行为。弗杰尼亚是家里唯一主动去看望被哥哥强暴的女孩并向她道歉的人。小说的结尾,弗杰尼亚越来越像她的姐姐,她逐渐认识到父母的问题和哥哥身上的缺点。透过他人这面镜子,她发现了自己的优点,变得越来越自信。在学校,她逐渐有了更多的朋友,还申请建立了一个网站,组织起一帮乐于参与的同学。弗吉尼亚从一个喜欢躲避的害羞女孩成为一个具有领导才能的学生。

无论是对亲情的赞美,还是对亲情缺失的批评,当代成长小说都在提醒读者家庭关怀的重要性。家庭关怀不仅仅是给青少年提供生存保障和物质享乐,还包括必要的行为和道德引导,让孩子们感受到家庭的安全和温暖,感受到爱的鼓励和支持。像弗杰尼亚父母那样只关心自己的建康和享乐,只关心自己的脸面,以为孩子有吃有穿有学上,就算尽到了家长责任的家长,不是好家长,所以两个女儿都公开反叛他们。

第六节　人类中心的超越

一个人从婴儿到幼儿、童年、少年、青年一路走来,从根本上讲就是一个自我超越的过程。从自我中心到依恋家庭,到走向社会,到承担社会责任,自我不断被超越,爱心不断被放大。这个过程也是我们人类成长的过程。人类与自然的关系也经历了从敬畏神灵、改造自然、征服自然到亲近自然的过程。美国早期的历史就是一部战胜荒野的历史。美国学者纳什在《荒野与美国思维》中写道:

> 有关开拓时期的无数日记、讲演及回忆,都把荒原描绘成要被拓荒部队征服、战胜和消灭的“敌人”……人与荒原捆绑在一起进行殊死斗争的形象令人难以忘怀。修建科罗拉多河大坝系统的倡导者们在50年代提到治理地球,征服荒原是人

类永恒的问题。与此同时，一名美国总统在他的就职演说中鼓励我们去征服沙漠。①

他介绍说，到了19世纪拓荒者的子孙们与城市居民脱离了拓荒时期的艰苦后，距离感让早期的“敌人”——荒野，部分地成为一种浪漫的想象。

人与自然环境的关系伴随着人类成长和发展的历史。不过，到了20世纪50年代以后，它突然成为引人注目的社会问题。一种关于人与自然关系的新的声音开始强大起来。60年代以后我们听到了更加亲近自然的声音。1962年《纽约人》杂志上连载了美国著名生物学家和生态环境保护活动家蕾切尔·卡森的《寂静的春天》。当年年底这本书在美国出版单行本，随后又在英国出版，很快便产生了世界性的影响。《寂静的春天》揭开了环保运动的序幕，引发了激烈辩论和普遍关注。卡森在书中描写了滥用杀虫剂和化学药品给自然生态和人类健康带来的现实和潜在危害。她生动地描述了杀虫剂怎样储存在土壤，进入生物组织，在环境中通过食物链不断传递；雨水怎样被污染，遭到污染的水又怎样进入饮用水源，或者在光合作用下形成新的有害物质，危害大众健康。蕾切尔·卡森提醒世人说：“今天人们对于自然的态度尤其重要。因为，我们已经具有改变和毁灭自然的能力。然而人是自然的一部分，他与自然的战斗其实就是与自己的战斗；我们从来没有像现在这样面临这样大的挑战，即证明我们的成熟，我们的控制力，不是

① 参见爱德华·C.斯图尔特等：《美国文化模式——跨文化视野中的分析》，卫景宜译，天津：百花文艺出版社1991年版，第155页。

控制自然,而是控制我们自己。”[①]她的这一思想已经成为当今美国社会的重要意识形态和生态伦理思想。

这类著作一方面向公众传播生态链的知识,另一方面警告人类,由于环境遭到污染和破坏,我们的健康正遭受到前所未有的威胁。对环境的关心,也许一开始是以人为中心的,因为当人们突然知晓一个地方的环境破坏可以伤及另一个地方的生活质量时,遭破坏一处的环境就不再是当地人的事情;当人们获悉维持生命的资源,如空气、水、土壤、森林等正被惊人地污染和消耗,有毒废弃物在世界范围内扩散,将危及全球以及我们的后代时,当人们亲身感受到大气层被破坏,它对我们的保护能力正在减弱,全球频繁出现极端气候时,人们再也不能无动于衷了。随着对环境问题研究的深入和拓展,对人类中心主义的怀疑和批判上升到新的高度。一系列新的生态价值观逐渐形成,如可持续发展、亲环境发展、生物中心主义、生态中心主义等。

生态学理论正在逐渐改变西方人的思维方式。生态学强调以普遍联系的观点来看待万事万物。对于习惯于把事物进行分解,再对各个部分进行深入剖析的西方人来说,这是一种新的科学思维方式。如美国学者弗里德里克·费雷说:新兴的生态学“包含着全新的科学思维方式的种子正在萌发,它把复杂性作为它的领域,把综合性当作它的认知目标;尽管它同样需要精确性,并且需要以现代的分析方法作为自己的工具。生态学的本性和它的任务要求它必须始终重视巨大而复杂的生态系统、相互作用的有机体和无

① 《纽约时报》在报道卡森去世的消息时所引用的卡森的话。

机环境，它的基本目标就是要理解整个生命系统"①。

生态伦理也在改变着人类的生产和生活方式。生态伦理强调人类只是自然的一部分，而非自然的主宰，人类跟其他生物一起共同拥有这个星球。因此应该保障人类以外的物种的权利，与他们共享这个星球上的资源。能源危机提醒世人，地球的资源是有限的。如何合理开采并保持可持续的和平发展，需要人类发挥智慧与合作去解决环境、能源和生态问题。这种生态伦理与人类中心主义伦理形成对照。人类中心主义伦理鼓励人类通过肆无忌惮的开发，改造自然，征服自然，满足人类日益增长的物质欲望，因此它是一种掠夺性的伦理。美国学者大卫·格里芬分析说：由于人人都希望在对自然界的掠夺中最大限度地掌握和控制世界的自然资源，个人与个人、公司与公司、国家与国家之间的竞争加剧了。这种动机是导致现代殖民主义、垄断资本、跨国公司，甚至战争的主要原因。②

20 世纪 70 年代美国推出了一系列重大的环境立法。这些关于清洁空气、防止水污染、保护濒危物种的立法体现了国家意志。在这些法律出台之前，只有能够证明自己是环境污染的受害者的人才能提出对空气和水污染的抗议。举证的责任被推给了受害者，而且只能在人受到伤害以后才能获得赔偿。

生态伦理作为后现代思想的重要组成部分，出现在 20 世纪后半叶的各种文本中。如科布在"后现代社会政策"中，总结后现代观点的两个特征：第一，人类参与的社会并不仅仅是由人类组成

① 大卫·雷·格里芬主编：《后现代精神》，第 206 页。
② 同上，第 219 页。

的。我们同物理环境,尤其包括构成物理环境的生命体有着根深蒂固的联系。'土地'并不仅仅是表演历史剧的舞台,我们本身属于它,离开了它,我们便无法生存。对我们来说,生物圈是一个极为重要的社会。第二,社会的变化改变着个体成员,但是,社会的变化又是由这些个体成员的微妙的变动引发的。① 斯普雷特纳克在"后现代的方向"中推介绿色运动说,它的一个中心目标是通过广泛参与的方式建立以社区为基础的经济,并强调生态区域主义,通过提高人们对区域的生态、文化、经济特点的认识来培养他们"活得惬意"的感觉的运动。他介绍了美国最大的绿色政治组织——"通讯委员会"提出的一份称为"十种关键价值"的问题讨论清单。它们是:生态智慧、基层民主、个人责任和社会责任、非暴力、权力分散化、社区性经济、后家长制价值观、尊重多样性、全球性责任和未来焦点。其生态智慧包括以下问题:当我们认识到我们只是自然的一部分而非自然的主宰之后,我们应以何种方式对待人类社会?我们怎样才能在地球的生态和资源限度内生存下去,用我们的技术知识去迎接高效能经济的挑战?我们怎样才能在城乡之间建立起一种更好的关系?我们怎样才能保障人类以外的物种的权利?我们怎样才能促进农业生产?我们怎样才能在所有的生活领域内进一步推广生物中心论的观点?②弗罗伊登博格在"后现代世界中的农业"中展望后现代农业的新模式时说,从精神角度看,后现代农业追求土地的健康价值、人类与土地间融洽关系的价值、人类和非人类生命之间的公正价值、工作和人际关系中的

① 大卫·雷·格里芬主编:《后现代精神》,第156页。

② 同上,第53—55页。

意义价值。后现代农业以改进土地、农业和社会之间的关系为奋斗目标。它的最终目的在于，对这个星球上与我们息息相关的生命的进化过程做出贡献。后现代农业将按照与自然体系保持良性互动的思路来设计和运转。它能使自然体系变得更加完整、美丽、和谐。未来的农业将会体现出关怀土地的精神，而对土地的这种关怀，不是来源于追求私利的动机，而是来自人们对生命的感恩之情①。这些论述和展望都表达出一种全新的后现代生态伦理观。

随着大众环保觉悟和生态觉悟的提升，深层生态学等各种相关学说逐渐进入读者的视野，进入文学创作者的视野，并进入了文学作品中，再通过这些作品把这些思想观念传输给更多的读者。思想观念的发展也如同生态链，与文学创作及人类的一切文化活动有着千丝万缕的联系，并通过不同的个人发生新的转变，催发出新的思想和价值观念。

任何意识形态进入文学都要受制于文学创作的规律。生态伦理进入当代美国成长小说的方式以人与动物的依赖关系、人在大自然中获得灵感和慰藉等方式表现出来。生态伦理思想在当代美国成长小说中的具体体现包括：歌颂自然、亲近自然、热爱自然、寻求人与自然的共生性，并从自然界获得灵感、启发和精神滋养等。

其实，对自然的热爱在女性作家的作品中一直有较多的体现，如19世纪女作家奥尔科特的《小妇人》、《小男人》、朱厄特的《乡村医生》、《白苍鹭》等作品和20世纪初薇拉·凯瑟的《我的安东妮娅》、凯特·道格拉斯·维珍的《太阳溪农场的丽贝卡》等。在这些成长小说中，自然以美丽、宁静、博大的形象出现，成为主人公获取

① 参见大卫·雷·格里芬主编：《后现代精神》，第193页。

精神力量和智慧启迪的源泉，大自然在这些作品中具有道德意义和神启性。即便是恶劣的自然现象，如狂风暴雨，也成为主人公心理和精神成长的考验方式，或者成为主人公内心冲突和激烈情感的外在折射，因而具有了人文意义。

当代成长小说中也不乏表现超越人类中心的生态伦理思想。罗伯特·佩克的小说《没有猪儿被宰杀的一天》，通过12岁男孩罗伯特与他的宠物猪的故事，述说了人与动物之间的亲情。这部小说获得了ALA最佳青少年作品奖。它所表现的人对动物的依赖主要体现在两个方面：首先，人可以把动物看作自己忠实的朋友，跟动物建立起依恋关系。其次，当人面临生存困境时，曾经是人类伙伴的动物朋友，成为拯救人类的牺牲品。该小说中的主人公罗伯特是一位生活在乡下的男孩，因为勇敢地挽救了邻居家的一头母牛和小牛犊的生命，得到邻居送给他的一个特殊礼物——一头十分可爱的小猪仔。小猪长得白里透红，罗伯特给它取名"粉红"。它是罗伯特唯一拥有的属于他个人的动物。在罗伯特的精心呵护和培训下，"粉红"还在佛蒙特州举行的动物大赛中获得"最佳举止奖"。但"粉红"却是一头不孕猪，它的身体越来越大，吃得越来越多，却不能生小猪。一个贫穷家庭是没有能力养活一只宠物猪的。在资源匮乏的环境里，一个客观要求是任何人和动物都必须具有实用价值，能够各行其职，才能为自己挣得生存机会。在穷人家里，宠物猪带来的情感价值抵不过实用价值。罗伯特和他的父亲不得不杀了"粉红"。此时，罗伯特的父亲已经身患重病，自知不久将离开人世，家里也面临食物短缺的困境。小说为了渲染同情的气氛，描写了罗伯特进入猪圈后的一段心理活动："有些人说猪没有感觉，也不会摇尾巴。但我知道'粉红'知道我是谁，它会摇尾巴。”①他还在心里说服自己：如果有别的法子，如果爸爸在秋天捕获了一只鹿，如果我再大一些可以挣钱，就不会宰杀“粉红”了。但事实是爸爸秋天时节努力去打猎，却一无所获，因为他没有猎枪，只有手枪。

罗伯特的爸爸是一位杀猪匠。亲手宰杀儿子的宠物猪，对他来说也是十分难过的事情。罗伯特第一次看见父亲流泪。在父亲举起铁棍对着“粉红”的脑袋砸下去的那一霎那，他恨爸爸，恨他杀死粉红，杀死了那么多的猪。可是当父亲那只还带着血的手轻轻碰着他的脸时，他感到这只残酷的大手就像母亲的手一样温柔。罗伯特能够有这样的感受，按照他父亲的说法，是他长大了，他懂得了什么叫男人。“男人，就是要做他必须做的事情，而不管他愿不愿意。”②从情感上讲，“粉红”不该被宰杀；但从生活现实来讲，它必须死。不久，父亲去世，罗伯特快 13 岁了。在乡下，人们认为 13 岁的男孩就是男人了。父亲去世那天，罗伯特向母亲和姑姑交待好家里需要准备的工作，自己赶车去镇上办理丧葬事务，并通知临近的两家邻居。出乎他的意料，下午不少人赶来参加葬礼，包括他父亲的雇主和一起工作的屠夫。罗伯特意识到，那天屠夫们都不工作了，这是没有猪儿被宰杀的一天。这曾经是他渴望的一天。但当这一天真的到来的时候，却是他的父亲下葬的一天，是他从一位男孩变成男人的一天。这一天，送给他“粉红”的邻居泰勒先生和太太要求他，从今以后他应该以平等的身份和他们交往，叫他们的名字，而不是姓了。

---

① Robert Newton Peck, *A Day No Pigs Would Die*, NY: Random House, 1972, p. 136.

② Ibid., p. 139.

罗伯特渴望人们可以不用靠杀猪而生存,准确地说靠杀死自己的动物伙伴而生存,表明他希望人不是唯一的中心,动物应该受到善待。但是,这个故事中的"粉红"不得不被宰杀的实事表明,实践生态伦理是需要一定经济基础的。当人自身难保的时候,动物便成为牺牲品。当人们解决了温饱问题之后,滥杀自己的动物朋友便成为不道德的行为。这跟美国历史上人们对自然看法的转变是吻合的。这部小说为我们探讨人与动物的关系,乃至人与自然的关系提供了蓝本。

《没有猪儿被宰杀的一天》反映了人与动物的关系,而《克里斯蒂》则反映了人与自然的关系。该小说中的山民们过着一种自然原始的生活。他们与自然的原始美相伴:山村被崇山峻岭环抱,原始森林、清澈的小溪、种类繁多的动植物是他们的日常所见。美丽的自然是女主人公克里斯蒂获得心灵净化和生命感悟的场所,这个场所提供给她的滋养是她在城市里找不到的。因此,说它具有神圣性一点也不为过。但是,自然的生活却并非完美的生活。这里的山民十分贫穷,生活环境肮脏,生活质量低下,连温饱也难以保障。与此对照,人类集中的城市是人类意志高度体现的场所:平整宽阔的公路为人类出行提供了便利,高楼大厦为拥挤的城市节省了空间,郊区菜地和农田成为城里人饮食的基地,人造绿地成为弥补人类远离自然的微缩景观。在绝大多数城市里,除了品种极少的鸟虫,几乎没有其他动物的生存空间。城市一方面为人类提供了便利,另一方面又剥夺了人与自然的亲近。人与自然究竟应该保持怎样的关系,对克里斯蒂、对山里的儿童、对人类的智慧都是一个没有破解的难题。找到人与自然和谐相处、和谐发展的道路,是对人类成长的考验。

《克里斯蒂》还传达了一种重要的价值观：即自然是自我认识的故乡，只有体会到生命的价值，才会珍惜生命；只有认识到自身的价值，才会珍惜自己的才能和资质，主人公克里斯蒂在大自然宁静美丽的怀抱里感悟到了人生意义。克里斯蒂叙述自然对自我认识的启发时说：

> 假如我和斐尔莱特没有在山里度过那些宁静的时光，我也许永远也不会发现我是谁，也无法解答我为什么要来这山坳等无情的问题。我不知道为什么与野外生命的亲密接触和对自然的观察，能够极大地帮助我获得自我认识。但这却是事实，我不仅看到了我的生活，还看到了他人的生活。倒不是说我的故乡阿西维尔是一个大城市，也许即便在小城镇，也有人为的诱惑把我们同生活的根分离；甚至一些砖、一条碎石路也会阻隔我们获取自然给予的智慧。①

克里斯蒂最喜欢的地方是一条清凉的小溪边，那里能听到音乐般的潺潺流水，还有垂吊在湖面、轻轻摆动的柳条。光滑的鹅卵石躺在清澈见底的河床，水中鲑鱼穿梭游动。阳光穿过树枝照射在河面，闪闪发光。斐尔莱特传授给克里斯蒂的知识也是最自然的创造发明，展示了人类本能的生存技能。它们最贴近我们的根——自然的生命。

大自然中有我们生存的基本物质——生命之水、阳光和果实。还有生命之乐——潺潺水声，咚咚溪流。它们和着我们身体里流

① Catherine Marshall, *Christy*, p. 346.

动的血液和体液，组合成内外合一的生命之流。这里有最自然的美和最自然的颜色。这样的环境有助于人们发现纯质自我和内核自我。越是远离自然，这种纯质自我越是被杂质自我取代。这种杂质自我是社会化的自我、文明熏陶的自我、复杂的自我。正如另一部小说中的一位人物曾说的："我不喜欢这里（指都市）的人群和凄惨的景象。在我们村子附近，你可以很容易找到一个没有其他人的地方。我可以去那个地方，这样我的思绪就不会和其他人的思绪纠缠在一起。"①这是一位没有文化的印度青年对女朋友讲的话。质朴中包含着真谛。

《克里斯蒂》还描述了自然帮助女主人公获得的"巅峰体验"②，她感到自己站到了世界的顶端。原始的开阔、壮观与宏大压倒了一切渺小与琐碎，"宏伟与力量拥有自己的语言"③。克里斯蒂只管躺在地上，倾听、观察和感受。在这里，她感受到自己与宏伟的关联，感受到自己生命的价值。"我知道我在山上获得的启发应该在山谷的生活中付诸行动。"克里斯蒂开始着手改变山谷居民的饮食和生活方式。她和斐尔莱特一起，教妇女们制作营养可口的食物，给孩子们上课，教妇女们识字，改善生活环境，改变落后的生活方式。封闭的山区，因为她和几个城里人的努力，发生了很大变化，山民的精神面貌有了根本改变。克里斯蒂的所作所为，反映了典型的美国拓荒精神。

① 格洛丽亚·惠兰：《无家可归的小鸟》，温晨红译，南京：译林出版社2004年版，第106页。

② 人本主义心理学认为，一个人的认知发展具有跳跃性，触发这种认知发展的典型事件就是一次"巅峰体验"（peak experience）。

③ Catherine Marshall, *Christy*, p. 351.

尽管《克里斯蒂》这本小说沿用了传统写作技巧，宣扬了不再流行的宗教情感，但却能够在20世纪60年代成为畅销书，说明它抓住了人们内心永恒的理想：实现有价值的人生。它告诉读者，芸芸众生中总是会有一些理想主义者，不断在开拓自身和人类发展的空间；充满理想和激情的生活是美好充实的生活。正如《布法罗晚报》对这本小说的评论所说："对那些饱食当今文学中的绝望和玩世不恭的读者来说，这将是改变口味的、受欢迎的食物。"①

自然跟人一样是有生命、有灵性的；怀着人与自然息息相通的感受，人是不可能任意践踏自然的。这是北美印第安人质朴的生态思想。它虽然原始，却不乏对现代人的启发。小说《少年小树的教育》就以小树的眼光看待自然万物，在他眼里，林间的蜘蛛、青蛙和家里养的狗都具有独特的智慧。动物们的求生本领和生存乐趣一点也不逊色于人类。小树的爷爷能够解读狗语，小树自己也能够体察到狗的兴奋、沮丧、自尊等情感。人类作为高等动物的高级需求——自身价值、关爱、理解等在动物身上也有生动的体现。人与自然和谐共存的简朴生活方式在作家的叙事话语和叙事情调中被浪漫化、理想化。自然还成为开启小树思维，驰骋想象和发现类比的重要源泉，人类的话语也因自然得到了丰富。下面是《少年小树的教育》中描写小树清晨走在山路上的三段文字：

> 就像奶奶说的，我还感觉到更多的东西。大地之母"梦欧拉"透过鹿皮靴子告诉我她就在这儿。我感觉得到她呼吸的起伏、毛发的摆动和皮肤的弹性……还有在她身体深处如血

① 见该小说的扉页。

管般交错的树根，以及在其中流动，供养万物的血液。她的胸脯是那么地温暖而富有弹性，强而有力的心跳几乎把我给弹了起来。①

山在热烘烘的晨曦照耀下开始膨胀，发出劈啪的声响，并且伴随着它长长的呼气声，朝天空吐出一缕一缕的蒸汽。当阳光解除了树木们死气沉沉的冰封盔甲时，山还砰砰地低语了几声。

爷爷一直注意着这一切，我也一样。我们还留神倾听随着林间低声呼啸的晨蔼微风，以及各式各样的声响。

"山正逐渐地活起来了！"爷爷轻声地说道，眼睛仍是专注地望着山。

"没错！"我答道，"她复活了。"突然间，我发现我自己和爷爷共同拥有的这种感动，却是大部分的人从未经历的。②

随着大地之母梦欧拉的体温变化，不同的种子在不同的温度下孕育而生。当梦欧拉的体温开始转暖，只有最细小的花感觉得到。但是当她的体温愈来愈高，比较大的花朵也开始绽放，生命的汁液在树干里流动，树木们膨胀得就像是待产的妇人，直到嫩芽在枝头前端萌发为止。③

① 佛瑞斯特·卡特：《少年小树之歌》，姚宏昌译，杭州：浙江文艺出版社2005年版，第10页。另注：该小说的英文原名是The Education of Little Tree，故笔者在论述中采用了直译。

② 同上，第11页。

③ 同上，第100页。

这些把自然生命化的叙事,表达了印第安人对自然的亲近和尊重。人不过是置身于自然庞大身躯里的微小生命。带着这种对自然的谦卑态度,印第安人过着简朴、节制的生活,不向自然索取生存需要以外的财富。小树的奶奶曾告诉他,长在秘密小巢上的老香枫树也有灵魂,不是像人类一般的精神灵魂,而是树的灵魂。由于印第安人对树的这种理解,他们不会随意砍伐,只用枯树作柴火,因为在他们看来,只有死去的树木灵魂才会消失。爷爷告诉小树,在春天和夏天印第安人不设陷阱捕猎,因为世界上没有一个人能够同时兼顾追寻伴侣和为生存奋斗这两件事,动物也是一样。他说,即使动物们有机会交配,但是你把它们给杀了,它们还是无法繁衍后代。没有动物的繁衍,人类最后也得饿死。所以春夏时节,印第安人大部分时间都不去捕猎,而是捕鱼。

除了捕猎讲究季节外,印第安人从不为娱乐而捕鱼或是猎杀动物,他们捕猎只是为了生存所需的食物。爷爷说,为了娱乐而杀害生命,是全天下最愚蠢、最该死的事。他认为,狩猎作为"运动"一定是那些政客发明的玩意儿,因为没有战争,他们就没有机会杀人,所以现在只好以追杀动物来满足他们的杀戮欲。他还说,那些把狩猎当成一种运动的人一定是脑子进水的白痴。

作者借书中人物之口,直白地宣传了当代生态伦理思想,以影响人们的观念。思想传播是文学创作的重要功能之一,历代作家都十分重视文学作品的社会影响和教育功能。《少年小树的教育》让小树与爷爷奶奶林间生活的快乐和他被迫接受现代社会的"关心",被迫进入住宿学校,并遭遇冷漠和虐待形成对照,从而美化了简朴自然的印第安人生活方式,为当代读者提供了一种生态和谐的启发。

一旦接受万物有灵、有生命的思想，再去糟蹋它们时，多少让人产生一些负罪感。《少年小树的教育》有意表现其他生命与人类之间的共性——求生、互助、智慧、娱乐等，起到了唤起读者生态觉悟的目的。爷爷告诉小树，他亲眼看见过狐狸会在追逐途中互助"交棒"。一次，他带着猎犬去逮狐狸，自己坐在可以俯视草地的小丘上观看。一只被追逐的红狐狸跑到一棵空心树旁停了下来，然后叫了一声。另外一只红狐狸便从空心树中跑出来，被追逐的那只就钻进去休息了。第二只红狐开始跑，让狗儿一直追下去。在他的影响下，小树也学会了观察林中的生灵。下面一段关于蜘蛛灵性的生动叙事就是小树的观察：

我常常溯着山涧而上，涉过清澈的溪水，弯着身子穿过岸旁低垂的杨柳形成的绿色帘幕，寻找溪流的源头。水蕨像是绿色的蕾丝花边镶在曲折的溪畔，提供了小雨伞蜘蛛落脚的地方。

那些小家伙把自己的细丝一端系在水蕨上，然后纵身往空中跳去，尝试让自己能够越过小溪，落在对岸的水蕨上。如果它办到了，它会把细丝再系到水蕨上，然后往回跳，就这样来来回回地跳着，直到自己搭成一面闪着珍珠光泽、横跨小溪两岸的网为止。

这些沙粒般大小的小家伙们，如果不幸掉到水里，湍急的水流一下子就会把它们冲得老远。小蜘蛛们就得努力挣扎，让自己浮在水面上，然后在鲦鱼发现它们之前，赶紧游回岸边。

我曾蹲在小溪中间，观察一只小蜘蛛是如何带着它的细丝越过小溪的。它一开始便下定决心，要搭一面整条溪流中最大的蜘蛛网，所以它选择了一段最宽的水域。它系好细丝往天空中跳去，结果掉到水里去了。它被水流冲到下游，在湍急的水流中为生存而奋斗。最后，它终于爬上岸，回到原来那株水蕨上。它还要再试一次。

当它第三次攀上水蕨，然后爬到水蕨末梢时，它停下来把前肢放在下颌上，专注地审视着脚下滔滔的流水。我想它可能要放弃了，而且我的下半身也因为一直蹲在水里，几乎已经冻得失去知觉。它躺在那儿思索，突然间，它似乎想到什么主意了。它开始在水蕨上跳着。随着它上上下下的跳动，柔软而有弹性的水蕨也一升一降地弯曲了起来；它一直跳着，接下来，趁水蕨升到最高的一瞬间，它往天空弹了出去，一边放出自己的雨伞——它成功地越过小溪了。

当它成功后，它在对岸兴奋地又蹦又跳，几乎差一点又跌到水里。它结的蜘蛛网是我在溪流中见过的最大的一张。①

尊重来源于认知，反过来又促进了认同。人类对其他动物的尊重源自对它们的观察和了解。当我们发现动物的机灵和烦恼时，我们产生了兴趣，因为我们有过同样的经历和感受。当我们发现动物的母爱和献身精神时，我们被感动，因为我们能够理解它的意义，并尊重这种情感。对我们不了解的东西，我们很难产生认同感。人类对动物的尊重源自对动物的进一步了解。这种推己及物

① 佛瑞斯特·卡特：《少年小树之歌》，第60—61页。

的现象,也许说明了自我中心是生命的本源,而博大、宽容和自我牺牲是动物超越自我的高贵品质。研究并亲近动物的人们告诉我们,这种品质并不是人类独有,而是自然界的普遍属性。因此,人类应该给予其他动物新的评价和尊重。

人们喜欢到山林、河谷、海边度假,说明大自然不仅是小树、克里斯蒂等小说人物的理想之地,也是绝大多数人的神往之地。深究其原因,应该是自然的宁静给我们提供了反思的机会,这种宁静中又包含了各种生命的运动,给观察的眼睛提供了无限的景致,给思索的头脑提供了丰富的联想。而描写自然的文字,之所以能够唤起人们的回忆和联想,是因为读者曾亲眼目睹过,亲身体验过。描写自然的文字给他们提供了回忆和想象的新契机。但将来的读者还能产生同样的共鸣和联想吗?另一部成长小说《传承者》表达了当代人对人类过度改变自然的忧虑。当人类把自然都进行了人工改变之后,自然不再有神奇的景观,就像都市里的阳光和原野的阳光不一样,没有了对自然美景亲身的体验,将来的书籍里恐怕也难以再现动人的景致。

无论是讴歌自然的《少年小树的教育》、《克里斯蒂》,还是警告人类不可以草率改变自然的《传承者》,都反映了当代人与自然关系的新观念、新伦理。自然是生命的栖息地和灵魂的滋养源泉。离开了自然,人将走向异化之路,迷失生命之根。就像印第安人作家马玛迪的《黎明之屋》中的阿贝尔,离开故乡后,精神迷失在都市的喧嚣中;只有返回故乡,他才能够在与自然的亲近中重新找回心灵的平静。

在当代成长小说中,人与自然和谐共处的思想逐渐取代了20世纪中叶以前美国人对待自然的矛盾态度。斯皮勒在《美国文学的周期》里，曾经评价19世纪作家马克·吐温作品中的密西西比河："这条气势澎湃的河流已经成为人类必须永远与之抗争而又能把自己唯一的信仰寄托于它的象征之物。"①而在人类已经能够在很大程度上控制和改变自然的今天，与自然对抗并战胜自然的思想正受到越来越多的批评。保护自然和珍贵的原始生态环境，成为当代流行的观念。这种生态保护主义思想也是当代美国成长小说着力表现的主题之一。在大卫·克拉斯的小说《加利福尼亚蓝蝶》中，17岁的约翰在加利福尼亚丛林中发现了珍贵的蓝蝶。然而，伐木业正是他所生活的小镇的主要经济来源。为了保护蓝蝶的栖息地，他不惜冒犯在伐木场工作的父亲，甚至与整个小镇居民为敌。为了给蓝蝶留下最后一片家园，他勇敢地和生态保护主义者一起，形成一道护卫森林的人墙。在当代美国成长小说中，生态保护主义已经上升到一个新的意识形态高度：为了一种蝴蝶的生，不惜以一座镇的死为代价。这样做值吗？这是作者在小说封面为读者提出的思考题。

---

① 罗伯特·E. 斯皮勒：《美国文学的周期》，王长荣译，上海外语教育出版社1990年版，第124页。

第三章　当代美国成长小说的伦理表达

在我长大成人的过程中，我一直是个好孩子。但是，现在已经难以确定“好”的含义。杀人好吗？服毒好吗？集体性行为好吗？是如海明威所言，凡事只要感觉良好就是好的，还是只有在它有助于绝对的善时才是好的呢？

——莫里斯·迪克斯坦《伊甸园之门》

对青少年道德成长问题的关注，是成长小说的重要传统。成长小说的教育性质和读者对象决定了它的道德关怀属性。当代美国成长小说继承了这一传统，并且根据时代精神和小说艺术的发展增加了新的内涵和表现形式。一方面，成长小说对现实生活中那些阻碍青少年道德成长的社会因素、家庭因素和个人因素进行了形象化、艺术化的表现；另一方面又通过具体的人物和故事，传播了作者认为应该提倡和保持的价值观和伦理道德。

人的社会性决定了他必须学习在与他人的关系中体现和实现自我价值，学习按照社会道德规范约束自己的行为，调整与他人和社会的矛盾和冲突。成长小说为青少年认知、解决各种矛盾与冲突提供了一个虚拟环境和操练平台。通过对小说中的人物和事件的感受，青少年读者可以提前获得心理和知识上的准备。人需要提升自我，走出自我的牢笼，才能实现心理和道德的健康成长。许多成长小说都在一定程度上揭示了个人道德成长的源泉、道德教育方式、道德困惑和作者希望传播的道德伦理。一些成长小说甚至有明显的道德说教倾向，如凯瑟琳·马歇尔的《克里斯蒂》为摇摇欲坠的传统宗教信仰摇旗呐喊。这部出版于1967年的作品一度成为畅销作品，三十多年后的畅销书作家卡波特在《公主日记》里，还让米娅公主在她最崇拜的十位女性中，列举了马歇尔笔下的克里斯蒂。

除此以外，《杀死百舌鸟》、《加利福尼亚蓝蝶》、《谁知我心》、《星妞》、《少年小树的教育》、《风中无信》等一大批成长小说通过一个个伦理小故事、人物的道德行为和道德思考，演绎了爱心感化、沟通理解等伦理思想。正如弗莱所说："艺术的社会规范同时又是其道德规范，所有的艺术家都得顺从于社会：许多艺术家，尤其是其中伟大的，都甘愿成为自己社会的代言人。"①在以上作品中，作者对理想社会的构建，以及他们期望弘扬的道德精神和道德正气都得到了感人的呈现。

文学作为一种修辞艺术，具有说服人的交际功能。作者怎样通过话语和故事，感染、引导、说服读者接受其道德影响？怎样发挥小说潜在的教育和感化功能？不仅是作者也是文学评论者关心的问题。但直白的说教和严密的论证不是小说的特长。通过对一些当代美国成长小说的仔细分析，可以发现，道德观念往往通过作者隐含的立场、话语、修辞、人物塑造、叙事角度、情节和故事等多方面得以传达。本章主要分析当代美国成长小说的道德倾向，分析其道德思想的艺术呈现途径。

① 诺思罗普·弗莱：《批评的解剖》，第161页。

第一节　社会伦理与成长小说

伦理指人们在交往中需要遵守的各种道德准则。道德是社会制定或认可的行为规范，是调整个人之间及个人与社团之间关系的行为规范的总合。它以善和恶、正义和非正义、公正和偏私、诚实和虚伪等为评判，通过各种形式的教育和社会舆论的力量，使人们逐渐形成一定的信念、习惯和传统。它由一定社会的经济基础所决定并为其服务。伦理道德既有普世性，如诚实、公正、勇敢、奉献等品质，也有历史性、文化性、民族性、宗教性，甚至阶级性。因此，对伦理道德的认知和习得过程是非常复杂的文化现象，是青少年成长的重要内涵，也是成长小说表现的重要主题。

由于道德规范在不同社会和不同历史时期会有不同内涵和表现，因此它具有不确定性特征。但是，在一个社会的一段历史时期里，这些规范又具有相对稳定性，人们因此能够就某种行为的道德与非道德达成基本的共识。加之有些基本的道德规范具有跨越地域和时代的永恒特征，如慈爱、同情、公正、诚实等，所以人类社会能够得以延续。若因道德的不确定性而否认人的行为有道德和不道德之分，只能纵容随心所欲，为所欲为。当代社会持道德相对主义观点的人为数不少，就像英国学者鲍曼所指出的那样："我们的时代是一个强烈地感受到道德模糊性的时代，这个时代给我们提供了前所未有的选择自由，同时也把我们抛入了一种以前从未如此令人烦恼的不确定状态。”①

布思曾就他为什么提出“隐含作者”这一概念做出过解释。其原因有四：第一，他对当时学界追求小说中的“客观性”，即让作者隐退感到不满。第二，对学生将叙述者和作者相混淆的误读感到忧虑。他举例说，学生在读塞林格的《麦田里的守望者》时，完全与第一人称叙述者霍尔顿相认同，看不到作者对这位有严重弱点的叙述者的反讽。第三，对于批评家忽略修辞和伦理效果而感到一种“道德上的”苦恼。第四，人们在写作或说话时，常常以不同的面貌或戴着假面具出现，在文学创作中更是如此。②

对文学作品的伦理层面进行探讨和评论一直伴随着文学的发展。伦理教化功能是文学作品的基本功能之一。19 世纪英国小说批评家大卫·梅森曾指出，小说不仅可以或应该发挥其道德功能，而且必然会产生道德效应。他说：“每个艺术家都是思想家——不管他意识到这一点与否。归根结底，与其说一个艺术家的伟大程度取决于他的艺术水平，不如说更取决于他的思想水平。小说家汲取生活中的一部分，然后凭借想象力加以重新组合，这种选择本身就潜藏着一种教义。”③

在现代小说中，艺术技巧的各种试验使得作者的主观态度可以非常隐蔽地躲藏起来。在由内视角叙事组成的作品中，作者好

① 齐格蒙特·鲍曼：《后现代伦理学》，张成岗译，南京：江苏人民出版社 2003 年版，第 24 页。

② 参见申丹等著：《英美小说叙事理论研究》，北京：北京大学出版社 2005 年版，第 226 页。

③ 参见殷企平等：《英国小说批评史》，上海：上海外语教育出版社 2001 年版，第 59 页。

像不存在，所有的叙事要么出自作品中某个人物之口，要么出自不同人物之口。他们说的话不能代表作者，作者仿佛可以因此免责。其实，作者选择什么样的人物作为描述对象，反映了他的兴趣所在；作者让什么样的人来为自己的行为辩护，他的辩护在多大程度上能够获得读者的认同和接受，这些都受制于作者的策划。作者是否考虑其作品的社会影响？如何取舍和选材都能够间接地反映出其本人的伦理观和道德取向。伟大的作品跟伟大的人物一样，既然称得上“伟大”，必然具有崇高的、卓越的、令人景仰的素质。当然，伟大的作品并不意味着没有缺陷，就跟伟人也有缺陷是同样的道理。忽视伦理的作品难以成为伟大的作品，即便它有艺术上的独创，也最多不过成为某种技巧的代表作而已。伦理的重要性以及伦理表达在现当代作品中的隐蔽性，使得伦理批评更应该走到文学批评的前台，让种种隐蔽的手段得到揭示。

对现当代小说中伦理问题的不满，反映在许多评论文章中。盖尔·拉德利在其论文“青年文学的精神追求”中就指出：文学作品中反映的宗教和虚构对青年人来说，有可能是一个令人困扰的混杂。他指出，早期的儿童文学充满了说教，后来的青少年教育以及青少年文学中宗教与教育分离论占据统治地位，“当祈祷在学校成为新闻报道对象的时候，当教室里的学生肤色缤纷、种族各异、信仰不同的时候，宗教关怀还能成为文学中的中心议题吗？我们该传授什么教义呢？福音教派的教义呢？还是无神论？或者犹太教？伊斯兰教？”① 他还引用巴哈教派领袖劭吉·埃芬迪的话来阐

① Gail Radley, “Spiritual Quest in Young Adult Literature”, *The ALAN Review*, Vol. 28 (3), Spring/Summer 2001.

明他的观点，埃芬迪曾说：半个世纪前人们还清楚的道德问题，现在变得模糊不清了。这些担忧反映了当代西方社会青少年道德教育遇到的问题。早期充满说教的儿童文学中，作者崇尚的伦理观念得到比较直白的表达。但在当代文学作品中，直接的伦理表达正在减少，作者的价值取舍隐藏起来。这也导致了一些反社会的伦理观以隐蔽的方式进入文学作品。

许多西方人把道德跟宗教信仰联系起来，回避伦理问题跟这种思维方式有很大关系。英国学者德里克·赖特曾这样阐释宗教与伦理的关系：

> 人们常常认为，目前在英格兰，宗教的影响已经下降了，因为参加教堂活动的人逐渐减少。但是，宗教还远没有死亡，宗教所提出的问题仍是活生生的。很多不去教堂的人仍把宗教看作是促进社会道德健康的重要因素，几乎所有的儿童都接受某种宗教教育，大多数人也都采纳宗教信仰的准则。这就说明，人们不愿完全抛弃宗教。本文讨论宗教问题的真正意图，就是要不断地重申这个主张：如果道德不建立在宗教的基础上，那么道德就将慢慢地衰退。在历史上，有组织的基督教的主要作用之一，就是宣传道德准则；在今天，唯有公共机构赞成和决定禁欲主义道德，这是无可争辩的。在过去，宗教是主要的认可机构，是对宗教信仰者实施权威和社会控制的代理人。这个看法似乎是宗教在过去明显地与道德有联系，也就是说，如果你抛弃了宗教，道德就不能存在。这个含义就

是说在宗教与道德之间有某种心理上的联系，尽管它在明确地说明两者之间联系的问题上仍是羞答答的。①

赖特如此强调宗教对于道德的意义，原因在于他把宗教与伦理道德看作是一个整体，放弃宗教就是放弃伦理道德。伦理与宗教一体论的思想在西方十分流行。再如另一学者杰弗里·阿内特认为：宗教信仰体系中包含了社会化的具体要求，主要体现在三个方面：自我规范（self-regulation），角色准备（role preparation）和意义源头（sources of meaning）。宗教尤其对自我规范有具体的行为准则，如犹太教和基督教的"十诫"。关于角色准备，宗教信仰体系尤其强调了性别角色。关于意义源头，他认为大多数宗教都涉及个人生命与宇宙之关系，具体地说，与上帝、超自然神力或祖先魂灵等的联系。② 正是因为西方人普遍把宗教与伦理等同起来，所以一些学者虽然自己不是虔诚的教徒，但仍然希望宗教影响继续存在，因为一个社会安定和谐地发展不能没有伦理道德。

伦理宗教一体论的思维模式显然不能适应当代社会。在美国这样的移民国家里，宗教背景十分复杂，用某种宗教压制另外的宗教已经成为众矢之的。但回避宗教不应该等于回避伦理。可问题是，西方人似乎很难将宗教与伦理分离开来。由于西方缺少一套独立于宗教的道德体系，于是对许多人来说，一讲到行为准则，便自然把它与宗教教义联系起来。而宗教势力在当代西方社会越来

① 德里克·赖特：《行为·性格·犯罪》，周振林、朱晓平译，哈尔滨：黑龙江人民出版社1988年版，第202—203页。

② 阿内特对青少年道德观与宗教关系的论述参见 Jeffrey J. Arnett, *Adolescence and Emerging Adulthood: A Cultural Approach*, Prentice Hall, 2001, pp. 112—113.

越弱，人们去教堂接受教义宣传的时间越来越少，有些家庭很少去教堂。青少年的道德教育因此也出现了漏洞。美国学者华莱士和威廉在1997年进行的一项调查发现，在青少年过渡到成年这个年龄阶段，宗教影响在明显减弱。[①] 因此，人们对青少年的道德成长感到担忧。

有学者指出："文学道德批判是建立在这样一个设定上——即文学对我们产生影响，改变我们的态度和行为；换句话说，文学能够催生有害的或无害的行动。"[②]她还指出，批评若忽略作品关心的核心问题，就会变得非人性化；如同当代艺术，当它只关心形式时，它就失去了人性。认为文学应该发挥其教育功能的，在西方学界大有人在。加拿大学者泰勒说："艺术家，作为原创的自我定义的行动者，某种程度上成为了人类的典范。从大约1800年起，一直有一种倾向，将艺术家英雄化，从他或她的生活中看到人类境况的本质，将他或她推崇为发现者、文化价值的创造者。"[③]王尔德说艺术的目的是要讲述美丽的谎言。他希望艺术能够创造出更好的人——他们能够站在更高的层面看待世界，看待艺术，并付诸生活实践。布思因此称他为伦理批评家，一位用文学和文学批评来改进个人和社会的人。[④] 布思在他的一本关于小说伦理的著作中收集了不少经典作家关于伦理的言论，借以说明优秀的作品是不回

① 参见 Jeffrey J. Arnett, *Adolescence and Emerging Adulthood: A Cultural Approach*, p. 113。

② Josephine Donovan: Beyond the Net: Feminist Criticism as a Moral Criticism, in Donald Keesey (ed.), *Contexts for Criticism* (3rd edition). Mayfield Publishing Company, 1998. p. 241.

③ 查尔斯·泰勒：《现代性之隐忧》，第70页。

④ 参见 Wayne C. Booth, *The Company We Keep: An Ethics of Fiction*, University of California Press, 1988, p. 11。

避伦理的，它们甚至有意识地反映和探讨伦理问题。比如，美国作家约翰·厄普代克认为，小说的一个习惯性的目标就是表达伦理，磨砺读者的善恶意识。英国作家多丽丝·莱辛认为，发表一个故事或一部小说是一种交际行为，一种把自己的人格和信念施加于他人的努力。如果一位作家接受这样的责任，他应该把自己看作是灵魂的工程师。[①] 弗莱也曾指出许多经典同时又是宗教文献，他列举了但丁和弥尔顿的诗史，认为它们类似于《圣经》中的启示录[②]。文学的感化功能是一切传媒具有的传播影响功能。由于文学具有这样的功能，传播什么样的影响，自然不光是创作者个人的事，应该受到广泛的评论和舆论监督。论述一部文学作品的思想内容和社会影响也应该成为文学批评的一种常态。

早在20世纪初，诺贝尔文学奖得主、德国哲学家鲁道夫·欧肯曾对西方伦理问题做出过比较全面的论述。他在纽约大学的系列演讲《当前的伦理问题》中，追溯了西方伦理观的变化。他说：伦理曾经是力量的顶峰，是人们遭遇疑虑和冲突时的庇护所，在启蒙时代尤其如此。当人们不再毫无疑虑地接受传承下来的宗教时，他们对伦理的依靠更加密切。传统的道德要求人们放弃对自身利益的关注，追求更加崇高的境界。任何看似合理的行为，只要出于个人的动机就失去了道德价值。而大多数现代人怀疑是否真的有什么道德行为能够完全与自我无关，并且宽容地接受出于自我保护本能的行为。人们甚至认为，把自我从本能中解放出来是没有必要的，人与自我本能保持不断的冲突和斗争，对人生和人的进步都

① 参见 Wayne C. Booth, *The Company We Keep: An Ethics of Fiction*, p. 24。

② 诺思罗普·弗莱：《批评的解剖》，第172页。

是必要的。传统的观念认为,道德行为必须具有独立性和自发性,如果一种行为的产生来自外在的压力或机械性的习惯,它的道德性就大大降低。行为的独立与自发性必然要求一定意义上的自由选择,而20世纪初流行的因果关系论贬低了自由选择中人的意志。受到遗传学和社会环境研究的支撑,因果关系论认为,人受制于遗传和他所生存的社会环境,因而人们质疑人的选择能够多大程度上体现自由意志。他还指出,伦理观的另一个变化是现代生活把一切意愿和努力都指向强化生命的过程,每一种行为都成为这一宗旨的手段。道德也成为人类利益的工具,这是道德的降级,可能意味着道德的死亡。

欧肯把20世纪初流行的伦理观细分为四种:宗教伦理、理性伦理、工作伦理、社会伦理。他认为前两者代表了旧的伦理观,后两者代表了现代伦理观,并认为在较高级的文明里宗教伦理一直受到哲学家们共同创造的理性伦理的补充和完善,伦理的来源不是一个至高无上的神灵,而是人类自身的理性。这种理性要求认同一种普世通行的法则,并自觉服从它。这样人才能把自身提升到完美的境界。这种伦理鼓励人们超越平凡的日常生活,培养责任、良知等优秀素质。他感叹说,现实世界里只有少数意志强大的人,才能坚守这种生活信念。世界上大多数人属于凡夫俗子,自然难以坚守这种理性。

工作伦理的充分发展出现在现代社会。欧肯指出工作成为教育和道德文化的要素,成为人类社会的共同关注,并形成为聚合众多联合体的庞大结构。其中一个联合体就是现代科学,科学不再依附于个体的人,它形成了自己的结构,不仅给人呈现问题,也预示出解决问题的手段。在这个庞大结构中,个人若脱离了整体,他的工作毫无意义。个人必须压制自己的意志和愿望,以适应这个整体,让自己的工作成为人类整体工作的一部分。但工作伦理有内在的局限。工作的技术性会压制或泯灭个人意志,因此一个明显的问题是,人们以怎样的心态从事工作?是出于喜爱还是出于渺小自私的动机?伟大的技术可能被心灵渺小的人操纵。再则,工作的目标是成就,工人因他取得的成就受到评判。他的内心生活和独立人格不受重视。以这种思路发展起来的伦理是冷漠的、非人性的,无法全面满足人的需求。

欧肯认为,与工作伦理相比,社会伦理优越许多。他分析说,社会伦理产生于人与人的直接关系。传统的观念是人只有与他人联系才能发展,建立与他人的联系是他的主要活动。新的信条认为,把人联系在一起的仅仅是因为他们生活在一起,在经验领域共存而已。他们从一开始就相互依存,对个人来说,与他人共同生活是基本的、必然的。现代社会学通过无数统计揭示出个人的本质和利益如何受制于整体,并力图证明,所有的进步,包括个人的进步,都与整体的改善联系在一起。因此,现代社会学提倡共同责任的观念,让人们为了整体的利益工作,呼吁利他主义行为。这种伦理观带来的效果是帮助弱者,伸张正义,消除痛苦,增加生活乐趣。它焕发出人的热情和活力,强烈的责任心和对他人权利的尊重。这种伦理还带来了法律、教育及其他涉及人与人关系的变化。但即便这种值得称赞的伦理也是有内在局限的。为他人的活动成为了生活和伦理的中心。人的外在福利和生活条件成为首要关怀,人的内心和内在矛盾被放在了次要位置。人的个性遭到忽略,更不用说人内心潜伏着的野性的、激情的一面。这种伦理没有充分认知到人类的复杂性、各种强烈的情感、权力欲、虚荣心、不现实的思想等等。社会伦理表现出对人的乐观期待,但也常常在实际经验中遭遇抵触。

因此,这四种流行的伦理都有自身的问题。欧肯感叹说,曾经毋庸置疑统治人类的伦理,现在成了难题。它不仅不能高高在上统领人类,反倒要依赖人的看法和选择了。他感慨这样的情形越来越难以容忍,并指出如果伦理被削弱,生活等于被剥夺了动力和一个崇高的力量,被剥夺了统领目标,人的内心世界就会因此萎缩、瓦解,赋予生活健康和活力的意义也会因此丧失。尽管外在繁荣,人的内心却遭遇衰败的危险。

欧肯把功利主义看作是精神力量最危险的敌人。因为功利主义把手段作为最高的目标,把本该因其自身价值受到珍视的东西也贬低成手段。他还认为靠法律、法规来约束人的行为,只能限制人的野蛮冲动和破坏性的激情。法规是一种被动和消极的约束,道德的本质应该是创造性的、积极的。他把希望寄托在唤醒人性中善的潜能。靠什么手段呢?他还是把希望寄托在宗教上,希望通过改革宗教,来恢复伦理的崇高地位。①

在当代社会,随着越来越多的人开始接受上帝的死亡,越来越多的人已经变成无神论者,一些西方人不仅放弃了对上帝的信仰,还放弃了西方人自古以来以上帝的名义传承下来的《圣经》。《圣经》作为古代文献,虽然有许多精华,也有不少自相矛盾的话语。历代神学家和牧师们不断在根据新的社会变迁,赋予它新的阐释和理解。其实也就是在赋予它存在的合理性。同样是一本《圣

① Rudolf Eucken,"Present-day Ethics in Their Relations to the Sprirtual Life — Lectures delivered in 1913 at New York University (English Edition)", W. Tudor Jones, D. Phil. (Jena) (ed.), Williams & Norgate, 2006.

经》,中世纪的大多数人从中看到的是一位严厉的上帝,而当代的许多教徒却从中看到一位慈爱的上帝。对同一个文本会有众多不同理解,并由此形成不同的派别,这本身就表明这个文本话语含混,留下了诸多信息空缺。不同的人在填补这些信息空缺时,他们的理解受制于自身的生活经历和智力水平,而生活经历又与特定的生存环境密不可分。在许多自称仍然是信徒的当代人群里,一些是虔诚的教徒,一些则把上教堂看作一种社交需要,而对另一些人来说,与其说他们不愿意放弃上帝存在的信念,不如说他们不愿意放弃的是一套维系家庭关系和社会关系的伦理;而这些伦理的集中体现就在《圣经》和牧师的讲道中。一个人人皆知的事实是,缺少了伦理规范,人类社会将陷入灾难。

为什么在美国的学校教育中,伦理教育会欠缺呢?这还是跟西方社会流行的把伦理教育同宗教教育联系在一起有关。在过去漫长的历史中,西方人的道德观念主要是从宗教教育中获得的。随着不同宗教背景的人大量移民到美国,政教分离的观念普遍深入。美国的公立学校越来越不敢传授伦理,教师们害怕被认为利用课堂传教。毕竟课堂里的学生来自各种宗教背景,公立学校更是如此。美国学者弗雷顿伯格曾指出,虽然教育界的大多数人都会同意这个观点,即人文教育的功能是启迪人生,但他们却没有这样做,因为他们有种种顾虑,害怕美国退伍军人协会或天主教行动组织会反对教学材料中的种种暗示,害怕被称为审查员;他们成立委员会对一部作品进行改编以避免可能出现的种种反对声音。①

① 参见 Edgar Z. Friedenberg, *The Vanishing Adolescent*, pp. 87—88。

约翰·S.戴西在他的《当代青少年》著作中，把学校伦理教育的退化归咎于20世纪初的移民潮、城市人口膨胀和社会从农业向工业的转型。他认为，是多元文化和宗教多元化导致传统的伦理观念解体。政教分离意味着公立学校不得不谨慎地避免宗教教育。"教师受到指令，避免说教、宣传，向学生灌输伦理观念。"①他指出，20世纪50年代马德琳·莫瑞·奥赫尔起诉公立学校让学生祷告，并在最高法院获胜的那场官司，使宗教力量彻底退出了学校教育。

因此，以什么样的伦理道德填补上帝带走的空缺，成为当代西方社会面临的难题。对此，西方学者和作家不乏思考。英国学者鲍曼在他的《后现代伦理学》中介绍说：一些思想家和立法者认为，信仰不能做的事情理性可以做。道德并非人类生活的一种"自然特性"，而是需要构思并注入人类行为的品质。人类可以用理性构思出一套新的道德规范来代替宗教的激情和狂热。"一种更'文明的'、平静的、理性的方式可能比当他们处于宗教教条下，失去判断力，或者未驯化的毫无羁绊的感情狂热发泄的时候能够更好地调节（相互之间的关系）。"②

也有学者把目光转向其他文化，希望有所发现。剑桥学者奥代尔曾专门研究苏联如何通过青少年文学对青少年进行人格培养。她指出，苏联官方不主张信教，而在西方工业国家宗教也不再流行，双方都面临共同的需求——建立一套新的人格教育体系。

---

① John S. Dacey, *Adolescents Today* (2nd Edition), Scott, Foresman and Company, 1982, p. 156.

② 齐格蒙特·鲍曼：《后现代伦理学》，第7页。

这个问题在苏联得到高度重视和深入研究，一套完整的培养计划被推广实施。而西方对此只有零散的研究。她认为西方青少年犯罪率上升跟这方面被忽视有直接的关系。① 奥代尔还详细介绍了苏联如何建立官方青少年文学创作机构，机构成员受到全社会高度尊敬。社区图书馆如何详细记录每位青少年的阅读数量和爱好，并向他们推荐优秀作品，还定期举办阅读讨论。每位青少年每年有规定的图书阅读数量。在这样的体系下，一本优秀的图书可以在苏联产生实质性的影响和榜样作用。

在英国，早在20世纪初有一位名叫罗伯特·贝顿-鲍威尔的人针对青少年道德感衰退问题，采取了另外一种积极行动。他在1908年成立了童子军，目的是给11岁至17岁的男孩传授道德观念。男孩们在学习木工手艺、游泳、搭建帐篷、野炊等各种户外生存本领的同时获得道德教育。童子军的主要目的是把男孩们培养成为有道德素质的好公民。为了确保这一目标的实现，童子军要宣誓，还得背诵童子军规。我们只要读一读童子军的誓词和军规，就可以看出其浓厚的道德教育倾向。它的誓词是：

> 我以我的名誉宣誓
> 要尽力效忠于上帝和我的国家
> 遵守童子军规；
> 永远帮助他人；
> 保持健康的身体，

① 参见 Felicity Ann O'Dell, *Socialisation Through Children's Literature: The Soviet Example*, Cambridge University Press, 1978, p. 23。

清醒的头脑，正直的道德。

童子军规的内容是：

一位童子军是：
值得信任的
忠诚可靠的
乐于助人的
友好和善的
彬彬有礼的
仁慈善良的
服从指令的
乐观开朗的
勤俭节约的
勇敢坚强的
干净卫生的
敬畏虔诚的人。

有学者指出，童子军规和誓词较多地强调了集体主义道德观，而不是西方文化中的个人主义道德观。1912 年女童子军成立。20 世纪 80 年代和 90 年代，美国参加童子军活动的儿童人数基本稳定在 100 万人左右。[①] 除了其他社会功能，童子军还成为西方人弥补

① 关于童子军的信息来自 Jeffrey J. Arnett, *Adolescence and Emerging Adulthood: A Cultural Approach*, pp. 107—108。

宗教势力衰退、青少年道德教育欠缺的一种方式。

童子军的誓词和军规跟基督教中宣扬的伦理基本类似，这样的伦理放到哪个社会都能够被接受。因为人类要生存和发展，必然要学会与他人共处。这些法则其实也就是人与人和睦共处的规则。英国学者德里克·赖特说：

> 道德规则维护着人际关系中的信任、帮助和正义。如果没有道德规则，那么我们就不能继续从事社会活动了。道德规则也是我们估价一切特定活动的规则的尺度。因此，尽管不同的社会有其不同的惯例和风俗，但基本的道德规则是一致的。
>
> 我们越研究道德规则，我们就越发现道德规则在主要的原则上没有什么不同。所存在的差异只不过是，一方面由于对诸如某种行为类型的效果不同而具有不同的经验和看法；另一方面由于适当地以一种方式或另一种方式提出基本规则的社会组织和经济组织的特点有所不同罢了。①

在多元化思想流行的时代，人们对伦理道德的传播途径各抒己见。寄希望于学校仍然是普遍的理念，寄希望于文学作品的人也有相当数量。美国青少年文学作家朱莉安·汤普森曾说，她相信伦理价值也许不能通过耳提面命获得，但可以通过学习获得。文学关心人类的行为，当孩子们在讨论作品中人物的种种行为时，他们至少注意到了这些人物信奉什么价值观，抵制什么价值观。

① 德里克·赖特：《行为·性格·犯罪》，第3页。

她说孩子们喜欢在英语课上讲出真情实感，谈论自己的阅读感受，因此，英语教师应该很好地利用课堂，推广优秀的青少年文学作品，发挥文学的教化功能。① 当然，关于文学的教育功能从古至今有许多论述，只是在宗教地位下降的现当代社会，人们格外希望青少年能够从日常阅读中接受伦理教育。只要读读美国青少年文学研究期刊，就可以反复听到这样的呼声。

虽然直接说教历来不是现当代美国文学创作遵循的路线，与成人文学相比，当代美国成长小说中的道德伦理呈现还是要醒目一些。当然，在一个言论相对自由的民主国家，一些具有反社会倾向的伦理观念也在一些作品中有所体现。价值观的传达并不总是有意识的，在潜意识中也会显露出来。所以，一个比较常见的现象是，读者在作品中发现和指出的问题是作者本人未曾想到的。价值观在文学作品中的隐蔽性决定了我们需要通过细读去分析和揭示，更需要文学评论去研究和引导。

现在一些人把伦理表达看成是“说教”，而“说教”在很多人的语汇中带有了贬义色彩。不过在许多优秀的作品中，“说教”的方式具有艺术策略。让读者潜移默化地接受“说教”，这种艺术策略正是不少青少年文学作家追求的目标，也是值得我们研究和发现的。

第二节　道德立场的表达途径

当代作家普遍避免用说教的方式表现道德立场，直白的道德

① Julian F. Thompson, “An Under-utilized Resource: Values Education and the Older YA Novel”, *The ALAN Review*, Vol. 23 (3), 1996.

教训甚至被看作是艺术硬伤。因此,以读者能够接受的方式来传达伦理道德已经成为作者们的自觉追求。作为研究者,揭示不同作家如何实现文以载道、有哪些有效的方式,对读者和创作者都将会是有益的参考。

通过对成长小说的研究发现,作者的伦理思想和道德立场可以通过对人物的偏爱、事件的选择、情感倾向、词语的褒贬隐喻、修辞策略和叙事语气等多种途径表达。作者的立场首先体现在对人物的偏爱上,并以此影响读者立场的确立。我们可以以《少年小树的教育》为蓝本,分析作者立场的表现途径。

这部小说具有浓郁的道德气息,又不失文学作品的艺术性和愉悦性。作者首先通过对人物的细节描写,表达了偏爱。小说的开始部分向读者交代了主人公小树的家庭背景:他的父母在一场车祸中丧生,在众多亲戚中,他选择了跟爷爷和奶奶生活。在跟爷爷、奶奶回家的公共汽车上,他坐在两位老人中间。作者描写奶奶把手伸过去握着爷爷的手,他们俩的手放在小树的大腿上。“这种被环抱的感觉实在好极了,我很安心地沉沉入睡。”①虽然只是简短的几句话,爷孙三人之间的亲情和关爱得到淋漓尽致的呈现。当小树第一次睡在爷爷、奶奶的林间小屋时,他透过敞开的窗户看见外面的树林在月光下形成鬼魅般的黑影,思念母亲的愁绪怅然而生。这时奶奶来到他的身边,一只手轻轻抚摸他的头,望着窗外,轻声唱起歌来。她唱道:

小树来了,
森林和树梢间奔跑的风都知道他来了,

① 佛瑞斯特·卡特:《少年小树之歌》,第5页。

山伯伯用歌声迎接他的来临，
“我们一点也不惧怕小树，
因为他有一颗仁慈的心。”

接着森林、风儿和山峦一起合唱：
“别担心，小树，有我们和你做伴。”
在山间跳跃的小溪蕾娜也不甘落后，
咕噜咕噜地用她那颤抖的清唱传递喜悦的消息：
“请仔细听我说，
一位新伙伴就要加入我们，
小树已经来了，
他就是我们的新伙伴。”

小鹿兴奋地咩咩叫，
鹌鹑在草丛里啁啾，
连嘎嘎叫的乌鸦卡谷也接着歌唱：
“小树是个勇敢的孩子，
仁慈将会给予你力量，
别担心，小树，有我们和你做伴。”①

这首歌形象生动的内容类似于迪斯尼动画片《白雪公主》中小公主在林中受到七个小矮人欢迎的场景。老太太眼里万物合一的欢快场面，是她的开阔胸襟拥抱自然的表现，也是作者立场的展

① 佛瑞斯特·卡特：《少年小树之歌》，第7—8页。

现。老太太对孙子的爱和对自然的爱融合在一起,才会唱出这样美妙的歌曲。作者对这一人物的偏向表现在他赋予了老太太即席歌唱的才能,而且她的歌声明快动人。能够激发起愉悦、美好情感的人物,往往能够很自然地赢得读者的喜爱。

小说人物由话语塑造。词语具有的褒贬隐喻对于我们判断正反面人物具有引导作用。例如,在小树和爷爷与一位陌生女士交流的场景中,作者的爱憎立场通过语言明确地表现出来:

> "往查塔诺加该怎么走?"她问我和爷爷。车子引擎的转动声轻得几乎听不见。
>
> 爷爷先把咖啡罐放在地上,然后再把书本小心地摞在罐子上面,免得掉在地上弄脏了。我也跟着他把煤油罐放下来,我们这么做,是因为爷爷常常说,如果有人跟你说话,你就必须专心听他说些什么,并且给予他应有的尊重。当我们把一切都安置妥当后,爷爷还举起帽子向那位女士行了个礼。**但是她似乎被我们的尊重给惹怒了**。这一回她几乎是在吼:"我是说,往查塔诺加该怎么走?**你聋了吗**?"
>
> 爷爷答道:"不,女士,托您的福,今天我的耳朵和身体状况都还不错,谢谢您的关心!不知您可否安好?"爷爷很认真而且严肃地说着。因为照惯例不都是这样问候别人的吗?但是那位女士听了爷爷的话后**气急败坏**的模样,可真让我们惊讶极了。不过我猜想可能是因为车子里的同伴说了几句嘲笑她的话,她才会气成**那幅模样**。①

---

① 佛瑞斯特·卡特:《少年小树之歌》,第35页。

如果省去画线的句子,即那些介绍印第安山民礼节的话,我们很有可能站在那位女士一边,认为小树的爷爷故意在作弄她。画线的句子是关于印第安山民习俗的介绍。加上这些介绍后,爷爷的行为具有了合理性,自然赢得了读者的认可。而描述那位女士的词汇——“吼”、“气急败坏”、“那幅模样”等都具有贬义,读者自然会受到这种态度的影响。虽然这些属于少年小树的叙述,但由于作者把他塑造得如此天真无邪,他也就成为了正面人物。作者的立场通过这样的人物和他们的语言得到体现,这在第一人称的叙事中尤其突出,因为作者不能像第三人称全知叙事那样直接出来发表观点。

除了通过人物和词语的褒贬含义,作者的立场还可以通过修辞体现出来。例如下面几个段落中画线的修辞,表达了小树爷爷的伦理观,而爷爷又是小树的引路人和生活导师。设计这一切的作者的价值偏向自然也就不言而喻了。

> 爷爷说,给一个人鱼,不如教他怎么钓鱼。如果你教一个人如何自食其力,他可以活得很好。但是如果你只是给予他现成的帮助而不教他怎么做,那么你可能一辈子都得供养那个人了。那样的话,你只会毁了那个人的一生,剥夺他所有的发展空间和特质。
>
> 爷爷还说,可是有些人就只偏好施舍,因为这样可以让他们觉得自傲,认为自己要比那些接受施舍的人高贵。其实,他们所要做的只是向那些受难者传授一点本领,让他们能靠自己的力量站起来。
>
> 爷爷告诉我,人性沦落到这个地步,就是因为有些家伙利

用施与者的虚荣心来养活自己。那些可怜的家伙愿意当任何人的奴隶,为供养他们的人做事。他们情愿趴在地上学狗儿叫,为"虚荣先生"当猎犬,也不愿意站起来做自己的主人。那些可怜虫摇首摆尾伸手向施舍者要东西。事实上,他们需要的只是一记狠狠的飞踢,看看能不能把他们踢醒。

爷爷说,有些人天生自傲,只喜欢不断地施舍,他们还自称自己为大人物。如果这些大人物良心还在的话,他们应该把施舍改变为教导。可是这些大人物们不愿意这么做。因为一旦其他人学会如何谋生,他们就再也无法施舍,他们的独尊地位便再也不存在了。①

作者通过爷爷的口表明了自己对施舍和被施舍的态度。此时的爷爷相当于作者的传声筒。当然,除了对阅读这部小说的读者来说这是一种教育之外,这段话的文学功能在于它塑造了小树爷爷的个性——一位身体和精神都高大健全、具有独立思想和品格的男子汉形象。上面那些画线的修辞出自他的口,表明了他对那些乐意接受施舍的人的蔑视,对"虚荣先生"们的批判和谴责。如果作者以这样的口气直接教训人,恐怕难以被读者接受;通过小说人物之口,作者的直接责任一定程度上被小树爷爷这个人物分担,作者对读者的冒犯被减弱,对读者的尊重和影响得到实现。

在另外一部经典小说《巧克力战争》中,虽然作者采用了多声部、多视角这种比第一人称视角更加客观的叙事手法,但阿齐、里奥等恶人的形象还是通过其他人的评价,以及那些反映他们内心

① 佛瑞斯特·卡特:《少年小树之歌》,第151—152页。

活动的话语得到构建。作者对他们的厌恶和道德批判通过一些带有情感色彩的话语得到表现。比如小说中有一句描写阿齐内心活动的话："阿齐知道他可以像揉捏一团黏土一样掌控简扎的行动。"①人们普遍会对那些任意操纵他人的霸权主义行为产生反感，而小说中这类描写阿齐的话语很多，构建出一个阴险、狡诈、邪恶、霸道的人物形象。阿齐是学生中邪恶的制造者，而三一高中教职员工中的邪恶制造者是代理校长里奥。我们仅从一节短小的叙述中就可以一瞥这个人物的邪恶本性。"守夜者"的秘书欧比告诉阿齐："里奥是个杂种，我看见他站在那边山坡上，观看这场决斗，他开心着呢。"②作为一位代理校长，他不仅不出面阻止学生间置人于死地的决斗，还独自远远地欣赏观望，任何一个有良知的人都会得出相同的结论——这真是一个地地道道的坏蛋。在修辞上，《巧克力战争》中定性描写的修饰语和形容词比较多，所以善恶之分、美丑之别比较明显。而有些小说则主要通过人物的行为和生活话语来构建其形象，读者需要积极参与解读和判断，才能发现隐蔽的价值取舍。

第三节　伦理思想的表达途径

确立正面人物，并借正面人物之口表达各种道德观念，是作者

① Robert Cormier, *The Chocolate War*, NY: Dell Publishing Co., Inc., 1974, p. 169.

② Ibid., p. 190.

宣扬其伦理思想的主要途径。因此,小说里的正面人物往往成为伦理思想的代言人。在《少年小树的教育》中,作者通过小树的爷爷——一位生活在山林中的印第安老人,来宣传社会伦理和生态伦理思想。

爷爷告诉小树要善待动物,他自己更是身体力行。尽管他了解许多动物的习性,可以轻易地捕到猎物,但他不想靠此发财。爷爷在动物繁殖的季节从不捕猎,自觉遵守自然法则。他厌恶山地白人带着狗,在山林中喧哗地追逐猎物,直到所有的动物都躲藏起来,甚至不得不离开它们的栖息地。他批评说:"如果他们发现了一打火鸡,他们会把十二只都给杀死,一个活口也不留。"①

借此,作者显然想要弘扬一种具有当代生态意识的自然观。在美国社会,长期以来物质财富的数量被看作是一个人能力的外在体现,甚至是上帝辅佑其命运的显证。西方有一句名言:"上帝帮助那些自助者。"一个人若很富有、很成功,那就是他受到上帝保佑的证明。竞争加上勤奋被看作是发家致富值得推崇的伦理道德,个人财富不仅是能力的表现,还是上帝选民的证据。不具有竞争力的人,成为优胜劣汰战场上的败者,受到怜悯、忽视甚至蔑视。而竞争力的表现和证明,就是个人财富的积累和社会地位的提升。人们把自然界里适者生存法则移植到人类社会,把竞争失败者看作是不能适应社会发展或落后于社会发展的可怜虫,印第安人就被划归于此类。但是,小树的爷爷对大自然适者生存的法则却有另外一种解释。一次,小树看见被爷爷叫做"泰坎"的老鹰抓起一只鹌鹑飞走时,他很难过。爷爷安慰他说:"这就是自然法则。泰

① 佛瑞斯特·卡特:《少年小树之歌》,第25页。

坎把跑得慢的鹌鹑抓走，跑得慢的鹌鹑就没有机会生下和它一样跑不快的鹌鹑孩子了。泰坎也吃田鼠，这样就不会有太多鹌鹑蛋被田鼠偷吃。泰坎依赖着大自然的规则生存，它是在帮助鹌鹑。"①爷爷强调的是动物界的相互依赖，而没有从失败者的角度警告孩子不能落后或者软弱，否则就会像小动物一样被吃掉。这必然激发儿童另一种道德思考。

爷爷传承给小树的还有先辈传下的关心他人的人生道理。他给小树讲述了一位名叫浣熊杰克的故事。杰克身体不好，脾气暴躁。在一个礼拜天，教堂里进行到福证部分时，所有的人都站了起来，仿佛听到天主在呼唤他们。人们开始向上帝忏悔自己的罪失，然后表达对上帝的敬爱和尊奉。就在那个神圣的时刻，浣熊杰克突然站起来说："我听见上帝告诉我这儿有许多人一直在背后说我的坏话。我要告诉你们，你们说什么我都知道得清清楚楚。我知道你们为什么要这么做，因为你们嫉妒我，……"浣熊杰克误以为人们嫉妒他掌管圣歌歌本的钥匙。他告诉教徒们，如果谁不满意教堂的这个安排，他要用枪来捍卫自己的职责。教堂里没有人敢动。最后，小树的曾祖父站起来，先称赞他尽忠职守地把歌本看管得很好。然后说，如果他听到了什么误会的言语觉得不舒服，他代表在座的各位表示最真诚的歉意。浣熊杰克坐下来恢复了平静，大家都松了口气。在回家的路上，曾祖父给他的儿子进一步解释了当天发生的事情：

你不明白当一个查拉几人为了国家被迫放弃自己的家园

① 佛瑞斯特・卡特：《少年小树之歌》，第12页。

时的心情。那个时候浣熊杰克还年轻，他躲在山里，坚持要战斗下去。当南北内战发生的时候，他认为正是他大举进攻政府，将自己的土地和家园夺回来的时候。他更加积极地加入战斗，可是两次他都输了。内战结束后，政客趁机掌权，并且企图把我们的一切都拿走。浣熊杰克又挺身反抗。他又输了，只好逃走，躲藏起来，以后找机会东山再起。你必须明白，浣熊杰克是在战争年代长大的，但是他现在所能掌握的，却只是一只书箱的钥匙。他脾气不好是可以让人体谅的……除了战斗，他什么也不懂。①

爷爷告诉小树，当时他听完父亲的话之后，他再也不介意浣熊杰克说的疯话和怪异举止，他爱杰克，因为他能了解他的痛苦。爷爷告诉小树，像这样的感情就叫做“亲”，大部分人内心的困扰都是因为没有“亲”而造成的。爷爷把曾经感动过他的故事讲述给小树听，让他要懂得，人要有“亲”的感情，才能相互体谅。爷爷通过讲故事的方式对小树进行了一次伦理教育。

奶奶也有一套生动的教育方式教导小树。她把培养“精神心灵”的伦理思想以适合儿童认知能力的类比方式灌输给小树。奶奶告诉他，人类的身体里有两种心灵，一种和肉体的生存有关。人们利用这种肉体心灵寻找遮风避雨的地方，还有填饱肚子的粮食。人们依靠这个肉体心灵来寻找伴侣、繁衍后代。人类必须拥有这样的心灵才能让自己在这个世界上生存下去。但是，人还有另外一种心灵，它和这些肉体的需求毫无牵连，那就是精神的心灵。奶

① 佛瑞斯特·卡特：《少年小树之歌》，第42页。

奶说，如果一个人光用肉体的心灵思考，他的行为会变得贪婪而卑鄙。如果他的头脑中只想到如何剥削自己的同胞，并且从他们身上获得利益，他的心灵就会缩小到山胡桃一般大小。奶奶说，精神的心灵就像人身上的肌肉，常常使用它，它就会越来越强壮。而唯一可以锻炼精神心灵的方法，就是运用它来体会事物的内在道理。但是人必须先挣脱贪婪，摆脱肉体心灵的束缚。这样内在的心灵才会萌芽。一个人越是尝试着去了解别人，他的精神心灵就会越来越强大。[①] 小树奶奶所指的“肉体心灵”，实际上相当于鲁道夫·欧肯所指的“小我”，弗洛伊德所指的“本我”。她所说的“精神心灵”，等同于弗洛伊德所指的“超我”。奶奶教小树要尝试去了解别人，这跟心理学所说的“角色扮演”是一回事，即移情、亲社会道德推理等利他主义行为。心理学者们认为，角色扮演能力发展良好的青少年，通常会比相应技能较差的同伴表现出更多的助人行为和同情心，因为他们能更好地推断同伴对帮助或安慰的需求。他们认为，父母可以通过作为移情榜样，使用情感定向的教育方式，帮助儿童理解，引起他人悲伤可能导致不良后果。[②] 小树的爷爷和奶奶虽然不知道这些心理学理论，但他们却通过言传身教和朴素、生动的语言，教育小树亲社会行为。毕竟理论不过是对社会生活实践和社会现象的归纳、总结和提炼；理论家用学术语言进行传播，文学家用艺术语言和故事来感染读者。

《少年小树的教育》中，两位老人对孙子的教育像和煦的春风

① 佛瑞斯特·卡特：《少年小树之歌》，第62页。

② 关于利他主义、亲社会自我发展的论述，参见大卫·谢弗：《发展心理学——儿童与青少年》，第521—553页。

一样自然温和。作为伦理代言人，首先必须确立此人的正面形象，他才具有教导的资格。在《少年小树的教育》中，另外一位具有教导资格的人是魏恩先生。他首先被塑造成一位和蔼善良的犹太老人，定期来山里看望他们。他教小树算术，还告诉他教育分成两个方向，其中一部分是偏向技术性的：教人如何谋生，在自己的行业中出人头地。但是，教育的另外一个更需要坚守的方向是价值感。他告诉小树，学会把自己的价值感放在诚实、节俭、努力工作、爱护同胞上，是世界上最重要的一件事。“如果没有人教导你建立这些价值感，即使你技术领域的知识再先进，你仍然是个一无是处的人。事实上，在失去价值感的状况下，你掌握的先进知识越多，你就越可能利用这些先进的方法来为非作歹，进行破坏。”①显然，作者是借魏恩先生之口来传达他对科技与人文的看法。

借正面人物的话语表达作者认同的价值观，是成长小说常见的方法，而这一人物也因此成为成长小说中重要的配角——引路人。在《杀死百舌鸟》中，律师阿蒂克斯是珍和吉姆的道德楷模，使他们能够在大多数白人对黑人抱有歧视和偏见的环境中，勇敢地坚持公平公正原则、客观地看待黑人。在遭遇一些白人无端攻击的时候，阿蒂克斯帮助孩子们认识到人性中存在恶的一面和善的一面，不能因为一个人一时一刻表现出的恶，或者在某一件事情上表现出的恶，而完全否定他。他教育孩子们努力了解人的行为动机，以同情和理解的态度接近他人，也就是心理学家们所说的“移情”和“角色扮演”。

巴赫金曾评价小说中的说话人或多或少总是个思想家，他的

① 佛瑞斯特·卡特：《少年小树之歌》，第158页。

话语总是思想的载体。他说:“一种特别的小说语言,总意味着一种特别的观察世界的视角,希冀获得社会意义的视角。正因为是思想的载体,话语在小说中才能成为描绘的对象。”①揭示成长小说中话语承载的伦理,有助于我们掌握“文以载道”的实现途径。成长小说中引路人的话语经常是富有智慧和启发意义的。在《少年小树的教育》和《杀死百舌鸟》这样的成长小说中,小树的爷爷和奶奶、珍的父亲阿蒂克斯几乎就是正义的化身。他们的话语对于青少年具有明确的教育意义。

当代小说中,作者出场直接宣讲伦理思想的情节越来越少见。反之,常见的方式是把模拟道德法庭、道德考验、道德思辨或推理设计进故事情节中。让青少年通过旁听成年人的辩论,获得道德认知;或者利用青少年人物在是非面前的犹豫和思考传递道德判断;或者让行为结果带来的有益回报和补偿来肯定正确的行为,让悲剧和惩罚来警示不道德的行为。

在《少年小树的教育》中,作者设计了许多让小树学习判断孰是孰非的情节。比如,爷爷批评莎士比亚剧本中的人物布鲁特斯等人很卑鄙,因为他们背叛同伴恺撒大帝,还以多压少刺杀他。他评论说,如果这些人不同意恺撒的行为,应该公开表达看法,并且设法跟恺撒沟通。爷爷经常是越说越激动,奶奶只好停止朗读,安抚他,声称她和小树都站在恺撒这一边,所以没有人会跟他争论这些。爷爷还对麦克白、麦克白的妻子、乔治·华盛顿等人发表议论。他拒绝称呼麦克白的妻子为“夫人”,说那女人可以采用头撞墙的方式结束自己的生命,而不要“因为发情引起的卑鄙行为”谋

① 参见巴赫金:《小说理论》,第119页。

害亲人。爷爷还会因为他崇拜的人物做错事而难过,而崇拜他的小树也会受到他的情绪影响,跟他一起难过。

让青少年通过旁听成年人的道德辩论获得自己的道德判断,是成长小说中常见的一种伦理表达方式。在《没有猪儿被宰杀的一天》中,少年主人公罗伯特旁听到了妈妈和姑妈的一次争论。姑妈评论说,他们的一位近邻巴斯康寡妇雇用了一位彪形大汉到她的农场干活,那个男人大概只比她大一岁左右。姑妈听人说,那房子里传出他们两人的笑声,她认为这很不道德。罗伯特的妈妈则认为,人们不应该干涉巴斯康寡妇的生活,不应该对他们的私生活那么关心,更不该评头论足,还指出那些传播流言的人自己就有这样那样不该做的事情。姑妈听了很生气,认为妈妈的话很不体面。听了大人们的谈话,罗伯特很想知道到底谁对谁错。他回忆起他与巴斯康寡妇的两次接触。他觉得巴斯康寡妇和那位帮工在他面前表现得很得体,对他也很友好。罗伯特搂着宠物猪,对它说:“粉红,也许雇用一位像艾拉那样的男人是不道德的。但我要说,自从巴斯康寡妇雇用他后,她变得好多了。”

罗伯特对宠物猪说的话很值得探究。以他的年龄和思辨能力,他无法为道德或者不道德确定一个抽象的标准,再用这个标准去衡量事情的是非曲直。所以,他先验地接受了世俗的道德结论,这是一种道德判断和行为上的安全策略,即人们在无法立刻做出明确的道德判断时,站在世俗的道德观念一边,总是比较稳妥和比较安全的。但是,罗伯特已经开始学会用事物可感知、可实证的结果,来反推事物的善恶性质。他从巴斯康寡妇雇用艾拉后的行为变化,实证了这件事情的道德属性。这是符合青少年道德认知策略的。

虽然作者没有站出来评论，但是他的道德偏向在作品中还是明明白白地表现出来：他让罗伯特母亲的反驳显得有理有据，姑妈则一味用空洞的道德习俗来批评巴斯康寡妇，读者自然会认同罗伯特母亲的观点。而小说的主人公罗伯特则把他跟巴斯康寡妇的两次接触进行了比较，第一次她像一个悍妇一样凶，用棍子打跑了进入她领地的罗伯特和他的同学；第二次，她礼貌地请罗伯特帮她搬运花盆，还热情地请他吃点心，并把她的雇工艾拉介绍给他。罗伯特客观的叙述，自然也会把读者的立场引向他一边。为了证明巴斯康寡妇和艾拉关系符合道德，作者后来还让这位寡妇跟艾拉结了婚，以证明他们的交往不是一时的感官享乐，而是正常的、有责任心的男女交往。

让人物获得快乐和补偿来肯定他们行为的正确性，是传递伦理思想的另一种方式。美化某些善行是弘扬相关伦理的一种叙事方式。在《少年小树的教育》中，小树的爷爷和奶奶通过给予正确行为及时的肯定和鼓励，培养小树的道德意识和善恶标准。例如，小树在林中收集到一些麝香虫送给奶奶，因为他知道奶奶喜欢好闻的味道。奶奶接受了小树送给她的麝香虫，非常兴奋，还激动地告诉了爷爷。爷爷也积极反映说，他活了七十多岁，从没留心过世界上还有这种好闻的味道。奶奶称赞小树做得很好，她说：“当你发现美好的事物时，所要做的第一件事，就是把它分享给任何你遇见的人。这样，美好的事物才能在这个世界自由地散播开来。”①

在当代美国成长小说中，这种言传身教的范例很多。再如《谁知我心》中，维农在米尔特商店排队买土豆时，为梅克森说了一句

① 佛瑞斯特·卡特：《少年小树之歌》，第60页。

公道话,店主把他和梅克森两人都赶了出去。维农完全没有预料到,一个小小的举动却引出了一连串友善和互助的行为。从店里出来后,他告诉梅克森他要去超市买土豆,并提议帮她也买一袋。在他把土豆送去时,梅克森告诉他,他的母亲生前曾经用工厂里的废布料,为她儿子罗纳德缝了一件衣服,她现在还很怀念她。她对维农说,他如果有困难可以告诉她。维农正为自己的学习成绩犯愁,尤其是英语,常常不及格。他脱口说了出来。想不到梅克森真的帮他想出了办法。她请邻居安妮帮助维农,安妮是一位退休教师。而安妮在免费辅导维农的时候,也请维农帮助梅克森家打扫院子作为对她教学的回报。安妮还让梅克森感觉到这是维农自己的主动行为。这种互助从他们三人扩散开来,以致整条街都受到影响。维农并没有因为帮助梅克森和罗纳德耽误自己的学习,相反在与他们的交往中,维农成长起来了,他学会了照顾智障儿罗纳德,观察他的每一小点进步,尽量体会他的感受。维农的学习成绩也提高了,英语从 F 上升到 B - 。维农在帮助罗纳德的同时,自己的问题也得到解决。作者通过这段故事传达出一个伦理思想:爱心不仅让他人获益,对施爱者本人也具有积极的推动力。

《谁知我心》的作者明显希望弘扬人与人之间沟通和交往的观念。她先把维农描写成一位精力过剩的无聊小青年,常和伙伴们一起作弄梅克森和罗纳德。但跟他们有了交往后,维农不再歧视他们,而且还越来越喜爱智障儿罗纳德。看见罗纳德专注地帮着打扫院子,他受到触动;看见罗纳德把他帮忙买来的新运动鞋视为珍宝,他很激动;听见罗纳德有意识地开口发音,他无比兴奋。当常常酗酒失去理智的梅克森失去了对罗纳德的监护权时,维农追随载着罗纳德离去的汽车,不肯停步。这些细节展示了维农的变化过程：他曾经因为陌生，加入欺辱罗纳德的行列；由于交往，成为罗纳德的朋友。无知与陌生带来的误解和伤害通过交往得到化解和转变。而且，在交往过程中维农还发现罗纳德的问题其实都来自他人带给他的恐惧。

> 他恐惧每一件事、每一个人。是恐惧让他变得笨拙，两只眼睛老是睁得大大的，一副蠢样。坐在那儿看《莱丝》，好像忘了我的存在。这时候的他，样子没那么糟了。老实说，看起来跟一般青少年差不了多少——虽然不好看，但也不难看。①

若没有跟罗纳德的近距离接触和交往，维农也许还会和以前一样，在无聊时跟伙伴们一起欺负罗纳德，加深他的恐惧。作者通过这种活灵活现的故事向青少年灌输善行对人对己都是有益的，而恶行在带给他人伤害的同时，也降低了自己的道德水准。成长小说以这种"润物细无声"的方式，发挥着小说的娱乐和教育功能。

对他人需求的理解或者进入他人的角色，是认知能力的表现，而乐意促成他人需求的满足则是道德境界的体现。情感、心智、道德、信仰的提升不能像某些技术那样被传授，在短时间内掌握。人的成长永远是个性化的、行为化的。人在成长过程中，常常会思考前人思考过的问题，犯前人犯过的错误。先贤总是希望把人类的道德智慧传递给后人，帮助后人更快地成长；但后人对前人的经验和教训未必乐于接受，或铭记在心。青少年对自己在人生道路上跌跌撞撞中汲取的经验教训往往体会更深，记得更加牢固。人们

① 简·莱斯利·康利：《谁知我心》，第45页。

可以不用反复去发明指南针和造纸术，但每一代人，每一个人都必须经过童年、少年、成年和老年，必须形成自己对待生活的态度，必须认识自我，开发潜能，学习如何对待自然、如何对待他人，如何对待自己。这些经验的获得离不开行动，离不开与社会的接触，也离不开反思。把这些行为情节化，赋予它思想和道德意义，是成长小说的重要特征。

通过故事本身传达伦理主题也是伦理表达的重要方式。《谁知我心》的作者通过维农与“疯婆子”梅克森和“智障儿”罗纳德的故事表达了“爱心具有感染力”这一主题。其故事情节的发展也以此展开。自从维农和梅克森母子俩成为朋友之后，维农答应要帮助罗纳德参加残疾人运动会，但罗纳德需要一双运动鞋。维农策划为罗纳德举行慈善义卖活动，街坊邻居都为此兴奋起来。有人告诉维农，他们要烤饼干来卖，有人说要卖热狗，有人帮忙打印传单，广而告之。维农对罗纳德的帮助和爱心感染了整条街的居民。义卖会上，人们带来了各种食品、甜点和饮料。连小气的店主米尔特也提供了半条火腿作为义卖品。还有人负责组织娱乐活动，参与者需付一毛钱。义卖活动募集了143美元，足够维农用这笔钱帮罗纳德购买参加运动会所需要的运动鞋和服装了。一个人的义举常常能够激发起周围人的善心。街坊邻居的热情感染了平日里常常故意招惹和戏弄梅克森的那帮男孩。他们在维农带罗纳德去购物的那天，等在展示新款球鞋的橱窗前，要帮罗纳德挑选，还对维农开玩笑说：“我们决不能把为罗纳德挑选鞋子这么重要的事交给你。你整个春天始终穿着牛仔鞋。”①

---

① 简·莱斯利·康利：《谁知我心》，第102页。

孩子们的转变与小说开头形成鲜明对照。以前他们故意跟梅克森和罗纳德过不去,招惹梅克森破口大骂,并以此为乐。在小说的结尾,全街的人都出来送罗纳德去乡下姨妈家。维农跟着小车奔跑,他跟梅克森一样,舍不得罗纳德离开,还担心他未来的生活。爱的感染力把一条贫穷小街上的人们团结在一起。而在奉献爱心的时候,人们表现得异常兴奋和快乐。对这些平常人来说,能够和街坊邻居一起参与一件温暖人心的好事,就像过节一样快乐。当然,这样的故事是作者的虚构,是作者心愿的达成。

伦理故事可以通过正面描写,渲染道德行为的感染力,发挥示范功能;也可以通过反面描写,反衬道德的必要性。知名作家欧茨的《狐火——一个少女帮的故事》通过讲述50年代几位少女的故事,批判了美国贫困社区的道德沦丧,揭示青少年成长受到的环境影响。叙述者马迪生活在东北部小镇上一个蓝领街区。那里的少女常常遭到同龄男孩和成年男性的骚扰和欺负。这个社区是一个严重缺乏道德、邪恶成风的小社会。学校里有巴亭金尔那样猥亵的老师,喜欢玩弄奸污软弱可欺的女生。多数老师对人高马大、惹是生非的学生都采取放任不管的纵容态度。许多家长也没有为孩子们树立良好的榜样,或肩负起监管的责任。比如,马迪的父亲离家参战,再也没有回来;母亲吸毒,几乎不过问她的生活。丽塔的母亲见她被人奸污,不仅不同情她,帮助她,还给她一耳光。"长腿"的母亲去世后,父亲自顾不暇,常常鬼混。他的家被官方判为不适合未成年人居住,所以"长腿"必须每天赶到临近加拿大边境的祖母家居住。除了学校和家庭问题外,社区里还有不少品行不端的成年人。马迪的叔叔温陂看见她对一台破旧的、要被他扔掉的打字机感兴趣,便不怀好意地作弄她。他先说五块钱卖给她,当马迪打破自己的存钱罐，取出仅有的三块二毛七分钱，又向邻居借钱凑足五元之后，他又抬高价钱，要八元，还告诉她，她可以不付钱，但必须满足他的性要求。

面对这样恶劣的生存环境，青少年帮派自然流行起来，因为孩子们可以得到帮派成员的帮助和支持。弱小的女孩在自生自灭的环境中凭借自我保护的本能，懂得了团结的意义。当男子气十足的“长腿”决定建立“狐火”少女帮时，几位女孩万分兴奋。她们举行了庄严的仪式，疯狂地表达了兴奋之情。这个小团体帮助丽塔赶走了欺负她的数学老师，还帮助马迪狠狠地教训了玩弄她的温陂叔叔，讨回了公道。从此，温陂不敢再招惹马迪。

但是，由于缺乏正确的引导，少女帮被报复心牵引，从受欺负的极端走向恶意报复的另一个极端，最后导致了自身的毁灭。《狐火》为读者展示了缺乏伦理道德的社会是一个暴力横行的丑恶社会。在这样的社会里，女性往往成为受害者，个人难以自立，学校也不能真正行使教育职能。“狐火”少女帮只是诸多青少年帮派的一个缩影，小说中的“子爵帮”、“埃斯帮”、“鹰帮”等少年帮也没有好的结果。

第四节　社会批评的表达途径

对社会弊端进行揭露和批评，是文学的文化建构功能。不良社会风气和社会环境毫无疑问是青少年成长的障碍。无论心理学、社会学著作还是文学作品都在反复论证这一观点：即个人在从童年迈向成年的过程中出现的诸多问题和困难，是内外两方面的种种影响和压力引起的。压力感知于内，源自于外。来自外在的压力有时会过分迅速地迫使青少年向成年转变，有时候又成为一种障碍，阻碍青少年获得自由和独立。对这种转变过程的解说有两种思路，一种是精神分析法，该方法受弗洛伊德学说的影响，比较注重个人的性心理发育和青少年摆脱幼稚情感和行为的心理因素；第二种是社会学或社会心理学，它把青春期转变的原因主要归咎于个人所在的社会背景，关注个人扮演的角色性质和角色冲突，以及社会期待对个人构成的压力，各种社会机构施加的影响等，认为年龄隔阂的加剧意味着青少年很少接受成人的示范作用，从而使其成长更加艰难①。

虽然精神分析法和社会学都特别注重具有典型意义的青少年成长案例，不重视具有普适性的研究对象，但它们对问题青少年进行研究后得出的观点对发现社会问题、了解社会与个人之间紧密的关联和互动、理解文学作品感染力的秘诀具有参考价值。心理学和社会学挑选的典型案例以问题青少年为主，而大多数成长小说也是以典型的、具有鲜明个性的青少年人物为主人公。不同的是，成长小说的主人公大多数是敏感的、聪慧的优秀青少年。作者常常把他们放置于具有典型意义的生活环境中，以反映一个地域突出的文化特色和社会问题。主人公在这样的环境中生活和成长，必须学习如何摆脱环境的局限和困扰，开拓自我发展的空间；学习如何协调与外部环境的关系，同时又能保持和张扬自己的个性。其中产生的矛盾与化解矛盾的手段成为作品悬念、冲突、戏剧性变化等艺术张力的源泉。那么，当代美国成长小说突出反映了

① 参见 J. C. 考尔曼：《青春的本性》，第 2 页、第 145 页。

哪些不利于青少年成长的社会问题呢？

一、 极端个人主义

个人主义是美国社会的基石，它认为个人权益和潜能的发挥是社会发展的前提，也是社会存在的目的。个人主义并不否定集体、社会的价值，只是强调在个体与群体这一对矛盾关系中，个体处于更加基础性的地位。然而，过分强调个体利益、自我实现和个人权利，就可能滑向极端个人主义的泥潭。极端个人主义是社会的大敌，是瓦解社会和谐的主要因素。个性、自我和个人权利应该受到尊重，但任何事物的极端都是危险的。加拿大学者查尔斯·泰勒在其著作《现代性之隐忧》中指出，自我实现的极端是以自我为中心，产生的“自恋主义”。而自恋主义文化的一个流行观点是将自我实现作为生活的主要价值，并且很少承认外部道德要求和对他人的严肃承诺。①

在无数个人组成的社会里，既要维护个人的权利，又应该学会必要的妥协，甚至有时牺牲个人的利益，以取得更多人的利益和更长远的社会利益。认识并实践这个道理需要青少年逐步去除与生俱来的个人中心意识，提高社会化程度，即把自己看成是社会成员之一，学习与其他成员和睦共存、共同发展的策略和技能。

在一个崇尚团结互助的社会里，青少年的孤独感相对要少一些；而在美国这样的推崇个人主义的社会，青少年的孤独感要强得多，其典型人物就是《麦田里的守望者》中的霍尔顿和《钟形瓶》中的艾丝特。麦克思·伦勒曾这样评价个人主义对美国青少年成长

① 查尔斯·泰勒：《现代性之隐忧》，第62页。

的不利影响：

> 青少年成长过程中过分强调个人，非但没有造就独特性，反而导致了分离感。整个文化环境给青少年灌输的是保持自我，而他学到的保持自我的方式是切断与家庭的纽带，反叛父母、教师和街坊邻里。在他从这些约束中挣脱时，他发现自己脱离了曾经给他提供安全庇护的环境，形单影只。他开始怀念过去曾有过的归属感和“最初的纽带”。成长年代所体验的孤独大都产生于这种失落和脱离，产生于他对突然被斩断的最初纽带的渴望。①

霍尔顿怀念死去的弟弟，弟弟代表了过去的生活。换句话说，他怀念的是伦勒所说的“最初的纽带”。该小说中有许多事例表明了霍尔顿的孤独：他总想找人聊天，熟人、陌生人、出租车司机甚至妓女都成为他交谈的对象，尽管他看得出一些人根本就不想跟他聊天。他深夜溜回家去看妹妹，半夜给人打电话等，以种种努力在寻找与社会接触和交流的方式，以摆脱自己的孤独感。

在个人主义作为一种流行价值观的社会里，霍尔顿这位叛逆者也难逃其影响。他本人就是一个比较典型的个人主义者。他批评校长的势利，批评老师的教学方法，看不起哥哥挣钱的方式。至于身边的同学，他要么不喜欢他们的生活习惯，要么不喜欢他们的交友方式，要么看不起他们的人格。他对成人世界不屑一顾。要

① Max Lerner, “Growing Up in America”, in William Coyle (ed.), *The Young Man in American Literature*, p. 16.

不是小说的叙述者是他本人，使得他有机会为自己的行为做出辩护，他很难赢得读者的同情。他满口脏话，学习不努力，对人撒谎，自以为是，是一个消极逃避者。总之，他看不惯社会的各种弊端，但他自己就是诸多弊端的携带者和实践者。在他的言行里就有不少他在评价别人时极其厌恶的成分。他想保持自我，而他所想到的方式有两种，一是去西部某个偏僻的地方，在那里过一种隐居的自然生活。二是做麦田里的守望者，守护游戏中的孩子。他的道德主要表现在他的良好愿望里：渴望真诚、友善。他的行为既受到他的良好意愿的支配，如爱护小孩，同情弱者，也受到不良外在环境的影响。所以，他的表现时好时坏。可以说，霍尔顿是一个成长受到严重阻碍的青少年形象，而阻碍来源既有社会一方，也有个人一方。他是尚未学会调适个人与社会关系的典型形象。当然，把他放回到美国50年代的社会大背景去，他的愤青行为就是可以理解的了。《钟形瓶》中的艾丝特也是生活在50年代，她跟霍尔顿像精神上的孪生姐弟，既是社会的反叛者，又是受其不良影响的成员。

极端个人主义在问题小说中更加突出，如《巧克力战争》中的阿齐、《局外人》中的富家子弟帮、《狐火》中的“子爵帮”等。这些能够对他人，尤其是无辜者施加暴力的人，都可以说是极端个人主义者，因为他们不能进入他人的角色，设身处地为他人着想，移情能力低下，所以才会从折磨他人的过程中产生自我强大的幻觉和快感。

二、 色情文化

美国大众媒体中泛滥的性信息和性暗示成为当代美国文化中

的积弊，它对青少年的心理和情感成长构成极大危害。影视业对影片中的性暴露程度区分出级别，这已经是不得已的手段。它并不能确保“仅供成人观看”的影片不会进入青少年群体。而且对于青少年来说，成人的这种做法也难以自圆其说。轻率的性行为带给青少年的灾害性后果在一些当代美国成长小说中不乏表现。冲动的性爱来自外表的吸引，由于缺乏爱慕的基础——相互了解、相互认同和相互尊重，它来得快，去得也快，导致了青少年尚不成熟的情感和心理受到严重打击和伤害，造成了他们的感情自闭，甚至恐惧，加剧了现代社会人际关系的冷漠。独身主义和性泛滥成为当代西方社会的一个悖论。

社会上的性泛滥和性渲染对青少年成长的危害是巨大的。欧茨的短篇小说《你从哪里来，将到何方去?》就是对美国性文化的批判。美国学者萨尔迪瓦在评论这篇小说时说：

> 受到20世纪60年代大众文化和流行歌曲的影响，欧茨的《你从哪里来，将到何方去?》改变了传统的青少年成长小说。正如小说标题提示的那样，这篇小说1967年出版，献给鲍伯·迪伦。这篇小说涉及的关键问题是女性的性感和在纽约比较“安全”的郊外社区里的性别不平等。同时，它还有力地批判了电子媒体传播的性文化歌曲。①

这位学者还指出，主人公科妮的遭遇来自青少年浪漫文化：追

---

① Jose David Saldivar, “Postmodern Realism”, in Emory Elliott et al (eds), *The Columbia History of the American Novel*, Beijing: Foreign Languages Teaching and Research Press, 2005, p. 537.

星杂志、高中生柏拉图似的迷恋等。她的性欲是白人男性轻浮的摇滚音乐和电影的产物。科妮受到流行歌曲中浪漫许诺的引诱，大多数时间都沉迷于对男孩的种种梦想中。

受流行文化的影响，科妮喜欢听流行音乐，喜欢和同伴一起无所事事地逛街，接受陌生男孩的邀请去咖啡厅。她的轻浮行为和打扮最终引狼入室，招来厄运。科妮的结局远非电影、歌曲中渲染的那么浪漫。虽然欧茨以阿诺德胁迫科妮走出家门结束了故事，但接下来发生的事，读者可以预想，科妮不仅可能被强奸，还很有可能被杀人灭口。欧茨的这篇小说并非纯属虚构。有美国学者撰文说，欧茨的这篇小说是根据1965年发生的一个真实故事写成，一位15岁的少女在家被强奸并杀害，媒体对此进行过报道。欧茨笔下的科妮与该被害女孩甚至在一些细节上也高度一致。[①]

美国文化对性魅力的着迷不仅表现在大量的电视广告、好莱坞电影里，在流行歌曲、流行小说、《花花公子》之类的期刊中也充斥着性魅力的符号、图像和话语。生活在这样的文化氛围里，科妮每天脑子里都在想象和男孩子约会。她的穿衣打扮、面部表情和说话方式都有两套，低调沉稳的一套在家使用，目的是要获得母亲的信任和许可；装腔作势的一套在外使用，可以吸引男孩们的注意。阿诺德到来时，她正眯着眼睛，陶醉在这样的幻想中。但真实的生活远不如幻想的生活那么浪漫诱人，阿诺德的出现打破了她的美梦，让她真真切切地看到了生活中的丑陋。一个可怕的男性进入了她的生活，而且阿诺德是受到她的诱惑专程赶来捕获她的。

---

① A. R. Coulthard, "Joyce Carol Oates's 'Where Are You Going, Where Have You Been?' as Pure Realism," *Studies in Short Fiction*, Vol. 26 (4), Fall 1989.

可以想象,惊慌失措的科妮如果能够幸免于死,一定会褪去轻浮,谨慎对待异姓。欧茨的这篇小说不仅批判了色情文化对青少年的毒害,也在警告那些痴迷于色情文化的女孩,科妮的遭遇就是前车之鉴。

美国成长小说在性问题上的表态与好莱坞电影明显不同。好莱坞电影里男女之间性吸引、性交往如同喝咖啡一样平常,几乎到了一约会就上床的固定模式。性自由与性暴力成为好莱坞电影对青少年成长极坏的影响。鲍曼在评价美国电影时说:在过去,"快速成长"是指十几岁出去做工,承担成人的责任。现在,则意味着便捷地获得成人世界的经验,尤其是性经验,同时却尽可能延长作为儿童在经济上的依赖和情感上的幼稚。[①] 与好莱坞电影渲染的性快乐相比,美国成长小说更贴近现实,讲述了女性青少年为滥交付出的沉重代价。这样的态度无疑会引导青少年更加严肃地对待性问题。

在《芒果街的房子》中,有几章专门描写美貌女青年的不幸生活。年轻的娜菲拉因为长得漂亮,被丈夫锁在家里;中学生莎莉也因美丽受到父母的严格约束,她的父亲说,人长得太美就是麻烦。后来她终于没能抵御诱惑,背着父母与男孩子们幽会,不到 18 岁就不得不嫁人。米乐娃是一位不到 20 岁的母亲,已经有两个孩子,其丈夫还是一位心智发育不全的愣头青,两人之间打斗不断,出走再回来是他解决问题的方式。米乐娃通过写诗来减轻苦闷。

---

① James Bowman, " Ain't Gettin' Any Older: The Bizarre Triumph of Youth-recent Spate of Youth-oriented Movies Reflects A Culture that Refuses to Grow Up," *National Review* ,Nov 8, 1999.

如果重新排列这三位女性的出场顺序，莎莉—娜菲拉—米乐娃，她们的生活代表了不少贫穷人家美女的命运：没有良好的教育、没有远大理想、不能自制，美貌使得她们过早地陷入性爱关系，成家却不能立业，最后早早地挑起生活的重担，美丽的容颜只是走向穷困潦倒的通行证。莎莉与男孩子偷情、嬉戏时，很快乐，但这样的快乐像划过天空的流星一样短暂，其代价则是终身的苦难。她的丈夫为她规定了严格戒律：不准用电话聊天，不准在窗边看街景，不准她的朋友到家里来，只要她稍有逾越，就会对她拳脚相加。所以，大多数时间，她只能坐在镜子前看着自己容颜渐退。作为对这种生活模式的反叛，小说的叙述者艾丝珀兰姹和妹妹奈莉则为自己描绘了另外一种生活憧憬。奈莉说，她才不会等着某位男人来娶她，也不会因为怀上孩子而被迫嫁人，她要自己选择。艾丝珀兰姹也决心要有自主的未来，不能任人宰割自己的命运。小说通过对比，彰显了两种人生态度的不同结局。毫无疑问，这对青少年成长具有积极的指导意义。

与“性”和“暴力”泛滥的电视节目相比，反映青少年成长的小说更注重作品的社会价值，更注意引导青少年的社会化进程。另外，根据国外学者的研究发现，电视思维具有零散性和片段化的特点，一个个画面转瞬即逝，直接作用于观众的感觉器官，不利于观众整合、反思和筛选所接受的信息。因此，长期看电视会形成惰性心态，不利于青少年的性格成长和学业进步。[①] 小说阅读则可以训练人的推断力、记忆力、想象力、思辨力等综合能力。文字语言与

---

① 参见祁林：《电视文化的观念》，上海：复旦大学出版社 2006 年版，第130—131 页。

影视语言的最大区别在于文字语言给读者提供了联想、想象、反思和重复阅读的条件，影视语言是瞬间即逝的，不断的图像输入留给观众的反思和想象时间十分有限。图像本身的可视性（色彩与造型）可以让无聊、浅薄的内容也能吸引观众的眼球。因此，不断有美国学者撰文呼吁，青少年应该多读书，少看电视。

三、区域文化问题

美国是一个地域广阔的国家，早期的欧洲移民主要定居在东部沿海，并逐渐西扩。来自不同地区的移民，相对集中地居住在一起，形成自己的文化。这些不同的文化又在漫长的发展过程中与当地的地域特色和其他外来文化、当地的经济结构等发生互动影响，形成有别于其他地区的区域文化。从大的划分看，美国通常被划分为东部地区、新英格兰地区、中西部地区、西部地区和南部地区。美国学者在对美国文学进行分类研究时，按区域特征（local color）划分，也形成了一种研究方式。各个区域在移民来源、经济形态、地貌特征、民风民俗、人文传统、宗教信仰、历史发展等方面都有一定的独特之处。

比如《杀死百舌鸟》就是一部生动反映民权运动之前南方文化和社会风俗的佳作。小说批评了南方人根深蒂固的种族偏见和过时的价值观。在殖民时期，美国南方社会以种植园经济为基础，大量使用黑奴，造成了等级森严的社会制度和种族矛盾。由于以农业经济为主，南方的城市经济和城市文化发育迟缓。刻板的宗教意识、严重的种族偏见、陈旧的荣誉观念和绅士淑女情结成为美国南方文化的典型特征。南方社会的这些文化特征对青少年有其独特的心理和道德投影，形成了他们人格成长过程中的心理和道德困惑。然而，青少年成长具有摆脱束缚、叛逆传统的天然冲动，这和美国南方社会根深蒂固的宗教传统和由此构成的社会约束形成矛盾，成为南方青少年成长必须面对的社会问题。《杀死百舌鸟》中最震撼人心的故事就是一位本性善良、生动活泼的青年亚瑟因其叛逆性格和行为失当，被社会抛弃，遭受家庭终身禁闭的故事。

亚瑟生长在美国南方小镇梅康姆一个浸礼会教徒家庭，父亲拉德雷对宗教教义和信条虔诚得近乎刻板，是一个为了上帝而活着的人。他对孩子不苟言笑，严格遵守《圣经》教义和社会规范，对亚瑟要求极严。然而，亚瑟十几岁时交上一帮叛逆的年轻人。他们经常在街上闲逛，星期日不做礼拜，去看电影，跳舞。一次在喝了威士忌酒后，他们居然作弄老法官。这种典型的青春期叛逆和恶作剧，在虔诚的教徒看来是大逆不道、亵渎神灵的行为；在崇尚绅士作风的南方中产阶级看来，他们的行为是对社会秩序和权威的挑战。法官决定惩罚这帮孩子，要把他们送到州立技校学习。亚瑟的父亲知道后，认为亚瑟败坏了家庭荣誉，他对法官表示，愿意自己管教儿子，并且保证亚瑟不再有类似行为。此后，小镇上的人十五年没有见到过亚瑟的身影，仿佛小镇上从来没有这个人一样。除了邻居家的孩子，没有任何人关心他的生存状态，他只能每天站在百叶窗后默默地张望这个已经抛弃了他的世界。

亚瑟 33 岁那年用剪刀捅伤父亲，表明了他对父亲的怨愤。一位父亲会对自己的孩子如此严酷，一个社会会对其成员如此冷漠，实在令人震惊。亚瑟成长的挫折感逐渐发展成为对社会的恐惧感。小说的最后，当他再次出现时，他已经不习惯与人交流。

成人世界的这种冷漠和严酷，一直让珍和吉姆感到迷惑不解。他们曾向父亲询问亚瑟的事，阿蒂克斯却不要他们干预别人的家事。珍只好向茂迪小姐打听。茂迪小姐的解释是，老拉德雷那种刻板的浸礼会教徒，只关心来世，还没有学会怎样在现世生活。茂迪小姐自己也是浸礼会教徒，她热爱园艺，又是未婚女人，因此常常成为人们指责的对象。一些教徒指责她待在花园里养花的时间比在屋里读《圣经》的时间还多，诅咒她和她养的花一起下地狱。她告诉珍：这些人只是从字面上理解《圣经》，他们把任何生活的乐趣都看作是罪恶，甚至认为女人也是罪恶。因此，茂迪小姐说："在有些人那里，《圣经》比威士忌酒还糟糕。"①

在一些虔诚的信徒看来，《圣经》里写的都是金科玉律，人们的思想和言行都应该严格受到它的约束。大到思想行为，小到穿着打扮，比如《圣经》里说女人应该穿裙子，所以在信徒看来天真率直的小主人公珍就不应该穿裤子，更不用说穿工装裤。因此珍不断遭到人们的议论和批评。

如此刻板的宗教信仰必然与青少年成长的渴望形成冲突，从而造成青少年对社会价值观的困惑和叛逆。亚瑟仅仅因为星期天喝酒作乐、对法官有冒犯行为，就受到终身禁闭，这对一个少年的心理和道德成长显然是致命的。茂迪小姐作为成年人，有能力无视其他教徒的责骂，坚守自己的审美情趣，而年轻的亚瑟、珍和吉姆就没有那么幸运，他们必须学会理解宗教约束和个人自由之间的矛盾，走出由此产生的精神困惑。

贫穷、孤独和愚昧是20世纪30年代美国南方的另一个社会问题，生活在贫困家庭的儿童遭受到生存和社会无视其存在的困惑。深受其害的是女青年梅耶拉·埃维尔。梅耶拉有七个弟妹，母亲

---

① 哈泼·李：《百舌鸟之死》，第49页。

去世,父亲常常酗酒,孩子们都失学在家,小镇上没有人瞧得起他们。黑人也不和他们来往,因为他们是白人。然而,青少年在成长过程中某些基本需求是相同的,进入青春期的梅耶拉产生了对异性的渴望。她把唯一同情她,并不时给她帮助的黑人青年汤姆·罗宾逊骗进家里,想跟他亲热,却被父亲撞上。梅耶拉的父亲要求处死汤姆以维护他作为白人的高贵脸面,梅耶拉屈从父亲的淫威和舆论压力,也希望处死汤姆以消除自己羞耻的证据。因此,他们共谋诬告汤姆。在当时的南方社会,黑人男性强奸白人女性是不可饶恕的死罪。哪怕是无中生有的指控,也会激怒起白人对涉案黑人行使私刑。

梅耶拉的困境在于,她不能过上正常人的生活,不能正常读书,不能参加社交活动,还要忍受贫困和孤独,为一大家人操劳。没有人真正关心过她,哪怕多看她一眼。青春期的性萌动使她产生了对异性的渴望,但是因为贫困她没有机会在白人社会中寻找对象。她渴望得到异性的关爱,哪怕是一位黑人。然而,父亲"白人至上"的种族观念摧毁了她的这一点点要求,她还遭到父亲的毒打。她无法理解这个社会,更无法理解自己的命运。于是她把仇恨的目光投向阿蒂克斯律师,怨恨他为什么不站在白人一边,反而为汤姆辩护,让她当众出丑。梅耶拉的怨愤表明,生活在贫困、愚昧的家庭,她的道德成长受到严重阻碍,她还只能从自我利益的角度看待世界,在她的道德意识里还没有社会公正的位置。

梅耶拉不能选择自己的家庭,她成为父亲不负责任的牺牲品。梅耶拉及弟妹们对食物、住所等基本生存需要都得不到满足,更不用说教育、自尊、社会公正等高级需要了。美国30年代的南方社会还没有完善的社会救助意识和救助体系,很少对问题家庭的孩子提供基本生活保障和心理、精神上的关心。而较为富裕的中上层白人社会，对贫穷白人家庭的孩子通常采取自生自灭的态度，孤立疏远他们。家庭和社会的遗弃导致了梅耶拉的悲剧和堕落。她是命运的受害者，也是社会的受害者。

种族问题是南方青少年成长过程中遭遇的另一个带有普遍性的困惑。因人而异的"公正"、随意捏造的"证据"、无视事实的法庭，孩子们一旦认识到他们所接受的"民主"、"平等"的教育和现实生活反差如此之大，他们的反应往往是对社会价值体系产生困惑和迷茫。尽管阿蒂克斯替黑人汤姆做了论据充分的辩护，但大多数陪审员仍然裁决汤姆有罪。在大多数白人兴高采烈的时候，吉姆却哭了，嘴里嚷着"这是不对的！"种族歧视动摇了他们对社会正义的乐观和信心。珍和吉姆都认识到，问题出在白人身上，是白人固执的偏见阻碍了他们对黑人给予公正的判决。珍的老师盖茨小姐对希特勒屠杀犹太人义愤填膺，却不顾事实赞成判黑人汤姆死罪。小说这样描写了孩子们对种族偏见的困惑：

"盖茨小姐是个好人，是不是？"

"那当然啦，"吉姆说。"我上她的课的时候很喜欢她。"

"她特别恨希特勒……"

"那有什么不好？"

"喏，她今天说了许多他怎么虐待犹太人的话。吉姆，迫害什么人都是不对的，对不对？我是说对什么人心怀恶意都是不对的，对不对？"

"当然，我的天，小海鸠。你在琢磨什么？"

"喏，那天晚上，盖茨小姐从法庭出来——她在我们前边走下台阶，你大概没看见——她在和茗芬妮·克劳福小姐说话。我听见她说现在是该有人教训他们一下了，他们有点忘乎所以了，再这样下去他们该狂妄到想和我们结婚了。吉姆，她那么恨希特勒，怎么回过头来又对老乡们那么凶呢——"

吉姆突然发火了。他从床上跳起来，揪着我的衣领摇我。"我永远、永远也不想再听到关于那个法庭的话，你听见没有？听见没有？你一个字也别再跟我提了，听见没有？你快走开！"①

当公正与真理只在某些人群里得到公认与坚守，而在另一些人群里就不再得到遵守时，要么是这些所谓的"公正"与"真理"本身有问题，要么是人有问题。而吉姆与珍都认识到，问题出在白人身上。所以，当那些陪审员出庭时，他们都不愿意，或者说都不敢看汤姆一眼。

青少年的成长除了要面对这些重大社会问题外，还要面对生活中形形色色的陈规陋习。邻居杜伯斯夫人是一位多病的老夫人，珍和哥哥吉姆经常受到老太太的无端斥责。对他人的偏见如何反应才能够既维护自尊，又不违反社会礼仪？这是孩子们成长面临的一道难题。身高超过同龄人的珍曾经用拳头回击侮辱她的同伴，自然遭到了批评；她还勇敢地与成年人辩论，此路也不通。杜伯斯夫人斥责她说，如果再没有人调教，她今后只能去饭馆当招待。她还指责珍的父亲为汤姆辩护，和那些黑人混在一起。她的

① 哈泼·李：《百舌鸟之死》，第302页。

责骂激怒了吉姆，他抡起棍子，把杜伯斯夫人院子里的茶花乱砍一气，结果受到父亲的处罚。他必须到老夫人家认错，收拾干净院子。老夫人给他的处罚是，每天放学后，外加星期六，吉姆去她家读书，每次两小时，为时一个月。在父亲的开导下，吉姆在那里练就了一套既可以维护自尊又能够避免冒犯对方的策略。

东部是美国最早开发的地区，也是经济社会发展程度最高的地区。在反映东部文化和社会生活的当代成长小说中，家庭关爱的缺失是青少年成长普遍遭遇的问题。父母们忙于自己的事务，与子女的沟通很少。青少年要么在外建立起自己的关系纽带，要么处于孤独之中。《麦田里的守望者》、《钟形瓶》、《巧克力战争》中的主人公都是十分孤独的青少年。霍尔顿和艾丝特都有过精神崩溃的经历，杰瑞则遭到群殴，处于孤立无援的境地。《局外人》、《公主日记》、《地球、我的屁股和其他又大又圆的东西》、《狐火》等东部小说中的青少年则通过朋友圈寻找归宿、意义和认同。

朋友圈子和团伙的形成，表明了个人的认同和价值追求。圈内成员往往有类似的价值观，并且相互影响。朋友圈对于青少年有着特别的意义。心理学家认为，青少年在家庭之外建立真正成熟的感情联系之前必然面临精神空虚。心理学者布罗斯称之为“对象和感情的饥饿”状态。他认为青少年有追求刺激的需要。由于与家庭分离，青少年容易产生精神空虚、情绪低落和心境孤独的感觉。追求刺激就是抵制这种心理困境的一种方式。他还指出，通过青少年帮派或集团，“对象和感情的饥饿”有所缓和。这个社会集团常常代替了青少年的家庭，使青少年能体验到对个人成长十分重要的种种情感，如兴奋作用、移情作用、归属感、角色作用、自居作用,以及分享成就、分担忧虑和负罪感。①

在《局外人》中,青少年团伙分为“上流帮”和“油污帮”。“上流帮”由纽约的富家子弟组成,“油污帮”都是些贫民窟的穷孩子。“上流帮”以取笑、袭击“油污帮”的弱小者为乐,寻求刺激。在一次群殴中,“上流帮”的一位男孩意外死亡,他的父母才开始后悔平时没有好好管教他,认识到是他们的溺爱和纵容,导致孩子走上不归路。而“油污帮”的达理对自己的前途自暴自弃,却把保护好小约翰尼当作自己的人生价值。约翰尼为了营救被困在火里的几位小学生,身负重伤,因挽救无效,离开了人世。达理因此悲愤异常,失去了自控。他故意去抢劫商店,在遭到警察追捕时,故意招惹警察开枪。波尼认为,他是有意求死,因为约翰尼的死带走了他的存在价值,与其在世上鬼混,被人当作坏人看待,不如离开这个世界。波尼说,约翰尼以英雄的身份离去,而把这位小英雄从火海里救出来的达理,却以暴徒的身份离开了这个世界。波尼认为自己有责任站在“油污帮”青少年的角度,向公众讲述他们的故事。“也许这样人们会理解他们,不会简单地根据他们头发上的油垢来判断他们的人品。”②

马斯洛曾说:“没有价值观体系的状态就是一种心理病态。人类需要一种生活哲学、宗教或一种价值体系,就像他们需要阳光、钙和爱情一样。”③保护受人欺负的约翰尼成为达理生活中的唯一价值,失去约翰尼,对他来说,生命就失去了意义。如此狭隘的价

① 参见 J. C. 考尔曼:《青春的本性》,第 6 页。

② S. E. Hinton, *The Outsider*, p. 179.

③ 弗兰克 · G. 戈布尔:《第三思潮——马斯洛心理学》,第 85 页。

值观反映出贫民窟青少年狭隘的生活视野和心理空间。

梅格·卡波特的《少年偶像》则反映了中西部地区青少年的精神风貌。卡波特曾说，选择故事发生的地点很重要，她每次都要反复思考，一旦选定，她会到这个地区做一些调研。而且，她尽量选择曾经生活过的地方。“对那个地方你能添加的细节越多，读者就越会感到真实可信。”[①]《少年偶像》的故事背景是印第安纳州的一所高中。在这所中学里，球队队长和拉拉队队长是学生中的明星，具有很大的影响力。而这些人往往自恋于自己的身材相貌，被追随者的奉承冲昏了头脑。卡波特曾在《公主日记》系列里描写了纽约高中生的政治意识，他们会通过抗议游行、网上声援、招揽媒体记者等手段来引起舆论关注或轰动；而在《青少年偶像》反映的中西部地区里，学生们喜欢搞一些不大不小的恶作剧，玩一些有心计的小花招。校方比较注意对学生的干预和关心，比如，校方专门安排珍在校报上开辟专栏，回复同学们的各种来信，这些信大多与学生的各种心结有关。有了这个专栏，学生的心理问题一定程度上得到疏导和及时发现，珍也因此赢得了同学们的尊重。这里的生活节奏要比大都市纽约缓慢，比如，地方报纸下午才能送到各家各户，记者们也不用一大早赶去上班。由于城市小，没有多少去处，孩子们大多待在家里。珍和好友翠娜虽然是邻居，也常常通过电子邮件交谈。

在这所学校，学生餐厅是一个重要的交流场所。每个人买午餐都要经过中间的通道，坐在两边餐桌的学生会观察每一个经过

① Meg Cabot, *Interview with Teenreads. com's Jennifer Krieger*, August 16, 2006. www. teenreads. com/authors/au-cabot-meg. asp.

的人，品头论足。这使一些身材不佳的女孩害怕经过这里。一位叫凯拉的女生，因为体胖，每天进来都会被嘘声嘲弄。凯拉越是愤怒地应对那些嘘她的人，就越是引起他们更多的回应，甚至还有人朝她扔食物。从西部来这里体验生活的好莱坞明星卢克，被这样的景象惊呆了。他发现珍既受老师们喜爱，又在学生中很有人缘，于是说服她出面改变这种局面，让珍在解决现实难题的过程中发现自己的潜力。

杰里·斯皮内里的《星妞》也是以中西部为背景的小说。这部小说反映了中西部地区的青少年缺乏个性和独立性，盲目从众的倾向。他们害怕成为异类，遭到同学的孤立。学校的球星和拉拉队队长很大程度上决定了大家的行为取向。要打破他们的权威，引发改变，需要很大的勇气。新来的星妞具有这样的勇气，她虽然遭到很多误解和诋毁，仍然保持善良、乐观的心态对待同学。她一度给学校带来了变化，但强大的压力也曾改变过她。最后，星妞不得不离开这个伤心之地，继续寻找能够允许她发挥个性的地方。

当代美国成长小说的道德内涵非常丰富。大到对待宗教的态度、社会认同和不同种族、不同文化之间人们的相互尊重，小到个人与家庭的关系、与社区的关系、与环境的关系，还有两性关系、师生关系、同伴关系等等，都成为当代美国成长小说道德关照的范畴。当然，这种道德关照并不是通过道德说教或者阐释实现的。当代美国成长小说中已经很少见到雨果在《悲惨世界》中发挥的长篇道德思辨，更多地是寓道德启发于生动的故事、人物冲突、形象塑造之中，通过成长叙事、人物对话和言语修辞等隐蔽的方式表现出来，让青少年读者在潜移默化之中沐浴道德春风，感受心灵震动，接受精神洗礼，从而激发青少年的道德意识和道德成长。

第四章　女性成长小说的身份和政治意识

男孩子总是做很多有趣的事情，而女孩子只能做些无聊的小事。她们不能爬高，也不能远足，不能在外面待得太晚，也不能跑得太快，反正什么事都不能做。

——凯特·维珍《太阳溪农场的丽贝卡》

男女关系作为文学创作的一个母题，一直贯穿于各国文学作品之中。它以两性关系为中心，以充满爱恨情仇的爱情故事为载体，形成了刻板的男女关系模式：男主女辅、男强女弱、男刚女柔、男外女内等，主要表现了男尊女卑的意识形态。民权运动和女权运动之后，随着女性社会地位的变化、政治觉悟的提高和女性作品影响力的提升，文学作品中的男女关系呈现出多元化的特征。文学作品从政治权利意识的角度来审视和描述男女关系，主要出现在20世纪，尤其是二战以后。它的聚焦点不再局限于男女之间的两性关系，而是把触角伸向了男女之间的社会政治关系，即产生男女性别差异的社会政治身份问题，并对这个问题的文化渊源给予文学透视和重现。

20世纪60年代以前的美国文学经典里，男性成长受到的关注远远超过女性。男性人物的成长道路，虽然不是一帆风顺，但有大量作品对其进行描写，这个事实本身就反映了男性的社会和文学地位，反映了男性话语对文学的主导，反映了对男性意识的张扬和培育。男性人物或是像《哈克贝利·芬历险记》中的哈克一样自由自在，在流浪途中增长见识；或者像《红色勇士勋章》中的弗莱明一样为正义理想投身战场，在荒诞中也能成就英雄梦想；或者像《衣衫褴褛的迪克》中的迪克一样从社会底层往上奋斗；或者像《麦田里的守望者》中的霍尔顿一样出身中产家庭，衣食无忧，而困顿于现代都市文明。这些经历表现了男性的勇气、独立性、精神追求和谋生技能。男性成长小说一方面不断强化这种男性意识形态，另一方面也在不断引导男性读者习得这些社会崇尚的“男性”素质。

在以男性为主人公的成长小说中，女性所扮演的角色在今天看来具有了社会学的意义。在传统的美国成长小说中，女性青少年只是配角，或者干脆缺席。女性是家庭的关怀者，小女孩则是男孩心中的小公主，当然还有一些唠唠叨叨、脾气坏、管闲事、指手画脚的中老年妇女形象。她们要么因为弱小而自卑，要么因为家庭和社会的限制而烦恼。在男性作家的笔下，女性青少年人物的自卑和烦恼与生俱来，要么以任性或情绪化的言行表现出来，要么则在奉献、宽容、爱心和忍让中隐蔽起来。其实，这种模式化的外在表现方式，往往是男性作家依据男性视角和自身利益对女性心理和行为的误读。当我们阅读女作家对女性人物的描写和内心世界的揭示时，我们就会发现男性作家对女性人物的塑造不仅存在误解，甚至蓄意捏造。只有阅读女性作家对女性成长的描写，我们才能更加全面地了解女性真实的思想和感受。

女权运动以后，女性写作中的政治意识高涨。女作家对女性青少年的成长问题也投入了极大的热情，以性别声音明显的叙事方式和叙事话语，去刻画和揭示女性人物青春期的困惑和焦虑。

阅读当代美国女性成长小说，我们能够发现许多与男性成长小说不同的观察视角、聚焦问题和叙事方式。它们更加全面地表现了不同时期女性的成长经验和感受。无论女性作家对笔下的女性人物持同情、批评还是赞扬的态度，她们的立场都渗透在独特的叙事方式中，不仅直接影响了叙事的聚焦点，即她们所关注的事件、人物和生活细节，也影响了她们的叙事策略，形成了美国成长小说中别具一格的女性叙事和女性话语。

第一节　女性身份的政治性

两性关系不是一个简单的“性关系”，它还是一个政治关系、权力分配关系。两性关系中的男性主导经过漫长的历史积累，已经成为一种集体无意识，像空气一样包围在我们四周，成为不易察觉却客观存在的社会环境。比如，女性被比喻成秀色可餐的美食，被男性眼光咀嚼。对女性身体的渲染充斥在各种媒体宣传中，一个典型案例是所谓“香车美女”，仿佛买了新车就能得到美女，美女跟商品一样被展示，或者买卖。或许，它的另一种解读是，女性只要貌美，就能跟新车一样被有钱人买去。它的隐含话语是女性只要能迎合男性的眼光和价值观，就能像新款轿车一样吸引有钱男性，激发他们的拥有欲。女性主义以女性特有的敏感，洞悉了这种两性关系不平等的政治含义，并通过文学作品把它生动地表现出来，启发读者的政治意识和平权要求，使之成为当代美国社会最具革命性和生成性的社会意识形态。“性别”已经和“种族”一样，成为当代美国意识形态领域的“关键词”，不仅具有高度的敏感性，而且具有广泛的文化解构和建构功能。

盖·雷诺兹在讨论20世纪60年代美国女性小说时指出,60年代男性和女性作家有不同的文学追求:男性作家追求形式上的反现实主义、后现实主义、寓言和奇异,女性作家则用革命的、修正主义的态度讲述女性的故事。女性主义者认为,现实主义是必要的,因为女性的现实生活还没有得到真正表现。在女权运动高涨的60年代,女性"讲述故事具有了紧迫性和政治敏锐性。连直白的家庭故事也具有了人类学研究的意义和'前线报道'的说服力"①。雷诺兹的这个评论,一方面说明了现实主义在女性创作中的流行,另一方面也暗示了对女性创作质量的批评。无论是60年代以前还是之后,女性作家书写的成长小说,绝大多数确实具有明显的写实性,继承了现实主义的传统。即便有的故事被设置在完全虚构的背景下,故事的主要叙事基调仍然是现实主义的。

60年代以后的女性作品在突出性别身份的同时,政治意识和权利意识日益高涨。女性作者从被压迫者的立场为女性的权利呐喊,揭露和抨击男权社会对女性的压制。老作家乔伊斯·欧茨让《狐火》中的少女马迪出面,评论女权运动前的美国社会:

> 这是一个充满对少女和妇女实施暴力的时代,那时我们都没有足够的语言能力来谈论那些事件。举例来说,一个来自哈蒙德市的学护理的学生被强奸后勒死,她的尸体被扔进城外的下水道里。这是一个人干的,也许是好几个人合伙干

① Guy Reynolds, *Twentieth-Century American Women's Fiction*, NY: St. Martin's Press, 1999, pp. 169—170.

的，可一直没有抓住那个家伙。又举一例，一个怀孕的妇女……在家中被入侵者刺死。据说，她腹中的婴儿也死了。最终，据报道，那个“入侵者”居然是她自己的丈夫！……①

马迪一连列举了四起对女性施暴的案件。这些女性受害的报道和小说中几位少女的亲身遭遇，成为“狐火”少女帮出现的社会背景，也成为这个少女团伙合法性的暗示。小说的身份政治意识统领整个故事，使之成为一部典型的批判现实主义小说。作者对少女们的团结和互助精神颂扬有加，对男性霸权和暴力行为描写细腻，揭露有力。一定程度上讲，这部小说的社会批判功能和说教功能超过了小说的艺术功能和愉悦功能。

然而，女性作家们除了坚守现实主义传统以外，也努力在表达方式和艺术形式上探索创新。她们常常采用两种手段：一是在现实大背景下使用夸张离奇和魔幻荒诞的细节描写，另一种是把具有现实感的细节描写放置于明显虚构的大背景下。魔怪、科幻或者荒诞的色彩越浓，其现实感越弱。如莫里森的《宠儿》、艾丽丝·沃克的《父亲的微笑之光》、艾丽丝·斯波德的《可爱的骨头》等。后一部小说中的叙述者是死去的少女苏茜，由她来讲述自己被强奸又被杀害之后，家人遭受的心理创伤，以及他们如何寻找杀人凶手的故事。传统的无所不知的第三人称叙事转换成透过云层的缝隙、在天上注视人间生活的苏茜的叙事。除了让死者叙事所表现出的明显的虚构性以外，小说中其他人物的描写具有现实主义的

① 乔伊斯·卡罗尔·欧茨：《狐火》，闻礼华、金林鹏译，长江文艺出版社 2006 年版，第 74 页。

仿真性。但这种现实性的来源却被故事的叙述者的亡者身份所消解。《可爱的骨头》反映了后现代小说在叙事权威性上的自我否定。作者在强调作品的虚构性时,也减弱了作品的权威性。虚构具有的不可靠性弱化了作品的教育功能和批判功能,使原本真实的客观存在,也因叙事者不可靠的身份,在一定程度上失去了权威的说服力。

《可爱的骨头》让一个不可靠的叙述者讲述一个具有真实性的故事,这是后现代叙事中一种比较流行的手法,即用一种带有戏仿的态度对待严肃的社会问题,给人一种不伦不类的感觉。而欧茨的《狐火》过于严肃的事实堆砌,同样也削弱了小说的艺术魅力。小说变成了一种集虚构与事件报道混为一体的新文类。小说中明确的社会批评意识和为女性呐喊的公平意识,强化了小说作为意识形态媒介的功能,削弱了作为文学作品的艺术性。

女性创作中另外一种比较流行的观念是,在揭露男性霸权的种种具体表现时,理想化地塑造女性的反叛方式和成长历程,目的是为女性塑造行动榜样,开启新的生活航标。比如《紫色》、《轻松生活的护身符》、《蜜蜂的隐密生活》等小说都强化了女性团结互助,维护自身利益,学会自我保护,她们甚至可以离开男性,组建女性之家等观念。在这些作品中,女性主义重新定义了家庭概念,即家庭可以由非血缘关系的人组成,甚至不同种族的人组成,只要能够惬意地生活在一起,家庭并非一定要有男性。《紫色》中的茜莉离开了丈夫,跟丈夫的情人居住在一起,靠缝纫谋生。《轻松生活的护身符》中外婆、女儿、外孙女长期生活在一起,她们要么赶走,要么离开不称职的男人们,直到她们找到有一定经济实力、值得信任的夫婿。《蜜蜂的隐密生活》中黑人三姐妹收留了一位白人女孩，她们靠养蜂和教书为生，组成了自给自足的家庭。这种家庭在当下美国社会并不少见。单亲家庭、同性恋家庭、具有慈善心的父母收养不同种族的儿童后组建的混合家庭等，形成了多样化的家庭模式与传统家庭模式并存的局面。这种共存局面与这类文学作品具有相互呼应、相互影响的关系。

不同历史阶段女性成长小说中性别意识和价值观念的变化，为我们追溯女性觉悟的提高、女性探索的路径、意识形态对文学创作的影响等问题提供了研究素材。比较《钟形瓶》(1963 年)、《克里斯蒂》(1967 年)、《惧怕飞行》(1973 年)、《秀拉》(1973 年)、《紫色》(1982 年)、《轻松生活的护身符》(1993 年)、《希望曾在此》(2000 年)、《蜜蜂的隐密生活》(2002 年)等作品，我们可以从中发现女性意识的发展轨迹：从自卑、自怜、自恋，到自立、自强、自治；从依附、迎合，到平等、公正、独立；从关注身体、家庭，到走进社会，参与社会生活和政治。这些作品揭示，女性要获得平等的发展机会，必须改变传统的家庭妇女角色，不依附男性的价值判断；女性要获得受人尊敬的社会地位和身份，就必须为社会做出有价值的贡献，并且从中获得经济收益；她们对社会的贡献越多，影响力和地位也会越高。《紫色》中萨格的地位和自信来自人们喜爱她的歌声；当茜丽走出家门，开办起自己的缝纫业务，她缝制的裤子受到市场欢迎后，茜丽便获得了经济和社会地位，也有了自尊和自信。这是《紫色》的作者艾丽丝 · 沃克对女性社会地位来源的认识，也为社会现实所证明。《克里斯蒂》、《轻松生活的护身符》、《希望曾在此》都让女性在社会工作中施展才能，发挥影响，赢得与贡献和能力相符的经济地位和社会地位。文学源自生活，其虚构性质又可以让它大于生活，超越生活，描绘出具有现实可能性的、更加理想的生活。女性成长小说中或多或少的理想主义色彩有助于开拓读者的视野，起到引领作用，让文学对社会文化的建构和改造功能得到更好的实现。

第二节　性别对主题的影响

布鲁克斯和沃伦认为，"主题就是对一篇小说的总概括。它是某种观念，某种意义，某种对人物和事件的诠释，是体现在整个作品中对生活的深刻而又融贯统一的观点。它是通过小说体现出来的某种人皆有之的人生经验——在小说中，总是直接或间接地含有某种对人性价值和人类行为价值的议论。"[①]库尔提乌斯指出："主题是涉及一个人对世界独特看法的最重要因素。一位诗人的主题范围，是其对于生活所赋予的他所处的特定环境的独特反应。"[②]

一部人类文明史，无论是现实世界还是文学世界，主要是以男性话语从男性视角去描写和表达的，男性的社会中心地位必然造成这种表达的强势地位。处于弱势地位的女性，从社会边缘和自身的弱势地位观察这个世界，必然发现和表达出男性视角难以发现和表达的内容，这种内容渗透进女性成长小说的主题中。与女性的社会地位和角色相类似，少数族裔和青少年也处在社会边缘，

① 克林斯·布鲁克斯、罗伯特·沃伦编：《小说鉴赏》，主万等译，中国青年出版社 1986 年版，第 357—358 页。

② 转引自杨乃乔主编，《比较文学概论》，北京：北京大学出版社 2002 年版，第 218 页。

所以20世纪60年代女性主义壮大以后,立即与少数族裔文学和青少年文学合流,其结果是反映边缘人物、边缘群体的身份和政治意识的作品大量涌现,表达了一种从边缘看中心,在边缘看自己的文学视野。

虽然在20世纪初期的名著《太阳溪农场的丽贝卡》里,小女孩丽贝卡已经明确抱怨自己的女性身份了,用政治权利意识来审视和描述女性身份主要还是出现在20世纪60年代以后。丽贝卡反映了那个时代的理想女孩形象,即通过约束个人欲望和天性,培养社会期盼的淑女形象和社会定位。该小说展示并颂扬了女性的同情心在基督教义的引导下提升为慈悲情怀,丽贝卡因此为自己赢得了良好的声誉和白马王子。这时的丽贝卡也不再抱怨自己的女性身份了。

20世纪50年代以后的美国女青年又是以什么形象出现在小说中的呢?美国心理学教授劳伦斯·斯坦伯格在其专著《青少年时期》中指出:“理解青少年发展不能脱离他们成长的环境。身份危机、代沟、同伴压力或许是当代社会青少年生活的显著特征,这些特征之所以存在,与其说与人生青少年阶段的本质有关,不如说与我们这个社会的本质有关。”①他把青少年对身份、自治、亲密关系、性行为、成就感作为研究当代美国青少年心理的重点。在文学领域,60年代初西尔维娅·普拉斯的《钟形瓶》正是从这五个方面表现了女青年艾丝特的心理纠结。

在普拉斯的《钟形瓶》里,女主人公艾丝特像许多女孩一样,也

① Laurence Steinberg, *Adolescence* (fifth edition), Boston: McGraw-Hill, 1999. p. xx.

为无形的束缚而烦恼。艾丝特是一位19岁的女青年。她所生活的时代是新旧观念交织、新观念萌动的时代,整个社会都感到压抑和焦虑。在纽约经历了一个月的实习后,艾丝特对女性身份的社会意义有了切身的体会和认知,她把女性身份类比为医学院实验室里装死婴标本的钟形玻璃瓶。她看得见外面世界的精彩,但那些精彩却与她无缘,她被罩在透明玻璃瓶里,存在于两个不同而且互不相通的世界。在纽约的实习生活让她逐渐意识到,宏大的理想对女性来说,是遥不可及的,她因此陷入了精神低靡和困惑之中。

美国女学者黛尔·卡森和汉娜·卡森评价50年代的女性解放意识时说,50年代的女性是迷惘的、困惑的,她们希望自由,却不知道怎样才能获得真正的自由,甚至不知道什么才是真正的自由。她们逃离了索然无趣的家,早早谈起恋爱,随意发生性关系,并认为这是受人欢迎的象征。种种约会具有的仪式性对女孩们非常重要。不过,她们在经历了短暂的年少轻狂后,绕了一圈,还是回到家庭,与她们的母亲并没有两样。[①]《钟形瓶》中的艾丝特面临着同样的问题:解放的欲望找不到光明的出路,迷惘的痛苦、压抑的才能和自由的冲动导致她精神失常。

作为一位在传统观念熏陶下长大的女青年,女性的被动意识已经深深植根在她的性格中,这是艾丝特难以实现梦想的一个重要原因。她想成为作家,获得体验生活的机会,并在追求事业和发展的过程中充实人生。但在与异性的交往过程中,她总是处于消

① 黛尔·卡森、汉娜·卡森:《女孩同样优秀》,谢怡玲译,华龄出版社2002年版,第188—189页。

极等候的地位。在与音乐人勒理的邂逅、与联合国同声传译员康斯坦丁的短暂交往，以及与男友巴迪的关系中，她都处于被动地位，要么期待对方采取她希望的行动，要么对对方的行动做出被动的反应。在传统观念里，女性是不能率先表态或采取亲昵行动的，艾丝特最大胆的动作就是和衣躺在康斯坦丁的床上等待他。然而，康斯坦丁是一位俄国人，或许因为谨慎，故意没有理会，或许没有读懂艾丝特的行为语言，总之艾丝特没能如愿以偿。

阅读《钟形瓶》就像学习心理分析。作者以跳跃的叙述方式，给读者解读艾丝特留下了巨大的信息空缺。我们不得不为艾丝特的许多行为寻找合理的解释，如她对多琳的矛盾态度、对男性的无知、对自己的困惑、她为何自杀等。而且还必须把她放回 20 世纪 50 年代的美国。脱离了当时的社会背景，艾丝特的行为是不可理喻的。该小说留下的巨大信息空缺必然导致对主人公做出不同的解读，但小说的主题是明确的，即表现女主人公艾丝特感受到的压抑，女性成长面临的诸多社会问题。

女性文学中作茧自缚与飞蛾出茧是一个常见的主题。《钟形瓶》中的艾丝特虽然没有把自己比喻成蛹或飞蛾，但她把自己的生活类比为医学院里用来存放死婴标本的钟形瓶，这种类比与茧壳之于蚕蛹相似。我们知道，茧壳里的蛹如果不能蜕变为蛾，冲破茧壳，等待它的就是死亡。另一方面，茧壳在一定时期里，又是一个安全的居所。出茧的飞蛾会遇到很多风险，但也有更多的自由空间。19 岁的艾丝特离开大学校门，勇敢地迈出了体验生活的脚步，但或轻或重的碰撞让这位敏感的女大学生感受到难以消除的伤痛。这只出茧的飞蛾很快就受到社会的伤害。

艾丝特一只脚踏进开放的新世界，另一只脚仍留守在传统的旧世界。她想跟其他时尚女孩一样,体验性解放的刺激,但又被怀孕的可能性吓倒。她希望将来有幸福的婚姻,却又恐惧日复一日的家庭劳务和养儿育女的责任。她想体验生活,成为诗人,却又被自己笨拙的社交能力和男性霸权吓倒。艾丝特的挫折在于她的潜力赋予她很多梦想,而传统的观念已经在她的意识里打下烙印,限制束缚了她的行为。经久形成的传统观念已经在社会生活中培植出各种压制女性自由发展的体制和行为潜规则。在年轻的艾丝特的视野里,没有出现让她羡慕的、可以作为榜样的女性。她看到的事业成功的女性却没有幸福的家庭生活;一些看起来幸福的女性,在她看来只是陶醉于养儿育女的琐碎家务中,根本不是她的理想生活。她的同伴多琳性解放的观念既让她恶心,又让她羡慕。

具有叛逆思想的艾丝特,拒绝了母亲等老一辈女性的引导,因为这些想指引她生活方向的女性,不值得她羡慕,结果她迷失在探寻途中。刚刚踏进成年的门槛,她就遭遇了几次与异性交往的打击:男友对她不专一,并且在身患肺结核住院时向她求婚,这让艾丝特耿耿于怀;纽约音乐人勒理因为她不具有性感的外貌,将她弃置一边,让她在一旁目睹他和多琳的疯狂亲昵;她不能吸引联合国的同声传译康斯坦丁;在一个晚会上,她还差点被一位粗暴的男子强奸。这一系列的遭遇让她感到,凭借才智获得荣誉的学生生活将随着学生时代的结束而消失。在成年人的社会里,女性的相貌比她们的头脑更受重视,男性要么希望找一个发泄性欲的伙伴,要么找一个操持家务、生儿育女的妻子。这对一个刚刚成年的聪明女性来说,无疑是巨大的打击。艾丝特退缩了,她既不愿意接受母亲的建议学习速记,从事秘书类的工作;也不愿意放弃自己的理想,成为贤妻良母。她只能待在屋里写作,在小说中编织人生。但让她沮丧的是，她写不下去，她还缺少生活经历。盖·雷诺兹评论她说："男性世界没有给艾丝特提供一个创造力的发挥途径；而现有的女性创造力的表现方式根本不具有效仿的价值。这就是小说名称所象征的框束。"①

艾丝特已经进入被济慈称作人生'初觉之室'的第二间屋子。当人进入这个房间后，他会看到各种新奇的事物，对人类的心灵和本性也变得敏感起来，开始看到世界上充满伤心、痛苦、疾病和压迫。新的发现使整个屋子变得黑暗，四周的门敞开了——但都是通向黑暗的过道。艾丝特的感受跟济慈的类比十分吻合。以前艾丝特曾为自己是名牌大学拿奖学金的荣誉学生而自豪，但在她得知那些非荣誉学生比她学的课程还多，一些地方性大学对课程要求更高时，她的自信心更是一落千丈。当然，她的最大失落还是失败的社会交往。她精神崩溃后，试图自杀。她的遭遇不禁让人联想到《麦田里的守望者》中的霍尔顿。他们两人都是在离开了校园这个相对安全和单纯的小社会，进入代表现代文明发展方向的大都市——纽约，并在那里体验了都市生活，即主流社会生活后，被大都市所代表的现代文明和现代生活方式击败。

普拉斯把艾丝特的性解放刻画成她的成年仪式，表明女性受孕这一生理区别是造成男女不平等的重要根源。尤其在避孕和堕胎违背伦理法规的社会，女性不得不为性行为承担更多的压力和责任。艾丝特恢复精神健康后，她做的第一件事就是到医院采取避孕措施。当天，她就接受了一位陌生的年轻教授的邀请，跟他去喝咖啡，并跟他回家做爱，完成了她的成年仪式。避孕措施在很大

① Guy Reynolds, *Twentieth-Century American Women's Fiction*, p. 175.

程度上解放了艾丝特，使她在性关系上获得了与男性同等的自由。它成为艾丝特争取性别平等的第一步。

艾丝特以这种特殊的成年仪式确立了她对男性霸权的反叛，即女性必须守护贞洁，以确保男性后代血统的纯洁。艾丝特采取这种反叛形式的主要动因源于男友巴迪对她的背叛。但这种反叛方式与她先前企图自杀一样，都具有自虐倾向，因为她根本不爱那位年轻的教授，也不打算跟他保持关系。性交后大出血，还威胁了她的性命。但艾丝特却从这次冒险中获得了自足和自信。帕米拉·库伯认为，艾丝特从这次经历中获得自满的理由是“成为了属于自己的女人”[①]，即不受任何男人约束和控制的女人。但艾丝特把医院寄来的账单转寄给那位教授时，让人感到她把这次交往看作是一次公平的买卖。她为这次毫无快感的性行为承担了性命风险，让那位教授承担了医疗费用。这种看似公平的交往是一种消极的“平等”，既没有爱，也没有幸福可言。

正是带着这种具有报复心理的反抗，女权运动中产生的不少文学作品没有给女主人公们找到可能实现的理想出路，不过是把原来由女性一个人体验的伤痛，让男性来一起分担，让两个人都不满而已。也许女作家希望以此让男性学会移情、同情和分担。比如，艾丝特的男友在求婚遭到拒绝之后，自信心大受打击，甚至专门跑来问她，自己是不是有什么问题，为什么他的两位女友都离开了他，而且两位都进过心理康复医院。但报复性的反抗毕竟不是解决问题的良方。如托尼·莫里森 1973 年创作的小说《秀拉》中

① Pamela Cooper, "A Body Story with a Vengence: Anatomy and Struggle in *The Bell Jar* and *The Handmaid's Tale*," *Women's Studies*, Vol 26, 1997, pp. 89—123.

的同名女主人公，其报复性的反叛方式不仅伤害了自己，也伤害了亲人和朋友。艾丽斯·沃克的《紫色》是作者最成功、最负盛名的作品，主要原因在于这部小说弘扬了女性间的相互理解和支持；依靠团结的力量，她们不仅改变了自己的命运，也战胜了男性主人公的大男子主义思想，最终构建了男女和谐共存、相互理解的理想格局。因此这部小说获得了广泛好评，它代表了女性文学的一个高峰。然而，《紫色》推动的女性团结被一些女性主义作家推向了一个极端。在《轻松生活的护身符》和《蜜蜂的隐密生活》里，不称职的父亲们被赶出家门，受到妻女的抛弃。女人们生活在自己的小世界里，凭借自己的能力和劳动丰衣足食，互相支持，和睦生活。跟她们有来往的异性要么是少数认同这种生活方式的男人，要么只是临时打交道的客户或政府公务员。文学世界里营造的这种女人家庭与现实社会里的女同性恋群体相互呼应，试图证明女人可以不需要男人，女性依靠自己的能力也能生活，她们可以在女性朋友中获得精神支持和情感需求。这种新的家庭理念对于一些不断遭遇异性交往挫折的人，或者缺乏与异性交往技能的人来说，是一个诱导和暗示，即他们可以在相对熟悉的人群或者自己喜爱的人群中找到满足情感需求和交流需求的生活伴侣。但是，一个健全的社会应该是男女和谐生存的社会。遭遇交往挫折，便躲进自己熟悉的小圈子，逃避冲突，并不能为建设和谐社会提供良策，尽管它可以成为一种社会允许的生存方式。《蜜蜂的隐秘生活》其实就是当代激进女性主义从早期提倡单身生活发展到女性共同组建家庭的观念演变。毕竟，单身生活的孤独和无依无靠，不能满足个人的情感和生活需求。

不少成长小说都揭示了一个问题：即青少年需要值得模仿的

成功榜样，来引导他们成长。艾丝特成长的挫折，很大程度上是她的视野中缺乏理想的引路人。另一方面，她的认知发展还不足以引领她从不同的女性身上各取所长，使自己能够脱颖而出，成为其他女性的榜样。女性解放运动之后，女性开始认识到榜样人物的重要性。一些作家有意识地利用文学作品所具有的虚构功能，塑造出她们自认为理想的人物和故事，以此来指导和影响女性读者。比如，在《轻松生活的护身符》中，查理·凯特就是她的外孙女玛格丽特的榜样。查理原名叫克拉瑞沙，她嫌父母取的这个名字没有骨气，所以自称查理。她不看男人的脸色生活，自己行医谋生，养活家人。相反，她的丈夫因为找不到体面的工作，经常唉声叹气，影响她的情绪，她后来对他不理不睬。丈夫看不惯她的冷漠脸色，终于离家出走，自谋生路。为了树立起一个自强自立、受人尊敬的女性形象，作者甚至偏激地把查理、她的女儿和外孙女塑造成懂得如何保护自我利益的女性。为了过上体面生活，她们不惜使用一些不太体面的手段来达到目的。外婆、妈妈和女儿三代女人结为相互支持的联盟。她们可以不原谅丈夫们的过失和缺陷，相互之间却没有不可原谅的错误，即便女儿索非亚违背查理的旨意，跟一位不被她看好的男人结婚生女，查理也只是拒绝与她的丈夫来往，但任何时候都欢迎自己的女儿和外孙女来拜访。在这个女性主义意识形态主导下构建的女性家庭里，个人主义、独立性等西方主流价值观被边缘化；查理不仅干预女儿的个人生活，还参与外孙女的择婿过程，以确保她的后代能够过上衣食富足的生活。在这个家庭，长辈永远是晚辈的情感港湾，为在外闯荡的晚辈提供保护。但查理的处世方式是否会受到广泛接受和认同，则有待读者自己判断。

女权运动后，挑战一切阻碍女性发展的传统观念，探索女性实现个人价值的路径，一直是女性作家明确的创作意图。在她们的文学世界里，既有改良派，也有激进派，后者往往以其冒进行为冲击着读者的神经，以实现破旧立新的政治目的。然而，破旧易，立新难。什么样的新观念、新模式能够帮助当代女性获得价值感和幸福感，还需要不断探索，并让实践来检验。70年代女权运动高潮时期艾瑞卡·杨出版过一部流行小说，名叫《惧怕飞行》，其目的显然是要实现破旧的愿望。这部小说在很大程度上颠倒了传统的男女角色定位。主人公伊萨多拉是一位受到女权主义洗礼的新女性，敢于尝试不同的人生。艾瑞卡·杨声称，自己的目的是要创作一部表现女性自由和幻想的小说。“展示女性生活中激情和自由之间的各种冲突，让读者自由决定该怎么做。”①早在1931年，英国女作家弗吉尼亚·伍尔夫就曾呼吁女作家们要敢于道出女性的真情实感。她指出，历史上女性作家囿于文化传统，不敢描写自己的身体和内心激情，而男性作家则可以不受约束地宣泄自己的真情实感。在她看来，女性创作中女性身体和女性激情还是空白。② 伍尔夫把女性创作比喻成一个房间，一个女性自己的房间，但却还是一个缺乏装修的空房间。她呼吁女性作家们勇敢地描写自己的真情实感，以此去丰富、装饰这个房间。艾瑞卡·杨的《惧怕飞行》则是对伍尔夫倡议的大胆实践，其中的性描写程度与男性犹太作家菲利普·罗斯的成长小说《波特诺伊的抱怨》不相上下。《惧怕飞行》中的女主人公伊萨多拉跟《钟形瓶》中的艾丝特一样，抨击了美

---

① Erica Yong, *Fear of Flying*, London: Vintage, 2004. p. ix.

② 参见 Virginia Woolf, Professions for Women, in Leonard Woolf (ed.), *Collected Essays* (Vol. 2), London: The Hogarth Press, 1966—1967。

国社会对女性成长的束缚。50年代的艾丝特缺乏正确的引导,70年代的伊萨多拉则抱怨错误的引导,她感慨说:

> 在美国长大,是多么不容易啊!从小到大钻进你耳朵里的就是化妆品广告、情歌、各种建议节目、卖淫的界限、好莱坞流言、肥皂剧里的道德困境等等。还有指导你从善的冗长说教!种种奇怪的教义问答!①

她抱怨女性无论智商高低,都一样被大众文化洗脑,都怀有同样的希望,即坠入情网。"没有人会教你婚姻是什么,只有无数的广告娱乐节目告诉你怎样才更诱人,吸引异性。"②她还批评美国社会对女性问题的讨论太少,以至于当婚姻出现问题时,她根本不知道该怎样办。也不知道选择独身会有什么样的后果?而她自己获得的社会印象是,独身是失败者的象征,女性不应该独身,只有不受欢迎的女性才独身。在这种社会氛围中,单身女性会产生各种心理压力,而男性则没有这样的压力。由于伊萨多拉生活的年代比艾丝特晚,加之她的年龄比艾丝特大,因此她能够大胆地自闯生活,靠摸爬滚打去探索适合自己的人生道路。

女性作品中缺乏的是多种多样成功的榜样。也许在六七十年代的美国,成功女性的范例本来就不多。传统文学中虽然有获得自足自立的女性形象,但在当代女性看来,她们要么没有真正实现自身价值,仍然是男性的助手或附庸,要么没有过上真正值得羡慕

① Erica Yong, *Fear of Flying*, p. 9.

② Ibid., p. 10.

的生活。60年代以后的许多女性创作，虽然突出了女性受束缚和欺压的地位，表现了她们的觉醒和反叛，但反叛的目的是什么？理想的生活是什么？怎样才能有效地实现人生的理想？要回答这类问题远比表现本能的反叛需要更高的智慧。

前面曾说《钟形瓶》里的艾丝特与霍尔顿有一些类似之处，注意到这一点的读者较多，约翰·斯坦贝克也曾说《惧怕飞行》与《麦田里的守望者》有许多相似之处。[①] 两部小说都带有较多的自传成分，背景都是纽约，主人公都在旅行途中寻找生活的意义。在小说出版三十年后，艾瑞卡·杨曾接受采访，回答记者提问。她告诉记者，这部小说中的女主人公已经成为追求自由的女性之偶像。她还说，她收到的来信中，写得最多的是“你了解我在想什么”。受到的最严厉的批判是说伊萨多拉太关心自己的利益。艾瑞卡·杨辩解说，男性探索自己的心灵不会遭到批评，女性就不行。女性就应该是关怀者，给他人提供情感和心灵的安慰，这成了一种难以改变的思维定式。她还认为，女性作家如果不可以描写女性的内心，就不可能产生真正有影响力的重要作品。

艾瑞卡·杨的辩解虽然有道理，但恐怕读者对她的《惧怕飞行》的批评，不在于她探索了女性的内心欲望，而是她把女性的内心欲望偏向了性心理一面，性描写太多，猥亵话语也不少。猥亵的性描写才是众矢之的。文学也跟人的行为一样，有雅俗之分、美丑之别。文学若失去了美感，放弃了美的熏陶这一基本原则，将是文学的退化和堕落。《惧怕飞行》对性生活的直露描写即便达到了作

---

① 参见 A Conversation with Erica Jong, http://us.penguingroup.com/static/rguides/us/fear_of_flying.html。

者想要真实表现某些女性生活和情感的目的，在艺术成就上恐怕也很难得到高度认同。因为它不仅违反了主流道德观，也违背了主流美学观。如同公开场合性交绝对不符合人类文明一样，过分的性描写虽然能够产生感官刺激效果，但却经不起文明的考验，尤其当性被局限在男女性欲冲动时，情爱的美消失了。但这样的作品因为表达了女性的反叛，迎合了女性解放运动高潮时期的意识形态，因此成为反映那个特殊时期的流行小说。

查看美国图书馆协会中的“知识自由与美国公民自由联盟”的网址，我们可以看到在最有争议的书籍里，性描写语言过于直白是高居榜首的遭反对理由。在建议查禁的人群里，学生家长是最大群体，而学校和学校图书馆是主要查禁机构。连诺贝尔文学奖获得者莫里森的《最蓝的眼睛》也因为其中的性描写过多遭到批评。受到学界重视的青少年读物《麦田里的守望者》和《巧克力战争》都因其中的性内容和粗俗语言遭到家长和青少年工作者的反对。这些反对表明，民众，尤其是家长和学校，反对大众媒体的性导向。家长和学校反对的理由主要是为了孩子的身心健康。

从文学创作和社会反馈看，无论在主张禁书者中，还是追求最大限度的言论自由者中，都不乏走极端的人。美国学者斯坦利·J. 巴伦收集的数据表明，《哈利·波特》、《哈克贝利·芬历险记》、《杀死百舌鸟》、《人鼠之间》、《紫色》都是最受现代查禁者光顾的图书。他因此评论说，这些书被查禁“可以立刻使人明白，为思想的自由而奋斗为什么是有价值的”①。其实，批评不能走极端，创作

① 斯坦利·J. 巴伦：《大众传播概论：媒介认知与文化》，刘鸿英译，中国人民大学出版社 2005 年版，第 90 页。

也应该有道德底线，纵容任何一方都会伤害社会整体的利益，把文明发展引向歧途。渲染丑恶或庸俗是违背人类行为普世准则的；而以查禁代替批评不利于是非辨别。《惧怕飞行》这类小说，只能作为反映特定历史时期女性创作以破代立的典型，作为反映时代问题的一个参照。

当代女性成长小说但凡以进入青春期后的女性为主人公，都把聚焦点投向了对传统女性角色的反叛。如果用传统的眼光看这些人物，她们特立独行的行为方式中，总有一些惹人反感之处。比如，《秀拉》中的同名主人公以她的泼辣、勇敢、叛逆、自私胜过了温和的奈尔；《紫色》中的莎格独往独来、热情似火、放荡不羁，成为小说中男人和女人羡慕的对象，而老老实实的茜丽则是受气包。仿佛女性的“坏”与反叛都集中在了她们对待两性的态度上，而女性生活中的其他问题被淡化或边缘化。女性成长小说通过这些特立独行的人物——大多是大于生活的人物，反拨了传统的女性形象——爱心天使、窈窕淑女、贤妻良母或者红颜祸水。著名评论家莱斯利·费德莱尔曾经指出，美国人钟爱汤姆·索耶那样的“又好又坏的男孩”（good-bad boy），而不喜欢汤姆的弟弟锡德那样的“完美男孩”（good-good boy）。传统小说中的天使女性、钢铁女人、邪恶巫婆等类型化的女性被当代女作家抛弃，代之而出的是“又好又坏的女人”。无论作家们最后让这些叛逆的新女性死去，还是自由地活着，这些艺术形象因其鲜明的个性留在了人们的脑海，开拓了读者的视野。它们的影响不可忽视。只不过任何过多的、雷同的、极端的事物都会遭遇反弹。女性主义者的视野也该从两性关系中拓展开来，把女性成长和发展中的其他问题也纳入关注的视野之中。

吉尔伯特在论述文学作品的社会影响时说：“学生们通过进入

故事世界，置身于本国文化的故事情节，他们逐渐了解，在这种文化里女人或男人最重要的是什么。对两种性别而言，文化可能性的最大和最小边界何在。……故事模式和故事逻辑在不断的重复和构筑中，几乎'自然'地成为事实和常识。"①若要让文学参与社会改良，需要构筑和重复什么样的故事模式和故事逻辑呢？让读者自然习得什么样的角色和身份呢？这是当今女性作家需要认真思考的问题。懦弱、沉默和被动的传统女性形象在20世纪女性作品中成为可怜的受害者。但反叛者似乎大都还没有找到好的出路，如《钟形瓶》、《秀拉》、《惧怕飞行》、《我知道笼中鸟为何歌唱》、《轻松生活的护身符》等作品中的女主人公们，至多不过表现出对自己能力的信心，相信自己能够克服困难，走出生活的阴影。这样的许诺对于女性读者来说，无异于艾丝特视野里的成年女性：要么独身，靠事业养活自己；要么退回到传统的女性角色中去，没有值得效仿的榜样和理想的生活模式。而《克里斯蒂》和20世纪初的《我的安东尼亚》等成功的女性生活模式，则需要女性付出超乎寻常的毅力和精力，安东尼亚几乎就是一位"铁娘子"。这类坚强的女性不仅承担了传统的关怀者角色，还具有了当代女性的主体意识和自立能力。这类女强人模式、女性救世主模式，是常人难以企及的模式，因此未必就是当代女性的理想追求。

以上对女性成长小说主题的介绍和评论，反映了性别问题的内容层面，其叙事方式则是主题呈现方式和呈现力度得以体现的

① P. Gilbert, "'And They Lived Happily Ever After': Cultural Storylines and The Construction of Gender," in A. H. Dyson and C. Genishi (eds.), *The Need for Story*, Urbana: National Council of Teachers of English, 1994, pp. 127—128.

艺术层面。对艺术层面的研究是文学批评区别于其他意识形态批评的关键。女性成长小说如何在艺术形式上反映出性别特征？将是下一部分讨论的重点。

第三节　性别对叙事的影响

女性作者无论对女性同胞持同情、批评、还是赞扬的态度，她们的情感和立场都渗透在叙事语气和叙事话语中，而且还直接影响了叙事的聚焦点，即她们所关注的事件、人物和生活细节。

生活中常常呈现这样一个现象：人们对自然景观的描写，无论是静态景象还是动态过程，站在不同角度和不同的时间阶段，人们的描述是有差异的。而且，即便站在同一个的角度，观察者也会因为个人背景和当下心境的差异，看到和表述出不同的印象来。这种观察和叙述的差异，为研究叙述者的身份、立场、心态、眼光、叙事话语等奠定了学理依据。由于个性、兴趣、利益、地位等存在个体差异，不同的叙述主体往往对同一事件选择不同的细节作为叙事聚焦点。女权运动让美国女性的性别觉悟得到普遍提升，因此，当代美国女性成长小说的叙述角度和叙事聚焦都在不同程度上被打上了性别意识和话语权利的烙印。

叙事聚焦指叙事者眼光所关注的人物或事物，如同照相机焦点锁定的对象。女性作家创作的成长小说中，女性实现自我完善的途径、女性感受、女性性别体验是浓墨重彩的叙事聚焦点。有相当多的小说关注女性青少年对两性关系的细腻感受。人物年龄小到《地球、我的屁股和其他又大又圆的东西》中 15 岁的弗吉尼亚，大到《紫色》中从 14 岁一直到中年妇女的茜丽。第二个聚焦热点是女性青少年的成长环境,这样的作品通常带有社会批评的语气。由于父权制的长期统治和影响,女性不仅成长空间受到压缩,还直接遭受性虐待和性骚扰。第三个聚焦是女性的自我观念。在父权文化的熏陶下,女性缺乏权利意识,她们不仅无意识地成为传统文化的实践者,还主动把这种文化赋予女性的角色定位和角色期待传承给下一代。第四个聚焦是女性的自主性和独立性。女性如何主动开拓成长的空间,如何获得自主性,精神自主的物质基础是什么?第五个聚焦点是情与爱,爱与欲的区别,什么样的人值得去爱?第六个聚焦是如何争取平等,女性能否像男性一样行事?第七个聚焦是女性之间的关系,其中女性同性恋成为一个新热点。第八个聚焦是女性的领导才能,女性可以在哪些方面,或者如何发挥领导才能?第九个聚焦是对性侵犯的应对策略,女性是该自卑、自责、隐瞒问题?还是应该大胆谴责侵犯者?第十个聚焦是女性的自信和自尊,如何重新认识女性的价值和社会贡献。第十一个聚焦是对女性话语和交际方式的价值发现。当代女性成长小说对这些焦点问题给予了不同程度的关注。

美国作家惠兰在《无家可归的小鸟》中,重新解读了针线活的价值。她让印度女孩科丽在莎丽上绣出各种图案,以此记录下生活中的大事和令人难忘的人物。科丽能够在莎丽上驰骋想象,创造出独特的图案。她缝制的莎丽不再是普通的衣物,而是艺术创作。科丽的劳动价值和本人的价值也因此得到提升。类似的表现在爱丽丝·沃克的《紫色》中也曾出现。沃克强调了茜丽等人共绣一床被子、设计和制作裤子的技艺,她们的劳动被提升到艺术创作的高度,而且被看作是女性话语的一种特殊表达方式,女人们通过图案和一起劳动产生的体态语传递信息，相互欣赏，并培育起团结互助的情谊。传统眼光里人们习以为常的女人针线活，也成为当代女性文学的一种叙事策略，其艺术价值、实用价值和文化价值得到挖掘和阐释。

任何叙事都有自己独特的声音或语气。一个故事通常又是多种叙事声音的组合：一是叙述者的声音，二是各种人物的表白，三是作者对情节、人物、环境和整个故事暗含的态度。所有这一切的有机结合构成了小说的叙事声音。其表达的载体——话语，也可以分为语言和非语言两类叙事话语。语言叙事包括描写、叙述、对话和议论等，非语言叙事包括故事结构、故事细节、人物选择、人物关系、环境、氛围等散布在小说中的、可以梳理归纳的外显叙事，以及潜隐在人物体态语、话语空缺等处的内隐叙事。由于成长小说或多或少的教育特征，以及以青少年为主要读者群的特性，成长小说的叙事话语往往透露出作者的价值倾向。这种叙事话语的价值倾向性，就是叙事话语的语气或声音，它是女性叙事的一种重要话语策略。

以欧茨的《狐火》为例，马迪的叙事明确表示出对被欺压的女同学的同情和一丝蔑视：她同情她们无端被欺，但蔑视她们毫无自卫能力。她叙述女同学丽塔的眼泪时说："那些喷涌而出的无助的泪珠——毫无防卫——都无一例外地令人满足：是馈赠给那些烦扰她的人的最佳礼物。"①丽塔还是数学老师巴亭金尔戏弄的对象，她总是为自己解答不了数学题而道歉，总是泪眼汪汪。对勇敢坚强的长腿玛格丽特，马迪发出了由衷赞叹和仰慕。马迪的立场还

① 乔伊斯·卡罗尔·欧茨：《狐火》，第17页。

体现在对男性的仇视和憎恨上。她说:"我恨他(指巴亭金尔先生),他也不喜欢我坐在那里,像长腿一样凝视着他,拒绝为他的恶心玩笑而哈哈大笑,拒绝嘲笑丽塔出丑。"①在"狐火"少女帮成立之后,马迪表达出对"狐火"复仇行为的赞赏:"哦,天哪,'少女帮',这个词本身就足以让人热血沸腾呀!"②"我们尽管年龄不大,但已经渐渐明白我们有力量,只是还不知道我们的力量到底有多大"。③"狐火"在马迪的叙述中成为能够改变她们命运和性格的神圣力量,以至于她们想要把"狐火"的标记涂到教堂这样神圣的建筑物上去。作为女性作家,欧茨赋予了马迪叙事明确的爱憎立场——她是站在女性一边,在为女性说话。《狐火》代表了20世纪女性作品的一种流行语气。

小说《惧怕飞行》则代表了女权运动后,女性文学中另一种流行语气:大胆叛逆,挑战世俗权威。在该小说的结尾,伊萨多拉离开了她的情人。传统的蜜月旅行在该小说中被反传统的私奔之旅代替。跟托尔斯泰的安娜一样,伊萨多拉并没有在另一个男人那里找到理想的爱情。但与安娜不同的是,70年代的伊萨多拉不会因此去卧轨;相反,她大胆地到伦敦去见她的丈夫巴勒特。想必在许多人眼里,这样的行为真有些厚颜无耻。伊萨多拉自己也做好了被接受或被拒绝的两种心理准备。抵达旅店后,巴勒特不在,她趁机先洗澡。躺在热气腾腾的浴缸里,她向自己冒出水面的双脚打了个招呼,观赏自己浸泡在水里的身体,让洁净的水洗去路途的

① 乔伊斯·卡罗尔·欧茨:《狐火》,第19页。
② 同上,第24页。
③ 同上,第34页。

风尘,准备以焕然一新的姿态开始新生活。她描述自己的感受说:

> 我拥抱着自我,那是我害怕失去的。在我胸中盘踞了二十九年的冰冷岩石消失了。不是突然消失的。也许不是永久消失,但它不见了。
>
> 也许我只是来洗个澡。也许在巴勒特回来前我会离开。也许我们会一起回家解决我们的问题。也许我们将一起回家,然后分居。我不知道结局是什么。在19世纪的小说里,他们结婚了。在20世纪的小说里,他们离婚了。你能设想出一个两者均不是的结局吗?我笑自己太文学气。"生活没有情节",这是我最喜爱的一句话。至少你活着时没有情节。而你死后,情节就不是你需要操心的了。
>
> 但无论会发生什么,我知道我都能够大难不死。我知道,首先我会继续工作。大难不死就意味着一次次再生。这很难,而且很痛苦,但除非选择死亡,痛苦不可避免。①

伊萨多拉的语气传达出她的勇气和自信。无论巴勒特选择跟她离婚,还是一起回家重新和好,她都能够面对。另外,女权运动后的女性大都认识到工作的重要性。工作给她们提供了生存的基本保障。稳定的经济基础是伊萨多拉获得精神自由和独立勇气的物质保障。

拿这部小说与女权运动前夕的《钟形瓶》相比,我们会发现两种截然不同的声音。《钟形瓶》中的艾丝特,年龄比伊萨多拉小10

① Erica Yong, *Fear of Flying*, p. 339.

岁,没有稳定的工作,也没有伊萨多拉那样的女性觉悟。她的语气时而自豪,时而低靡。让她自豪的是自己的才能;让她低靡的是女性单调的生活。艾丝特厌恶地讲述了她在纽约观看的一场电影和电影院里的各种反映。影片中的金发女孩是一位好女孩,黑发女孩是一位性感女孩。她们各自爱上一位足球运动员。大多数镜头都是两位女孩在足球场上为两位球员呐喊助威,或者在舞会上跳舞,然后双双溜到衣帽间亲昵。最后金发女孩跟球场明星结合,而黑发女孩被抛弃,因为她的男友从一开始就只想找一个情人,而不是妻子。这部电影让艾丝特感到特别难受。她说:

> 我环顾四周,在一排排全神贯注的小脑袋前面都有一道金光,而她们的背后都有一个黑暗的阴影。她们简直就像一群愚蠢的傻瓜。我感到快要呕吐出来,……①

金发女孩与黑发女孩分别代表了年轻女性的两种命运:要么成为某个男人的妻子,为其呐喊助威;要么成为某个男人的情人,激情消退时就被抛弃。然而,即使这样的命运女性也没有选择权,是成为妻子还是情人,决定权在男性一边。艾丝特不愿意接受这样的角色定位和媒体影响,她在心里咒骂那些看电影的女孩是傻瓜。如果叙述者是男性,也许他会对这些接受媒体洗脑的女孩产生同情和哀叹,也许会蔑视或嘲笑她们。但多半不会像艾丝特那样感到恶心,恨其不能觉醒。

《钟形瓶》还继承了女性"癔病故事"(hysterical tale)的叙事语

---

① Sylvia Plath, *The Bell Jar*, p. 39.

气，让患忧郁症的艾丝特继续讲她的故事，借此批判男权社会对女性才能的埋没、对女性生活的限制以及对女性的压迫。“癔病”叙事语气的传统可以追溯到吉尔曼的《黄色墙纸》。透过这种或是疯癫或是抑郁的声音，女性的困境得以表现。女性歇斯底里的行为被女性主义者解释为女性否定自我的一种身体语言。在言语无法表述的社会环境下，患者通过行动来展示她对女性角色的感受，以及她对这种角色的反叛。她不仅可以通过症状来“述说”她的愤怒，也可以用它来掩盖自己的故事。由于她是病人，所以社会能够接受她以疯狂的方式来表达她对自己社会地位的愤怒。因此，当代女性主义者认为，歇斯底里症是父权文化带给女性的一种疾病。①

《钟形瓶》1963 年在英国首发，几个星期后作者希尔维亚·普拉斯自杀身亡，留下两个孩子。几年后，《钟形瓶》在美国首次出版，封面介绍中声称，作者对精神分裂的描写是有根有据的，是她本人的亲身体验。小说的叙述者艾丝特在精神分裂期间的叙事明显以自我为中心，只关心自己的内心感受。母亲的担忧、焦虑和建议没有对她产生任何影响。她既没有想过自杀会对单身母亲产生什么样的影响，也不愿意接受母亲的建议，把关注的目光从自己身上转向他人。其叙事表现出一种唯我主义的倾向。也许这就是精神分裂患者的思维特征。

透过文学作品反映的问题，反省问题的来源，是文学产生社会意义的重要途径。艾丝特的不幸反映出社会问题对个人心理产生

① 参见 Diana L. Swanson, “My Boldness Terrifies Me: Sexual Abuse and Female Subjectivity in *The Voyage Out*,” *Twentieth Centure Literature*, Vol. 41 (4), Winter 1995。

的影响:社会对个人发展的忽视导致出现了极端的个人主义倾向。美国有种流行观点:感受不到关爱的人,也不会施与他人关爱。艾丝特的叙事语气充满自怜、自卑和自我关注,这种自我关注的消极一端就是自我封闭、自我中心。60和70年代的女性作品从不同的侧面反映了不和谐社会孕育出的怨愤、反抗和自怜的声音。

一个人的叙事话语受到多方面因素的限制:文化层面、认知层面、社会层面都参与了对个人话语的影响。从文化层面看,一种文化关于性别、社会地位和身份的观念从一个人出生开始就在产生影响。从认知层面看,一个人的感知能力、接受能力、阅读能力和判断能力也会影响其话语表达。从社会层面看,一个人生活的环境和接受教育的状况,决定了她日常习得的话语类别和话语风格。

传统观念认为,女性话语应该少而精。女性缄默是一种普遍受到鼓励的体态语。举止优雅是社会对女性的期待。它的潜在意图是要女性成为值得观赏的客体,而不是言说的主体。在经历了女权主义洗礼后的当代美国女性成长小说中,争取平等的表现权触及到社会生活的方方面面,自然也触及到叙事话语。

反叛传统女性叙事话语的典型之作是艾瑞卡·杨的《惧怕飞行》。杨叛逆地使用了大量的粗俗俚语和猥亵词汇。这类语言在女权运动之前,曾经是年轻男性的专利。70年代以后,越来越多的女性作家闯入男性话语的禁区,并以此为标记,缩小话语领域的性别差异。同时,也以此打破了贤妻良母、窈窕淑女的传统框束。这类词汇还与正统书面语形成对照,标榜了自身的边缘性。艾瑞卡·杨不仅借小说虚构人物伊萨多拉来颠覆女性在婚姻和男女关系中的被动角色,还借这一人物探讨了女性的性满足这个传统禁忌话题。更有甚者,伊萨多拉的猥亵俚语强烈地冲击了公众耳目。

这些俚语通常只是男性私下的圈内话语。因为这些特征，这部小说成为反映激进女权主义思想观念和行为方式的代表作。然而，真正优秀的文学作品，不应该只是观念的图解，或者只破不立，它应该具有推动人类文明朝着美好和谐方向发展的社会作用。

与《惧怕飞行》不同，更多的女性叙事话语仍然保留了婉约的声音。所谓婉约是指不直接道出她们的思想，而是间接地、简约地叙事，留下一些信息空缺让读者去填补。读者只是被引导向某种结论的边缘。其叙事话语除了说出来和写出来的语言之外，还包括沉默、仪式、体态语等象征性或暗示性的内隐叙事。一个典型的例子是《芒果街的房子》。其中有一位叫萨丽的女孩，她相貌美丽，喜欢打扮。但无论父母，还是邻居都认为爱美只会带给她麻烦。所以，每天放学之后，她只能低着头，快速回家，不再出门。叙述者艾丝珀兰妶以自己对萨丽内心的猜度，简约地勾画出萨丽的生活：

> 萨丽，你是不是有时会希望你不用回家？希望你的脚会带着你往前走，远远走过芒果街？也许你的脚会在一幢房子前停下，一幢栽种着鲜花、有落地窗的房子，然后你两级两级地跳上台阶，奔向等待着你的房间。然后，你拔开小小的窗栓，推开窗户，让天空进入你的房间。……萨丽，你可以安心睡觉，一觉醒来不用去想谁爱你，谁不爱你。你可以闭上眼睛，不用担心人们会说你什么，因为你根本就不属于这里，没有人会让你伤心，没有人会因为你喜欢梦想而认为你怪异。……①

① Sandra Cisneros, *The House on Mango Street*, p. 83.

叙述者期待读者从这段叙述中，读出她对生活在贫民窟的一位美貌女孩的惋惜。作者也许还希望我们在她的叙述中得出这样的结论：在贫穷的环境里，美丽成为烦恼，成为大家共同约束的对象，美丽让萨丽比普通女孩更加孤独。而在一个富裕的环境，美丽的人会和美丽的风景融为一体。也许是因为那里有许多美丽的东西，因此萨丽的美不是唯一，也不会特别引人注目。叙述者和作者都没有直接对此大发议论，只是用散文般的情感话语唤起读者的同情和体会。

仪式(ritual)作为一种叙事话语，被青少年文学作家广泛采纳，用来表达他们的一种思维方式。仪式常常受到人类学的关注，被认为是人类文明进化的产物，它被保存在人类文明的基因和亘古的记忆中。它是弱势的人类群体或个体在面对强大的自然和社会力量时，借以自我安慰、恢复宁静、彰显力量、鼓舞斗志的社会性活动。它的显著特征是具有稳定的程序性。对于个人来说，尤其是社会弱势群体，仪式往往具有神圣性。有不少的青少年，尤其是有信仰背景的青少年，都抱有一种幻想，即希望通过某种庄严的仪式获得神灵保佑或者超自然的力量，仪式成为他们呼唤神力或聚集自身力量的一种方式。因此，他们以虔诚的态度看待仪式。一些社会学者和人类学者，比如马里诺斯基(Bronislaw Malinowski)认为，人们在面对死亡和严峻危险时，往往求助于仪式来控制精神和心理上的焦虑。①

成长小说的作者们显然也注意到青少年的这种思维和行为特

① 参见 David Hicks (ed), *Ritual and Belief: Readings in the Anthropology of Religion*, McGraw-Hill College, 1999, p. 175。

征，进而把它引入到成长小说的叙事策略中。作为叙事话语的仪式，在小说《钟形瓶》中多次出现。例如，当艾丝特看见勒理和多琳不顾她在场，疯狂地把性挑逗融入舞蹈后，她头晕目眩地离开。回到旅店后，她久久不能平静，不能忍受房间里的寂静。她决定泡一个热水澡。艾丝特自己解释说，每当她伤感或想轻生的时候，她就会泡一个热水澡。在水中她会感觉自己越来越纯洁，那些讨厌的景象也会离她而去。出浴之后，她感觉自己像新生儿一样纯洁。沐浴，在此具有了仪式的象征意义，艾丝特希望通过肉体的洗浴达到心理的解脱和精神的新生。

在此，仪式成为一种特殊话语，用来表达她难以用文字表达的情感和思绪。语言总是拙于表达人类纤细和激越的情感，所以我们常常看到，当一些人无法用语言表达感情的时候，会做出一些疯狂的举动或庄重的仪式，以某种外化的行为来宣泄、释放积压在内心的情感。仪式还往往具有一定的戏剧性和庄严性，行为者希望通过某种认真、严肃的外在行为，来强化某种内心的信念和意志。因此，有些仪式是心理状态的调整手段，具有自我激励和自我超越的功能。行为者希望通过外在庄重的仪式摆脱某种困扰，实现自我超越。比如，艾丝特希望通过沐浴摆脱沮丧和郁闷，她的沐浴仪式具有庄重性和特殊程序：

> 我在浴缸里沉思。水必须很烫，刚好是脚能够忍受的热度。然后我一英寸一英寸地慢慢下沉，直到水淹没我的脖子。①

① Sylvia Plath, *The Bell Jar*, p. 19.

艾丝特对沐浴的这些讲究，表达了她的虔诚，希望通过这种洗浴仪式来净化自己，以求得一种"新生"的心理状态。从文学作品看，我们发现一些仪式具有社会共性，其象征意义甚至能够跨越不同文化，达成共识。比如沐浴，尤其是女性沐浴的仪式性。但有些仪式更趋向于个人行为，个人以某种特殊的方式对自我传达或强化某种意愿或祈求。例如《钟形瓶》的结尾，艾丝特有意和一位陌生男性做爱，完成了她的成年仪式。她把这次性行为看作是进入女性成人世界的第一步。而在此之前，她徘徊在青年和成年两个世界之间，既渴望迈进成人世界，又害怕前面的危险。艾丝特选择陌生男人，而不是她以前的男朋友，这里面又有她个人的考虑。也许她认为这样做无须受到任何牵制，既能保持自己的自由，又能完成她自己认同的成年仪式而已。

人类学家对仪式有独到的看法，比如罗杰·M.基辛认为，离家、第一次性经验、上大学等转变，不只是在一个人的生活中加上新的元素，而是重造了一个"新"人，改变了他/她与世界的关系。成年仪式在文化习得上的重要性并不仅在于传授做一个男人或女人的内容和秘密。成年仪式使一个人的身份、地位经过戏剧性地改变后，实际上是转变了一个人对其民族生活和社会习俗的关系。成年仪式给予新人一个新的角度来观察人生。[①] 从这个意义上看，仪式是一种沉默的行为话语或身体语，它蕴涵着语言交际的相同建构功能。

① 罗杰·M.基辛：《当代文化人类学》，第94页。

第四节 性别对人物刻画的影响

大多数女性作家的作品都选取女性为小说主人公和叙述者，女性被当作主要人物来塑造。这一选择本身就是在树立女性的中心地位。而女权主义作家还有更加引人注目的表现。如艾瑞卡·杨让她的女性人物一改女性处于被动地位的传统模式，妻子公开背叛丈夫(一位美国华裔心理学家)，跟一位在欧洲邂逅相遇的英国心理学家一起度过了一次浪漫旅行。这次旅行是伊萨多拉认识男性、自我、女性自由和婚姻关系的旅程。伊萨多拉冲破了传统妇道的束缚，充分体验了个人自由，满足了冒险渴望。但她并没有找到绝对的自由，即便跟随那个貌似开放自由的英国人奥谆浪迹欧洲，她也不可能随心所欲，因为在涉及两个人的关系中，双方的想法不可能总是吻合。英国学者鲍曼指出："在本体论上，我们最多和他人共在。肩并肩可能仅仅是身体上的亲密……正如莱布尼兹所说的单子，两个分离的、自我包裹的存在，每一个的存在都通过守护自己的自我性、自我的同一性、自我的边界、自身的空间得到实现。"①伊萨多拉不太情愿离开奥谆，但却控制不住他。在成功引诱伊萨多拉背弃其丈夫后，奥谆享受了冒险的快乐，径直回家去履行父亲的责任。这对伊萨多拉来说，简直是背叛和欺骗。

奥谆的言论被他的行动推翻，因此失去了权威性。他希望和

① 齐格蒙特·鲍曼：《后现代伦理学》，张成岗译，江苏人民出版社2003年版，第81页。

伊萨多拉建立萨特和波芙娃似的关系,也没有成功。要做到他所说的不在乎对方跟谁做爱,其实非常虚伪,不过是为自己可以随时退出提供理由。因为人总是渴望真挚的爱,这种爱的性质是专一的、奉献的。奥谆那样的人实际上只爱自己,满足自己的欲望就是他的追求。他对伊萨多拉的爱只是一时的冲动和占有欲。一旦欲望得到满足,他的爱就消失了。伊萨多拉虽然公开抛弃了丈夫,最后还是回到他身边。在《惧怕飞行》中,让人同情的是伊萨多拉的丈夫巴勒特。他成了伊萨多拉的避风港,还一次次地承受她的伤害。而在传统小说中,这种让人同情的受害者角色往往是遭到背叛的妻子。不过,作者选取华裔男性作为女主人公的丈夫,这一选择是否又包含了政治和文化隐喻呢?

《惧怕飞行》中伊萨多拉这个人物的悖论表现在,她一方面批评美国大众媒体给女性灌输的价值观:迷住一位白马王子;另一方面又把她的风流恋情作为主要描写对象。本质上还是没有脱离她所批评的大众媒体的影响。她的写作职业和教学职业与她的婚姻和恋爱生活相比,十分苍白。而性爱的刺激又成为她判断男女关系的主要标准。所以从根本上讲,她的叙事反映出的心理问题也就是美国社会灌输给女性的矛盾价值观。她追求的是男女关系的"激情",而不是爱、关心、理解和责任。无论对男性还是女性,虽然性爱是自我完善的一个重要力量,但缺少精神上的契合,性爱只是短暂的刺激,经受不住时间的考验。伊萨多拉生活的时代和环境灌输给了她关于性生活的种种感性认知,但缺少精神层面的指引,所以她的恋爱经历以失败告终。她还得继续她的人生探索,从亲身经历中去汲取生活的智慧。

普拉斯也是因为自己对性别身份的深切感受,才塑造出《钟形瓶》中充满困惑和矛盾的女主人公。即将毕业的大学生艾丝特正处在性别意识和身份意识最敏感的时期。她对居住在亚马逊宾馆的那些有钱人家的女孩既嫉妒,又蔑视。当她看见她们无所事事,在阳台上晒太阳、涂指甲、打呵欠,那种悠闲无聊的神态让她“恶心”,但又让她产生出难以言说的嫉妒。她们对游艇、飞机感到厌倦,而她自己从未体验过,还是第一次来到离家很近的纽约。她本想好好抓住这次机会,开阔眼界,创新生活,但纽约的见闻却让她失去了方向,迷失在纷繁的都市里。她说:“我什么都驾驭不住,甚至驾驭不住我自己。……我想我应该像大多数女孩那样感到激动,但我却不能调动起自己的反应。我感到很孤冷、很空虚……”① 这些女孩能够周游世界,是富裕的父母给她们的资本,她们到纽约来学习秘书工作,为的是有机会嫁给富翁,继续享受富裕的生活。这种依赖型的生活代价就是艾丝特在阳台上所见到的无聊的悠闲。艾丝特来自新英格兰小镇的普通人家,她需要自己去闯天下。

在个人的成长过程中,身边受人尊敬的人物往往成为效仿的楷模。人的认知发展总是从具象走向抽象,从模仿走向创造。楷模人物生动直接地为年轻人展示了行为榜样。现实生活中我们看到,年轻人比成年人更具有追星热情和英雄崇拜倾向,这是与人的认知发展分不开的。成年人的认知能力使得他们能够从不同的具象人物身上,抽象出值得效仿的品质。品质对成年人来说比具体的行为和具体的个人更加重要。艾丝特的上司洁·斯原本是她尊敬崇拜的对象,她总是认真完成洁·斯交给她的任务。但多琳对洁·斯的一番评价,立刻影响了艾丝特对上司的态度。多琳嘲弄

① Sylvia Plath, *The Bell Jar*, p. 2.

她为洁·斯工作的劲头，挖苦说："洁·斯丑陋不堪。我敢打赌，她老公亲近她时，一定会先关掉所有的电灯，否则他会呕吐的。"①多琳对女性的评价标准是看其外貌，洁·斯的才智、语言天赋和写作才能在多琳的眼里，都毫无价值，无法弥补她外貌的缺陷。多琳了解男权社会对女性的身份定位和价值期待，并且能够准确地适应。艾丝特自己身材瘦削，身体发育不够充分，缺少女性曲线。跟多琳在一起，这些特点自然显露出来，影响了她的自信。艾丝特自己也说："我猜想多琳成为我的一个问题。"②她对多琳的看法其实也是矛盾的。多琳身上有十足的女人味，打扮时尚，在异性面前故作姿态，这些是艾丝特所不熟悉的，也引发了她的关注。多琳开启了艾丝特对女性身体和身份认知的大门。她用"极为有趣"、"富有机智的嘲讽"、"对时尚敏感"等赞赏词汇来介绍多琳。她还说，多琳描述时髦女孩的行为细节"让我铭记，那完全是一种奇妙的、复杂精巧的颓废生活方式，它像磁铁一样吸引了我"。③ 艾丝特既羡慕多琳又讨厌她。在第一次遇到勒理和他的朋友时，艾丝特自认为按身高比例，勒理应该请她跳舞。但事与愿违，她看见多琳与勒理的关系如闪电般发展。后来，她虽然拒绝了多琳的邀请，没有跟他们一起出游，也没有让勒理帮她找个男朋友，但她却因此情绪低落。多琳离开后，她一直在反思自己为什么不能够再像以前那样做她该做的事情？为什么不能像多琳那样做她不该做的事情？在多琳空缺的餐桌旁，她一直在想念她。这些细节都说明多琳对她影响很大，而多琳显然

① Sylvia Plath, *The Bell Jar*, p. 5.

② Ibid., p. 4.

③ Ibid., p. 5.

是男权意识形态塑造的理想女性化身。其实,透过艾丝特对多琳的矛盾心态,我们也可以看到男权意识形态对艾丝特的影响。

艾丝特的自我矛盾还直接影响了她对男友巴迪的描述。在她的叙述中,巴迪能言善辩,自以为是,常常在他们两人约会时扮演主角。而她则只会坐在一边,不置可否地回答:"也许是吧。"巴迪曾是她仰慕的对象和救星,他从小学习优秀,周围的人对他评价很高。在巴迪邀请她参加耶鲁大学生的舞会后,她激动不已。根据她自已的说法,那些通过第三者介绍,跟她有过约会的男生,从来没有再邀请过她。在那些人眼里,她是书呆子;而在她眼里,那些人总有这样那样的缺陷,一点也不迷人。因此,作为耶鲁的高才生,巴迪的邀请提升了她在女同学中的地位。但在巴迪面前,她几乎成为失语者,才思枯竭。巴迪的话就是真理,她只能在独自一人时,才会在脑子里与巴迪辩论。可另一方面,在她的叙述中,巴迪又是一个对女性情感反应迟钝的、自私的、虚伪的家伙,既欺骗她,又被她蒙蔽。

旁观者可以看出,在艾丝特和巴迪不冷不热的关系中,她有很大的责任。在初次主动来找她时,巴迪老实地回答了她的询问,说他是应老乡琼的邀请来参加她们女子学院活动的,跟琼道别后,顺便来看望她。艾丝特因为巴迪不是专程来找她而深感失望。为了自已的面子,她谎称正在等候男朋友,而且是两位。巴迪信以为真。虽然巴迪没有说什么,读者可以推测他的内心一定也很受打击。其实,艾丝特是一位很传统的女孩,她希望巴迪将来会跟她结婚,并为她保持身体的纯洁。但她却从来没有纠正巴迪对她的误会——即她并不缺少约会的男友。尽管她内心非常渴望与巴迪约会,表面上却很矜持,很少表现出热情。后来,当她得知巴迪被一个女售票员引诱,还有密切的性关系后,她非常沮丧。这件事彻底改变了她对巴迪的看法,尽管她没有断绝与巴迪的往来,但他们之间的情感裂痕已经越来越深。她对巴迪最大的不满就是他失去了她所看重的贞洁。因此,她经常用“虚伪”这个词来描写巴迪,并以一个受害者的语气来讲述她与巴迪的关系。

在艾丝特的叙事中,自卑与自傲并存。让她自卑的是她不具有多琳那样迷人的外貌,她的才学是她自傲的资本。她还不时表现出对对手的蔑视。例如,巴迪的一位同学当着她和巴迪的面讥笑巴迪说:“至少你妈妈还爱你。”艾丝特叙述说,当时她只顾在想会有哪个女人愿意踮着脚尖,贴在如此肥胖的大肚子男人身上跟他亲吻,以至于她没有马上反应过来这句话是对她的羞辱。在她想出一句可以反讽的话时,那人已经离开了。在自己的头脑和叙事中嘲讽、蔑视对手,是艾丝特惯常的反抗和自卫策略。而历事的艾丝特却常常是失语的、尴尬的。写作成为艾丝特和作者普拉斯发泄郁闷的主要途径。

像大多数女孩一样,艾丝特一方面努力保护自我、珍爱自我,另一方面又无意识地顺应陈规旧俗,即女性应该配合别人,顺从指挥。比如,多琳说服她去参加勒理和一帮男青年举办的晚会。一位名叫马可的男性在领带上配了一枚醒目的钻石别针,艾丝特对此很好奇。有人挑逗马可把别针送给她。艾丝特没有拒绝,把别针放进了包里。马可立刻向大家宣称:今天晚上这位女士由他陪伴,还说他要提供小小的服务。有人笑着回应说:“……要值一颗钻石的价格哟。”①此刻,聪明的艾丝特应该能够理解其中的含义,

① Sylvia Plath, *The Bell Jar*, p. 101.

但却没有做出明智的反应。在与马可跳舞时,艾丝特感到了他内心的邪恶。马可把她的手臂捏得很痛,而且把她当作手里的一张扑克牌一样玩弄。整个晚上,她都受制于他。马可要她跳探戈,她想拒绝,但马可并不理睬她的意愿。马可告诉她,她只要装着像喝醉酒一样就行了。在马可的控制下,她觉得自己就像被风吹来吹去的小树。仿佛跳舞不需要两个人,只需要一个操纵者。马可为自己的表现感到自豪,艾丝特却强烈地感受到了男性霸权。跳过舞后,马可又把她领到屋外,强行要求跟她做爱,一边动手还一边骂她是"荡妇"。

在这个男性主导的房间里,女性就像一张张扑克牌被男性挑选,捏在手里把玩,并随时准备抛出去换下一张牌。艾丝特犯下的最大错误在于,她一进屋就收下了马可的钻石领带夹,成为马可买下的商品。马可趾高气扬地摆弄着她,要她跳舞,要她喝酒,要她跟他出去,毫无商量的余地。只有当马可把她当作性工具,把她按倒在地,并动手脱她的衣服时,她才开始反抗。她把马可的鼻子打出了血,趁马可擦鼻血时站了起来。但为了显示自己的控制地位,马可把鼻血抹在了她的脸上,还要她交还他的钻石领带夹。在这次与陌生异性的交往中,艾丝特遭遇的打击是巨大的。我们不妨设想,如果这次舞会是女性主办,男性是被邀请的对象;如果艾丝特没有接受马可的物品,马可还会如此猖狂吗?艾丝特会如此依顺吗?马可的优越感在于他用钻石领带夹"买下"了艾丝特。在他看来,他有权力享用他购买的商品。正如他的一个同伴所说:"要值一颗钻石的价格哟。"

布朗·米勒在《女性特质》一书中指出:男性准则是一套具有优越感和操纵感的精神特质,设计这样的特质就是为了激发男性自信地直奔成功;而女性准则由敏感脆弱、需要保护、拘谨顺从、回避冲突等特质组成。总之,女性对男性的依附促使了男性特质中自大心理的膨胀①。与多琳相比,艾丝特没有彻底迎合男性的期待。她拒绝彻底放弃自我意愿和女性的独立价值,因此她在一定程度上削弱了与她交往的男性权威,也因此成为不讨男性喜爱的人。

作家普拉斯把自身性别身份的复杂感受投射到她笔下的人物艾丝特身上,使艾丝特的行动方式、交际态度和心理活动微妙地折射出那个时代一位有才能的敏感女青年复杂的内心世界和行为矛盾。艾丝特关于自我身体和情感的叙述,是男性作家难以体验的;她对男女关系中映射出的政治权力关系,具有切身体会和敏锐洞察。《钟形坛》塑造的在束缚中拓展,在挫折中探索的女性形象,成为女性主义小说一种具有典型性的人物范式。女作家普拉斯和她笔下的艾丝特被认为是50年代女性的"标志性人物"(icon)。

① 参见 Ann M. Trousdale and Sally McMillan, "'Cinderella Was a Wuss': A Young Girl's Responses to Feminist and Patriarchal Folktales," *Children's Literature in Education*, Vol. 34 (1), March 2003。

第五章　认知发展与成长小说

只有当儿童建立起与他人的关系，从而扩大视野，他才能获得相对客观的观察力，学到更多符合自己身份、且能够被社会接受的行为表达方式。

——弗雷德里克·艾尔金

任何类型的小说都存在推动故事情节不断发展的内在叙事动力。比如在侦探小说中悬念就是重要的推动力。悬念的设置、发展、推理及破解，使故事情节的发展得到一种内在驱动力。巴赫金早已注意到这种现象，他在讨论以考验为主题的小说情节发展时说："考验的主题，使得人们能够深刻而郑重地围绕着主人公组织起各种不同的小说材料。"①他指出光凭情节和单纯的惊险故事本身，无论何时都不可能成为组织小说的力量。相反，在任何情节和故事中，总能发现某种起组织作用的主题思想的痕迹；是这个思想塑造出这一情节的肌体，并如灵魂一般赋予这肌体以生命。② 巴赫金虽然论述的是"考验小说"，他对主题、主人公和其他组织材料之间关系的分析，对于小说类型研究具有普遍的指导意义。同理，在

① 巴赫金："长篇小说的话语"，《小说理论》，第178页。

② 同上，第179—180页。

成长小说中，主人公的成长历程或认知发展过程也是推动故事情节不断发展的内在动力。作家围绕主人公成长的躁动、环境的考验、困境中的迷惘、对经验和教训的反思、顿悟或认知发展等经历，组织起各种不同的事件，形成一个个既相互联系，又相对独立的叙事单元。这些对主人公成长产生启发和推动的事件，成为成长小说重要的内容和情节发展必不可少的叙事动力。

所谓叙事动力就是小说情节发展的内在逻辑和张力。从静态讲，哪些人物和事件可以成为成长小说的叙事素材？这些事件中的哪些要素可以激发青少年的成长？从动态讲，这些人物和事件以怎样的关系相互连接，以形成一个相对完整的情节结构？这些事件之间以怎样的逻辑关系推动故事的发展？要回答这些问题，必须首先弄清楚青少年成长的具体内涵是什么。

优秀的成长小说往往以生动的、戏剧性的方式让事件和故事表现和促进人物的认知发展，使反映认知发展的事件成为成长小说的重要情节素材。人物的认知发展在成长小说中也因此具有了典型性和审美性。相反，质量较低的成长小说要么反映了片面的成长，如让青春期的情感认知压倒了其他方面的认知发展；要么突出了青少年的独特话语方式和其他亚文化现象，忽略了主人公道德认知、社会认知、自我认知等方面的成长。成长小说在多大程度上表现出青少年成长的典型性和审美性，是其能否吸引读者，唤起共鸣的重要因素，也是成长小说艺术张力的重要构成要素。本章通过分析一些优秀成长小说的情节发展动力，详细阐述认知发展的文学表达形式、认知发展对成长小说情节的推进作用，以及认知发展的丰富内涵对建构叙事单元的贡献。

第一节 青少年成长的内涵

人的成长是以认知发展为基础的。没有青少年对社会、自然、自我等方面的认知发展，就不可能有真正意义上的成长。因此，认知发展是青少年成长的重要内涵。在以往关于成长小说特质的种种描述中，常常受到突出的是青少年主人公的社会认知和自我认知。莫迪凯·马科斯在他的论文“什么是成长小说”中就曾对众多定义进行过归纳分类，指出成长小说的定义主要有两类：一类把成长描绘成年轻人对外部世界的认识过程；另一类把成长解释为认识自我身份与价值，并调整自我与社会关系的过程。[①] 可见，评论家们也注意到认知发展是青少年成长的基本内涵。

那么青少年认知发展究竟包括哪些具体方面呢？除了参考文学作品提供的素材和相关文学评论以外，借鉴心理学的研究成果也是十分必要的。根据皮亚杰的认知发展理论，人的“智力”被定义为促进儿童适应环境的一种基本的生命机能。他把儿童描述成积极、主动适应环境的探索者，他们为了达到思维和经验间的认知平衡，能建构三种图式：动作图式、符号图式和运算图式。动作图式指用来对物体或事件进行表征或做出反应的有组织的行为模式。符号图式指用来代表经验的某些方面的内部心理符号，如图像式语言代码。运算图式指对思维对象进行逻辑处理的内部心理

① 参见 Mordecai Marcus,“What Is an Initiation Story?” in William Coyle (ed.), *The Young Man in American Literature*, p. 32。

活动。儿童通过组织和适应的过程来建构和修改图式。这种适应由两个互补的活动组成:同化(把新经验纳入已有图式中)和顺应(改变已有图式以适应新经验)。皮亚杰认为,同化与顺应共同作用,促成认知的发展,导致了认知图式的改组,而改组后的图式又可进一步同化刺激,如此反复下去。① 这种智力发展是生命的本能促使儿童积极适应环境的结果,依靠儿童的行为和思考两者之间的互动实现。

前苏联心理学家维果斯基则强调社会文化对认知发展的影响。他提出,认知发展发生于社会文化环境中,社会文化影响着认知发展的形式;儿童的许多重要认知技能是在父母、老师以及更有能力的同伴的社会交往中发展起来。每种文化都把信仰、价值观、习惯的思维或问题解决方法,即它的智力适应工具,传递给下一代人,因此文化教会了儿童思考什么,以及如何去思考。②

阅读心理学著作,我们发现心理学家关注较多的是认知发展的过程和方式,这方面的论述和理论方法非常丰富,但对儿童认知发展具体包括哪些内容的论述反倒不多。我们可以从心理学著作对"认知"这一术语的定义中看出这一点。多次再版的谢弗的《发展心理学——儿童与青少年》中,给认知的定义是"指人类获取并运用知识解决问题的求知活动和心理过程。认知过程有助于人们理解和适应周围环境,它主要包括注意、知觉、学习、思维和记忆"③。这个定义侧重对认知过程和认知方式的解释,缺少对认知

---

① 参见大卫·谢弗:《发展心理学——儿童与青少年》,第271、235页。

② 同上,第263、272页。

③ 同上,第233页。

的具体对象,或者说求知活动究竟包括哪些内涵的描写。相对而言,维果斯基关于社会文化对认知发展的论述指出了文化教会儿童思考什么,以及如何去思考,即认知的内涵和认知的过程。文学作品往往比较关注认知内涵和认知过程中的顿悟时刻和巅峰时刻。

通过对众多美国成长小说文本的分析,我们发现青少年成长的认知内涵在文学作品中主要反映在五个方面:情感认知、智慧认知、道德认知、自我认知和社会认知。另外,必须指出的是,一个社会发展的特殊性会促使其成员获得某些方面认知的较快发展;同时,认知内涵会随着社会发展得到扩展。例如,在农业社会,人们对自然的认知十分重要;在工业社会,对掌握先进技术的需求促进了人的科技认知发展,同时人的交往和合作的重要性占据了重要地位,因为大多数人已经脱离了受自然影响的农耕生活,他们生活在人口高度聚集的城市,从事与他人共在的学习和工作,对社会和他人的认知变得尤为重要。

我们还可以借助美国开国元勋本杰明·富兰克林的一篇议论文来说明认知发展的内涵受到社会环境的限定。富兰克林在"论北美蛮夷"一文中,批评了白人社会企图同化印第安人的白人至上主义。他举例说在印第安人看来,白人传授的教育尽是些无用知识。印第安人需要他们的青少年掌握捕猎技能和在荒野中生存的技能,他们需要矫健如飞的猎人和勇士,而那些接受了白人教育的印第安青年回到丛林之后,却一无是处,连生存都成问题。当然,富兰克林的这篇讽刺议论文要说明的是,白人应该尊重印第安人的文化和风俗,不应该把自己的价值观强加于人。① 这个例子也说明了认知内涵受制于社会环境。早期印第安人的生活环境和生活方式决定了他们的青少年认知发展的内涵应该包含什么。

一、 情感认知

情感是人类与生俱来的心理活动。还在婴幼儿时期,人就会因为饥饿、寒冷、燥热等不舒服而烦躁;对移动的物体(如汽车)、变换的画面、清脆的声音、和蔼友善的表情表示出愉悦的笑容。儿童的行为特征具有明显的情绪性,不管是高兴、满意、快乐,还是好奇、惊讶、恐惧、愤怒,都可以不加理性和习俗约束地表达出来,表达自足的笑声和抗议的哭声,可以毫无界限地在一瞬间完成转换。而成年人对儿童的这种情绪化心理和行为习以为常。但是,随着年龄的增加,儿童被告诫要控制自己的情绪,要学会根据社会习俗和准则表达自己的情感。那种不顾环境和他人感受的情感表达,会被认为是令人讨厌的,起码是不成熟的表现。儿童成长的过程必须首先学会控制自己的情绪,认知社会许可和推崇的情感表达形式,即实现所谓"情感的社会化和自我调节"。心理学者举例说:

> 美国儿童都懂得,他们在收到奶奶的礼物时应表示高兴和感激,即使这些礼物并不是他们想要的(如内衣),他们也要掩饰自己的情绪,做出高兴的样子。每个社会都有一系列的情绪表达规则,规定哪些情绪可以表达,哪些情绪不可以表达。情绪

---

① Benjamin Franklin, "Remarks Concerning the Savages of North America", in *The Heath Anthology of American Literature*(Vol. 1), D. C. Heath and Company, 1990.

表达的规则其实有点类似语言的应用规则:儿童必须要学习并运用它们,从而能够与人相处并获得他人的认同。①

情感认知的内涵非常丰富,而且同样遵循人类认知能力发展的一般规律,即从直接、简单的自然情感向间接、复杂的社会情感发展。自然情感主要指个人的喜怒哀乐。社会情感主要指对他人、对集体、对社会的亲疏感。社会情感还包括对他人情感的体察和理解、感情的深度和敏感度、移情能力等重要内涵。因此,对青少年而言,情感认知主要是和社会认知结合在一起,因为大多数情感都是在与他人的交往中产生的。

由于青少年还处在情感认知和情绪自控都不完善的发展阶段,他们的理性思维还没有充分发展,很容易受到情感的支配,对一切使他们震惊和尴尬不快的事件极端敏感。同时,他们对成人世界的一些健康的情感又缺少足够的认知,比如对爱情、友情、亲情、人情的认知和珍惜,对弱者的同情、对国家的认同和忠诚、对本民族的自豪感等等。从儿童的率真童趣到复杂而矛盾的情感体验和情感自制,青少年情感认知发展其实就是青少年的理性化过程,即去情绪化过程。它通过对青少年个人情绪的自控和社会情感的认同,实现青少年情感成长的社会化目标。情商,已经成为衡量青少年成长的一个重要心理指标。因此。情感认知是情感调节和自制的基础,它必然成为成长小说描写和表现的重要对象,小说主人公的成长必然要涉及他的情感成长方面。情感认知不仅为成长小说提供了丰富的审美素材,也成为故事的结构要素,并且为小说的

① 大卫·谢弗:《发展心理学——儿童与青少年》,第399页。

情节发展提供了内在动力。

二、 智慧认知

如果说情感具有原始性特征,那么智慧可以说是我们最值得骄傲的人类特征。这并不是说动物就没有智慧,而是说人类智慧发展的复杂程度超过一切动物,成为使人类区别于动物世界的本质性特征之一。儿童成长必然蕴涵知识的积累、思辨能力的提高、智慧的增长。而且,智慧认知也是儿童成长的内在要求。随着年龄的增长,儿童从童话世界回到现实世界,从对超自然能力的幻想回到现实生活,其中的内在动力就是他们对社会知识的渴望,对智慧的渴望。

智慧认知离不开智力发展,但是智力本身并不等于智慧。皮亚杰把智力定义为"思维或行动的适应性"。然而,在一项研究中,心理学者请24位专家用一句话对他们所理解的智力进行描述,所得的定义不尽相同,但实质都集中于抽象思维能力和有效解决问题的能力上。① 其实,智力和智慧的区别正在于此。智力更多地是指前者,即抽象思维能力;智慧更多地是指后者,即解决实际问题的能力。如果说智力是一个心理学概念的话,智慧更多的是一个社会学概念。

人的智力发展既有其生物学基础,包括遗传基因的差异,也有其教育学基础,如家庭教育环境、学校、社区、大众媒体的质量和影响。智力发展除了它的生物学基础以外,还有两个显著特征:一是语言能力,二是社会交往。正是在语言的作用下,青少年吸收、储

---

① 大卫·谢弗:《发展心理学——儿童与青少年》,第317页。

存、积累、筛选、更新知识,发展智力;正是在社会交往的作用下,青少年学会应用知识,认识问题、分析问题、解决问题,智力转化成为智慧。那么这种转化是一个连续性的渐变过程,还是一个跳跃式的突变过程?心理学倾向于认为是前者,而文学却更愿意是后者,因为任何突变的事件更具有灵魂的震撼性和戏剧的审美性。冲突时刻往往是人的智力充分展现的时刻,是思维火花闪耀的时刻,对读者来说也是获得一次启发和顿悟的时刻。成长小说通过捕捉触动青少年智慧认知发展的一个个震撼人心的瞬间,通过艺术化的表现形式去感染、引导读者。

三、道德认知

道德成长是青少年社会化的重要维度。社会秩序,甚至社会创造,从根本上讲都离不开法律和道德保障,而法律不过是社会多数人认同的道德观念的系统化和制度化。道德认知既是社会对青少年的外在要求,也是他们的内在需要。精神分析学家强调,青少年为了体验愉悦、自豪、满足等积极情感,避免内疚、羞愧、自责等消极情感,会产生努力认知道德规范、提升道德情感、实践道德行为的内在动力。认知发展理论则认为,人的道德成长是和认知能力发展分不开的,"认知的发展和社会经验能够帮助儿童发展和丰富对规则、法律及人际责任的理解。当儿童对此获得了新的理解后,他们会按照道德阶段的固定顺序发展,每个新的阶段都是前一个阶段的延伸,并会最终取代前一阶段,它代表着对道德问题的更进步、更成熟的理解"①。

① 大卫·谢弗:《发展心理学——儿童与青少年》,第529—531页。

道德认知的内涵，简单地说就是明辨是非的知识和能力。做出 11 + 1 = 12 或者 10 + 2 = 13 的判断，不是道德问题，而是数学认知能力或智力发展问题。但是如果分一个大苹果，别人分一小块，自己分一大块，或者把该给别人的一份归为己有，那就涉及道德问题了。当然，道德认知并不总是这样简单。如果分苹果的对方是一位两岁的小孩，考虑到他的食量和嘴小的原因，分一小块方便他吃下去，那样的行为又是符合道德的了。可见道德认知非常复杂。再如，一些人慷慨施舍，并自以为在行善，但另一些人则会认为真正的行善应该是授人以渔，而非授人以鱼，非特殊情况下的授人以鱼可能会纵容懈怠和懒惰。要认知、认同、内化、实践方方面面的社会道德规范和准则需要一个漫长的成长过程，而道德推理的复杂性和高难度，甚至会让经验丰富的法官也感到莫衷一是。比如一位没有行医执照的护士，在紧急情况下为病人做了手术，结果病人死亡，这是符合道德的行为吗？如果病人被救活了呢？

道德认知至少包含三个层次：道德情感，包括由与道德有关的行为产生的内疚、羞愧或者自豪等感受；道德推理，包括对各种涉及道德行为的是非判断、思辨和推理活动；道德行为，包括各种按照社会道德标准和自我道德意识做出的个体或者集体行动。[①] 有学者通过问卷调查，把人们提供的道德成熟标准总结为六个维度：原则性——包括明确的价值观、有理想、有良心、遵守法纪等；责任心——包括尽责尽职、忠诚可靠、敢于担当等品质等；真诚度——包括诚实、守信、表里如一、一诺千金、值得信赖等；同情心——包括有爱心、关心他人的利益和感受、有利他主义精神等；正义

① 大卫·谢弗：《发展心理学——儿童与青少年》，第 330 页。

感——包括公平、理性、公正意识，不以个人利益和情感亲疏做出决定或者好恶判断；自信自强——包括脚踏实地、不怕挫折、敢于奋斗、自强不息等。[①] 心理学家科尔伯格认为，道德发展有三种可能的途径：第一种是儿童通过身边成年人的影响，建构起一套道德准则；第二种具有宗教倾向，人根据自己的良知做出符合道德的行为。良知则是个人在社会生活中习得的价值观和是非判断能力的综合；第三种是人类道德的遗传因素。[②] 道德认知的发展还必须包括从他律到自律的转变。所谓他律，是指青少年对社会道德的认同是建立在对绝对权力的信任或畏惧之上；而所谓自律，是指青少年对社会道德的自觉遵守，这种自觉性的来源不是对社会惩罚性权力的惧怕和畏惧，而是对社会道德规范的理性接受和认同。自律道德还包括青少年对社会道德的认识提高到了社会道德的主观协议性，即道德不是一成不变的，是可以质疑、协商的，甚至在相关各方的同意下也是可以修改的。[③] 但是，这绝不意味着道德没有明确的标准，否则就容易滑向道德相对主义的诡辩。

显然，道德标准的复杂性决定青少年的道德认知是一个复杂而漫长的过程，充满了各种不确定的变数，这为青少年文学提供了丰富的想象和巨大的审美空间。美国成长小说中有不少故事通过各种各样的生活事件和行为方式来展示青少年伦理道德的形成和发展过程，他们通过外界的种种反馈来修正自己的道德判断和行为。

---

① 大卫·谢弗：《发展心理学——儿童与青少年》，第529页。

② 参见 John S. Dacey, *Adolescents Today*, p. 165.

③ 参见大卫·谢弗：《发展心理学——儿童与青少年》，第533页。

四、 自我认知

我是谁？这是西方哲学、文学、心理学的一个基本命题。美国是一个尊崇个人主义的社会，崇尚个体和个人成就胜过团体目标，并且重视个体间的差异。千千万万个独立的自我是这个社会的构建单位。在个人主义胜过集体主义的社会，一个人的自我认知决定了他努力的方向和未来的发展。所谓自我认知，就是指一个人对自己在社会中的定位的认识、期望和评价，包括对自己的身体、形象、仪态、个性、理想、爱好、能力、价值、身份、尊严、角色、性格缺陷、人际关系和社会地位等的认识、期望和评价。在集体主义社会，个人的愿望很大程度上需和所在的集体达成共识，否则可能遇到较大的阻力，或者得不到认同、接受和支持。

自我认知不是一个简单的自我反省和塑造问题，内在的自我愿望和内省活动并不能够有效地实现自我认知。早在一百多年前，社会学家查尔斯·库利就提出，自我是在社会交往中产生的，并在人的生命历程中不断变化。库利用镜像自我（looking-glass self）来强调一个人对自己的认知，提出自我概念是社会这面镜子中的影像①。成长小说描写的自我认知往往表现为人物通过他人这面镜子，反观自我身份、自身价值、自我独特性等，经过反思达到对自我个性、才能、需求、理想、地位、弱点等的认识。正如查尔斯·泰勒所指出的那样："对自我身份的发现不是独自做出的，而是通过与他人的、部分公开、部分隐藏在心里的对话实现的。"②米

---

① 参见大卫·谢弗：《发展心理学——儿童与青少年》，第436页。

② 查尔斯·泰勒：《现代性之隐忧》，第54页。

德也认为：

> 自我具有同生理机能不同的特征。自我……不是与生俱来的，而是在社会化过程中产生的。这意味着，某个人自尊的发展是个体同这一整体过程的关系，以及在这个过程中与他人关系的结果。①

无论反观现实生活，还是反观文学作品，他人通常以两种方式进入自我身份的建构：逆向式和顺向式。比如，当主人公对某人的行为和思想产生反感时，与反感对象相反的行为和思想在主人公身上得到了强化和建构。那么，这个人逆向式地影响了主人公的成长。另一种方式是主人公认同某人，或他具有的某个特征，主人公努力模仿和吸纳此类的特征。此人对主人公的影响就是顺向的。无论前者还是后者，他人都帮助主人公培育起某些性格品质。可以说，主人公的自我是无数他人影响的结果，而他自己也对身边的人产生着影响。除此之外，他人对主人公的评价和态度还直接为他提供了自我认识的参照。

自我认知的内涵非常丰富，大致可以分为三个层面：内在自我、外在自我、社会自我。内在自我是个体对自己的一种主观认识、定位和评价。人们常说某个人自我感觉很好，就是指这个人缺少对社会评价的关注，沉浸在自我陶醉的世界中。外在自我，是指一个人在社会上表现出来的自我形象，包括有意表现和无意表现。社会自我，是指一个人的社会地位和形象，即社会如何评价这个人

① 参见大卫·谢弗：《发展心理学——儿童与青少年》，第437页。

的人品、道德、能力等。一个人在公众面前展示的外在自我可能会受到不同的解读,他的社会自我就会比较复杂。当这三种自我能够基本吻合,或者主体对这三种自我能够根据不同的环境需要进行有效整合时,一个人就会表现出良好的自信心和行动勇气,他的自我评价就比较高,有较强的自尊感。但是,在青春期的青少年中更常见的是三者的分离。有心理学家说:“这些十五岁的个体似乎觉得有几个不同的自我,想要寻求‘真实的我’。有意思的是,因为自我形象不一致而极为苦闷的青少年,常常为了改进其形象,或者为了获得父母或同伴的赞许,而做出违背自我个性的虚假自我行为。不幸的是,那些最喜欢使用虚假自我行为的个体,对其真实自我最没有信心。”①

困扰美国青少年成长的还有自我的文化身份和种族身份问题。自我的身份问题具有很大的文化和种族差异。美国是一个崇尚个体独立、竞争和主动性的个人主义社会,强调人与人之间的差异和个人权利。相反,中国、印度、日本等东方国家崇尚个体对集体的服从和贡献,强调个体之间的相互帮助和团结。当不同文化背景和种族背景的人们生活在一起的时候,如何使自己被周围的人接受,如何看待自我和他人,是改变自我还是改变他人,还是寻求一定程度的妥协,都会在一定时期成为困扰青少年成长的问题。第二次世界大战结束以后,美国又进入一个移民高峰期。民权运动以前,关于文化身份和种族身份的写作不受鼓励,相关文学创作也被忽视。民权运动提升了少数族裔的觉悟和士气,也提升了社会的公平公正意识,少数族裔作家、女性作家甚至包括少数青少年

① 参见大卫·谢弗:《发展心理学——儿童与青少年》,第445页。

作者的创作都有了更多的出版途径。这些作者身处社会权利边缘,对身份问题体会更深,他们用文学作品表现这类困扰他们的问题也就不足为奇了。

五、社会认知

青少年成长的核心是个体的社会化过程,即从自然人发展成为社会人。因此,对社会的认知是青少年成长的必备条件。我国学者陈英和说:"儿童的社会行为水平是和他们相关的社会认知水平紧密地联系在一起的。当一个儿童不能很好地理解它周围的社会关系,不能对自己和他人的社会行为做出恰当的评价和预测的时候,很难想象他的社会行为将会是合理的。因此,儿童的社会行为是以其社会认知为基础的。"①由于幼年期的儿童较多地处于家庭和社会保护之下,儿童在 12 岁以前对社会的认知并不多,更谈不上深刻。东西方社会对儿童了解真实的社会都设置了许多障碍和禁忌,甚至虚拟出童话世界来满足儿童的好奇心和对知识的渴望。在这个童话世界里,成年人用各种隐蔽的手段间接地向儿童们灌输社会的主流价值观,用各种直接的手段给儿童创造一个简化的世界,以适应他们认知能力和身心发展的阶段性特征,不至于让成人社会的贫穷、暴力、谎言、罪恶、冷漠等等,增加儿童的精神焦虑,伤害儿童幼稚的心灵。成人社会的复杂性、矛盾性、相对性和多样性会让儿童难以理解和适应。所以,在童话世界成长起来的儿童必须走出虚拟的童话王国,了解、认识他们即将,也必须进入的社会。青少年成长小说以一种虚拟的文学世界,延伸和拓展

① 陈英和:《认知发展心理学》,杭州:浙江人民出版社 1996 年版,第 271 页。

了青少年读者的社会视野，通过虚拟人物的社会经验，通过文学的审美活动，培养读者应对冲突的智慧和韧性。

社会认知的内涵无限丰富，包括习俗、道德、法律、权力、政治、社区、学校、宗教、制度、历史、种族、人际交往规则等等。社会认知离不开对他人和社会的认识和态度，以及社会交往能力。对任何事物的认识，离不开与该事物的接触，有了接触才会对此产生感觉，有了感觉器官输入的信息，知觉才能对这些信息进行加工处理。人对他人的认识和对各种社会现象的认识都离不开接触这一步。

把青少年成长的内涵从认知的角度总结为以上五个方面，绝不意味着对青少年成长认知内涵的限定。相反，通过这种具体分类，可以为认识青少年成长的内涵提供一条清晰的线索和可以扩展的平台，使对青少年成长的描述不至于停留在抽象的概念上，为具象化、形象化地分析和阐释当代美国成长小说提供了一种路径和方法上的可能性。

第二节　认知发展的文学表达

随着人们对青少年成长心理、独特身份、青少年亚文化现象的深入认识，文学对青少年人物的描写也在发生变化，从认知发展的角度反映青少年成长是一个值得关注的现象。当我们把认知发展细化为自我认知、社会认知、情感认知、道德认知、智慧认知等方面后，就比较容易发现对人物的认知过程的描写不仅推动了成长小说的情节发展，也为成长小说提供了丰富的叙事单元。这种细分还有助于我们对成长小说中的叙事单元和人物成长进行互动分析，以更好地认识人物形象逐步建构和丰满的过程，更好地把握外在经历和主人公内心成长的关联，更好地认识构建成长主题的情节依据和叙事策略。同时，这种细分还为我们深化对成长小说叙事特点的认识提供了新的视角和思路。交错的认知发展丰富了成长小说的叙事结构，也为成长小说情节的多样性提供了可能。因此，认知发展在成长小说中具有内容和形式两方面的特殊价值。

情感是青少年认知成长的第一个维度，也是伴随青少年一生的社会化技能。人们处理人际关系的首要基础是情感，人们追求发展的基本动力也是情感，它的重要性甚至超过对利益的考量，青少年更是如此。而且，情感具有天然性，每个人都有个人情感，而这种个人情感如果不能实现有效的社会化改造，那么个人就必然遭遇成长障碍。当代美国成长小说有大量作品表现青少年的友情考验、爱情萌动、亲情问题、人情迷惑等故事，表现主人公的情感体验和认知发展过程。

首先，我们以梅格·卡波特的流行小说《公主日记》系列中的《不想当公主的公主》为例，看青少年移情能力的发展是怎样实现的。这部小说虽然本世纪初才出版，但已经畅销 20 多个国家，荣登美国图书馆协会“年轻人最佳读物”榜。小说主人公米娅是一个欧洲岛国的公主，由于母亲已经与父亲离婚，所以她一直保守着这个秘密。但当她的父亲知道自己不可能再生育之后，一夜之间她成了王位的继承人。她的照片上了《纽约邮报》的封面，突然间她成为全校同学注视的焦点，这使她很不自在。午餐时，她跟阿拉伯石油大亨的女儿蒂娜坐在一桌，全校的目光都对准她们。蒂娜原本独自和她的保镖坐在这里，由于米娅这几天和朋友莉莉闹别扭，米娅才不得不跟遭到孤立的另类——蒂娜坐在一桌。蒂娜只字不提报纸上的事,只是慢慢吃着色拉。米娅误以为蒂娜肯定觉得她的到来让原本处于尴尬中的她更加难堪,便忍不住告诉蒂娜,如果不想跟她坐在一起,她不会介意的。蒂娜听后却流下了眼泪。她告诉米娅,她早就习惯被当着怪物看了,她感谢米娅这些天过来和她一起吃饭,甚至还反过来告诉米娅,不用对她那么好。米娅在日记中写道:

> 我真是气愤极了——并不是冲着蒂娜,而是冲着学校里的其他人。要我说,蒂娜可是天底下第一大好人,别人对此一无所知,那是因为没有人跟她说过话,因为她不苗条,因为她少言寡语,因为她总有个傻里傻气的保镖跟着。人们有时间关心某个熟食店卖银杏松糕饼多收五分钱这样鸡毛蒜皮的小事,却没有心思关注校园里有一些人的凄凉无助,原因只在于没人愿意向他们说声"早上好"或者"周末过得好吗"。
>
> 然后我感到内疚——因为一周前我就是其中一员:我也曾认为蒂娜是个怪物。我之所以对公主身份守口如瓶,就是害怕人们会像对待蒂娜一样对待我。现在我既然对蒂娜已经有所了解,我意识到当初我小看她是多么的错误。我告诉蒂娜我只愿意与她坐在一起,而且我们要团结一致、互相支持——这不仅仅是因为我们都有保镖跟着这一显而易见的事实,而且也是因为学校里的其他人全都不正常。①

① 梅格·卡波特:《不想当公主的公主》,姚小文译,南宁:接力出版社2004年版,第201页。

日记是一种具有内省和发泄性质的文体，由于其私密性，作者可以毫无顾虑地道出真情实感。米娅一面在日记中批评自己几天前还跟其他人一个样，以貌取人，不关心身边的同学；一面又在犯偏激的错误，情绪化地说“学校里的其他人全都不正常”。在她从丑小鸭变成公主后，她与蒂娜的身份地位更加相似了，她才能够切身体会到蒂娜的孤独和同学们的偏见。这次小小的误会消除后，两人间的感情和理解更加深厚。米娅在此的情感认知表现为移情能力的发展，即能够体会蒂娜的感受了。这段日记对成长主题的贡献还在于它反映了米娅对亲身经历的反思，反思有助于扩展和修改她头脑里已有的图式，内化新经验，顺应新经验。

对青少年来说，“设身处地替他人着想”并不那么容易，只有当自己亲自处于同样的境地或者曾经有过类似经历时，才能真实地体会到别人的感受。移情能力不仅对青少年，对许多成人来说，也不容易。维科曾经说：“由于人心的不明确，每当它落到无知里，人就把他自己变成衡量一切事物的尺度。”①在米娅不了解蒂娜以前，她跟其他人一样，仅仅因为蒂娜总有保镖跟着就认为她行为怪异，并不追问她为什么有保镖，是否乐意有保镖。在她自己成为公主之后，父亲坚持让保镖陪伴她——王位的唯一继承人，她才体会到蒂娜的难处。

在由一连串小事件组合而成的情节链中，安排这样一个产生误会和消除误会的事件，表明了作者对青少年社交心理和情感认知的把握：即青少年感性认识胜过理性认识，因此特别敏感；由于

---

① 转引自童庆炳、程正民主编：《文艺心理学》，北京：高等教育出版社2001年版，第236页。

缺乏理性分析,很容易走极端。米娅把蒂娜的沉默看作是对她到来的反感,原因是她自己讨厌新获得的身份,便以己度人,认为蒂娜也讨厌她,误会随即产生。好在米娅是一个直率的人,说出了心里的想法,蒂娜才有机会澄清误会。

认知发展是必然的,就如同一个人总是要长大一样。如何生动地反映认知发展才是文学以及文学评论更关心的问题。我们以另一部少年小说《亲爱的汉修先生》为例,分析主人公鲍雷伊的情感认知发展的过程。典型地反映鲍雷伊情感认知发展的事件是他的午餐问题。鲍雷伊在学校里遇到一个难题:他带到学校的午餐不时被别人偷吃,害得他有一顿没一顿,经常在学校里饿肚子。开始他很愤恨,一心想要抓到那个偷吃午餐的人,并好好教训他一顿。后来他反而庆幸没有抓到这个人,让他产生这种变化的是他的情感认知发展。由于午餐被偷,他常常撅着嘴,校工法兰德林先生知道后,建议他可以在饭盒里装上警报器。鲍雷伊受到启发,开始自己试验制作警报器。在这期间他的午餐又被偷过,为了发泄愤怒,他走出教室时,顺手拿起别人的午餐袋准备扔在地上,碰巧被法兰德林先生看见。他上前阻止了鲍雷伊,并告诉他,不止他一人的午餐被偷,他不应该以这种错误的方式解决问题。

如果鲍雷伊就此回避问题,他就会失去一次成长的机会。但是他接受了挑战,真的在家里自己做了一个午餐盒报警器。当他第一次带着装有警报器的午餐盒去学校时,碰巧没有人偷他的午餐。中午,他不得不自己弄响警报器以打开饭盒,全校师生都被响亮的警报声吸引过来。出乎鲍雷伊的意料,大家对此表示出很大的兴趣,他还受到老师们的夸奖。一位男同学还邀请鲍雷伊去他家,教他做警报器。鲍雷伊开始交上朋友,而且再也没有人敢碰他的午餐盒了。心情开朗起来的鲍雷伊很庆幸没有抓住“小偷”，否则那人一定会有麻烦。他在日记中写道，他开始同情那些比他更穷的同学，他们根本没有好吃的午餐，甚至没有吃饱过。与其抓住这样的同学，还不如想办法制止他们的偷窃行为。这样既能够保住自己的午餐，又避免伤害了同学。鲍雷伊认为自己的做法很明智，他已经能够预见，假如小偷真的弄响了警报器，全班同学都会看到这一场面，后果将是多么难堪。能够具有移情能力，设身处地考虑别人的感受，反映了鲍雷伊的情感认知发展。当然，解开这个心结，还反映出他智慧认知和社会认知的发展。

另一个反映鲍雷伊情感认知发展的事例是他对父亲的新认识。他一直十分想念在外跑运输的爸爸，并经常趴在地图前，跟随爸爸行进的路线。他盼望爸爸能够常来电话。但爸爸经常让他失望。在对爸爸有了更多的认识之后，尽管仍然思念他，他还是“学会了不再对他的话抱太大的希望”①。他知道爸爸的个性决定他安定不下来。在爸爸把一度丢失的爱犬“土匪”送回给他时，他考虑到爸爸长时间在大卡车上的寂寞生活，坚持让“土匪”跟他而去。鲍雷伊对父亲的体贴甚至超过了父亲对他的体贴。在给汉修先生的一封信中，他说在读先生的新书《乞丐熊》的时候，他非常同情失去母亲的小熊，同时也很好奇熊爸爸到哪里去了。这让他联想到了自己的妈妈。他担心妈妈会不会生病，因为她的身材比大多数的妈妈娇小，又很辛苦。与心理上和情感上还没有长大的父亲相比，鲍雷伊的成长更加健全。

---

① 贝芙莉·克莱瑞:《亲爱的汉修先生》，柯倩华译，天津:新蕾出版社 2004 年版，第 164 页。

能够逐渐走出自我中心的思维习惯,体会他人的感受,是青少年走向社会化的必要过程,也是成长的一个重要内涵。因此,在成长小说中有不少反映青少年情感转变的情节,而这种转变总是建立在某种新的生活经历带来的新认识基础上。逃避经历等于放弃成长;只有经历没有反思,也等于失去了一次成长的机会。

智力发展和智慧增长是青少年认知发展的第二个维度。智慧认知包括青少年的理解能力、观察能力、思辨能力、表达能力、获取知识和解决问题的能力等。美利坚民族是一个崇尚行动、崇尚交往的民族。智慧来自与他人的交往中,这是美国成长小说中一种十分常见的观念。对于一个生活在车轮上、生活快节奏的民族来说,他们的许多经验只能来自于各种社会交往和实践活动中。在与人的交往中,免不了发生冲突。如何解决冲突,是对一个人智慧的考验。

《不想当公主的公主》中,让米娅感受强烈的一次冲突发生在她和最要好的朋友莉莉之间。只因为莉莉的哥哥迈克尔在场,她不仅渡过了难关,还获得了智慧认知的启发。政治意识浓厚的莉莉,在获悉米娅的公主身份后,义愤填膺地过来声讨她。她质问米娅,她父亲的巨额财产中有多少是靠压榨劳动人民的血汗积累起来的?米娅哑口无言。让她没有想到的是,莉莉的哥哥迈克尔帮她解了围。迈克尔回答说,热那维亚岛国的人民从来不用上税,所以国王的财富不可能来自纳税人。莉莉又批评这个岛国实行君主制。迈克尔反击说,米娅的父亲为国鞠躬尽瘁,他在1939年墨索里尼军队入侵后,成为担保人,才得到邻国法国军队的保护,她的父亲保证要根据法国的政治和经济制度来行使君主权。他在夹缝中求得了国家的生存和发展。在他的努力下,该公国拥有欧洲最高的识字率、最高的教育普及率，以及最低的婴儿死亡率、通货膨胀率和失业率。迈克尔的话不仅堵住了莉莉的伶牙俐齿，也让米娅目瞪口呆。旁听了这场辩论，让她深切体会到知识的重要性。有了这些知识，她才能够保护自己不受莉莉这样的反王室主义者的攻击。迈克尔不仅用网上收集的知识驳倒了妹妹，还一针见血地指出了妹妹的心理症结：莉莉生气的真正原因是米娅没有与她这位心腹朋友商量就把头发剪短了，她那一大套政治说辞不过是为了发泄心理的失落感罢了。莉莉被哥哥的话气疯了，指责他站在米娅一边是“力比多”在作怪。米娅根本不懂兄妹俩争论中所使用的“力比多”是什么意思。她一边佩服迈克尔丰富的知识，一边暗暗下决心要充实自己的知识和词汇。这场舌战因迈克尔的协助，米娅获胜。在这次论战中，作者有意地突出知识就是力量，语言就是力量，并让主人公米娅获得了这种智慧认知。

美国女作家格洛丽亚·惠兰创作了一部以印度为背景的小说《无家可归的小鸟》，并获得2000年美国国家图书奖。小说中的女主人公科丽13岁就出嫁，结果发现她的婚姻是一场骗局，婆家只是希望得到她的嫁妆。过门后，她一再遭到婆婆的刁难和责骂，她开始认识到如果不反击，“婆婆肯定会用她那充满恶意的言语摧毁我的勇气”①。因为有了反抗意识，婆婆在她的心目中所占的位置越来越小，科丽才不至于被她的敌意压垮。她的丈夫哈里婚前就病入膏肓，婚后不久就去世了。在哈里的妹妹桑德拉嫁人之前，婆婆要科丽把她的新婚莎丽脱下来给桑德拉，还说她只要穿寡妇莎丽就够了。科丽很想说，她不想穿着寡妇的衣服度过余生，但出于

① 格洛丽亚·惠兰：《无家可归的小鸟》，第52页。

对桑德拉的爱，还是把新婚莎丽脱下来给了桑德拉。婆婆还要她把嫁妆——一对银耳环也交出来。科丽撒谎说，耳环已经丢失了。其实科丽心里在想，只要耳环在，她就可以拿去变卖，还有逃走的希望。这个细节表明，科丽已经从一次次的经历中获得了自我保护的智慧。

科丽没有逃离婆婆家，因为她知道卖掉耳环的钱只能维持短暂的生活，她不知道下一步该怎么办。但只要生活在这种环境中，科丽的生活就不会有根本的改变。为了避免离家逃跑可能遭遇的不测后果，科丽选择了留下。也就是说，她放弃了一次成长的机遇。在公公死后，她被无情的婆婆带到一个充满寡妇的城市里抛弃了。一开始，科丽还不愿意相信这个事实。在跟一个有过同样经历的老寡妇交谈中，她意识到必须自谋生路了。她向老寡妇打听她是怎么自谋生路的，并亲自去体验。然后又去火车站寻找曾经对她表示过友好的年轻车夫，诉说了她的困境。年轻的车夫不仅帮她找到了一个栖身之处，还告诉她说："如果你问我的话，我倒觉得离开这样的婆婆你应该感到很幸福。"①在年轻车夫的帮助下，科丽有了住处，还找到一份工作，解决了生存问题，也开始了成长之旅。

科丽在毫无心理准备的情况下突然被弃异乡，比有准备的逃离面临更大的考验。但她幸存下来，而且还找到了幸福的生活。那位年轻的车夫向她求婚，邀请她到乡下居住。这意味着她得放弃一份她喜爱的工作。为了获得更好的发展，科丽经过反复思考，说服老板让她把莎丽带回家去做，每隔几个月她会把绣好花的莎

① 格洛丽亚·惠兰：《无家可归的小鸟》，第93页。

丽带回来。她向老板保证说:“房间可以不用一直很干净,饭菜可以做得快一些,抽泣的孩子可以坐在我的腿上,我一边绣花一边唱歌给他们听。”[①]这些都是她经过磨难后获得的智慧。科丽不再像以前那样,像一只任人摆布的可怜虫,她有了自己的家,又保留了工作和发展的机会,很好地解决了生计问题。无家可归的小鸟终于有了温馨的归宿。科丽的这段经历表明,离开那个充满敌意的家,她获得了更快、更好的成长,尽管这不是她的主动选择。逃避风险等于逃避成长。这是当代美国成长小说反复隐喻的观点。

米尔雷德的获奖小说《滚雷听到我的哭声》[②]中,也有不少生动反映少年主人公智慧成长的叙事单元。小说中 12 岁的黑人女孩凯西讲述了他们一家在 20 世纪 30 年代初,在美国南方的一段生活经历。凯西有很多的问题要解决:为什么他们拿到的教科书被别人用了十几轮后才轮到他们?为什么老师还称这些破旧的书为“新书”?她为什么要称呼跟她同龄的白人女孩“小姐”?为什么在下雨天白人司机要故意在他们身边驾车飞驰,让车上的白人小孩嘲笑他们狼狈逃避的模样或满身泥水?为什么黑人遭到欺辱还必须忍气吞声?这些问题都是凯西在外遭遇的。若关在家里,她就不会有机会发现这些问题。勤于思考、善于提问,意味着凯西具有快速成长的潜能。

小说叙述了当地黑人与白人的种种冲突,以及凯西及其兄弟在这些冲突中获得成长的经历。凯西一家在黑人中已经是最让人

① 格洛丽亚·惠兰:《无家可归的小鸟》,第 114 页。

② 该小说获得 1977 年纽伯瑞奖,ALA 著名图书奖、入选《纽约时报书评》选出的 1970—1980 年最佳儿童书籍、国家图书奖提名等。

羡慕的了,她的爷爷曾经从一家破落的白人那里买来了两百亩土地。后来又增加了两百亩,但土地是抵押贷款买来的。所以她的父亲和叔叔都在外打工,以便能够保住这四百亩土地。母亲在当地黑人学校教书,挣钱补贴家用。60多岁的老奶奶负责种地和管家。在与白人的冲突中,处于不利地位的黑人必须学会既能最大限度地减少损失,又不招来杀身之祸。比如在小说的结尾,得知一群白人不顾律师和警官的阻止,坚持要对一位黑人少年T. J. 处以私刑后,凯西的父亲拿起枪要去阻止,但母亲一再恳求他不要鲁莽冲动,希望他找到一个更好的解决办法。后来,孩子们发现他们家的棉花地在电闪雷鸣中起火了。火势若不尽快扑灭,就会烧掉附近的树林,甚至房屋。成年人都赶去扑火了,包括那些正在跟律师和警长发生冲突的白人。T. J. 因这次大火躲过了残酷的私刑,带着枪出门的父亲和莫里斯先生也避免了与白人的生死决斗。这场冲突从人与人的矛盾转向了人与自然的较量。凯西和哥哥见证了大半个冲突过程,只是不知道大火是如何烧起来的。人们传说是雷电点燃了他们家里的棉田。但凯西在与哥哥的对视中,心照不宣地猜出了大火的起源——是父亲听从了母亲的恳求,找到了一个代价最小的方法来解救那位黑人少年的生命。能够把前因后果联系起来,推导出火灾的起源和目的,是凯西智力发展的体现。当然,凯西和哥哥也从父母那里见习到了依靠智慧解决问题的办法。

道德认知是青少年认知成长的第三个维度,它包括人的同情心、正义感、公正意识和责任意识等。成长小说通过各种各样的生活故事和人物行为来展示青少年伦理道德的形成过程,他们通过外界的种种反馈来修正自己的道德判断。

《公主日记:第三次好运》中,米娅的好友莉莉写信向联合国咨询,她想知道米娅的奶奶强迫米娅上宫廷礼仪课是否违反人权。莉莉很有政治头脑和维权意识。她认为,强迫未成年人几个小时坐在那里练习怎样发出暗示,让人拿走汤碗这样的礼仪课是违反人权法的。但联合国官员没有对米娅的处境表示同情。作者让14岁的女孩做出这样勇敢的事情,显然是要赞扬她的同情心和公正意识。青少年也是通过这样的尝试来验证和调整自己的道德判断。

在如何对待异性朋友的问题上,奶奶对米娅说:“有台脏洗碗机总比没有强。”奶奶要她在找到更好的男朋友前,不要与科力分手。奶奶自私、算计的处世哲学让米娅大吃一惊。奶奶分析说,如果她现在与科力分手,她的生物学考试就会考砸,期末舞会也没有人邀请她了。这些都是米娅想到过的,但她认为这样做很卑鄙,可奶奶却认为这是理性的选择。这让她陷入了矛盾之中。奶奶的话代表了成年人的自私和虚伪,她给米娅的种种建议多半是从实用主义的角度考虑的,回避了其中的社会伦理。青少年在成长过程中,要面对无数这样的道德矛盾和道德困惑。因此,要树立正确的道德观,并协调道德观念和现实生活,并不是件容易的事情。

另一部把主人公的自我认知和道德成长作为重要主题的小说《地球、我的屁股和其他又大又圆的东西》①从青少年关心的体型和外貌入手,向青少年读者揭示内心美比外貌美更有价值。该小说以15岁的女孩弗吉尼亚从哥哥对女友的一次性侵犯行为中获

① 该小说获迈克尔·普林兹最佳青少年文学奖、美国图书馆协会最佳青少年文学奖,入选YALSA 10部最佳青少年文学作品、宾夕法尼亚学校图书馆协会40部最佳小说、密执安图书馆协会最佳图书等。

得道德认知为主要事件，讲述弗吉尼亚如何摆脱母亲的影响，获得正确的自我认知。哥哥出事被停学后，她的母亲告诉全家人要照常生活，还说很快一切就会恢复正常。但弗吉尼亚却注意到种种不正常的现象：母亲反对她跟最要好的朋友夏伦一家去西雅图过感恩节，理由是全家人要一起过感恩节；本来约好她和父亲一起观看球赛，却不经她的同意，改成父亲和哥哥去；五年前就不再做饭的母亲开始为一家人做好吃的东西，让大家开心；父母赞成让哥哥马上去巴黎度假，只字不提一起过感恩节的事，只不过由于律师劝阻，哥哥才没有去成。弗吉尼亚对哥哥和父母的行为非常生气。以前哥哥是她的偶像，因为他成绩好，相貌英俊，是学校的明星球员，她觉得自己沾了哥哥的光，甚至认为自己是这个美好家庭的瑕疵，因为她太肥胖。母亲总是要她减肥，学校的女同学也在背后嘲笑她。但哥哥出事以后，弗吉尼亚开始客观地看待他，才发现自己原来忽视了许多问题——哥哥其实很自私，他总是以自我为中心，不注意体会别人的感受。透过哥哥这面镜子的对照，她看到了自己的优点。同时，弗吉尼亚也开始反思父母的行为，觉得他们只替哥哥着想，没有从那位叫安妮·米尔斯的女孩的角度着想。他们在谈论这件事情的时候，甚至都不提她的名字。而且在哥哥被学校处罚回家后，父母照样周末出去打高尔夫球，照样去康纳狄克州度假，母亲照旧出去健身，好像什么事情都没有发生过一样。虽然弗吉尼亚没有明说，实际上她觉得父母也跟哥哥一样自私，这让她很震惊。弗吉尼亚开始认同参加非洲和平队的姐姐，她开始像姐姐一样争取自治权。通过这事件，弗吉尼亚开始发现自我价值，并开始积极建构新的自我身份。她独自去看望安妮·米尔斯，代表一家人向她道歉，还和安妮推心置腹地进行了交谈。与她的哥哥、父母相比,弗吉尼亚从这一事件中获得了明显的道德成长。

从叙事技巧看,弗吉尼亚道德成长得到展现的途径得益于她的话语地位。她是叙述者,可以让读者走进她的内心,她的一切外在行为都获得了合理的解释。相反,读者无法进入她的父母和哥哥的内心世界,只能通过弗吉尼亚的观察和判断来间接猜度他们的想法。这次事件在多大程度上提高了他们的道德认知,我们很难判断。这两者的反差很好地揭示了一个事实:即很多成长小说都是第一人称叙事,他们的反思行为是成长主题得以突出的有效手段。

自我认知是青少年认知成长的第四个维度,指一个人对外在自我、内在自我、社会自我的认识,包括仪态、身体、个性、个人理想、个人爱好、性格缺陷、社会地位和关系等。缺少自我意识,独立人格的发展就会受到阻碍。自我认知往往表现为人物通过他人这面镜子,反观自我身份和价值,经过反省后达到对自我更加清楚的认识,并培养个人适应社会的策略。

自我认知主要包含自我意识和自我调适两个方面。有些作品突出前者,有些突出后者。这种选择跟小说主人公的年龄有关。在年龄较小的主人公身上,自我意识的形成过程往往是小说表现的重点。他们的自我认知主要表现为对自我作为一个独立人格的认识和维护。以《亲爱的汉修先生》中的少年鲍雷伊为例,他在写给汉修先生的第八封信里,表达出对汉修先生的反叛,表明他开始意识到自己应该有独立的自我,即自主性。他意识到自己不是汉修先生的附属,所以没有必要接受他要求的一切。他回信告诉汉修先生,“您寄了一长串的问题要我回答,真的让我很生气。其他同学的作家都没有出这么多问题要他们回答,我已经写了报告,还要做额外的功课,太不公平了"[①]。他还在信中明确回复汉修先生,他不打算回答那一长串问题,因为汉修先生又不是他的老师。这封信不仅反映了鲍雷伊自主意识的发展,同时也展示了一个小学生智慧认知和社会认知的局限——他看不出汉修先生要他回答一长串的问题,是为了训练他的写作能力;他也看不出汉修先生回信中的幽默和婉转的批评。从社交礼仪上讲,他不能只要求对方为他做事,却拒绝对方要求他做的事。鲍雷伊这样写道:

> 当我终于收到您的信时,我并不想在课堂上念给大家听,因为我觉得马汀娜小姐不想听到那些傻乎乎的答案,比方说您的本名叫"艾岛旦"、您没有小孩是因为不想养像山羊一样的动物。可是老师一定让我念出来。结果同学们听得哈哈大笑,马汀娜小姐也跟着笑。不过,当我念到您说您最喜欢的动物是一种紫色怪兽,它专门吃不去图书馆查资料却只会寄一长串问题给作家的小孩,老师的笑容就不见了。[②]

鲍雷伊意识到念马修的回信会让他遭到同学们的嘲笑,表现了他的自我保护意识。能够注意到老师笑容的消失,说明他具有较好的观察能力。但他还不具有解释老师为何笑容消失的能力,也没有理解信中深层含义的能力。鲍雷伊本能地想要回避他认为会让他出丑的事情。鲍雷伊要保护的是高度抽象的自我建构成分——自尊。

① 贝芙莉·克莱瑞:《亲爱的汉修先生》,第13页。
② 同上,第12页。

与白人青少年相比，少数族裔青少年的自我认识多了一个种族身份问题。少数族裔成长小说中的主人公大都经历了一个对自己的种族从认同到厌弃到再认同的过程。其实这个过程也是人从依从走向独立的表现方式之一。人在幼年时期，无论在心理上，还是在身体上都需要强者的保护。在走向社会之前，家庭提供了这种保护，因此孩子会认同自己的家人。走出家门，他们才发现自己的家庭，包括自己的种族都是弱小的、受到歧视的。这时，人的最初反应是本能地趋向强者，希望效仿强者并成为强者的一员。随着年龄和阅历的增长，在独立性和生存能力增强的同时，依从性也越来越少。青少年开始像早期挑战自己的长辈一样，挑战社会主流中的不公正现象，在种族问题上开始以客观的姿态反抗主流社会的偏见和无理歧视，欣赏自己和自己的种族所具有的种种优势和文化品质，并希望争取到客观的评价。

华裔作家赵健秀的《唐老鸭》中 12 岁男孩唐纳德的转变过程就具有典型性。在故事开头，他讨厌自己的名字（Donald Duk），因为他的姓跟英文“鸭子”发音一样。他强调自己不是迪斯尼乐园里的唐老鸭。虽然在他就读的那所私立学校里，唐纳德不是唯一的华裔学生，但他不愿意和华裔同学来往。他认为华人很愚蠢，居然连名字都取不好，也发明不了踢踏舞。他恨自己那张亚洲人的脸。在春节来临之前，老师通常会有意安排一些介绍中国文化和美国华裔的内容，唐纳德因此认为春节是最让人讨厌的节日。他也讨厌唐人街。

这部小说围绕唐纳德对族裔身份态度的转变展开。起初是他的朋友阿诺德主动要求来唐纳德家过夜。在美国，邀请朋友到家里小住或接受邀请到朋友家里过夜，都是重要的社交方式，是获得友情和认同的表示。唐纳德以前从来没有想过要邀请朋友到他家过夜,因为他家中国味太浓。不仅阿诺德自己要求来,他的父亲还自告奋勇地找到唐纳德的父亲,希望得到他的允许。阿诺德及其父亲的行为表明了他们对中国文化和华人的兴趣。在唐纳德家,阿诺德喜欢上他们家里悬挂的代表《水浒》中一百零八条好汉的一百零八架纸飞机。要解释这一百零八将,自然要涉及中国历史、文学和文化。当然,吸引阿诺德的还有中国饭菜、中国戏剧、鞭炮等等。唐纳德起初认为,阿诺德对这些中国文化感兴趣都是假装出来的,因此他很反感。阿诺德后来用行动证明他的好奇心不是假装的。他和唐纳德一起去图书馆,查寻关于华人在美国铁路修建史上的重大贡献,还在课堂上帮助唐纳德证明教科书中存在对华人的偏见。阿诺德成为唐纳德反观自我的一面镜子。作为一名白人少年,阿诺德不仅愿意跟一位华裔同学交朋友,还乐意了解朋友的文化背景和生活习俗,并且能够客观公正地看待异域文化。阿诺德帮助唐纳德对中国文化产生了兴趣。

引起唐纳德关心中国文化的第二件事情是《水浒》中的英雄人物。唐纳德对《水浒》一无所知,因此代表一百零八将的纸飞机在他眼里并没有特殊的价值。他偷偷烧掉了"黑旋风",一架代表李逵的飞机。唐纳德以为他父亲不会留心这架小飞机的失踪。但他的叔叔却告诉他,"黑旋风"对他父亲来说意义特殊,他一定会发现的。叔叔告诉他,梁山泊好汉就跟西方传说中的罗宾汉和那帮杀富济贫的朋友一样。这样的类比引起了他对一百零八条好汉的兴趣。唐纳德开始喜欢上他们,因为他们展示了力量和勇气,跟他头脑中软弱无能的中国人形象完全不同。

推动唐纳德自我认知发展的第三个事件是父亲对他的批评。

在他发现华人对北美开发的功绩遭到有意掩盖之后，他告诉父亲，这不公平。父亲用犀利的言辞回答说："历史是战争，不是体育活动！你以为你在他们面前做一个好男孩，做其所做，爱其所爱，在他们的学校里取得好成绩，他们就会好好照顾你了吗？你相信这个，是吗？孩子，你在做梦。"①父亲批评他相信别人，不相信自己，被别人蒙骗都不知道。自己的历史都不去了解，还指望别人了解吗？

在了解到华人中也有英雄豪杰，美国华人也对美国社会做出过巨大贡献之后，唐纳德开始接受自己的华裔身份，认同华人文化。当历史老师在课堂上讲授教科书里的流行看法，说华人只有消极的处世哲学，生性不具有竞争力，因此常常遭受压迫和剥削时，唐纳德勇敢地打断老师的话。他以华人创造筑路奇迹为依据，说明华人也具有竞争力。他的好友阿诺德也拿出收集到的资料，证明给大家看。12 岁的唐纳德，在完成了人生第一轮成长（十二个生肖为一轮）之际，开始接受并积极地看待自己的双重文化身份，不再盲目逃避。唐纳德的转变过程揭示了这样一个事实：认同的基础是发现价值，在唐纳德了解中国文化的价值之前，他拒绝认同中国文化，还为自己的华裔身份感到难堪。了解到华人具有美国人崇尚的那些价值观——英勇顽强、敢于竞争、贡献卓著后，他开始认同中国文化，以相互补偿的态度看待两种文化。唐纳德在成长的道路上迈出了重要的一步。

这部小说中，阿诺德这个人物不可忽视。他代表了那些拥护多元文化的当代美国人。少数族裔能够在当代文学创作中张扬文

① Frank Chin, *Donald Duk*, p. 123.

化个性和文化身份，与多元文化主义的背景是分不开的。一位美国学者描述美国亚裔文学的变化时说：以前亚裔文学对美国亚裔生活经历的描写是轻描淡写式的、婉转的，甚至幽默的，对社会的不公正现象没有采取激烈的态度。出版商和白人读者更乐意读到他们对自己文化的检讨和批评，读到他们的自卑和自我否定，而不是对美国社会问题的批评。早期的华裔作者大都表现出希望被美国社会接受的强烈愿望。① 唐纳德就是这种心态的代表，即想要摆脱华裔身份，成为一个白人。但事实证明，否定了自己的华裔身份，就等于否定了自我，只会让自我迷失方向。

社会认知是青少年认知发展的第五个维度，也是最重要的维度。它包括对他人和社会的认识和态度，以及相应的社交能力和社会调适能力的发展。在与社会的接触中认识社会，是许多成长小说的指导思想。青少年对他人的认知除了近距离接触这一途径外，另一个重要途径是对比。比较是帮助人们区分事物本质差异和层次差异的重要认知方式。一个人如果接触的范围有限，比较的参照也会受到限制。以另外一部华裔成长小说《中国男孩》为例，主人公丁改对美国贫民窟生活的强烈感知来自两个重要方面：首先是继母把他从丁家传人的宝座拉了下来，受到呵护的环境突然消失，他被推入了贫民窟街头；其次，在继母到来之前，他一直沐浴在中国文化氛围中。生母在世时重视对他的教育，经常请中国文人沈先生来辅导他。有中国文化作为参照，丁改对美国社会中那些与中国元素不同的成分更加敏感。以前，生母害怕他受到欺

① Elaine H. Kim, *Asian American Literature—An Introduction to the Writings and Their Social Context*, Temple University Press, 1982, p. 59.

负,告诉他的老师说他对光线过敏,不能参加户外活动。其实妈妈是害怕没有老师在场的情况下,他会受到粗野孩子的伤害。而继母的做法刚好相反,直接把丁改推出家门,让他在摸爬滚打中学习适应社会。在继母看来,获得适应社会的能力比学习课本知识更加重要。这反映了中西方对孩子教育观念的不同,其中还掺杂了西方个人主义的因素(丁改的继母不愿为了家庭和孩子牺牲自己的生活)。走进贫民窟这个小社会,丁改首先要学会自我保护,身强力壮比积累知识更加重要。而身材天生不如美国孩子高大的他,就只能依靠拳击技术来防身健体了。

心理学者通过实验和观察发现,人的认知能力不只是一个新技能增加的简单过程,还是一个不必要的技能消退、淘汰的过程。文化在很大程度上决定了哪些被感知的信息能够被识别、理解和处理。[①] 对受中国文化和教育观念熏陶的生母以及沈先生来说,让丁改学习拳击是不可思议的事情。所以他的生母生前才会想到对老师说谎,以便让他受到老师的保护,避免遭到其他孩子的拳脚袭击。但环境改变之后,丁改因自己能够靠拳击技能战胜街头恶霸,而对拳击格外欣赏。这个转变证明,青少年认知能力发展过程中,不同的生活环境决定了哪些能力得到快速发展,哪些受到特别重视。正如前面介绍的苏联心理学家维果斯基强调的那样,社会文化影响着人们的认知发展;每种文化都把信仰、价值观、习惯的思维或问题解决方法,即它的智力适应工具传递给下一代人,因此文化教会了儿童思考什么,以及如何去思考。

除了像丁改那样被推进社会大环境获得社会认知以外,家庭

① 大卫·谢弗:《发展心理学——儿童与青少年》,第215页。

小环境也同样可以帮助青少年获得社会认知。在《亲爱的汉修先生》中,鲍雷伊的母亲扮演了这样的角色。她是一个自强自立、具有责任感的女性。她跟丈夫离婚,就是因为丈夫缺乏家庭责任心,过分纵容自己的习性,所以她十分在意培养儿子的责任感。在她得知儿子拒绝回答作家汉修要他回复的十个问题时,她很生气,态度强硬地要求儿子必须回答。她还对他说,作家跟其他人一样在工作,如果汉修先生肯抽出时间回答问题,他也应该回答汉修先生的问题。她还说他不能一辈子光期待别人帮他做事。母亲用质朴的话把她从亲身经历中感悟到的社会知识传授给儿子:即在与他人的交往中,应该互利互惠,相互尊重。尽管鲍雷伊很不情愿,母亲却一直逼他回信,还告诉他,如果他真的想成为作家,就应该按照汉修先生建议的去做——多看书、多观察、多听、多想和多写。母亲甚至故意不把出故障的电视机送去修理,逼迫他回信。作者故意强化了写回信的难度,是希望借此说明,母亲非常在意培养鲍雷伊的责任感,要他懂得人需要对交往的对象承担责任,对朋友承担责任。让鲍雷伊意想不到的收获是,他从被诱导和被迫书写,发展到主动书写,通过书写来倾诉自己的情感。写信和写日记成为他强化观察和反思的途径,成为促进他各方面认知发展的重要手段。

对社会的认识除了直接经验之外,间接经验也是认知的重要途径。因此,在许多成长小说中,那些给予年轻主人公重要引导和启发的成年人被美化成为智者和引路人。在凯瑟琳·马歇尔的《克里斯蒂》里,爱丽丝小姐就是典型的楷模人物。在克里斯蒂眼里,她高尚无暇,而爱丽丝小姐并不这样看待自己,尽管她受到许多人的尊敬和爱戴。她亲口告诉克里斯蒂她年轻时犯的错误:由于年轻无知、轻信别人，她被家里的一个英国朋友蒙骗诱奸，还怀孕生下一个女儿。爱丽丝小姐想让克里斯蒂知道，人都有缺陷和犯错误的时候。她还告诉克里斯蒂，山民们并不像她想象的那样懒惰，不思进取。而是因为他们见识太少，不知道该做什么。克里斯蒂之所以感到受挫、沮丧，是因为她太想转变他们，却不能收到立竿见影的效果。这两个事例都教育了克里斯蒂看问题要全面，不能局限于表面现象。

缺乏周全的考虑是年轻人做事的通病。身边有一位引路人，克里斯蒂的成长旅途自然少了许多弯路。再如，克里斯蒂从阅读杂志中受到启发，给城里的富商和公司写信，告诉他们山里人的生活和她从事的事业，希望能够得到他们的帮助。写信的效果远远超出她的意料。她收到了许多物质支援，还有许多新书。受到成功的鼓舞，她想到更多的募捐主意。为此，爱丽丝小姐专门找她谈话，告诉她任何资助都应该是自愿的，她一定要把握好分寸，不能让别人感到被迫捐助。见多识广的爱丽丝担心，克里斯蒂会犯青年人常有的通病——走极端。过度募捐的行为对捐助者、受助者和募捐人都可能带来不愉快的后果。与从直接经验中获得知识相比，间接经验教给人们的知识更加快捷。但是，直接经验往往印象更加深刻。两者的互补是构建成长故事情节链的重要手段。

直接经验与间接经验共同作用，丰富人物社会认知的小故事，在许多成长小说中都能找到。如在《少年小树的教育》中，小树虽然从爷爷、奶奶那里学到很多道理，但让他感受最深的还是他在镇上的见闻和种种亲身经历，加上爷爷及时的点拨和解释，帮助他增强了社会认知。小树是一位白人和印第安人混血儿，父母去世后，他跟爷爷、奶奶居住在山里。他们偶尔去镇上做点交易，买回一些日用品。在镇上他认识了一位佃农的女儿,他们岁数相仿。那位小女孩常常赤脚走路,在寒冷的冬季也不例外。回家的路上,爷爷告诉小树,一个佃农家里人口越多,越有本钱和地主谈条件,因为一大家人全都可以下地干活,人越多工作量越大。所以佃农们养一大群孩子是生活需要。但大部分人都不了解他们的苦衷,批评他们是"无能"的家伙,只会不负责任地生一大堆孩子。爷爷还借此批评政客只会成天喊口号,滥用新词,不去做该做的事,既不关心佃农,也不惩罚那些贪得无厌的地主。大多数佃农满怀希望一年干到头,但年底一结算,他们通常遭到无情的打击。所以佃农们每年冬天都会寻找新的地主,希望能够碰到一个心地较好的人。听了爷爷的解释,小树非常同情那个小女孩。回到家,他对奶奶讲述了这个女孩的情况。奶奶好心地给她缝制了一双牛皮鞋,让小树下次去镇上时送给她。能够穿上又暖和又松软的牛皮鞋,小女孩非常兴奋,走起路来蹦蹦跳跳。但当她的父亲发现后,却从柿子树上砍了一根尖细的枝条,狠狠地抽打女孩,直到枝条被打断。他让小女孩把鞋子脱了,还恶狠狠地把鞋子往小树身上一推,对他说:"我们不接受任何人的怜悯,尤其是不信基督的野蛮人。"[①]回家的路上,爷爷对小树说,那个男人心胸狭窄,自傲是他唯一拥有的财富,但是他却把它用错了地方。那个家伙不准女儿喜欢上他们买不起的东西,所以当孩子稍稍对那些"奢侈品"流露出一些爱意时,他就拿鞭子打他们,直到他们明白不应该期待那些东西为止。爷爷说他了解佃农的这种心理,因为他见过类似的事例。他还说,其实每个人都应该要了解这些佃农的处境,但大部分人都不

---

① 佛瑞斯特·卡特:《少年小树之歌》,第96页。

愿意,因为他们嫌麻烦,所以才会用那么多的字眼掩饰自己的懒惰,然后骂那些佃农是“无用的人”。爷爷的解释消除了小树的困惑,也安抚了小树受伤的心灵。爷爷的话让他认识到,关心小女孩没错,错在小女孩的父亲,不过他也是一个社会的受害者。这次经历让小树获得了新的社会认知。爷爷的分析合理地解释了那个男人怪异的行为,也让他知道了一个人扭曲的感情。这些都是在爷爷的山间小屋里遇不到的社会问题。

另一次让小树永生难忘的经历是他遭到一位成年人的欺骗。他和爷爷去镇上交易时,一个自称“基督徒”的人问小树有没有带钱,小树如实说有五毛钱。那人虽然叹气钱太少,却执意要把一头小牛卖给他。小树见他那么恳切,便掏出所有的钱把牛买下了。他以为爷爷看见他买的牛会很高兴,但爷爷却没有露出高兴的表情。牛在回家的路上就死了。爷爷告诉他,唯一能够让他学习的方法就是亲自尝试去做。他说:“如果我不让你买那头小牛,你会一直惦记着,说它应该属于你。要是我答应你买那头牛,你又会怪我没看清楚,居然让你买了一头快死的牛。你必须从这件事中学到一点教训。”①爷爷的话表明了他对直接经验的重视。他想让小树通过亲身体验,牢记生活的教训。

第三节　认知发展对成长小说情节的推动

华莱士·马丁说:“情节分析是叙事理论的比较解剖学:它向

---

① 佛瑞斯特·卡特:《少年小树之歌》,第88页。

我们展示了相似故事所共有的结构特征。"①小说的叙事结构实际上就是小说的故事结构，它以人物、环境和事件为要素，以叙述视点为纽带，组成一个不断发展的人生经历，或者展示一段特定时空下的社会生活。成长小说的一个重要叙事特点是以青少年主人公成长为中心，选择和设计能够反映主人公认知发展的事件和经历。离开了人物的成长，故事再精彩也不是典型的成长小说。因此，成长小说的叙事发展往往从人物的成长故事中获得一种内在的推动力，故事的情节线索就是对主人公成长过程的摹写。我们以 1984 年获得纽伯瑞文学奖的《亲爱的汉修先生》、1991 年获美国书商协会奖的《少年小树的教育》和 2004 年获艾利克斯奖的《追风筝的人》为例，看认知发展对小说情节的推动。

第一部小说以少年鲍雷伊写给作家汉修先生的信和他的日记组成。鲍雷伊的信由短到长、由简到繁，反映了他的认知发展过程从简单的思维方式发展到逐步完善的思维能力。这明显是一种摹写人物认知发展过程的叙事策略。比较第一和第二封信，我们可以看出，写第一封信时，鲍雷伊识字不多，他告诉汉修先生，老师给他们朗读了汉修先生创作的关于狗的故事。鲍雷伊只在信中评论说"很有趣"。一年半后的第二封信里，鲍雷伊的认知能力已经有了很大发展。他已经可以自己阅读汉修先生写的书了。第一封信里提到的狗故事，这次被明确指明是《狗儿快乐的秘诀》。他还主动向汉修先生介绍自己，告诉他自己也养了一条狗，希望汉修先生能够回信，并在信的结尾加上了祝福的话语。写第五封信时，鲍雷

① 华莱士·马丁:《当代叙事学》，伍晓明译，北京大学出版社 2005 年版，第 101 页。

伊已经是五年级的学生，他对《狗儿快乐的秘诀》的思考，上升到评论的层次。他告诉汉修先生，同学们都很喜欢他写的评论，老师给了他A－成绩。他特别解释说，他没有得到满分的原因是他在朗诵评论的时候站的姿势不好，所以被扣了分。小说第六章，鲍雷伊的认知能力已经发展到不需要用“亲爱的‘假’汉修先生”开头来写日记了，代之以年月日这种通常的日记模式。小说的故事情节发展忠实地摹写了主人公的认知发展过程，读者在这种叙事形式中直观地感受到了主人公的认知成长。

我们再以《少年小树的教育》为例，分析主人公认知发展与情节的关系。小树和爷爷、奶奶居住在美国东部的查拉几山区，生活和社交的范围非常有限。这对小树的认知成长极为不利。为了让小树的认知范围不局限在山区生活，作者设置了图书馆、孤儿院和小镇（包括教堂）三个社会场所，并通过这三个不同的社会场所，引入了各种各样的认知对象（包括人物和事件）。把山野代表的自然和图书馆、孤儿院、小镇代表的现代社会联系起来，把爷爷、奶奶代表的印第安人生活方式及道德观念与白人社会的生活方式与观念对照起来，这样的结构安排使小树的认知发展有了丰富的内涵和机会。

小树的爷爷主要靠酿卖私酒获得生活必需品。爷爷和奶奶对小树的教育主要是关于自然的知识。对小树而言，爷爷对大自然似乎无所不知。但是，爷爷并没有把小树的认知发展限制在对自然的感性认识上。他常常借出山做买卖的机会，到镇上的图书馆借几本书回家，让奶奶读给小树听，让他通过书籍了解外面的世界。爷爷自己也听，还常常打断奶奶，发表评论。这个时期是小树快乐、平静的成长期。当小树到了入学年龄，社会福利工作者坚持要把小树送到孤儿院去接受正规教育。离开了大自然的生动活泼,离开了爷爷奶奶的亲情呵护,小树在孤儿院感受到了心灵的孤独和白人对印第安人的误解和歧视。

此前,小树的成长过程基本上是在爷爷、奶奶的指导下,在一种自然的生活状态下完成的。一系列反映小树认知发展的事件推动着小说的发展。如"松树比利"、"和基督徒做生意"、"柳树约翰"、"上教堂"、"魏恩先生"等章节都是围绕小树经历的一次次事件展开,突出小树从中受到的教育和获得的启发。各种促进认知发展的事件成为故事情节的结构性支撑材料。作者对人物、事件、时空背景等材料的选择和组织,都是根据主人公的认知发展过程或者认知发展需要安排的。小说的叙事结构直接摹写了主人公认知发展的轨迹。

美籍阿富汗作家卡勒德·胡赛尼的小说《追风筝的人》也是一部摹写青少年认知发展心路历程的优秀成长小说。该小说的主人公阿米尔出身富家,但性格懦弱。他一心想在风筝比赛中夺得冠军,以赢得父亲的赞赏。哈桑是他家仆人的儿子,也是他的忠实伙伴和保护人。哈桑全力以赴帮助阿米尔打败了风筝比赛的对手。但是根据比赛规则,他们还必须把最后一个掉下来的风筝抢到手,才算大获全胜。能够判断多变的风向,并追回掉下的风筝是哈桑的特长。哈桑在夺取战利品返家途中被几个少年恶棍欺辱。随后跟去的阿米尔看在眼里,恨在心头,却不敢上前帮助哈桑。哈桑曾经为了保护阿米尔,得罪过这帮恶棍。阿米尔知道他们一定是借机报复哈桑。他亲眼目睹哈桑忍受巨大的屈辱,才保住了那只风筝。获胜的阿米尔受到了父亲的夸奖,但他的心里却高兴不起来。每次看见哈桑,他就想起自己的懦弱带给哈桑身心的创伤。为了减轻自己每天见到哈桑时的负罪感，他竟然用卑鄙的手段把哈桑父子赶出家门。

在哈桑父子离开的那天早上，他看见父亲和他们惜别时的痛苦和尴尬神情，阿米尔的良心也受着煎熬。他知道是自己的懦弱、自私造成了这样的结局。他滥用了哈桑父子低下的社会身份和他们的忠诚来达到保护自尊的目的。这一刻，阿米尔的自我认知、情感认知、社会认知和道德认知都达到了新的高度，只是他还没有勇气来纠正自己的错误。他害怕父亲知道实情后，会更加看不起自己。《追风筝的人》以表现各个方面认知发展的事件构成小说的情节主线：小阿米尔从父亲对他的态度和评价中认识到自己是一个性格软弱的人，后来他对待朋友哈桑的方式再次证明了他的懦弱；他为了掩盖一个错误，不得不犯另一个更大的错误——赶走哈桑，此间他一直处在良心不安却无法摆脱的矛盾中；长成大人后他才获得一次自我救赎的机会——冒着生命危险从美国返回故乡阿富汗救出已经去世的哈桑的儿子。友谊—背叛—救赎，成为伴随阿米尔成长的主要经历，并成为影响他人格和性格发展的生活轨迹，其间的一次次巅峰体验成为感动读者的心灵站点。

比较这三部小说的情节结构，很容易看到主人公认知发展在情节建构和推进过程中的地位和作用。除此之外，三位作者对故事结构的艺术加工也各有特色。在《亲爱的汉修先生》中，鲍雷伊的叙事以5月12日写给汉修的第一封信开始，以两年后的3月31日的日记结束。看似按时间顺序叙述的故事却因鲍雷伊要回答汉修先生的十个问题而打乱。他分了六次来回答你是谁？你长什么样？你的家庭是什么样？你住在哪里？你有什么烦恼？你有什么愿望等问题。回答这些问题，等于穿插进了对鲍雷伊家庭背景和其他人物的介绍。答完这些问题之后,他的叙事又回到按时间顺序线性发展的轨道。

在《少年小树的教育》中,时间不是重要的情节因素,教育小树的一个个事件被突显,仅从小说的目录中,我们就可以看出事件的重要性。第一章:小树儿;第二章:大自然的法则;第三章:墙上的影子;第四章:狐狸和猎犬等,整部小说由二十一章组成。每一章都有一个教育小树的主要事件和突出主题。

《追风筝的人》从 2001 年 12 月的叙事开始,倒叙以前发生的事。而回述又是从整个故事的中间开始的:阿米尔的一位朋友从巴基斯坦打来电话,希望去世之前能够跟他见上一面。朋友告诉他,“那儿有条再次成为好人的路”,劝说他回到阿富汗,帮助他的老朋友哈桑。这位朋友的话唤起了阿米尔对过去的回忆。他的回忆不时插入了当下的议论和评说,焦点人物是他的忠实仆人兼朋友哈桑和他自己。这段漫长回忆的截止点是他把哈桑父子赶出家门。之后有较大的时间断裂。在第十章里,他开始回忆 1981 年父亲带着他逃离阿富汗的路途经历。第十一章至第十三章回忆他们来到美国后的生活。第十四章回到 2001 年 6 月,他接到来自巴基斯坦的电话,并下决心要返回阿富汗和病入膏肓的朋友见上一面,踏上“再次成为好人的路”,即赎罪之路。后十章讲述他如何冒着生命危险,从阿富汗救出哈桑的遗孤。最后的叙事时间是 2002 年 3 月,叙述的最后一个事件是他为哈桑的儿子索拉博追风筝,以这种象征性的行为回报当年哈桑为他追风筝时的付出。这部小说的叙事结构因时间的盘错显得复杂,而如果用认知发展的线索观察,却可以得到清晰的结构图式。

第四节 认知发展与叙事单元的建构

青少年的认知发展不是一条笔直的路线,也不是一次事件就能完成。成长小说的故事发展也是如此,它的叙事结构表现为由一个个叙事单元组成的事件序列。如果把整个故事看作是一个宏大叙事,每一个叙事单元就是微观叙事或叙事节点,每一个微观叙事都有自己的小高潮。而且很多时候,它们还是相互串联在一起的,或者相互渗透的。认知发展在成长小说中所发挥的叙事动力,不仅反映在对故事情节发展的整体推动上,同时也反映在故事发展的节点上,它使成长小说中众多的细节都充满了认知的意义,从而赋予了成长小说启发青少年成长的艺术魅力。成长小说的一个重要叙事策略就是从不同的认知角度,通过组织具有认知意义的材料,形成一个张弛相间、指向丰富的故事链。这个故事链上的每一个节点,或者说每一个重要叙事单元都是人物思想和情感的一次历练,形成了成长小说叙事的一个个兴奋点或者小高潮。

华莱士·马丁说:"当'人物'本身成为变化和兴趣之所在,从而使一个多变的内心世界取代冒险故事的多变的外部世界时,叙事作品史上的一个重大转变就发生了。这个转变在教育小说中是显而易见的。在这类小说里,成长中的磨难与寻求个人在日常生活中的位置都是在头脑和心灵中发生的。"①他所说的教育小说类似于我们所说的成长小说。巴赫金也有类似的论述。他的《小说

① 华莱士·马丁:《当代叙事学》,第39页。

理论》中有专门的一章探讨“教育小说”。他指出：在占统治地位的小说里，完备定型的主人公的命运和生活运动，构成了情节的内涵；而人物性格本身，它的变化和成长，不会成为情节。但在成长小说中，主人公本身的变化具有了情节意义。① 心理成长的核心其实就是人物各个方面的认知发展。具体地说，就是情感认知、智慧认知、道德认知、自我认知和社会认知等方面的认知发展。

认知发展的内涵虽然有社会文化和个人生存环境的限定，但必要的细化分类有助于我们深入认识外在经历激发的种种内在反应，便于进行详细的描述，探索文学作品对个人内心成长的把握力度，发现成长小说中那些能够唤起强烈共鸣的事件所包含的认知意义，捕捉认知发展与成长主题的关联。认知发展的丰富性为成长小说的微观叙事提供了丰富的选择素材和不断变化的可能性。成长小说中那些表现人物瞬间的“顿悟”、“觉醒”、“巅峰体验”②的时刻，通常反映了情感认知、智慧认知、自我认知、道德认知和社会认知中的某一个或多个方面的一次实现；以此构成的小故事或小插曲，通常都具有凸显主题的效果。

我们再以卡罗琳·马克勒的《地球、我的屁股和其他又大又圆的东西》为例，看认知发展、叙事单元和情节发展三者间的互动关系。小说以弗吉尼亚叙述她与男同学弗罗基的秘密约会开始。这

① 参见巴赫金：《小说理论》，第230页。

② 人本主义心理学认为，“巅峰体验”（peak experience）即人处在最佳状态的时刻。人们在经历“巅峰体验”时，不仅深化了对自我的认识，也是一次自我实现。进入顶峰状态的人不但觉得自己变得更好、更坚强、更统一，而且在他眼里，整个世界看上去也更美好、更统一、更真实。参见弗兰克·G. 戈布尔：《第三思潮——马斯洛心理学》，第50—51页。

时的弗吉尼亚自我认识很片面，主要意识到自己太胖，自我价值感很低，只要有男孩愿意跟她约会，就让她非常满足。哥哥拜伦强行跟女朋友发生性关系后，弗吉尼亚走出了对哥哥盲目崇拜的虚幻世界，并通过与哥哥的对比，发现了自己的优点。她通过偷听父母跟哥哥的谈话，观察他们几天来的反应，比较他们和她自己的反应后发现，她一向敬重的父母和哥哥并不像她以前认为的那样完美。这种比较让她认识到自身的价值。随后是弗吉尼亚的反叛，她不顾母亲的禁止，背着母亲，用自己积攒的钱买了一张到西雅图的机票，到那里去跟同学夏伦一家过感恩节。在她买机票时，她感到自己胆大、勇敢。这种感觉增强了她的自信心，有助于她建构积极的自我身份。

小说前一部分主要讲述弗吉尼亚比较消极的自我认知。后一部分主要讲述弗吉尼亚开始建构积极的自我身份。促成这个转变的主要因素是哥哥和父母完美无缺的神话被解构。与许多成长小说不同的是，她的社会认知主要通过对自己家庭这个小社会中成员的观察和反思获得的。她问自己：难道父母常常挂在嘴边的“让大家为你自豪”（指让体重下降）就是自己的生活目标吗？她认为自己一直都在为此努力，但并没有赢得父母的自豪，就因为她的体重没有减下来。拜伦犯了如此难以原谅的大错，却仍然受到父母的宠爱，她觉得父母有失公允。如果自己不为讨父母开心而活着，又会如何呢？这个想法促使她决定满足一下自己的心愿。西雅图度假之旅不过是一个标志——自我肯定和独立意志的确立。

弗吉尼亚不仅在心里消除了环绕在哥哥和父母头上的神话光环，她还看到学校的明星布瑞身上的弱点。布瑞曾经在私底下议论说，她要是像弗吉尼亚那么胖，还不如去死。布瑞的话碰巧被洗手间里的弗吉尼亚听到了,这个评价就像沉重的十字架一直压在她的心头。可是,有一天弗吉尼亚发现,布瑞保持体型的秘密是靠一种病态的节食措施,即把吃下的食物呕吐出来。这个发现,让弗吉尼亚产生了同情心,原来她们两人都有共同的节食问题,只不过采取的方式不同罢了。布瑞虽然保持了苗条的身材,但她的身体健康开始出现问题。照弗吉尼亚的说法,"我知道你如此憎恨自己的身体,以至于想要知道伤害它是什么滋味"[①]。在心理上消解了那些"社会宠儿"头上的光环之后,弗吉尼亚才开始在心理上站在与他们平等的位置。

该小说中让弗吉尼亚消解他人神圣光环的事件还有好些,尤其是他们家最有人气的两位:哥哥和妈妈。她的妈妈是青少年心理学专家,受人尊敬。弗吉尼亚也很崇拜她,觉得"她是那么自信,事业那么成功"[②]。然而,在妈妈邀请她一起去参加的一次采访活动中,弗吉尼亚看到妈妈的表现非常虚伪。她实在受不了,悄悄离开了现场。她觉得妈妈是在掩饰和回避自己家里的问题,在外面摆出一副青少年专家的模样。对母亲的这种认识,让她回想起她的老师克劳里女士曾经给她的建议:"不要仓促地怀疑自己。"[③]通过对比,弗吉尼亚逐渐获得积极的自我认识,自我价值得到提升。

反映弗吉尼亚认知发展的类似事件还有很多,它们构建出一条节点丰富的故事链,推动了故事情节的整体发展。而这些事件有的是独立的、线性发展的,有的是与其他故事交错在一起发展

① Carolyn Mackler, *The Earth, My Butt, and Other Big Roung Things*, Candlewick Press, 2003, p. 152.

② Ibid., p. 156.

③ Ibid., p. 157.

的,或者是为后面的事件或主人公的反思起铺垫作用的。它们共同制造了跌宕起伏的艺术效果。

其他成长小说中,反映青少年认知发展的种种特殊经历,同样是情节发展的重要节点和建构材料。这好比在爱情小说中,两人邂逅产生爱情,由此引发的激情、误解、离别、性格差异等等,形成了爱情小说叙事跌宕发展的内在动力。在成长小说中,叙事发展的内在动力源于主人公生活道路上的一个个认知发展事件,从情感、智慧、道德、自我和社会认知等不同侧面,不断丰富人物的成长内涵,建构起一个既有丰富故事性,又有一定价值取向的小说情节结构,从而支撑起人物鲜明的形象,勾画出这个形象形成的过程。因此,认知发展对于成长小说,不仅具有内容上的建构性,同时还具有结构上的建构性,是成长小说情节发展的内生动力。

第六章　当代美国成长小说的叙事结构

> 文学批评永远有两个方面，一个面向文本的结构；一个转向构成文学社会环境的各种文化现象。它们在一起相互作用，相互平衡：当一个方面发生作用而忽视另一个时，批评就会失去重心。
>
> ——弗莱《批评之路》

许多文学评论者都把小说的结构等同于情节。如韦勒克和沃伦就说："戏剧、故事和小说的叙述性结构传统上称为'情节'，也许，这个术语应加以保留。"[①]他们把比情节更小的结构单位叫做"插曲"和"事件"。《牛津文学术语词典》在解释"情节"一词时，也是从小说整体的结构上给予定义的，但特别指出，这个词常常被不准确地用来指一个故事或戏剧中的事件顺序[②]。随着人们对小说的内部分析越来越细致，有必要用不同的词语指代不同的结构。可以借鉴形式主义对"情节"的定义，把"情节"看作是经过挑选的一系列具有因果关系的事件，以一定的次序、持续时间和逻辑关系

---

① 韦勒克、沃伦：《文学理论》，第242页。

② Chris Daldick, *Oxford Concise Dictionary of Literary Terms*, Shanghai Foreign Language Education Press, p. 170.

展现在读者面前。它是作者以现实生活中的矛盾冲突为依据，经过选择、提炼，并刻意组织而成的结构。但一部小说可能包括多个情节。情节之间的关联形成更大的结构，即小说的结构。小说的结构就是小说的内部构造，包括情节与情节之间，部分与整体之间的内在联系及其安排。按从小到大排列，其顺序为"多种事件"组成"完整情节"，"多个情节"组合成"小说整体结构"。

第一节　叙事理论与成长小说

叙事学作为研究叙事形式和叙事结构的一种独立学科领域出现在20世纪。由于它曾主要关心小说结构和其他叙事形式方面的问题，因此被纳入形式主义学派。形式主义在20世纪中叶曾在世界文坛独领风骚，占据主导地位。70年代后又被社会文化学派掠其风头，一个重要原因在于，"它在不同程度上隔断了作品与社会、历史、文化环境的关联"①。戴卫·洛奇曾从三个方面对传统的叙事研究做过描述：第一个研究焦点是叙述内容或故事的组织情况，即故事所依托的结构，亦即叙事语法的梳理；二是小说诗学或所有试图对小说再现技巧予以描述和分类的努力，即叙事诗学的创建。三是小说的修辞性分析，以话语层面的叙事特征为研究对象，即小说修辞学的发展②。

① 参见申丹主编：《新叙事理论译丛：跨学科叙事理论》总序，北京：北京大学出版社2003年版。

② 转引自戴卫·赫尔曼主编：《新叙事学》，马海良译，北京大学出版社2002年版，第7页。

20世纪90年代后，叙事学出现了新的发展，被称为新叙事学。《后现代叙事理论》的作者马克·柯里把新叙事学的特点总结为三条：从发现到创造，从一致性到多样性，从诗学到政治学。[①] 或者说，所谓新叙事学有三个特点，即多样化、解构主义和政治化。[②] 他进一步解释说，第一个转变反映了叙事学告别了从前的假定，即叙事学可以成为一门客观科学，它能发现作为其研究客体的叙事作品具有的内在形式与结构特征。后现代叙事学则脱离了叙事分析中这种假设的透明性，逐渐认识到无论阅读是怎样客观，分析是怎样科学，阅读的对象总是由阅读行为所建构的，而不是在阅读中所发现的叙事作品的内在特征。后结构主义偏爱构造、建构、建立、结构化等词语，因为它们都指向读者在意义构成中的积极作用。简言之，后结构主义不再将叙事作品当作建筑物式的固体来对待，而是把它作为作者和读者共同参与的建构客体。

第二个转变是从一致性到多样性的转变。传统的观点认为，叙事作品有其稳定的结构，因而叙事学家的作用是揭示出隐藏在故事后面的叙事结构模式，从而使对象被人理解。对于传统批评家来说，一部叙事作品中最为深刻的隐含结构是它的一致性；揭示了一致性，也就揭示出了作品形式上的、主题上的乃至观点上的一致性。换言之，在对一致性的批判性寻求中，存在着一种要将叙事作品呈现为一个连贯而稳定的设计的欲望。然而，从后结构批评家的观点看来，这种做法无视文本中与整个结构相抵触的细节，恰

---

① 马克·柯里：《后现代叙事理论》，宁一中译，北京大学出版社2003年版，第4页。

② 同上，第8页。

恰降低了叙事作品的复杂性和异质性。他们认为，传统叙事学家由于把文本看成一个稳定的连贯的设计，因而只能对文本作部分解读。后结构主义叙事学的一个重要特征就是，它设法保持叙事作品中相对矛盾的各个层面，保留它的复杂性，拒绝将叙事作品降低为一种具有稳定意义和连贯性的冲动。

第三个转变则是试图将历史主义观点引入文学批评。早期历史主义与形式主义分属两个对立的派别。“意识形态”被视为属于马克思主义派别的术语，遭到形式主义者鄙视，但这一术语却成为后结构主义与马克思主义批评的共同兴趣和聚合点。解构主义引进了揭示意识形态面目的新方法，因而促进了两者的结合。“两个阵营都把语言的生产看成是意识形态的各种形式与价值观的不自觉的再创造，而不是某种创造性的独创行为。因此，这两者都不考虑作家的个人意图，而把文学当作意识形态的一种形式加以研究。”①

经过多年的发展，叙事学实际上已经裂变为多种叙事学。国外学者在这个词的后面加上复数，表明了有多种叙事理论的存在。戴卫·赫尔曼在他主编的《新叙事学》中指出，新叙事学在叙事语法层面最根本的转变是从文本中心模式或形式模式转移到形式与功能并重的模式，即重视故事的文本，也重视故事的语境。笼统地说，叙事理论家们的重点越来越集中在叙事形式与叙事阐释语境之间复杂的相互作用上。② 也就是说，新叙事学关心的是作者采用了哪些视角、话语、描述层面等叙事策略来引导读者进行阐释，而

① 马克·柯里：《后现代叙事理论》，第6—7页。
② 戴卫·赫尔曼主编：《新叙事学》，马海良译，第7页。

且阐释因阅读语境的差异和认知程度的不同而呈现出哪些多元化的特点。

从赫尔曼和其他一些学者对叙事问题的研究中可以看到,新叙事学并不回避传统叙事学关心的问题,只是设法开拓新的研究方法,寻求新的研究领域。当代叙事学研究者并不都像马克·柯里所说的那样,不再寻找叙事作品的内在结构,他们仍然对文本的结构感兴趣,只不过他们已经认识到,新叙事学应该超越结构,除了分析故事的结构,还分析话语层面的特征及其连带的处理策略,话语生产语境等问题。除此之外,他们还认识到,不同的读者因其阅读语境和认知程度不同,可能发现不同的结构而得出不同的阐释。另外,当代叙事学者对文本复杂性的认识,并不是要否定揭示文本一致性的努力。忽视一部作品的一致性,等于忽视其连贯性和整体性,等于无视正常的思维逻辑和表达原则。绝对的一致性是没有的,但任何可以理解的文本在形式上、主题上,乃至观点上都有比较一致的倾向。只不过这种大体一致之中,存在着矛盾和可能瓦解一致性的、尤其让解构主义者感兴趣的元素。正是它们构成了叙事的复杂性和阐释的多元性。对矛盾之处的阐释是一种阐释,对相对一致的主体的阐释也是一种阐释。按照戴卫·赫尔曼的说法:“后经典叙事学现在铺开了多条不同战线,表现出多种不同风格,具有多种不同的描述和阐释目的。”①

任何新理论都与之前存在的理论,即传统,有关联。传统叙事学使用的分析术语以及分析文本的基本思路是新叙事学的基础。分析成长小说的叙事结构、叙事话语和叙事策略离不开新旧叙事

① 戴卫·赫尔曼主编:《新叙事学》,第7页。

学的启发，但又不可能完全根据某个人提出的叙事理论和方法。我们希望能够探索出适用于成长小说研究的叙事学方法，以进一步揭示这一小说类型生态系统间的相互作用。

成长小说中认知发展的主体、认知的对象和过程必然以一定的时空环境为基础，缺少了特定的时空环境，认知发展的故事就失去了叙事的载体。韦勒克、沃伦曾说："背景即环境；尤其是家庭内景，可以看作是对人物的转喻性的或隐喻性的表现。一个男人的住所是他本人的延伸，描写了这个住所也就是描写了他本人。"[①]他们还指出，背景也可能是一个人意志的表现。如果是一个自然背景，这背景就可能成为意志的投射。而在另外一些小说中，背景又可以是巨大的决定力量，个人对它很少有控制能力。韦勒克、沃伦的这些话指出了人对环境的改造，以及环境影响人这两个方面。玛格丽特·阿特伍德也说："你去过的地方就是你的一部分。"[②]布拉德福德在她的儿童文学研究著作中也指出，在儿童文学后殖民写作中，地域与身份的结合，是一个非常突出的成分[③]。也就是说，一个人的身份打上了地域烙印，地域因其负载的文化因素、精神因素和历史因素而变得格外重要。后两位都强调了环境对人的塑造，指出了外在时空与每一个人的关系。我们之所以在这里用"时空"，不用"背景"，因为"背景"既可以理解为小说反映的社会历史背景，又可以理解为小说故事的背景，但却不包含人物的内心时空这一成长小说的要素。

---

① 韦勒克、沃伦：《文学理论》，第249页。

② Margaret Atwood, *Survival*, Toronto: Anansi, 1972, p. 112.

③ Clare Bradford, *Unsettling Narratives: Postcolonial Readings of Children's Literature*, Wilfrid Laurier University Press, 2007, p. 204.

不管是生活中的真实时空，还是小说中的虚构时空，它都包含着时间和空间要素。为了更好地描述小说的时间，可以将其区分为故事的外在真实时间，即它所反映的某个特定年代或时代，和内在虚构时间，即小说中各种事件的发生时间和顺序。小说的空间可以分为四个维度，即故事发生的外在真实空间（指小说发生的地理空间，包括自然和社会环境）、内在虚构空间，人物的精神空间和社会活动空间。人物若在旅途中，则空间具有流动性和变化性。小说还可以通过人物在不同的环境和社会阶层中的往来，造成社会空间的变化。小说的空间变化还包括叙事对象和范围从人物活动的外在世界转入人物的内心世界。

在成长小说叙事中，时空具有特殊意义。巴赫金认为，情节纠葛形成于时空体中，也解决于时空体中。时空体承担着组织情节的基本作用。他认为，在成长小说中，时间进入人的内部，进入人物形象本身，极大地改变了人物命运及生活中一切因素所具有的意义。① 成长小说受其主题的影响，其结构具有一定的共性。我们知道，人的认知发展需要获得各种参照，才能够在比较中深化认识；在一个相对稳定和熟悉的时空中，比较和参照物十分有限，而且熟悉度会降低认知的敏感度。所以，成长小说的一个重要结构特点是时空变化，让主人公走出熟悉的生活环境，进入一个陌生的空间增长见识，他们的认知发展才能推动故事沿着主题引导的方向前行。这就是为什么许多成长小说要让主人公离家外出的原因。它需要描写“在路上”的主人公和“在路上”发生的故事。

在当代成长小说中，构建起主人公独特身份的时空成为被着

① 参见巴赫金：《小说理论》，第450页、第230页。

力描写和展示的对象,时空与个人的变化形成互为关照的有机体。比如在《地球、我的屁股和其他又大又圆的东西》中,有很长的篇幅描写弗吉尼亚飞离家乡纽约,横跨北美大陆,到一个陌生的城市西雅图度假的经历。在那里,许多新鲜的事物和人物刺激了她的感官和认知发展。在弗吉尼亚的眼里,西雅图就像一个时尚而有活力的灵动空间,激发她想要改变自己。她看到不少西雅图人喜欢在身体上佩戴饰物,就做出了一个十分大胆的决定:让人在她的眉头上打洞,并戴上装饰环。以前的弗吉尼亚最怕引人注目,因为她太胖。在眉头上佩戴饰物自然会引起别人的注意,这不能不说是弗吉尼亚内在变化的一个外显方式。在成长小说中,主人公大多有类似的、改变常规时空的远行。尽管远行带给主人公的变化是各种各样的,但几乎都加快了他们的成长,给他们的内心世界带来了变化。这是时空作为一种结构要素对于成长小说叙事结构的重要意义。

在布莱斯的《侨居者》中,时空的重要性更加明显。主人公在美国和加拿大有不同的姓名。这一事实暗示了他的身份在不同地域的变化。在加拿大,身处法语区和英语区也让他感到了身份差异。他的母亲认为,在法语学校上学,他的表达和思想会受到束缚,视野也因语言问题受到局限。她决定要在他放学后陪伴他一起去讲英语的社区。在那里没有人视英语为低俗语言,他可以流利自然地表达自己。表达的畅快感让布莱斯体会到一种独特的人格力量。地域、语言、身份、自我认识之间的关系在这部小说中格外突出,表现出独特的结构张力。在主人公的记忆里,当他乘车去蒙特利尔时,他感觉自己是爱找乐子的菲尔·波特;回美国时,成了南下走亲戚的谦卑加利。作者在小说的“引子”部分声称,这本书是探寻自我和地域关系的旅程。这表明作者敏感地注意到外在时空的变化与内心世界的改变存在着微妙的互动关系。

当代美国成长小说中，这类用第一人称叙事的作品占有很大比例，读者被自然地引入到人物的内心世界，跟随他们流变的思绪和情感，追踪他们的成长轨迹。因此，在一些成长小说中，人物内心时空的比重超过了小说虚构的外在时空。

第二节　结构与主题

小说的结构与主题有什么关系呢？诺思罗普·弗莱在论述悲剧的叙事结构时，引用亚里士多德的观点说：悲剧效果的源泉必须到悲剧的叙事结构或情节结构中去寻找。① 如果悲剧有自己的情节结构，其他类别的文学形式，是否也应该有自己的情节结构呢？弗莱认为，侦探小说就有独特的情节结构，并且指出："这种体裁非常注重细节，常使日常生活中最单调、最易被忽略的琐事，突如其来地获得了生死攸关的神秘意义。"②18 世纪英国作家塞缪尔·理查逊也认为，作品的每一句话、每一段插曲和每一点感想都应该自然地从主题中生发出来，为主题服务，并使主题得到深化。③ 小说的结构和其他形式成分与内容之间的关系并不是任意的，特定的内容或多或少会决定其外化的形式。比较文学学者乌·威斯坦因

① 转引自诺思罗普·弗莱：《批评的解剖》，第 299 页。
② 同上，第 68 页。
③ 参见殷企平等：《英国小说批评史》，第 30—31 页。

指出：诸多以题材划分的文类实际上暗含着表现方式方面的考虑，即使是教育小说这种带有明显说教内容的体裁，也包含着表现形式方面的成分。如歌德的《威廉·迈斯特》从迈斯特的求学时代到漫游时代，主人公的成长按一个固定的生物学与教育学的模式发展，这样就预先确定了一种基本的结构模式。流浪汉小说则常常有一个松散的结构和不断变换的场景①。俄国的形式主义者和德国的形式分析者提出用"母题"(motif)这一术语来表示最基本的情节因素，他们称小说的构成为"母题形成"②。这些观点都反映出学者们对主题与结构间互动关系的洞察。

成长主题决定了人物、时空、事件和叙事结构的关系。成长是人类普遍经历的生命过程，因而具有跨越时空和文化经验的原型性。几乎所有的成长小说都包含主人公成长的生命轨迹：成长的躁动、家庭内外的考验和矛盾冲突、困境中的迷惘、在旅途中获得顿悟和拯救等经历。这种经历构成一种原型结构，在纷繁的生活表象下面反复出现，即便在一个人身上也可能多次经历这样一个过程。因此，这一过程成为成长小说的一种基本叙事结构。也就是说，作家们有意无意地都会采用一种相似的结构模式，这种模式的基础是无数人的生活体验。有时，这种模式以一定的变异形态出现。比如在有的作品中，获得成长经历的不是小说中的主人公，而是他身边的一个人物。这个人通过观察主人公的生活磨难、采取的行动和后果，获得对生命的体悟，从而使自己成长起来。比如

① 参见陶东风：《文体演变及其文化意味》，云南人民出版社1994年版，第47页。

② 韦勒克、沃伦：《文学理论》，第243—244页。

《最蓝的眼睛》中的克劳迪娅。有时这种模式被小说中的其他主题和相关情节打断，凌乱地呈现出来。即便如此，它仍像一种原型结构，在纷繁的故事表象下面若隐若现，像骨骼一样支撑起一部成长小说的主题，比如《追风筝的人》。

一些当代成长小说受到后现代主义思潮的影响，在成长主题中加入了其他广受关注的当代元素，如当代西方社会流行的身份理论、多元文化主义、女性主义、后殖民主义等。小说结构也因多重主题发生了相应的变化。一些小说甚至显得凌乱、不确定，给阅读带来了一定困难。比如，1969年获得普利策奖的《黎明之屋》，作品采用了拼图式结构，由不同叙述者的叙事胶合组成。该小说成功的关键不是它的复杂结构，而是它所反映的以主人公阿贝尔为代表的印第安人的生活方式、印第安人身处社会边缘的独特感受、年轻人迷惘中的成长等。阿贝尔身处不同时空所产生的生存迷茫和浸淫在阿贝尔身心的忧郁和悲怆，深深地感染着读者。如果脱离了阅读时的感受，抽象地评价这种拼图式结构，则可以赋予它多种阐释，诸如它折射了印第安人破碎的生活，当代工业文明对印第安人原始文明的冲击和分解等。但是，这种硬贴上去的解读，可能只是文学批评界的“理论游戏”，对促进青少年的文学阅读并没有实际意义。另外，这种拼图式的结构给小说阅读带来的混乱和烦恼对成年读者或许是一种挑战和刺激，但是它是否符合青少年读者的认知能力和阅读习惯还有待检验。

后现代种种流行观念和创新实验带来了小说结构的变化，成长小说也不例外。比如在一些当代作品中多个叙事声音代替了传统小说中的主导声音。叙事权威消失了，叙事权力被分享，对客观现实的讲述不局限于一个人的视角，多人的描述和观点参与进来，使客观现实具有了不同侧面的报道。小说的结构因多种视角的参与,显得有些支离破碎。《黎明之屋》就是当代意识形态渗透、影响小说结构的一个实例。文化的多元性、真理的不确定性、真实的多样性、生活的片段性等后现代观念,通过小说结构之隐喻表达出来。

第三节 结构与时空

主题引导着故事发展的方向,决定了事件的取舍。把人物和主题结合起来的是故事,故事离不开特定的时空场景。在成长小说中,由于人的认知发展需要获得能够进行比较的各种参照,所以成长小说要让它的主人公走出熟悉的时空,到一个相对陌生的社会空间增长见识,他们的认知发展才能推动故事沿着主题的方向发展。我们以两部小说为例,分析小说中时空变化与小说结构和主题的关系。

《相约星期六》是一部获得纽伯瑞文学奖的小说。这部小说中最主要的场景是朱利安家的餐厅。小说的题目也跟这个地方有关。每个星期六下午,朱利安和他的三位同学在这里聚会,一起学习和交流。他们的老师来过一次之后,也流连忘返,最后也加入了星期六的聚会。

朱利安的家被赋予了精神含义,这里有其他家庭欠缺的父爱和温馨,有勤奋、理想、自立和自主精神。朱利安的母亲病逝后,父亲带着他来到美国定居,自己开了一家小旅店,还经营起旅店小餐厅。他为自己干活,拥有别人没有的灵活时间和自主性。他可以随时出场关心孩子们,这是其他孩子的父母做不到的。从一定程度上讲,朱利安的父亲享受着美国人最崇尚的自由意志和自主性。具有一定反讽和启发意义的是,朱利安家是一个有少数族裔血统的新移民家庭,是主流社会中的“他者”,其成员的衣着和行为方式都与当地的美国人有诸多差异,朱利安还因此被一些学生歧视,甚至被欺负。但是,在多元文化主义兴起的时代,这样的家庭被设置成为聚会地点,就有了隐喻功能。在多元文化主义者眼里,“他者”不仅不应受到排挤和歧视,甚至还具有独特的优势。有人甚至提出每个人身上都存在“他者”这一观点,以唤起人们对“他者”的尊重。加拿大青少年文学专家罗德里克·麦吉里斯在一篇关于自我和他者的论文中,借克里斯蒂娃关于自我身上隐藏着一张外国人的脸的思想,用自己的亲身体会说明“他者”就是自我的另一个侧面。他说,当他在阅读以前书写的文字时,在面临新的境况时,在对自己产生怀疑时,都会常常感到自己正面对自我身上隐藏着的这个“他者”。[①] 他还列举出种种事例证明,我们自己在特定的场合也会成为他人眼中的“他者”。比如,在比我们更加有钱、地位更高、更有经验的人眼里,我们也是“他者”。因此,学会宽容、理解、尊重他人,不仅对于他人,对于我们自己都是有益无害的。理解的前提是了解。随着“他者”观点的普及,80 年代以来,少数族裔人物不仅以正面形象出现在白人创作的众多作品中,少数族裔作家创作的作品也盛开在加拿大、澳大利亚、美国等多元文化主义开始勃兴的国家。这些国家都曾经有过种族歧视和种族霸权的不光彩

---

① Roderick McGillis, “Self, Other, and Other Self: Recognizing the Other in Children’s Literature”, *The Lion and the Unicorn*, Vol 21 (2), 1997, p. 215.

历史。

在《相约星期六》中，时空变化的意义成为构建成长主题和小说结构的关键。暑假里孩子们到外地与爷爷奶奶、外公外婆一起度假。与其说这是当代美国生活的写照，不如说是作者的乌托邦理想。我们知道，当代西方家庭生活和家庭结构暴露出诸多问题：高离婚率、单亲家庭、代沟、独居的老年人、不稳定的婚姻、缺乏照看的青少年等等。回归传统的家庭、重申家庭的重要性，成为当代西方小说中的一种需要重新构建的元素。“家不仅仅只是一个地方，它是一种新的世界秩序的构建成分，能够更充分地反映我们身在何处，将成为什么样的人。”①大多数美国家庭都是由父母及子女两代人构成的核心家庭。青少年与爷爷奶奶、外公外婆的接触很少。很多美国青少年文学作品中，几乎见不到这些老人的身影，更不要说与他们生活的故事。但在《相约星期六》里，三位孩子与爷爷奶奶、外公外婆交往的故事比与父母在一起的经历还多。孩子们从老人那里感受到了亲情，增长了见识，受到了锻炼。他们的中年父母、包括老师却从孩子们身上获得启发和教育。“灵魂组”的四位孩子还暗地里帮助残疾的中年老师树立威信和信心，把他们的参赛成绩归功于这位老师的指导，而老师自己根本不知道孩子们背后的精心策划。这种设计带有强烈的当代意识形态色彩：权力话语场的边缘人走向了话语中心，中心人物退缩到边缘。

“灵魂组”四位孩子的旅行经历被描写成他们能够找到共同语言，能够聚集在一起的契机。朱利安来美国之前，父母在游轮上工

---

① Clare Bradford, *Unsettling Narratives: Postcolonial Readings of Children's Literature*. p. 146.

作，他要么跟随父母在游轮上，要么在英国一所寄宿学校读书。纳迪雅、伊桑和诺亚都去过佛罗里达度假。时空的改变引起的认知发展被浓墨重彩地表现出来。纳迪雅和诺亚的佛罗里达之旅占据了他们各自叙事的大部分篇幅。也就是说，他们的叙事时间主要用在讲述各自旅行的内心感受上。

小说由几个孩子分别叙事。第一章是诺亚的个人叙事。由于他的父母要出去度假，他和弟弟分别被送到爷爷奶奶和外公外婆家。他从东北部的纽约州一直南下到东南部的佛罗里达州。在那里，他和居住在老年社区的爷爷奶奶一起生活，有机会见识了老年人节奏缓慢的生活，这种生活与美国中年人的快节奏生活形成了对比。他见证了老人间的相互帮助带给大家的快乐。这次经历为他后来与其他三位同学团结合作，齐心协力夺取智力竞赛冠军打下了铺垫。换句话说，诺亚的佛罗里达之旅让他见识了团队是如何通过合作完成任务的。同时，他也获得了机会发现自己的组织才能。这次旅行对诺亚的成长提供了建设性的时空环境。

小说的第二章是纳迪雅的个人叙事，占了很长的篇幅。叙事围绕她的家庭变化展开，中心人物是离婚不久的父亲和新婚的爷爷。父母离异改变了她的生活时空。按她自己的话说："分配我的时间成为离婚协议的一部分。"①感恩节、春假、暑假中的一个月她要南下佛罗里达跟父亲一起生活，其余时间跟母亲住在东北部纽约州。她的生活受到了时空变化的影响。她好不容易联系上过去的朋友，见了面却没有想象的那么愉快。她得出结论："许多友谊

① E. L. Konigsburg, *The View from Saturday*, NY: Aladdin, 1998, p. 25.

的诞生和保持完全是地理因素。”①

纳迪雅对佛罗里达之旅的介绍围绕她、父亲、爷爷、玛格丽特和伊桑的关系展开。回到佛罗里达,纳迪雅发现父亲离婚后越来越笨拙,他缺乏生活情趣,不会为人处世;爷爷却对生活充满热情,尽管已经退休,住进了老人社区,他还大谈恋爱,并和恋人结婚。父亲只知道工作;爷爷和他的新婚妻子玛格丽特虽然已经退休,还积极投身保护海龟的工作,乐此不疲。从纳迪雅的视角看,爷爷对她很体贴,和蔼可亲。后来,当她得知是玛格丽特帮助母亲在纽约找到一份工作后,她对爷爷的这位新婚妻子心生不满。因为,从一定程度上讲,是她促成了父母的离婚。因此,她决定跟玛格丽特保持距离。在佛罗里达,纳迪雅还碰到了她的同班同学、玛格丽特的外孙伊桑。他也是从纽约来看望外婆的。纳迪亚对玛格丽特的不满导致他们不能友好相处。最后,他们共同拥有的保护野生动物的意识把他们团结在一起。事实证明,玛格丽特对她的父亲的影响也是积极的,她让他走出狭小的工作空间,走向海滩和大自然,拓展了他的视野和生活兴趣。纳迪雅本人也因这个假期变得心胸开阔起来,心理空间得到扩展。

在伊桑的叙事里,佛罗里达之旅同样十分重要。与纳迪亚的叙述相同的是,他的叙述也没有用太多的笔墨介绍自然风光和地域特征。在海滨拯救海龟是唯一具有地域特色的场景。展示较多的是老人的生活方式、生活态度、生活智慧、人与人之间的关系,特别是代际之间的互动关系。伊桑和纳迪亚在与老人的共同生活中,学到了不少生活和社会知识。从学校到佛罗里达海滩的时空

---

① E. L. Konigsburg, *The View from Saturday*, NY: Aladdin, 1998, p. 29.

转换因此具有了情节意义和性格塑造意义。这种情节安排是为了突出主题:见识与成长。

第四位出场叙述的人物是朱利安。他有一半印第安人的血统,是一位礼貌、体贴、善良又聪明的外来者。早在第三位叙述者伊桑的叙事中,我们通过伊桑的视角得知,朱利安刚来时由于穿着特别,说话彬彬有礼,带着英国口音,他成为无人理睬的异类或"他者"。不仅如此,还有顽劣的学生故意欺辱他。伊桑虽然不愿意搭理这么一位新同学,但也不愿意看到有人恶意欺负一位新来的同学。在朱利安遭遇袭击时,他挺身而出,设法帮助他。正是这位来自异域的印第安孩子成为"灵魂组"的策划者。他以出谜语、变魔术等青少年喜闻乐见的方式,吸引了其他三人的兴趣,最后把他们团结在自己身边。他首先提议"灵魂组"要帮助坐在轮椅上的老师在精神上站立起来,他们需要阻止以汉姆为首的几位男孩对老师的恶意戏弄和精神伤害。其次,他们要用自己取得的出色成绩来引起人们对老师的敬意。而在朱利安的叙事里,没有讲述人们对他的伤害和排斥,他主要讲述了他如何机智勇敢地挫败汉姆一伙的恶意捣蛋行为。

如果没有这个外来者,就不会有"灵魂组",不会有这所中学的竞赛冠军队。这位外来者带来了这些可喜的变化。连他们的老师奥林斯基女士都注意到,纳迪雅是从十月中旬的一个周一开始变得开朗起来的,她开始面带微笑地问候早安。也就是说,加入"灵魂组"后,纳迪雅内在的精神面貌发生了变化。朱利安的到来打破了原来封闭的时空,带来了积极的变化。

在"灵魂组"的一次聚会上,有人提议每个人说出自己希望能够重温的一天。纳迪雅回忆起在佛罗里达海边救海龟的那一天;

诺亚说的是他给纳迪雅的爷爷和伊桑的外婆做男傧相的那一天；伊桑重温了他们第一次聚在一起喝茶的那一天。这三个人最珍惜的日子也是该小说最重要的时空。只有朱利安最怀念的日子没有被详细地描述，我们只能通过朱利安短暂的口头叙述，粗略地了解他以往的生活经历。

该小说的主要结构是：奥林斯基老师在台下观看她的四位学生在台上参加智力竞赛，这一事件是该小说的主线。这条主线中镶嵌进了诺亚叙述自己在佛罗里达做傧相的故事，纳迪雅叙述了海龟救援行动如何化解她和父亲、玛格丽特等人之间隔阂的故事，伊桑讲述了关于朱利安和“灵魂组”成立的故事，朱利安则叙述了阻止汉姆等人企图破坏纳迪雅的宠物狗“生姜”参加戏剧表演的故事。小说以奥林斯基老师在台下观看她的四位学生在台上的出色表现开始，以他们取得纽约州中学知识竞赛冠军后回到家结束。但在回家之后加上了一个短短的具有隐喻性的尾巴，这个尾巴就是奥林斯基老师也在周六下午四点来到朱利安家“品茶”了。下午茶是悠闲的英国人的社交习惯，匆忙的美国人是没有这个习惯的。所以当这里的人一听说“品茶”聚会，都很吃惊。奥林斯基老师第一次来品茶时，看见她的学生在这里彬彬有礼、和睦交谈的情景，就在内心发出了感叹：也许西方文明的衰落就在于人们不愿意留出时间一起品茶。当人们有闲暇品茶时，他们都很平和、文雅，表现出一种高尚的人文理性。奥林斯基老师刚来这里任教时，就遭遇到极不文雅的冲撞：坐在最后一排的汉姆高声抗议，说他看不到黑板上写的字，请她写高一点。汉姆明明知道老师是坐在轮椅上的残疾人，却用这种无理的要求去羞辱老师，以此表现自己的优越感。课间他还偷偷把老师写在黑板上的“截瘫患者”，改写成“跛子”。他与彬彬有礼的外来者朱利安形成鲜明对照。“品茶”这个异乡习俗被朱利安父子带进了伊匹芙尼这座小镇,并以一种文化和道德的力量,开始对这里的人们产生影响。

《相约星期六》的情节主线——智力竞赛,本是一个短暂、封闭的时空,由于叙述焦点进入奥林斯基老师的内心,使短暂、封闭的外在时空因内心时空而获得了张力。但奥林斯基老师也是“灵魂组”的局外人,她对这四位学生的了解很有限。所以作者安插进“灵魂组”四个人各自做的一段主题叙事,比较生硬地打破了竞赛时空,但却提供了必要的个人信息,也回答了人们反复向奥林斯基老师提出的问题——“你是怎么挑选出这四个人的?”奥林斯基老师一直回答不到点子上,因为她以前并不知道这四人其实是一个悄悄在周末聚会的小团体。读完整部小说,我们和奥林斯基老师一样知道了答案。也就是说,整部小说回答了这个问题。

《相约星期六》发表于 1996 年,如果说作者可能受到多元文化主义和当代时空观念的影响,有意识地对小说的时空和结构做出了精心构思。那么另一部发表于 1970 年的小说《风中无信》则让我们看到,即便是在传统的写作手法和模式中,时空变化在成长小说这种文类中仍然占据了重要的地位。

《风中无信》按照传统的线性发展模式,讲述 1932 至 1933 年间发生在叙述者乔西生活中的一系列事件。该小说既可以归入流浪汉小说,又可以归入成长小说或历史小说。不同的分类只是反映了不同的视角和不同的侧重点罢了。

在这部小说中,时空变化具有特别明显的意义。作者把故事的时空背景设置在美国经济大萧条时期,全社会的贫困不仅浓缩在乔西家里,还通过他和弟弟的流浪生活得到更加全面的展示。

贫困成为决定人们生活和性格的大背景，也成为催促青少年成长的社会环境。乔西亲眼目睹贫困如何改变了他的父亲，把父亲从一个自豪的人变为一个消极、暴躁、冷酷的人。他被迫离家出走，四处流浪，寻找生存的机会。流浪初期，乔西对父亲的冷酷充满怨恨，决心再也不返回，所以他一直没有跟家里通信。但一路上的见闻和经历，开始让他认识到是贫困改变了好人。他亲眼看到一位母亲突如其来的心理变化。这位母亲有六个孩子，当乔西和弟弟来她家要饭时，她歇斯底里地发作起来，好像向她讨饭是世界上最不可忍受的事。但当两个男孩离开她家后，她又急忙追来，一定要拉他们去她家和她的孩子们一起喝点汤。照她的解释，否则她会良心不安的。这种贫困中的道德挣扎，既充满了矛盾的复杂性，又投射出道德情感的细腻与坚韧。

当贫病交加的乔西听弟弟说他讨到一条面包，切了一半送给了那位有六个孩子的母亲时，乔西第一次给了弟弟一拳，责备他不应该把食物分给他们。弟弟因此生气地离开了他。乔西一边发着高烧一边追赶弟弟，最后昏倒在路上，被好心人送到曾经帮助过他们的罗利家里，但他失去了弟弟。这两次经历都让他从自己身上看到了父亲的影子，自己身上的"他者"。几位帮助过他的成年人都劝说他要理解父亲的行为，不要记恨他。其实他的父亲在两个儿子都离家流浪后，也获得了更好的认识自己、认识儿子的机会。在弟弟眼里，乔西在一定程度上就像他们的父亲，虽然他一时忍无可忍，离开了哥哥，他还是一直努力在寻找哥哥。这些经历都帮助乔西化解了心中对父亲的怨恨，决定跟弟弟一起回家。经过一年的漂泊流浪，当乔西见到站台上父亲急切寻找他们的眼光时，心中的顾虑彻底消散，父子重归于好。乔西的流浪之旅成为他的成长之旅。他经历了与朋友和弟弟的生死离别，经历了初恋，做过两份工作，经历了虚荣心带来的惨痛代价（打工挣来的 20 美元被一个鞋店老板敲诈勒索），见识了各种各样的人。他们从芝加哥出发，到过内布拉斯加、新奥尔良、德克萨斯、阿肯色和路易斯安那等地，兄弟俩的认知能力得到全面提高。一年时间里，贫困促使这位 15 岁的青少年快速成长起来。这正是时空变换蕴涵的成长动力。若待在原来的环境里，很多事情就不可能发生，乔西的成长可能是另外一种类型。

第四节　结构与事件

成长小说大多突出那些激发主人公反省和顿悟的事件。这些事件具有故事性，既突出了人物成长的顿悟瞬间，又表现了人物成长的过程性。顿悟时刻最能体现成长的瞬间感受，因此受到作家的普遍青睐。顿悟是短暂的，引发顿悟的事件可能是长期的。与顿悟的突发性相反，体现成长的还有反思行为。主人公的内心有两个声音在争辩，帮助他们判断孰是孰非，实现道德认知的提升。

如果逆向追溯，影响成长的事件源于先期的某种行动产生的后果。激发行动的原因多种多样，有诱惑、逼迫、偶然、逃避、巧遇等等。这些原因把青少年带出他们熟悉的空间，感官接受新环境和新人新事的刺激，开始新一轮的“同化”和“顺应”过程①。成长包括个人的自我认知、智慧认知、情感认知、道德认知、社会认知等

① 见“认知发展”一章对皮亚杰认知发展理论的简介。

认知侧面的不断丰富和发展。更加具体地说,它包括对人性、人的欲望、友谊、个人能力、人际交往中的障碍、责任、自我发展、环境等认识的不断提高。对年幼的人物来说,深刻、复杂的反思不符合这个年龄阶段的认知习惯,不适合作为成长小说的结构要素。因此,只有那些具有震撼性效果的,或可能引发震撼性效果的事件,常常成为成长小说的结构要素。

小说中矛盾和冲突制造的张力把细枝末节聚拢在一起。每一段时期主人公都会面临某个主要矛盾和一些次要矛盾。而每个次要矛盾又具有上升为后一阶段主要矛盾的可能性。在解决各种矛盾的过程中,主人公的认知能力得到提升。如青少年流行小说《公主日记:第三次好运》就很好地利用了错综复杂的矛盾来促进主人公的成长。

米娅起初的主要矛盾是怎样把自己的真实想法告诉一位爱上她的男同学科力——她只是喜欢他,但不爱他。这是个很棘手的问题。次要矛盾则包括如果和科力分手,周六晚上的派对找谁做伴?其他同学都有自己的伙伴。还有,期末舞会又跟谁参加?按照惯例,有舞伴的人才会去参加舞会。第二个次要矛盾是,她这个私生女突然间成了一个岛国的王位继承人,她还难以适应身份变化带给她的新要求和新责任。第三个次要矛盾是她与奶奶的冲突,她想要逃避公主的义务,做一个普通人,希望她的奶奶像一位普通而慈祥的老奶奶,对孙女关爱有加,不要整天逼她学习那些王室礼仪,记这记那。在主要问题还未得到解决前,一个新事件上升为主要矛盾:她与好友莉莉的关系遭遇危机。好友莉莉对英语老师的评分不满。老师认为她的作文跑题,要她重写一篇。莉莉认为这是老师在压迫她。米娅并不完全同意莉莉的看法,但碍于情面，她又不能明确反驳莉莉。莉莉策划组织了一次学生罢课、罢考行动，使米娅陷入了进退两难的境地。米娅反对莉莉过于激进的行为，但公开的反对会影响她们之间的友谊，所以米娅必须想出解决办法。关键时刻，她必须做出选择，是参加莉莉的罢课游行，还是进入继父的考场？她终于急中生智，拉响了过道里的防火警报，使莉莉的抗议游行流产。大家把逃离教室看成是逃避火灾，而不是罢课行为。但米娅自己却有了麻烦。因为故意拉响火警是违法行为。如果有人看见肇事者，她这位公主就有大麻烦了。火警事件还未完全平息，新的问题又出现了。由于拉娜威胁要告发她故意拉响火警，还说出一些难听的话，米娅一怒之下把拉娜的手机摔坏了。她因破坏同学的私人财产，被勒令停学一天。同学们误解了她被停学的原因。莉莉认为是因为米娅坚持自己的信仰，不与校方妥协而被停学。大多数同学听信了莉莉的解释，认为是政治原因，纷纷给她发来安慰和同情的邮件。这些事件因其突发性和严重性，一时间成为暂时压倒其他问题的主要问题。

另一突发事件引起的新矛盾是，奶奶为了帮她树立自信心，让米娅的堂兄给她设计了几套漂亮时装，还给她拍了照。但未经她允许，堂兄就把照片在报纸的副刊上发表了。一时间，她收到很多同学的邮件，指责她虚伪，出风头，兜售自己。期末考试一结束，米娅就专心策划如何澄清不白之冤。她组织召开了一个记者招待会，由她的私人保镖拉斯负责发通告，莉莉帮助起草发言稿，泰娜帮助化妆。她向公众申明，她要把这些图片捐献给“绿色和平组织”，结果成功化解了名誉问题。她很快收到了同学们的称赞邮件。父亲在电话里祝贺她做了公主该做的事情。

随后，米娅开始解决她的主要矛盾：与科力分手，向迈克尔表达她的爱情。起先她选择了逃避,决定不去参加舞会。奶奶说服她说:“你不是失败者,你是公主。公主在困难面前不应该逃避。你要扬起头,勇敢地、毫无怨言地面对前面的灾难。”①米娅感到很自卑,原因是经常跟迈克尔在一起的那位女孩成功地克隆过果蝇,并且被名牌大学录取。相比之下,她没有那么成功。所幸的是,那位女孩并不是迈克尔的女朋友,而迈克尔也一直喜欢米娅。

在这类故事性极强的流行小说中,矛盾冲突和矛盾转换,以及随之发生的认知发展是推进情节发展的常见手段。冲突时刻是人们高度发挥其智力和潜力的时刻,也是检验人物道德准则的时刻,是个人成长的关键点。行动的取舍往往决定个人未来的发展方向——是朝着公正、自律、亲社会的方向成长,还是向着自私、偏执、反社会的方向发展。《公主日记》的情节发展遵循了事物发展的辩证法。其实,这也是一种传统的创作方法,是大众喜欢的流行小说的创作方法。

毛泽东在《矛盾论》中对矛盾的复杂性作过如下的阐述:矛盾有普遍性和绝对性、矛盾有特殊性和相对性、矛盾分主要矛盾和次要矛盾、矛盾的主要方面和非主要方面还会互相转化、取得支配地位的矛盾的主要方面起了变化,事物的性质也就起了变化等。②

在故事性强,矛盾和悬念一个接一个的小说中,毛泽东关于主要矛盾、次要矛盾和矛盾发展变化的论述,对于我们分析故事的结构很有帮助。再如,马歇尔的《克里斯蒂》也是一部很好地利用了矛盾的复杂性和化解矛盾激发出的认知发展,来搭建小说的框架

① Meg Cabot, *The Princess Diaries: Third Time Lucky*, p. 204.

② 《毛泽东思想基本著作选读》,北京:人民出版社2001年版。

结构。年轻的主人公克里斯蒂刚来到偏僻的山村时,最初的矛盾是生活方式上的差异和环境差异。在山里,一切都是那么不同:教室里有60多位年龄差距很大的学生,小的四五岁,大的十六七岁;孩子们在严寒中赤脚上学,很少洗澡,教室里味道难闻。她发明了在衣袖上洒香水的办法,不时抬起手,让香水压一压臭味。几个身材高大的调皮男孩是另外一个令她头痛的问题,她必须学习如何对付他们。有时年轻的大卫牧师会来帮忙,有时她设法转移学生的注意力,有时靠教育批评来化解冲突。克里斯蒂在帮助学生成长的同时,也提高了自己的能力,实现了自我发展。

一段时间后,克里斯蒂的关注点发生了变化。她对孩子们的关心和爱压倒了她敏感的鼻子。他们身上的体味不再是大问题。每位学生特有的具体困难成为她关心的主要事情。如老实的芒悌常常被人欺负,终日沉默寡言,说话结巴,从来不笑。她想出了一个办法,让芒悌乐开了花,学习上也取得了进步,还逐渐改掉了口吃的毛病。

为了能够更好地了解和帮助学生,她决定进行家访,了解他们的居住环境和家庭情况。走出学校,她遇到了新的主要问题:如何与山民交流,如何接受肮脏的居住环境。一些山民居住在极端恶劣的环境中,让她难以忍受。还有一些人没有城里人的礼貌和教养,对她冷若冰霜,甚至告诉她,他们不想听一个女人来指手画脚,干涉他们的生活方式。

在她彷徨犹豫的时候,爱丽丝小姐告诉她,不能退缩进象牙塔。她说:"恶是真实的存在,而且势力强大,但必须跟它斗争。解释是不管用的,逃避更不行。上帝一直在与恶斗争。所以我们每个人必须决定我们站在哪一边,我们该怎样生活。难道我们可以哄骗自己说邪恶不存在，只为自己生活，故意忽视邪恶吗？……”①

为了设法使山民信任她、接受她，克里斯蒂跟他们有了更多的交往。她进一步发现她与山民的信仰也不一样。克里斯蒂、爱丽丝小姐、大卫牧师等人都认为，上帝希望人人快乐，而山民则把快乐（happiness）与世俗的享乐（the pleasures of the world）等同起来，认为寻找快乐就是罪孽的表现。所以，他们并不在意艰苦的生活。爱丽丝小姐以她的方式潜移默化地改变他们。她总是带着微笑，快乐地生活和工作，把自己的住所打扮得雅致美观。山里的一些妇女也开始模仿她，创造和发现快乐与美。

虽然年轻人的身边常常能够找到楷模般的人物或精神导师，但是行动中的人总是会遇到意想不到的突发事件使他们不知所措。如何克服困难、化解矛盾，对任何一个人都是挑战，更不用说阅历有限的年轻人。克里斯蒂与山民的第一次紧张关系，是由她的学生朗迪引起的。朗迪在教室里捣蛋，不听指令，冒犯老师。克里斯蒂气得揪起他的头发，把他按在座位上。朗迪在父亲面前告状。学生们纷纷议论说，朗迪的父亲“鸟眼”一定会认为这是奇耻大辱，绝不会放过老师的。克里斯蒂决定去朗迪家与“鸟眼”交谈。在家访的路上，她非常紧张。但当“鸟眼”知道实情以后，骂了朗迪两句，并告诉克里斯蒂，他不会像人们谣传的那样用石头在背后砸她。朗迪确实在父亲面前诬告了老师。克里斯蒂勇敢地面对问题，找到朗迪的父亲澄清了事实，化解了一场潜在的危险，她应对突发事件的能力得到了提高。

克里斯蒂和年轻牧师大卫都是急于改变现状的人。他们的冒

① Catherine Marshall, *Christy*, p. 103.

进引发出新的主要矛盾。他俩发现有人违反禁酒令，在山里偷偷酿酒，大卫通知了警方。这一事件引起了他们和山里少数人以及山下酒贩子的冲突，使他们陷入危险处境。爱丽丝小姐告诉克里斯蒂，大卫在教堂里公开指责那些违法行为是不明智的，带来的伤害比帮助还多。在山民们看来，把自己生产的粮食酿造成酒，比运粮出山更方便，还能挣到更多的钱，补贴家用。他们并不认为这么做是多大的犯罪行为。她还告诉大卫，当他指责别人的时候，就等于在自己和他人中间竖起了一堵墙。人们首先想到的不是如何改变自己的看法或行为，而是躲在墙后保护自己。

克里斯蒂和大卫凭着勇气和爱心，赢得了一些山民的同情和支持。但是，克里斯蒂的一位好友因为站在他们一边而付出了生命代价，人们普遍认为凶手是“鸟眼”，要抓他法办。“鸟眼”逃跑了，慈善机构决定送“鸟眼”的独生子、17 岁的朗迪住校，以便有人照应他的生活。酿酒事件还未彻底平息，山里流行起伤寒。肮脏的生活环境和不讲卫生的生活习惯，终于使传染病在山村爆发。人与病魔的斗争一时间成为村里的主要矛盾。在帮助山民医治伤寒的过程中，他们无意中化解了与酿酒事件的主角“鸟眼”的冲突。在伤寒肆虐期间，朗迪也病倒了，大家轮番照料他。朗迪在众人的照料下，开始恢复健康。医生警告说，朗迪大病初愈，身体非常虚弱，只能吃流质食物。但朗迪饥饿难忍，偷偷溜进厨房找东西吃，结果因肠道穿孔而死亡。人们担心“鸟眼”会做出激烈的反应，可是“鸟眼”却责怪儿子不成器。他还告诉众人一个真相：开枪杀人的不是他，是儿子朗迪。这次伤寒事件，是人与自然的斗争。在强大的自然面前，人们看到了个体的渺小，认识到只有团结起来才能保护自己。

前面我们指出，包含矛盾冲突的事件之所以能够成为重要的结构要素和叙事单元，其原因在于冲突双方都会在此时此刻发挥最大潜力和思辨能力，因此它是个人最高智慧的展示场和较量场。较量激发出勇气、智慧、德行、技巧等人类生存必需的素质，而化解矛盾往往是这类素质的集中体现。小说需要一定的篇幅来展示矛盾的产生和化解过程，因此矛盾对于小说的组织结构有了特殊的意义。小说超越故事的艺术特质往往也在于作者能够戏剧性地、生动形象地、深入细致地描写和叙述这些冲突。把冲突过程中人物的内心思想和情感，外化为行动，构建起小说情节的高潮，进而感染和打动读者。

矛盾冲突如果反映在人物的行动和采取的决策中，则自然会增加小说的长度，矛盾冲突的时空也得到扩展。在短小的故事中，矛盾冲突以最直截了当的对话方式表现出来，涉及人物少，时间跨度短，空间范围小，具有在场的当下感和及时性。而在长篇小说中，冲突持续的时间可能较长，空间范围也可能更加广阔，人物更加众多。比如在《相约星期六》里，有一段很有深意的对话展示了矛盾如何被拓展成一个完整的小故事：纳迪雅的父亲为了让女儿开心，决定带她去迪斯尼乐园。临行前一晚，爷爷的紧急电话把他们吵醒。那天晚上刮起大风，爷爷要他们一大早赶去海滩，抢救那些靠近海水的海龟蛋。纳迪雅和父亲都在接听电话。父亲认为女儿对海龟行动不感兴趣，想找借口拒绝。一边是求援的父亲，一边是不情愿的女儿，他一时难以答复。爷爷马上恳求起孙女来。纳迪雅告诉爷爷，她已经跟父亲约好明天去迪斯尼。

爷爷说："你能够看到自然母亲的真实世界时，为什么会

> 去那里看沃尔特·迪斯尼先生版的世界呢?”爷爷还说:“玛格丽特和我需要你的帮助,纳迪雅,海龟们也需要。有时,一种生物必须帮助另一种生物生存。”听了爷爷的话,纳迪雅一时间不知该如何回答。这时父亲插话说:“让自然母亲去为海龟们操心吧,它们会自己照顾自己的。”①

这段对话是直接关于海龟行动的冲突。这个冲突事件只是纳迪雅和玛格丽特之间更大冲突中的一个小事件。纳迪雅不愿意去的一个重要理由是她不喜欢玛格丽特,而不是不喜欢海龟。纳迪雅的父亲把女儿放在这些关系之首,所以他站出来为女儿解围,不顾他的回答会让自己的老父亲伤心,也不顾海龟的死活,尽管不久前他还主动报名参与拯救海龟的行动。最后,纳迪雅答应爷爷,她会说服父亲去营救海龟。纳迪雅的积极参与化解了矛盾,也化解了她和父亲之间的隔阂。父女俩立刻更换衣服,驱车去海滩。他们从封闭的小屋走进了大自然,从封闭的自我走向了大世界,一路上父女俩非常开心。在纳迪雅来佛罗里达后的叙事里,这一刻是真正快乐的时刻。她对父亲的抵触情绪在这一时刻彻底化解了。一个电话让父女俩冒雨离家,开启了另一段生活故事。

大多数成长小说继承了现实主义的传统,让反映青少年认知发展的事件串联起不同的人物,并形成整体结构中的一条条故事链。围绕成长主题,事件的取舍和细节凸显都经过作者的选择和提炼。因此,主题、时空、事件、人物和结构组成了小说的生态链,环环相扣,紧密互动。这类小说不像现代实验小说那样过分突出

---

① E. L. Konigsburg, *The View from Saturday*, p. 53.

自身的叙事形式。正如赫尔曼所指出的："现实主义小说的典型叙事特征是将自己的再现程式隐藏起来，把自身的建构性放在背景位置，转换成一扇面对世界的透明窗户，试图创造一种身临其境的体验。"①

① 戴卫·赫尔曼：《新叙事学》，第6页。

第七章 当代美国成长小说的叙事策略

> 每一种年龄实际上也有自己的语言，自己的词汇，自己特殊的情调体系。
>
> 杂语中一切语言，不论根据什么原则区分出来，都是观察世界的独特的视点，是通过语言理解世界的不同形式，是反映事物涵义和价值的特殊视野。
>
> ——巴赫金《小说理论》

任何叙事都是为了产生影响——或说服、或告知、或控制、或感染受众。因此，任何叙事都包含了作者对读者某种态度和反应的期待。为了取得预期效果，叙事者必然会以某种特定的立场、语气、语言、结构等进行叙事。叙事视角是引导读者立场的一个要素。在许多文学作品中一些性格具有明显缺陷的人，却因为他们是叙事者，用他们的视角和话语来描述和解释生活中的事件，因此获得了很大的同情，甚至被读者认同。成长小说为了展示人物的内心世界的变化，通常选取第一人称视角。但由于很多主人公是尚不成熟的、有认知局限的青少年，视角在幼年历事者和成年叙事者之间的转换就成了提升作品思想深度的重要叙事策略。而适当地运用青少年话语是建构青少年形象的修辞策略。因此，对小说语言的分析是成长小说叙事分析的重要内容。

巴赫金在《小说理论》中指出：小说的语言是不同的语言组合的体系。他指出："长篇小说作为一个整体，是一个多语体、杂语类和多声部的现象。"[①]他对小说语言的洞察为我们剖析成长小说语言的构成类别、不同话语的社会属性等问题提供了思路。他指出，每一种话语都是与其他话语形成对立，构成矛盾的统一体，既参与统一的语言，又参与社会的杂语现象；既具有向心力，又有分解力。[②]如果把一部小说看做是语言组建的河流，那么作者的语言、叙述者的语言、穿插的各类文体、人物的语言等多种语言就如同条条支流进入一部小说的主航道中，融会成小说的整体叙事。主题以这些不同的话语为载体得以展开。

成长小说关于青少年成长的叙事也很难离开青少年话语和青少年视角的辅助建构。只要认真去关注和研究青少年话语，就会发现其特殊的语言特征和文化内涵。青少年话语是青少年群体特殊的社会地位和认知发展的反映。

在认知发展上，青少年的理解能力胜过儿童，基本能够表达自己，但词汇量和生活阅历的限制又使他们不能够充分准确地表达自己，因此以夸张和重复来强调，以体态语和行动来表达，是常见的信息传达途径。在社会地位上，他们既有别于完全处于依附和被看护状态的儿童，又区别于具有更大话语权、决策权、自由度和影响力的成年人。在这种前成年人阶段，青少年享有一定的自由，但也有很多限制。他们的话语自由度远远超过行动的自由度。因此借助于新鲜词汇和奇异表达的发明，借助于圈内话语和具有私

① 参见巴赫金：《小说理论》，第39页。

② 同上，第51页。

密性的日记载体，他们可以较为自由地发泄行动上可能受到的种种束缚。这些关于青少年成长的社会现象在成长小说中通过青少年人物和他们的话语及行为方式传达出来。

每一种话语都代表了一种社会身份和地位，反映着这一话语群体的意识形态，即观察世界的特定角度，一种获取社会意义的方式，反映了不同阶层、不同团体的不同见解、观点和评价体系。青少年因其特殊的社会地位、生活阅历和生理发展，其话语也具有某些独特之处，属于巴赫金所描写的一种杂语，它不仅有自己的某些特殊语汇，也有着表达意向的特定方式，有自己特殊的情调体系。如同巴赫金指出的那样："杂语中一切语言，不论根据什么原则区分出来的，都是观察世界的独特视点，是通过语言理解世界的不同形式，是反映事物含义和价值的特殊视野。"①

本章将通过深入分析青少年叙述视角、视角层次和视角转换、青少年话语特征和叙事特征，论述当代美国成长小说的叙事艺术和审美价值。

第一节　青少年视角

任何叙事理论都离不开对叙事角度的讨论。发现叙事角度在文学作品中的重要作用对研究文学叙事具有基础性的意义。对同一个事件，不同的观察者以不同的身份、从不同的角度、为不同的利益讲述，其讲述内容和方式存在差距是生活中常见现象，而且他

① 参见巴赫金：《小说理论》，第72页。

们讲述的可能都是事实，讲述的态度可能也都很真诚。虽然这种认识可以追溯到古代“盲人摸象”一类的寓言故事，但它成为小说叙事理论的重要内容还是近几十年的事情。叙事的这种不确定性为小说创作和小说分析开辟了新的空间。成长小说主要以青少年为描写对象，他们的思想和语言表达都处在尚不成熟的发展阶段，选择成长小说的叙事角度，并使其与叙述者身份吻合，服务于主题，不是一件轻松的事情。

根据叙述者的年龄来观察，成长小说可以划分为成年叙述者和少年叙述者：前者用一种比较成熟、理性的眼光观察世界，用理性、老练的语言述说一个青少年的成长故事，这类作品往往是成年人对青春往事的回忆；后者用青少年天真和试探的眼光观察世界，用稚气、感性的话语讲述正在经历或刚刚经历的事件，历事与叙事的时间间距很小，叙事者的话语、眼光和身份尽量统一在青少年的角色定位上。这样的小说有《巴德，不是巴迪》、《亲爱的汉修先生》、《芒果街的房子》、《局外人》、《麦田里的守望者》等。

从故事发生的时间与叙事时间的间距上看，当代美国成长小说的叙事角度还可以进一步分为如下几种。第一种：一位成熟的叙述者叙述小孩或自己童年的故事，历事时间与叙事时间间距很大，充满了成年人对青春期成长的反思，具有一定的思想深度。叙事者的话语、眼光和身份与历事者有明显区别，如《杀死百舌鸟》、《少年小树的教育》等。第二种：叙述者以书信体或日记体记载自己或某个人从小到大的故事。故事覆盖的时间可以很长，历事时间与叙事时间的间距从大到小递减，叙事者的话语、眼光和身份逐渐改变，人物成长的过程历历在目，如《紫色》。第三种：童话视角，通常是第三人称全知视角。叙事时间仿佛与历事时间同时。叙事语言比较夸张,叙事视角模仿儿童的视角,具有写意特征,即注重情趣和意旨,忽略与意旨无关的细节,如《孤女流浪记》。

在当代美国成长小说中,以青少年为叙述者的小说不计其数。选择这个年龄阶段的人物为叙述者,作者必然要考虑符合其身份的眼光和话语,以取得虚构小说的仿真性。以《少年小树的教育》为例,这部小说除了少量偏激的观点以外,是一部出色的作品。我们先分析青少年视角在这部小说中的表现方式。由于作品的主题是小树的教育和成长,为了紧扣主题,作者设计了好几处成年和少年眼光差异的对比,以展示儿童视角的单纯性。

儿童单纯的眼光使得他们容易受到欺骗。作者在该小说中插入了小树旁听一位政客拉选票的小插曲来表现小树的幼稚。那位政客声嘶力竭地攻击有天主教徒背景的竞选对手,希望人们不要把选票投给对方。他说,天主教的一些修士和修女通奸,如果不幸生下了小孩,就把孩子拿去喂狗;还说,那是他所看到和听到过的最恐怖的事情。小树的感受是:"我也觉得如此。"那人激动的言论让小树想到:"要是华盛顿的情况真的如他所说的模样,也难怪他会吼叫了。"[①]那人还说,要是天主教徒得势,会把所有的女性同胞给关进修道院,把孩童杀光,而唯一能阻止悲剧发生的方法,就是选举时投他一票。他还强调,竞选对他自己来说将会是一场艰苦的战斗,因为大多数人都被天主教徒用钱给买通了。而他,不拿别人半毛钱,他是反对金钱政治的。他还告诉在场的听众,有时候他真想放弃,也像大家一样轻轻松松过日子,但是他必须履行自己的责任。听到这里,小树很感动。看见那人走下箱子搭建的讲台,露

① 佛瑞斯特·卡特:《少年小树之歌》,第83页。

出笑脸，信心十足地与大家握手时，小树觉得安心不少，“尤其我觉得他既然会为天主教徒的恶行愤怒到失去控制，那他一定也会实践诺言把他们赶走的”①。

这个小插曲反映了儿童的幼稚和轻信。小树看不出政客那番演讲中的问题，只要有依据支撑，所有的论点都被他接受。但是他却不知道，这些依据本身就有真有假，真假难辨。

成人的眼光则具有生活经验磨砺出的犀利。爷爷告诉小树，如果把那个政客的肚子切开，里面一句实话也没有。对爷爷来说，是否免除威士忌酒税，是否提高谷物的价钱才是他最关心的事，因为这是他们的生计。他告诉小树，他不在乎那些修士和修女是不是天天苟合，那是他们的私房事，今年有多少雄鹿和雌鹿交配才是重要的事。关于天主教徒把孩子拿去喂狗的传言，他说从来没见过一只雌鹿会把自己的仔鹿丢下喂狗的，更别说是人类了。所以，那个政客根本就是在说谎。小树听了爷爷的分析后，站到了爷爷一边。

在《少年小树的教育》中，作者选取了许多表现小树轻信的小故事来展现少年的天真眼光，但作为叙述者的成年人，其语气则隐约可以感知。比如叙述者对政客的嘲讽语气就躲藏在小树天真的眼光之后。在小说的其他地方，偶尔也会出现对叙述者年龄的提示。比如，第十六章“上教堂”的结尾处写道：

> 现在我回想起来，才明白我们爷俩对《圣经》的认识，真是无知得近乎可怜。不过，我猜想我们对某些专门宗教问题的

① 佛瑞斯特·卡特：《少年小树之歌》，第83页。

混淆程度，可能并不比你要来得糟。我和爷爷认为我们和这些宗教并没什么牵连，因为宗教问题和我们的逻辑思维，根本是风马牛不相及。

一旦你决定放弃和某件事情之间的关系，那么你就会变成一个旁观者。我和爷爷在碰到专门的宗教问题时，我们就是个不折不扣的旁观者，我们只是冷眼面对这些问题。因为我们早就放弃寻找任何合乎我们逻辑的解答。

爷爷建议我最好忘掉关于受洗的疑问。他说他很久以前就对这个问题死心了，而且从那以后，他觉得自己心里舒坦多了。

他还偷偷地告诉我，他实在想不透到底水和宗教之间有什么该死的关联。

我觉得他的想法和我的不谋而合，所以我决定把受洗这回事给忘得一干二净。①

这段叙事显然代表了成年叙述者的眼光和话语。但最后一句话，叙述者又把眼光转回到少年时代。表明从那次对话之后，他不再关心接受洗礼这件事。而当叙述者讲述这个问题时，他显然正在“关心”此事，正在发表他的看法，正希望用他的观点影响他的读者。

青少年的眼光虽然有幼稚的一面，但也有占据优势的一面。青少年凭借直觉观察，往往能够抓住事物最明显的特征，虽然他们对细枝末节的观察也许不到位。成年人的眼光则有可能受到种种

① 佛瑞斯特·卡特：《少年小树之歌》，第153页。

杂念和细节的影响，失去对事物本质的正确认识。在《少年小树的教育》中，有一个很有说服力的细节反映了两种不同的眼光。

小树到了上学年龄，被政府机构的工作人员强行送到孤儿院，理由是小树从爷爷奶奶那里得不到应有的教育。在孤儿院，小树遭到方方面面的歧视。一次，老师举起一张图片给孩子们看，图片上有一群鹿正在山涧里行走，它们叠在一块儿仿佛很推挤。老师问有没有人知道这些鹿在做什么。一个男孩说，它们在躲避猎人的追赶。另一个说，鹿群不喜欢水，所以正急着过河。老师说，最后一个答案正确。在山里长大的小树举手争辩说，它们在交配，因为他看出都是雄鹿骑在雌鹿背上，而且，从背景灌木丛和树木的模样，他看出那是鹿群交配的季节。老师听了他的回答呆住了，半天说不出话来。她伸手拍拍自己的前额，然后用手遮住眼睛，图片从她的手中滑落下来。小树以为老师身体不舒服。结果，老师气冲冲地过来，抓住小树的脖子，对他吼道："我们早该想到你的脑袋里只有肮脏的东西……你……你……你这个小杂种！"在山里长大的小树，根本听不懂这些骂人的话，他莫名其妙地被推出了教室，被带到牧师办公室，又被牧师狠狠地打骂一顿。小树根本不知道自己为何受到如此惩罚，他只不过如实回答了问题而已。在他的头脑里根本没有成年人赋予动物交配的种种联想。他为老师的无知和杂念付出了皮肉之苦。

从《少年小树的教育》中，我们可以看到成长小说的一种叙事特征：叙事的角度虽以少年眼光为主，但并不排斥成年人的眼光。少年的眼光是塑造历事自我——少年主人公的必要方式。成年人的眼光则是对少年眼光局限性的补充。在叙事话语上，除了小说中的对话符合人物年龄和身份外，其他叙述和描写则有可能是成年叙述者的话语，即叙事自我。有时这种叙事话语的特点表现为把成人的观点隐藏在儿童视角之中。天真的视野中包含着成年人对社会的反思和批判。

另一部获得纽伯瑞奖的成长小说《巴德，不是巴迪》的作者克里斯多夫·柯蒂斯则基本上坚持了从头到尾用11岁小孩的眼光、口气和话语讲述故事。故事的生动性也得益于作者对一位孤儿眼光的把握。少年巴德在母亲去世后，遭遇了很多痛苦的经历。母亲生前曾对他说，等他长大之后，会给他解释许多事情。但母亲却在他幼年时期就离开了人世。所以，巴德自己总结的第八十三条法则是："如果一个成年人对你说别担心，而你以前还没有担心过，你最好赶快担心起来，因为你已经担心得太晚了。"母亲还郑重其事地告诉他，无论遇到什么坏事，无论夜是多么黑，总是会有出路的，就像一扇门关闭了，另一扇门就会打开。母亲用比喻帮助他理解生活的道理，培养生活的信心。可是，巴德却对这番话进行了这样的反思：

> 现在我已经十岁了，将成为一个青年了。很滑稽的是，我清清楚楚地看到妈妈的说法是错误的。她的错误在于，她应该告诉我那些事。但因为我当时太小她没有讲，现在她死去了，我就永远也不会知道那到底是什么事了。即使我当时年纪太小，我也能把那些事背诵下来，当我需要的时候可以使用它们，就像现在。
>
> 她的错误还在于，当时她想，我或许能够理解门会自动打开关上这些荒唐的话。那时候这些事情倒真的把我吓坏了，因为我不能明白一扇门关上与另一扇门打开有什么关系，除

非有个鬼在作怪。所以她的这些话,只会让我在夜里弄一把椅子紧紧顶住我的小房间的门,而不会增加我对生活的信心。①

母亲原本是给巴德鼓气,让他知道生活总是有希望的,但巴德却联想到了鬼怪。谁又能怀疑这种联想的真实性呢?儿童的天性就是生活在半真实半幻想的世界中。少儿相信童话和鬼神的故事,所以,时常会分不清哪些是真实、哪些是虚假。他们做出让成年人意想不到的事情也在情理之中。

《巴德,不是巴迪》尤其突出了少年丰富的想象力和联想力。小说中有一段关于鬼怪的有趣故事,反映了儿童认知方式的独特性。巴德逃离了养父母的家庭,想去寻找亲身父亲。路上他害怕被好心的人发现送回孤儿院。每当有汽车经过,他都赶快躲进路边的灌木丛。有时来不及躲起来,一些司机会突然刹车,然后又离去。一位叫刘易斯的司机停下车来,执意要把他送回家去。他用食物引诱巴德跟他上车,但巴德却被他车上的物品吓坏了。他叙述说:

如果他把我的胳膊放开一秒钟,我就会像魔鬼在后面追我一般疯跑。因为在盒子的一面,有些大红字,非常清晰,写的是急件:内含人体血液。

噢,好家伙,拜拜吧!

① 柯蒂斯:《巴德,不是巴迪》,黄乔生译,南京:译林出版社2001年版,第36—37页。

我的心一下子开始在胸膛里跳动起来。用车子运人血的人只能是吸血鬼！他们长途旅行的时候，找不到人来吃，就喝这样的血。这家伙一定在想，我的血总比瓶子里的血新鲜！

我隐隐约约地听见他说："进去。我明天要回大拉皮兹。我会拍一个电报给你的家人，他们会接你回去的。"

随后他就犯了第一个错误：松开了我的胳膊。我溜进了车子，关上车门。我飞快地把门锁上，爬到驾驶员的坐位上，把那个门也关上，就在吸血鬼伸手拉门把手的一刹那，我把它锁得紧紧的。我伸手到口袋里，把大折刀掏出来，放在我的屁股下面。

我把双手放在方向盘上，看看变速杆，试着看怎么能把车子开起来。我把腿尽量伸得长一些，刚刚能挨到油门踏板。

我把变速杆一扳，车开动了，吸血鬼在后面使劲追赶，想抓住我。①

但车子只开出三十步远，就熄火了。刘易斯先生站在车窗外，费了很大的劲儿才使巴德相信他不是吸血鬼。他还按照巴德的要求，张开嘴，给他看有没有尖利的牙齿，并告诉他那些血浆需要赶快送到医院去，有个手术需要用血。巴德这才打开车门。巴德的这段叙事具有浓厚的故事味，小孩奇怪的想象源自他们有限的生活经历，他们会把听过的故事与现实联系起来，产生奇异的想法，让读者感到滑稽有趣。但历事的小孩在这种情形下，恐慌中急中

① 柯蒂斯：《巴德，不是巴迪》，第93—94页。

生智也在情理之中。

作者对叙事自我与历事自我关系的处理,会直接影响到故事视角转换的效果。突兀的转换会把读者的眼光引向叙事技巧的优劣判断,不露痕迹的自然转换则会让读者不受干扰地专注于故事本身。例如在《巴德,不是巴迪》中,有一段话语明显是巴德后来的回忆。但作者却让它自然地出现在故事当中。

> 杰瑞看起来像是不再怕那种情况了。于是,我走到床前,开始整理物品。
>
> 尽管将要遇到很多麻烦的是我自己,但我还是禁不住为杰瑞感到难过。这不但是因为他将要和三个小姑娘生活在一起,而且还因为六岁实在是一个很不好过的年龄段。大多数人觉得人到十五六岁才算进入成年,但那是错误的,其实成年从六岁就开始了。
>
> 就是在六岁的时候,大人们开始不再认为你是一个聪明有趣的孩子了,他们对你说什么话的时候,开始期望你能理解他们的意思。而且,你最好理解下来,如果你不想找什么麻烦的话。因为就是在六岁的时候,大人们不再给你糖果、玩具枪和跳跳人,而是随时准备跳起来,给你一拳,把你击倒,让你在大白天两眼冒金星。我去的第一个寄养家庭很快就让我明白了这一点。①

叙事者接下来还讲了一大套六岁如何是一个人生命中的转折

① 柯蒂斯:《巴德,不是巴迪》,第3—4页。

期这个道理,然后说:

> 六岁实在太艰难了。我来到这个“家”里的时候正赶上这个年龄。我妈妈去世的时候我正是这个年龄。
>
> 我卷起床上的毯子和床单,把它们放在床垫上。随后我爬到床底下,取出我的箱子。这个“家”里的所有孩子都是用纸包和布包装东西的,而我却有一个箱子。①

叙事者在穿插了一大段关于六岁的论述后,回到历事的“我”开始收拾行李的场景,准备到寄养家庭去,即又回到故事的主线上。而关于六岁的论述因为使用了大量天真的儿童话语和儿童散发性的思维,视角的转换并不凸显。

我们再以《杀死百舌鸟》为例,进一步分析成长小说作者对青少年眼光的把握。该小说以成年人对儿童时代的回忆为叙事基调。作者在小说开头就明确暗示了叙事自我和历事自我之间的年龄差异:“过了几年,我们长大了些,回头再想想那件事……”②。小说用成年人的视角讲述故事,但人物对话的语言是符合当时年龄和个性的话语。总体来说,是成年叙述者透过孩子的视角在讲述故事。对话中的儿童话语和叙事符合儿童视角,成年叙述者退到小说后台,成为不引人注目的角色,占据前台的是儿童人物和儿童视角。

儿童对话成为这部小说童年色彩的主要构建成分。对话中不

---

① 柯蒂斯:《巴德,不是巴迪》,第5页。

② Harper Lee, *To Kill A Mockingbird*, p. 3.

加掩饰的直率反映了儿童的天真和纯朴。成年人通过长期的社会交往，学会了人际交往中的种种潜规则：话轮（即不能独霸说话的机会，要倾听对方的反应）、场合（根据场合调整话语的分量、礼貌度、音量、语速）、表情等。涉世不深的青少年对社会话语的潜规则了解和掌握不多，他们的对话往往缺乏掩饰，天真直率，产生出独特的话语效果。下面是《杀死百舌鸟》中三位儿童的一段交谈：

"喂。"

"喂，你好"，吉姆高兴地说。

"我是查尔斯·贝克·哈里斯，"他说，"我会朗读。"

"那又怎样？"我说。

"我只是想你们愿意知道我会朗读。如果你们有什么想让人读给你们听的话，我可以……"

"你多大了，"吉姆问，"四岁半吗？"

"快七岁了。"

"那就不稀奇了，"吉姆说，同时翘起拇指指向我，"那个小海鸠一生下来就会朗读了，她还没有上学呢。你快七岁了还那么矮小。"

"我虽个子小，但年龄不小，"他说。

吉姆把头发往后一拨，更仔细地看着他。"查尔斯·贝克·哈里斯，你干吗不过来？"他说，"天啊，怎么取这么个名字。"

"你的名字也很可笑。雷切尔姨妈说你叫杰瑞米·阿蒂克斯·芬奇。"

> 吉姆皱起眉头,说:“我的年龄和名字相称。你的名字比你人还长。肯定长一英尺。”
>
> “大家都叫我迪尔,”迪尔一边说,一边从栅栏下钻过来。
>
> “你应该从上面过来,而不是从下面,”我说,“你从哪里来?”①
>
> ……

这段对话显然违背了礼貌原则。但孩子们却不会像成人那样过分在乎一些不给面子的话。与迪尔的反应明显不同,小海鸠的直率就让她的老师觉得难堪。在她当着全班同学的面,告诉老师当地的风土人情时,老师觉得很没面子,还处罚了她。

青少年的眼光除了单纯、幼稚等特征外,眼光的聚焦点或观察的角度也是诸多成长小说竭力捕捉的成分。在此例举从马歇尔的《克里斯蒂》中摘取的两段具有代表性的描述,以观察青少年审视和感知世界的角度和方式。

> 我感到内心涌出一阵恐惧,从来没有过的极度恐惧。列车是我与家里的最后联系。一切亲切的和熟悉的都随着它远去了,远在天边。我在这么一个陌生的村庄里,站在列车轨道边,该怎么办呢?在这个偏远的地方,我一个人都不认识。现在该做什么呢?
>
> 在寂静中,远处旧火车拉响了汽笛。微弱的回声从山谷间传来。我心中的恐惧紧紧抓住那声音,好似除此之外,再没

① Harper Lee, *To Kill A Mockingbird*, p. 11.

有了依靠。可是，连这个声音也消失了，什么都没有了，只有空寂。我想移动脚步，但却不能，呆呆地望着两条铁轨，伸向远方，在天边交合成一条线。①

这段话通过克里斯蒂的所见所闻，反映出了年轻人独自出门的心理恐慌和迷茫。列车成为牵动克里斯蒂情感的纽带，消失的列车带走了她熟悉的生活和环境，意味着熟悉的世界之门在身后关闭。克里斯蒂感觉自己被列车载进了一个陌生的世界，又被它丢弃在这里。一时半会儿，她不知道该怎样迈出第一步。《克里斯蒂》中的这个场景成为一个具有典型意义的意象，它把青少年步入社会时的心态具象化，使这一场景定格成为无数读者的共同回忆。青少年成长过程中最令人难忘的惶恐与抉择时刻在此得到生动体现。

打开任何一部成长小说，都能找到一些通过青少年独特的视角聚焦，来反映成长感受的细节。像《少年小树的教育》中，当奶奶帮小树穿上一件和爷爷一模一样的鹿皮衣，并用手搂着他的肩膀时，小树觉得奶奶对他就像对爷爷一样，他觉得一瞬间自己变成了大人似的。小树看待自我成长的另一件事是跟爷爷学耕田，他发现耕田助长了他的发育。当他和爷爷沿着小径走回木屋时，他的步伐快赶上爷爷了。这种发现让他很自豪。这样的细节也许会被成年人忽视，或赋予它其他的含义，但小树的理解显然符合儿童心理。盼望长大，获得大人一样的能力是每个孩子的心愿；只有当成长的前景暗淡无光时，才会有人愿意退缩进童年世界。再比如在

① Catherine Marshall, *Christy*, p. 31.

小说《起始之处》中，儿童时代的大卫身体羸弱，经常突然昏迷，他还是一个喜欢思考和幻想的敏感小男孩。这使得他常常把真实和梦幻混淆在一起，有时连自己也很想弄清到底是真还是梦。一次，他在林中见到母亲在笑，在和父亲拥抱，他觉得母亲很美；可回到家里母亲很憔悴，一副担惊害怕的模样。大卫开始怀疑林中的情景是不是他刚才做的梦。在他的眼中，父亲也一样。在朋友中间，父亲受人尊敬，显得高大、强悍；可在移民官面前，当他成为被讯问对象时，他看起来很矮小。

成长小说的作者们以青少年的视角捕捉具有代表性的青少年思维和言行来构建青少年形象，使小说叙事贴近成长主题，青少年人物通过其话语承载的身份信息和视野得以构建。他们的视角聚焦点具有个性特征，而共性特征是青少年天真直率的眼光。这种眼光经常跟单纯、轻信和受骗上当联系在一起，也跟独特的洞见联系在一起。同时，青少年尤其是阅历有限的少儿，还常常把他们的所闻所见与故事和想象结合在一起，产生奇异的联想。这些都是符合青少年认知发展规律的叙事策略，是构建青少年审美眼光的重要内涵。这些策略在不同的成长小说中都有或多或少的呈现，是研究成长小说叙事不可忽视的因素。

第二节　视角层次与视角转换

越是复杂的叙事，作家的分裂越多，进入的角色也越多。优秀作家通常十分敏感，能够自然地进入他人的角色，体会他人的感受。视角层次与视角转换并非只出现在成长小说中，在其他小说中也同样存在。只不过成长小说中的视角层次与转换相对来说要显著一些。一个重要原因是,如果作品完全拘泥于青少年视角,小说的读者面会受到影响。因此,青少年文学中有时是历事者的视角,有时是叙事者的视角,有时是叙事者的声音潜入历事者的视角,有时是几个人物的不同视角。不同的视角产生不同的感受,表现这些感受的话语也因此是多样化的,呈现出杂语现象。而视角的转变在有的小说中很凸显,有时甚至是故意显示转变,以达到某个特殊目的;而在另一些小说中这种转变和过渡平滑自然,稍不留意,读者就会忽略这些转变。

视角层次容易被忽略。读者的注意力往往被故事情节的发展和小说的思想内容所吸引,不太在意形式上的微妙变化。我们从《少年小树的教育》和《没有猪儿被宰杀的一天》中选取几例来详细分析和说明这种区分的意义。

例1:(选自《少年小树的教育》)

一只夜鹰突然从我们脚下的山边发出如口哨般的尖锐叫声,"看啊……"小溪对岸另一只枭回答道:"你……是……谁?"①

这里包含了四重视角:第一重,"我们"是小树和爷爷,是在场的历事者,小树是叙述者。第二重,夜鹰和枭的对话是小树把自己置身于两只鸟的视角,揣摩它们的语言和交流的信息。第三重,能够说出这种优美语句的人,不是少年小树,而是成年后的叙事者小

① 佛瑞斯特·卡特:《少年小树之歌》,第29页。

树。第四层,小树只是一个虚构人物,真正的叙述者是小说的作者。

例2:(选自《少年小树的教育》)

你能想象有上百万的小生物居住在山涧旁吗?

如果你能长到像巨人一样高大,然后低下头俯视那条曲曲折折的小溪,你就会明白,那山涧是一条生命之河。

我就是那个巨人。仗着区区两尺之躯,我像个小巨人般蹲踞在溪畔,仔细研究涓涓溪水流到低洼地方时回旋而成的小池沼。青蛙在里头下了蛋,小小的黑点散布在胶状的水晶球里,里面的生命正等待时机到来,咬破球儿投入溪水的怀抱。①

从叙事的话语看,能够有如此丰富的词汇量,写出这种精美句子的人绝不是少年小树。由于少年往往还不具有创作高水平小说的技能,所以许多成长小说的叙事话语是成年人的话语,但叙事的语气和眼光可以模仿儿童的语气和眼光。在例2中,无论是小树的想象,还是他的兴趣所在,都具有童趣色彩。这种叙事话语与叙事眼光的分裂在青少年文学中是常见现象。

例3:(选自《没有猪儿被宰杀的一天》)

"英语得了D,"她又重复了一遍,让每个人都听清楚了。

我心想,这下糟了,我让家里人蒙羞了。好像英语得D是

① 佛瑞斯特·卡特:《少年小树之歌》,第59页。

天底下的一桩丑事,没有人可以承受。

“不过那不是世界末日,”马蒂阿姨说,“还有补救措施(remedy)。”

药物治疗(remedy)!一听这个词,我就浑身发热了。每年冬天和春天妈妈都要让我喝一勺药,治这样或那样的毛病。那些药会让你一整天老往厕所跑。有时一天喝两次。那可不是野餐,会让你屁股像火烧一样疼。

马蒂阿姨对妈妈和凯丽姑妈说:“他需要一个 tutor(辅导老师)。”

听到这话,我才舒缓地喘了口气。我当然知道“tooter”是什么。雅各布·亨利就有一只,它的真名叫短号。雅各布在校乐队里就吹那个,他管它叫“tooter”。所以我不那么害怕了,学吹短号总比被推进厨房,被拧着耳朵灌药好。虽然雅各布吹奏出的声音很糟,吹短号总比喝那些让人拉肚子的药强。

“事实上,”马蒂阿姨说,“我要亲自辅导他(tutor him)。”我忍不住大笑起来。马蒂阿姨,又高大又丰满,穿着花衣服,戴着珠链,在吹短号,像雅各布一样鼓着腮帮子,太滑稽可笑了。她可以率领高中乐队举行一次游行了。每年 7 月 4 日马蒂阿姨吹着短号,抬步行进在棱宁地区的主街上。那景象实在让人忍俊不禁。

我真的太无知了。看见我还在笑,马蒂阿姨生气了。一个英语考了 D 的人居然还敢笑。她接下来的话让我笑不出来了。

“英语拿 D! 这可不是好笑的事情。接下来就是 F 了,那就是不及格。你知道那意味着什么。开除。他会降级的。没有时间可以耽误了，我今天就开始辅导(tutor)他，马上开始。罗伯特过来。”①

这段叙事也包含了两个视角层次。第一个层次是历事者罗伯特，当初那个词汇量有限的罗伯特，不知道“remedy”有多重含义，把阿姨说的“补救措施”理解为“药物治疗”，还把“tutor”(辅导)当成是同学雅各布所吹的“短号”(tooter)，结果惹阿姨生气了。这个历事者罗伯特也被阿姨的举动弄得莫名其妙。第二个层次是叙事者罗伯特，那个能够看清当时“太无知”的罗伯特，也能够理解马蒂阿姨当时为何那么生气的罗伯特。读者大多被历事者罗伯特吸引，而忽略了叙事者罗伯特的存在；如同消费者大多被商品吸引，忽略了商品的生产者一样。当然，也有一些作者，有意凸显叙述自我的存在，不时用“当时我……，现在回想起来……”等类似的话语来提醒读者两个视角层次的存在。后者的反省意识比较突出，前者能够更好地把读者带进故事情节之中，体会少年的心理活动和审美方式。

有些成长小说的叙事是由不同人物视角的转换构成的。一些小说用第一人称“我”来叙述，这个“我”可以是小说中不同的个人。每个人的叙事构成独立的篇章，如小说《猪人》由约翰和罗琳两个人交叉的叙事组成。还有的作品用第三人称叙述，但却让不同章节拥有自己的限知视角，如《巧克力战争》。在后一部小说中，每一章节都有一个聚焦人物，让他成为该章节的中心和观察者，读者可以跟随他的观察和思路，进入他的意识流，或者通过他的眼

① Robert Newton Peck, *A Day No Pigs Would Die*, p. 54.

睛，审视其他人物的活动。通过不同章节中的不同人物的视角，读者可以更加全面地了解事件真相，了解事件对不同人物的影响。例如第五章以阿齐为视点人物，叙述者虽然不是阿齐本人，但却站在他的立场思考，也只知道他的内心活动。下面是其中一段：

> 沉默。
>
> 阿齐让沉默升压。他知道屋里的人都在迫切地等待。每次他要下达一项命令时，都有这样的气氛。他明白这些人脑子里都在想些什么——阿齐这一次又有什么新花招？有时，他讨厌这些人，因为他们都是些白痴，只知道言听计从。卡特肌肉发达，欧比负责跑腿。只有阿齐一人承担压力，他得构思出五花八门的任务，让大家去执行。好像他是一台机器似的，只需一按电钮，就会自动跳出一项任务。他们知道设计这些任务让他绞尽脑汁吗？知道有多少个夜晚他辗转反侧，夜不能寐吗？……①

这种叙事的优势在于读者可以在不同的章节进入不同人物的内心，对人物的了解更加客观充分，因为他人的看法和人物本人的思想可以相互补充和佐证。比如阿齐这个人物，如果只从他人的角度观察，这个形象就显得单薄——只是一个聪明无聊的恶棍而已。作者加入了阿齐的视角后，让读者进一步了解这位少年团伙头目骑虎难下、外强中干的一面，看到邪恶势力并非不可战胜，只是正义的力量没有团结起来，才使他得以猖狂。

① Robert Cormier, *The Chocolate War*, p. 30.

如果只通过他人的眼光看，小说中“守夜者”的秘书欧比是一个满口粗话、对阿齐俯首帖耳的狗腿子。但加上他的视角后，欧比对阿齐的矛盾态度有了更好的表现机会：一方面他羡慕阿齐聪明的头脑、丰富的想象力、伶牙俐齿和组织能力；另一方面又讨厌他的冷酷无情、自以为是、卑鄙邪恶。例如第二章的开头：

> 欧比烦透了，不止心烦，还感到厌恶。他很累，这些天他一直感觉累。他疲惫地上床，醒来还是疲惫，总是不停地打哈欠。最主要的是他厌倦了阿齐这个坏蛋。他既憎恨又嫉妒阿齐这个坏蛋。就说此时此刻吧，他对阿齐的憎恨达到极点，怒火烧得他自己疲惫不堪。他一手拿着笔记本，一手拿着笔，等候他下指令。他狠狠地瞪着阿齐，见他悠然自得地坐在露天看台上，金色的头发在风中飘动，尽管他知道欧比要去干活，快迟到了，还故意拖延时间，不让他离开。
>
> “你真坏，”欧比忍不住说了出来。他的怒火终于爆发了，就像一瓶被使劲摇晃过的可乐突然喷出一样。“你知道吗？”
>
> 阿齐转过头，和蔼地对他微笑，就像一位国王在向臣子布施恩惠一样。
>
> “上帝呵，”欧比恼怒地叹息说。
>
> “欧比，不要诅咒，”阿齐训斥说，“忏悔的时候，别忘了你说过的话。”
>
> “瞧瞧是谁在说话呀。不知道你今天早上哪来的勇气在教堂接受圣餐。”
>
> “那不需要勇气，欧比。当你走上前去时，你在接受圣餐。而我呢，不过是在咀嚼他们从沃瑟斯特一磅磅秤来的薄饼而已。”

欧比厌恶地把眼光转开。[1]

如果把叙述视角局限在一个人物身上，众多人物的内心活动就很难得到直接呈现。《巧克力战争》的一大特点就是让每个人物通过内在和外在的视角，使人物性格得到更加全面的展现。

中国学者陶东风说："小说叙事不仅是一种创作方法，也不仅是一种文学现象，而且更是人类体验、理解、解释世界的一种方式。"[2]传统小说中的全知视角叙事方式是人类对上帝的模仿，也是人类渴望获得无所不知能力的期盼，它反映了人类对自身能力的自信和乐观。叙述者仿佛是无所不知的上帝，垄断了叙述权力，他的无所不知反映了他对自己的认识能力的过分自信。因而，全知叙事反映了认识论上的可知论；而现代小说则普遍抛弃了全知叙事的方法，转向限知叙事。从意识流小说中作家退出小说开始，叙事者的认知范围受到限制，叙事者不能讲述他不可能知道的事件或经历，这是当代小说叙事的普遍特征。

陶东风还指出："跳角（即视点变化不定）的使用集中反映了相对主义的文化立场。叙述与聚焦的权力被分散到几个人而不是一个人身上，大家轮流作为焦点人物（又称视点人物，即叙述所依赖的透视角度，简言之，即看者或感受者），分散了感受主体的权力。同时，跳角的使用还有相关的道德评价方面的意味。因为，叙事作品中的视点人物常常是受到同情的。"[3]《巧克力战争》中的青少年

① Robert Cormier, *The Chocolate War*, p. 11.

② 陶东风：《文体演变及其文化意味》，第133页。

③ 同上，第141页。

人物都被授予了感受的权利和被关注的权利。读者可以直接了解他们行动的目的、他们的价值观和对生活的感受。“守夜者”的会长是大块头卡特,凭借他的重拳,大多数学生都惧怕他。但卡特却是典型的四肢发达、头脑简单的人物。他必须借助阿齐的聪明头脑,才能壮大“守夜者”队伍和声势。因此,阿齐是真正的管理者和操控者。他的权力欲望在卡特铁拳的支持下得到膨胀。但在第二十七章,当卡特没有等候他的建议,就擅自教训弗兰基·罗洛时,阿齐虚弱的一面被揭示出来。他心里讨厌卡特在众人面前损害了他的形象,表面上却故作深沉,好像一切都在他的掌控之下,仿佛他早就胸有成竹。当卡特对他失去耐心,当众警告他,若想不出办法早日平息巧克力事件,他就完蛋了时,阿齐转瞬间变为卡特武力威胁下的弱者。他的人格遭到卡特的侮辱。虽然他还带着微笑,但只有他自己感觉得到,那是让他脸颊发疼的僵硬的笑。

布斯曾指出:非人格化叙述(指作者退出小说)的代价,导致了价值混乱和含糊,导致读者在道德评价上失误。比如,如果对一位道德败坏的人物采用非人格化的、客观的心理描写,那么长久和深入的内心观察所提供的心理生动性将有助于该人物获得读者本不应该给予的同情,以至于我们不能把道德问题看成是与技巧无关的东西而束之高阁。①

西方已有不少学者对道德相对主义进行了批评。如阿伦·布卢姆在《美国精神的关闭》中,批评青年人的主要特点是接受一种肤浅的相对主义②。查尔斯·泰勒认为,相对主义本身是个人主义

① 陶东风:《文体演变及其文化意味》,第145页。

② 转引自查尔斯·泰勒:《现代性之隐忧》,第15页。

的衍生品，其原则是“每个人都有发展他们自己的生活形式的权利，生活形式是基于他们自己对何为重要或有价值的理解。个人有责任真实对待自己，寻求自我实现”。[①] 他认为，这种个人主义导致了自我中心，对自我之外的社会事物和社会问题——无论是宗教的、政治的，还是历史的问题都采取封闭、漠然的态度。其后果是生活被狭隘化和平庸化。泰勒使用了“道德主观主义”这个术语来指西方文化中流行的一种个人主义观点：即认为道德立场不是基于理性或事物的本性，而最终只是取决于我们每个人的观点。他认为，这种忽视社会关怀的自我实现文化，是一种“浅薄的和自我放纵的形式”。[②]

在描写善恶方面，《巧克力战争》的作者和大多数青少年文学作者一样，道德取向是比较鲜明的，并没有让阿齐拥有过多的话语权为自我开脱。以上面讲到的第二十七章为例，虽然头脑聪明的阿齐受到了体魄强壮的卡特的羞辱，作者完全可以把阿齐描写得更像一位坏念头比常人多一点，权力欲比较重一点的普通人，也害怕卡特的铁拳，并在一定程度上受制于卡特，从而让他获得读者更多的同情。但作者没有这样去描写，而是表现阿齐在个人权威受到冒犯后的心中恶气和进一步的盘算，让读者看清楚一个邪恶之徒的丑恶嘴脸。虽然他可能赢得一些读者的同情，不过恐怕看到恶人遭到报应，多数读者都会产生一丝快意。

文学作品是主观创造，哪怕作家千方百计设法使自己的作品显得“客观”，都无法彻底掩盖其主观情趣。任何一部文学作品，视

① 转引自查尔斯·泰勒：《现代性之隐忧》，第16页。

② 同上，第17、22页。

角无论怎样隐蔽,作者的思想情调都会反映出来。大多数作家往往是在反映暴力和性,以及一些社会禁忌时,设法使自己的描写客观化。但作家的取舍本身就是一种表态,而且对问题不表态也是一种表态。文学创作的目的就是表态,表达作者对某些社会现象的感受和看法,并设法让读者接受自己的看法。作者的创作欲望往往也出自压抑的欲望和表达的欲望。其中一些欲望是可以为大众接受和理解的,可以获得共鸣的。一些欲望是违背社会伦理的,不被大多数人所接受的。对后一种欲望,作者们往往采取隐蔽的策略,使其变为貌似客观的描写,把自己的态度隐藏起来。

韦勒克和沃伦指出,文学语言的功能之一就是影响他人。他们指出:"文学语言远非仅仅用来指称或说明什么,它还有表现情意的一面,可以传达说话者和作者的语调和态度。它不仅陈述和表达所要说的意思,而且要影响读者的态度,要劝说读者并最终改变他的想法。"①大多数青少年文学作品之所以不像成人作品那么晦涩,主要原因在于,那些把青少年作为读者对象的作者,大多数都怀有一定程度的教育目的。因此,他们不希望作品中的道德概念会让年轻的读者感到模棱两可。《巧克力战争》的作者就曾告诉公众,这部小说的创作灵感来源于自己的儿子卖巧克力的经历。学校要求每位同学向街坊邻居义卖巧克力,为学校集资。他从这项活动中预见到可能出现的强权压制行为,以及可能对青少年和社会弱势群体带来的心理压力和伤害。

把人物言行的善恶清晰化,是大多数青少年文学作品的特点。隐含读者的年龄越小,善恶黑白的表达越明显。这是比较通行的

① 韦勒克、沃伦:《文学理论》,第11页。

创作范式。《巧克力战争》中的视角转换没有彻底让位于各个人物,这种处理方式是作者态度的折射——不放弃对青少年成长的道德干预。同时它表明,文学可以表现恶行,但对恶行的态度不应该是模棱两可的。尽管这种明确的姿态在当代美国小说创作中并不太流行,但对于针对青少年读者的文学创作来说是可贵的坚守。

第三节　青少年话语

话语是获取信息和传达信息的主要媒介,也是建构自我身份、自我社会形象的重要手段。人们一方面通过话语吸收知识、智慧和信息,从而形成自己的世界观和生活态度,构建自我形象;另一方面,人们还通过话语表达思想、感情、偏好和价值观,去影响别人。话语和行为成为构建自我社会形象的两大主要依据。自我形象和自我社会形象有可能是不等同、不一致的。不同的人对同一个人的社会形象的认识也可能是不一致的。自我形象和自我社会形象还可能随着时间和环境的改变而有所变化。但青少年作为一个亚文化群体,仍然具有一些可以描述的、能够反映共性的形象特征,这些特征的构建与青少年话语有紧密的联系。

青少年话语的独特性反映在语句、语汇、语义、语气和修辞等方面。青少年话语的成因是社会因素、心理因素和认知因素三者间的共同作用。青少年既是中心又是边缘的社会地位,使青少年话语同时具有"自负与自怜"的双重特点。青少年喜欢使用生动、形象的修辞,喜欢使用简单句和并列句,这和他们的认知习惯和语言能力紧密相连。青少年话语语义层面和语气层面中的叛逆倾向、偏激倾向和理想化也是成长心理的外在表现。

文学作品中的青少年话语在语句和语汇上有两个主要特征：第一，简明的措辞和日常生活中的常用语、俚语、媒体中出现的流行语为主要交际语汇。第二，句式简短，复杂句少，长句以并列句为主，淡化文法，叙事口语化；书面叙事特征主要表现为：章节短小，常有标题提示章节主题；语气直率，不刻意隐藏自己的偏好；陈述和展示多于推理分析和议论，事件多于观点；喜欢生动形象的表现方法，喜欢用具象和类比表达抽象思维。

任何叙事都受制于叙事者本人的生活经历、认知能力、表达意图和表达能力。以青少年为叙事者的小说大多力求反映这一群体的生活经历、认知能力、表达意图和表达能力。用青少年口吻叙述的故事，常常设法缩短故事时间与叙事时间的间距，叙事者尽量把自己投身于一个青少年角色，模仿青少年的口气和思维方式。而且越是老练的作家，越会把自己的身份隐藏得巧妙一些。我们可以先拿美国著名作家马克·吐温的两部经典小说《哈克贝利·芬历险记》和《汤姆·索耶历险记》作比较，看作者如何表现不同叙事者的个性话语。首先以《哈克》中的第一段为例，来看哈克的叙述语言：

You don't know about me without you have read a book by the name of *The Adventures of Tom Sawyer*; but that ain't no matter. That book was made by Mr. Mark Twain, and he told the truth, mainly. There was things which he stretched, but mainly he told the truth. That is nothing. I never seen anybody but lied one time of another, without it was Aunt Polly, or the widow, or maybe

Mary. Aunt Polly – Tom's Aunt Polly, she is – and Mary, and the Widow Douglas is all told about in that book, which is mostly a true book, with some stretchers, as I said before. ①

（译文：如果你没有读过《汤姆·索耶历险记》，就不会知道我是谁，不过那也无关紧要。那本书是马克·吐温先生写的，他讲的基本都是事实。尽管他杜撰了一些事情，但大部分还是真的。其实那没有什么关系，哪个人不偶尔撒谎呢，只有波莉姨妈，还有那个寡妇，也许还有玛丽不撒谎。波莉姨妈，就是汤姆的姨妈，还有玛丽，还有道格拉斯寡妇都在那本书里出现过。就像我刚才说的，那本书除了有些事情是杜撰的以外，基本上是真实可信的。）

这一段原文译成汉语时，如何处理其中的文法错误是个难题。如果为了求得译文的顺达，原文中的语法错误就被掩盖了，作者的叙事策略也被消解了。直接阅读英文，则明显可以感觉到这是一个半文盲少年的叙述，有语法错误，有句式结构问题，词汇贫乏，表达拖拉，一个缺少教育的少年形象跃然纸上。再看从第十章里选取的另一段文字：

After breakfast I wanted to talk about the dead man and guess out how he come to be killed, but Jim didn't want to. He said it would fetch bad luck; and besides, he said, he might come and

① Mark Twain, "The Adventures of Huckleberry Finn", in *Four Great American Classics*, NY: Bantam Books, 1986, p. 3.

ha'nt us; he said a man that warn't buried was more likely to go a-ha'nting aroud than one that was planted and comfortable. That sounded pretty reasonable, so I didn't say no more; but I couldn't keep from studying over it and wishing I knowed who shot the man, and what they done it for. ①

(译文:早饭后,我想跟吉姆聊聊那个死人,猜猜他怎么死的,但吉姆不干。他说讲死人会招来厄运,还说什么死鬼会来缠住我们。他说一个没有被安葬的人不像那些被舒舒服服安葬入土的人那样安分,很可能要到处游荡。这话听起来很有道理,所以我也不吭声了;但我就是忍不住,总是要想这件事,我想知道是谁杀了他,为什么要杀他。)

这段文字表现了一个少年对死者的关心,对隐藏的秘密的好奇。同样,这段叙述中的语法错误、幼稚的思维方式和浓厚的好奇心,都模拟了一位少年的视角和口吻。整部小说仿佛都是出自一个叫哈克的少年之口,而不是老练的作家之手。但《汤姆·索耶历险记》的叙述语气就完全不同了。作者有意表现是自己在讲述一个关于小孩的童趣故事,是一个成年人在观察儿童生活。以第二章的结尾为例,观察作者老练的叙事话语:

...He had had a nice, good, idle time all the while—plenty of company—and the fence had three coats of whitewash on it! If he

① Mark Twain, "The Adventures of Huckleberry Finn", in *Four Great American Classics*, p. 51.

hadn't run out of whitewash he would have bankrupted every boy in the village.

Tom said to himself that it was not such a hollow world, after all. He had discovered a great law of human action, without knowing it—namely, that in order to make a man or a boy covet a thing, it is only necessary to make the thing difficult to attain. If he had been a great and wise philosopher, like the writer of this book, he would now have comprehended that Work consists of whatever a body is obliged to do, and that Play consists of whatever a body is not obliged to do. And this would help him to understand why constructing artificial flowers or performing on a tread-mill is work, while rolling ten-pins or climbing Mont Blanc is only amusement. There are wealthy gentlemen in England who drive four-horse passenger-coaches twenty or thirty miles on a daily line, in the summer, because the privilege costs them considerable money; but if they were offered wages for the service, that would turn it into work and then they would resign. ①

（译文：……他开心得很，悠闲自在，有那么多伙伴帮忙，那堵墙整整被刷了三遍。要不是灰浆用光了的话，他会让村里的每个孩子都破产。

汤姆心想，这个世界原来并不空洞乏味啊。他已经不知不觉地发现了人类的一大法则——即，若想让一个大人或一

① Mark Twain: *The Adventures of Tom Sawyer*, Wordsworth Editions Limited, 1992, pp. 14—15.

个小孩做什么事，只需设法将这事变得难以到手就行了。如果他是位伟大而明智的哲学家，就像这本书的作者，他就会懂得所谓"工作"就是一个人被迫要做的事情，至于"玩"呢，就是一个人没有义务要做的事。这个道理使他明白了为什么做假花和踩踏车是工作，而玩十柱戏和爬勃朗峰就是娱乐。英国有钱的绅士在夏季每天驾着四轮马拉车沿着同样的路线走上二三十里，因为这种特权需要很大的开销；可是如果付钱让他们做同样的事情，那么这桩事情就变成工作了，他们就会撒手不干了。)

这三段使用了标准的语法和丰富的词汇，叙事视角是第三人称全知叙述，加上作家本人的现身插话。作家的顽皮童心与幽默、成年人的老练和智慧跃然纸上。作家生动形象地展现了一位聪明少年的内心活动。读者一读便知这是马克·吐温的叙述，是马克·吐温的幽默。顽皮的汤姆认真地设计了这场骗局，以逃避单调的劳动和姑妈的惩罚。而读者则随着马克·吐温的描述，成为置身事外的旁观者，一边观察孩子们的举动，一边在汤姆的小诡计里偷着乐。

比较成人叙事话语与儿童叙事话语的主要区别，能够帮助我们更好地认识青少年叙事的特征。再看《巴德，不是巴迪》的作者柯蒂斯，是怎样通过不同年龄层次人物之间的对话，设计出一些少年话语与成年人话语并置的场景，以示少年的童真和成年人的世故。在巴德去认"父亲"的那天，好心的吉米先生说服"父亲"卡罗威，先留下巴德，让他一起去吃顿饭。在去饭店的路上，乐队的成员们跟巴德的交流反映出成人与儿童不同的认知能力：

吹萨克斯管的人对我说："来，小家伙，如果吉米先生为你订了晚饭，你至少可以帮我们装装车。把那个箱子拿起来，放到别克车的后备箱里。"

他指着一个长长的箱子，那个箱子顶上有个皮提手，他说："你要小心一点儿，那里面是我的吃饭家伙。"

我的表情看起来一定很迷惑不解，因为他对我补充说："那是我的号，我的乐器，我的萨克斯管，我用来挣钱的家伙，所以你千万不要松手掉到地上。"

我说："噢，好的，先生。"

那个吹长号的人，嘟-嘟虫说："但是有一个东西你可以弄掉在地上，就是你这一口一个的'先生'。我们这些人中只有两个人老得你应该称呼先生，就是吉米先生和——"他眨了眨眼，说，"你那失散了多年的亲爱的老爹"。

全体发出一阵哈哈大笑。

叫暴徒的家伙说："我要给你透露一个小秘密，小家伙。我想那位先生否认他是你爸爸，只有一个原因，那就是你伤害了他的感情。"

"什么？我并没有对他做什么呀。"①

……

暴徒说："那么，巴德不是巴迪，我这人说话直来直去，只是问了别人都想问的问题罢了。你是怎么发现那位先生是你爸爸的？"

"我妈妈告诉我的。"

① 柯蒂斯：《巴德，不是巴迪》，第137页。

暴徒说:“啊,我可不是在闹着玩,我从来不拿别人开心,但是让我来问你,你的妈妈,啊,我怎么说呢?你妈妈生你的时候年龄很大吗?”

稳定埃迪说:“伙计,让那孩子安静一会儿吧。你没有理由这么探听孩子的身世。”

我对谈论妈妈是从来也不介意的,于是我对暴徒说:“是的,先生,我出生的时候她年龄不小了。”

暴徒说:“哎啊,我知道她要和那个人有交道的话,不是年龄大了就是疯了。她那时多大年龄,八十,或者她还是个盲人?”

我说:“不是,先生,她年龄大了,但是她的眼睛还是好好的,我出生的时候她二十岁,死的时候是二十六。”

同成年人谈话,这类话总会把谈话中断的。黑色毁灭者们沉默了,死一般的静默。在接下来的一秒钟里,我听到的唯一声音是嘟-嘟虫把车开到一间挂有“甜豆”招牌的小房子前,钥匙打在金属仪表板上的嘟嘟声。①

巴德作为叙事者,忠实地记录了他们之间的对话。正是因为他的“忠实”叙述,才让读者看清孩子的思路和成年人的思路之间的区别,以及孩子对成人的误会和自己的推理方式。两种认知方式交织在一起,是《巴德,不是巴迪》这部小说一个突出的叙事特征。再如接下来的一段对话:

① 柯蒂斯:《巴德,不是巴迪》,第140—141页。

暴徒说:"生活很艰难,是不是?"

稳定埃迪说:"你不错,孩子,你是一个难对付的小家伙。我很喜欢。像你这样大年纪的孩子们,要是受了像那个傻子鼓手给你的这种嘲笑,大多数眼珠子都会爆出来了,但是你连哭出来的意思都没有,不是吗?"

我说:"是的,先生。我也不知道为什么,但是现在我的眼睛不再哭出眼泪了。"

稳定埃迪说:"我喜欢这句话,'我的眼睛不再哭出眼泪了'。这句话我借来用用你不介意吧?听起来是一个很好的歌名。"①

在上面引用的两段对话中,小巴德因认定卡罗威是自己的父亲,非常坦然。而成年人则看出了破绽:卡罗威太老,不可能是巴德的父亲。巴德听不出暴徒话里的嘲笑。暴徒认为,巴德来认亲的目的是要找个依靠。卡罗威是一个乐队的领队,在这个城市有比较大的知名度,而且前来认亲的孩子以前也有过。埃迪却能听出暴徒的话中话。埃迪是一位很有同情心的人,不愿意看到巴德受到伤害,他称暴徒为傻子,叫巴德不要理会他。巴德在接话时,只针对了埃迪的后半截话"但是你连哭出来的意思都没有,不是吗"做出了反应,忽略了前半截话。在这里,孩子的天真无邪与成人隐蔽、伪装过的话语并置在一起。在这样的叙事中,作者授予读者中间人和裁判员的义务,让读者去判断小说人物什么时候正确理解了对方,什么时候误解了对方。在成人与孩童的交流中,成人

① 柯蒂斯:《巴德,不是巴迪》,第141—142页。

获得了他们想要的信息，巴德只是回答了他能够理解的问题：如实介绍自己，以期被他们接受。

当人们问起他的母亲是怎么去世的，巴德天真地告诉大家：

> 我六岁那年她去世的，先生。我不知道为什么，她连续六天病得不能去上班。后来，有一天早上，我到她的房间里去，看见她已经死了。但是她没有受什么罪。她死得很快，她甚至还来不及闭上眼睛呢。她看起来没受什么罪。①

歌手托马斯小姐同情地伸手抚摸他的胳膊，安慰他说："我肯定她没有受罪，巴德，我肯定她走得很平静。"托马斯小姐这样肯定巴德的话，显然是为了安慰他。因为成年人都知道，"死不瞑目"意味着什么。但作者并没有说出这些，因此年龄层次不同的读者会因作者故意设置的信息空缺获得不同层次的阅读理解。从这个方面来看，该小说的隐含读者对象比较复杂，显然年龄较小的儿童是不能参与其中一些信息空缺填补游戏的，所以该小说并不完全是为少年读者所作，成年读者同样可以获得阅读的快乐和启发。

卡罗威先生原本以为巴德从外地赶来认他为父是个骗局，因为大萧条时期孤儿很多。一次偶然的机会让他得知巴德竟然是他的外孙后，他摇摇晃晃地躲到女儿的房间痛哭起来。由于老卡罗威是乐队中对巴德最冷淡的一个人，巴德对他的行为自有一套解释，他描述说：

---

① 柯蒂斯：《巴德，不是巴迪》，第189页。

我伸手到盒子里，拿出装有妈妈照片的那个信封，然后把两个银摁扣扣上。这时候卡罗威先生仍然没有理会我。他还是两手捂着脸。他的头上下轻微地摇晃着，就像在称量他的头到底有多重似的。

……

见鬼，赫尔曼·E. 卡罗威把眼珠都哭出来了。他这么做，好像我是他的外孙是他一生中得到的最坏的消息似的。①

巴德的推理有他自己的逻辑，因为卡罗威之前把他当作小骗子，没有对他表示过友好。他这样想符合他的认知局限。巴德的叙事建构了他的独特身份——一个阅历有限、具有黑人的幽默机智和顽强生存能力的聪明小男孩。

喜欢形象生动，喜欢用具象和类比表达抽象思维，是青少年话语的典型特征。例如，巴德讲述自己畏惧卡罗威，因此在他面前格外小心。他说："我咚咚咚跑上楼，但半路上停住了脚步，就像撞到一面砖墙上一样。我想起赫尔曼·E. 卡罗威冲我嚷叫时的那副疯狂的样子。于是剩下的路我只好踮着脚尖走。"②

在青少年话语中，"就像……"这类明喻是最常见的一种修辞手法，它把抽象的事物和概念具象化，用类比的手法化陌生为熟悉。明喻不仅是一种修辞，也是青少年常用的认知方式，因此也是表现青少年叙事不可或缺的手段。

在年龄较大的青少年话语中，形象化的另一种实现方式是大

---

① 柯蒂斯：《巴德，不是巴迪》，第 191 页。

② 同上，第 190 页。

量使用暗喻和青少年俚语,人物的性格和品质在他们使用的语言中得到生动、形象的表达。比如在《巧克力战争》中,“守夜者”的头目阿齐是一个邪恶的化身,他对帮内的伙伴也从来不尊重,不允许别人对他的指令有任何质疑或抱怨。当助手欧比对他的指令稍有抱怨时,他就说:“Don't whine, Obie。”(“欧比,别嗷嗷叫了。”)Whine 一词在英语中主要用于描写狗低声哀叫的样子,用于人有“抱怨”之意,它比中性词“complain”要形象得多,可以产生丰富的贬损性联想。虽然只用了一个词,阿齐的霸道性格就跃然纸上。再如“Take crap from customers”(听顾客的废话),把顾客的意见比喻成 crap,而 crap 一词含义有粪便、废物、废话的意思。再看一例,在“going to the Teen-Age Canteen to drool over all those broads”(去学生食堂调戏小妞)中,drool 的含义有流口水、说昏话,而 broads 作俚语时指“女人、小妞”。以上这些词语出自《巧克力战争》中“守夜者”的头目阿齐讲的一小段话,阿齐喜欢使用这类形象的俚语,联想意义丰富,但是他使用的俚语往往是贬义的、肮脏的,其流氓嘴脸在这些词语中得到充分表现。通过这些语汇,阿齐口齿伶俐、诡计多端的个性特征,消极庸俗的生活态度和玩世不恭的人物形象得到清晰的建构。

不仅阿齐,小说中其他青少年也喜欢使用生动形象的修辞。如“守夜者”的秘书欧比对阿齐的看法是:“And someday Archie would go too far and trip himself up。”(总有一天阿齐会走得太远,会栽倒的。)“Trip up”的基本含义是绊倒、跌跤, 引申含义有“失败”。欧比用走得太远和栽倒来比喻阿齐做事太过分,总有一天会倒霉。“The great Archie Costello is running dry。”(伟大的阿齐才思枯竭了),run dry 原指乳牛不产奶了。“Coach'll grind him up like hamburger."（教练会像捏汉堡包一样把他捏碎），这类的修辞和比喻在小说中比比皆是。

16岁的辛顿创作的《局外人》也是一部叙事语言以俚语见长的成长小说，其中的青少年人物也喜欢使用生动的修辞和俚语。波尼介绍二哥时说他"never cracks a book at all"（从不看书）。"crack"往往指砸开核桃等坚硬的干果。在介绍朋友时，他说"And nobody in our gang digs movies and books the way I do."（我们这帮人里，谁都不像我那样喜欢看电影看书。）"dig"的常用词义是"挖掘"，和汉语俚语中的"掏"有相通之处。波尼使用这两个俚语确切地表达了他的生活处境。他的父母在车祸中去世，刚刚成年的大哥成为家里的顶梁柱。他们生活在贫民窟，还无端受到富家子弟帮的骚扰和袭击。绝大多数孩子无心学习。因此对他们来说，打开书本真像敲开坚果一样麻烦，而要弄懂其中的含义就像挖土掘金一样费劲儿。

俚语除了借助暗喻带来的联想和生动以外，它的另外一个特点是语法功能的随意性，具体表征之一是随意更改词性。如波尼的二哥告诉他："Don't let him bug you. He's really proud of you'cause you're so brainy。"（别在意他说的话。其实他为你骄傲，因为你很聪明。）"bug"本是名词，指小虫子。在俚语中被用作动词，表示"烦扰、折磨"。

为什么青少年喜欢使用俚语？究其原因有四：第一，俚语具有非正规、非主流、非权威性等特征。它与青少年的身份地位有类似性。第二，俚语往往在一定范围内流行，共同使用这些俚语，使用者心理上产生一种归属感。成长中的青少年在叛逆父母及权威时，需要同伴的认同和支持。使用共同的、有别于成年人的语言，无疑给人一种神秘和共谋的感觉。第三,形象的比喻、隐喻、类比和俚语满足了青少年的创新感和自豪感。第四,俚语属于正统语言的对应物,是对正统语言的反叛,它正好迎合了青少年叛逆的心理——使用一种成年人和社会权威媒体陌生的话语进行交流,以示其独立性。俚语除了能够满足青少年的心理需求以外,也符合青少年认知特点。青少年受其生活阅历和认知发展的影响,对抽象的、概念化的论述本能地排斥,喜欢生动形象的表达方式。很多俚语具有这样的特征,迎合了他们的认知方式。一些生动的青少年俚语甚至逐渐流行开来,最后被正统语言吸收。布鲁克斯和沃伦评论说,俚语是潜伏在正规语言边缘的话语,它们或是扩展,或是扭曲词语的普通含义,因此是隐喻性的,跟语言的健康发展是有联系的。他们认为,不好的俚语通常是因为其隐喻效果差,尖锐性和联想性不足。①

青少年一方面喜欢接受新奇的词汇,另一方面因为阅历与经历的局限,使得他们的表达又具有单调性和重复性的特征。如波尼使用"dig"一词,在上面的例子中恰到好处。但他常常用这一词代替其他表示"喜欢"的词,不免有些单调。波尼经常使用的词还包括"holler"(叫喊、抱怨)、"jump"(袭击)、"buddy"(朋友)、"hood"(无赖)等。这些词汇在正规语言中很少出现。

青少年的语句和语汇具有口语化的特点。句式上以简单句和并列句为主。词汇上,除俚语制造的一定程度的陌生化以外,其他词汇以常用口语词汇为主。口语化的另一特点是随意性。如波尼

① Cleanth Brooks and Robert P. Warren, *Understanding Poetry* (4th edition), Beijing: Foreign Language Teaching and Research Press, 2004.

介绍自己的二哥说："Soda, who is sixteen-going-on-seventeen, never cracks a book at all, ..."（索达快满 17 岁了，他从来不碰书。）画线的这个表达简化了句子结构。随意性带来的语法错误也是青少年话语中的常见现象，如波尼的朋友对他说："We ain't goona cry no more, are we?"（"我们再也不哭了，好吗？"）

青少年话语中的随意性和口语化与他们性格中的直率和社会阅历有不可分割的联系。他们通常追求话语的达意和娱乐功能，不像成年人那样有种种礼貌顾忌，也不具有成年人日积月累培养起来的交际策略和细致的社会等级话语区分。正如华莱士·马丁所说："每一种语言都以一种特定的方式折射世界并为之着色，这取决于该语言使用者的知识、利益和态度。"①

在遭遇挫折时，青少年常常表现出自怜、叛逆、极端或理想化的叙事语气。如《局外人》，其叙事基调就是一种自怜。波尼为自己一伙人生活在贫民窟感到悲哀绝望，他们不仅没有富家子弟那样优越的生活条件，还无端受到上流帮的欺辱。他和小个子约翰尼最不想打架，但却难逃挨打的厄运。他们俩都有理想，这种理想来自他们的生存梦想——不受欺负，过上有尊严的生活。波尼一再强调他喜欢欣赏落日和星星；约翰尼羡慕南方绅士的风度和举止。这两个看似简单的愿望却包含复杂的条件。偶尔一次观赏落日和星星不足为奇，把看落日和星星当作一种理想，就需要物质条件——不需要为生计整日奔波，有闲暇的心境坐下来看落日和星星。这两个条件是贫民窟的孩子们不具有的。即便波尼有两个哥哥打工糊口，他也没有宁静的心情去赏日。因此，自怜的另一端连

① 华莱士·马丁：《当代叙事学》，第 42 页。

接着波尼的梦想。

当自怜找不到出路时，反叛是青少年一种通常的姿态。反叛表现在青少年的行为、衣着、发型和话语中。在《少年小树的教育》中，小树曾介绍他在孤儿院里遇到的一个残疾少年韦尔伯。韦尔伯很想离开孤儿院，唯一的途径就是被人领养。每次有这样的机会时，他虽然嘴里说不在乎，却总要换上最干净的衣服，向每个经过他面前的人微笑。韦尔伯每次都会失望，因为没有哪位领养者停下来跟他说过话。善于观察的小树把这些都看在眼里。小树是唯一愿意跟韦尔伯一起玩的人。韦尔伯曾问小树长大以后想做什么。小树告诉他，想跟爷爷一样，居住在山中。韦尔伯却说他以后要去抢银行和孤儿院。如果他能发现牧师们把钱放在教堂里，他还会去抢教堂。他说他一定会把开银行和孤儿院的人统统杀光，不过他会放小树一条生路。这位貌似凶狠的韦尔伯还经常在夜里偷偷地哭，为了不让人发现，他把毯子塞进嘴里。韦尔伯不愿意让人怜悯他，所以他装出不以为然的样子。但小树却通过观察，知道他的真实感受，因此十分同情他，还给他力所能及的安慰。这也是为什么在韦尔伯幻想的报复行为中，要放小树一条生路的原因。

韦尔伯的反叛主要停留在他的幻想和他对小树的倾诉中。年幼体残的韦尔伯知道，公开的反叛不会带给他任何好处。夜里尿床也许是他故意的行为，以此来冒犯管理员。他也在私底下通过话语向他信得过的人发泄。作为无权无势的青少年，通过话语发泄，甚至把话语当作发泄对象，是一种常见的行为。最典型的莫过于《麦田里的守望者》中的霍尔顿。在小说中，他不断用"damn"、"hell"、"goddam"、"my ass"等诅咒、肮脏的字眼，肆意滥用语言，以发泄胸中堆积的郁闷和不满，用话语挑衅主流社会的秩序和优雅。

任何话语都不是无源之水，它是一种心态的反映，这种心态的产生源自生活和环境。青少年话语也是他们愿望的反映、心理的表露、认知能力的外显和社会身份的折射。处于前成人期的青少年，既享有一定的自由，也有很多限制。他们的话语自由远远超过行动自由，因此发明新词和奇异的表达，创建圈内话语，借助日记发泄等成为他们摆脱束缚、表现自我价值的重要途径。

第四节　青少年叙事特征

每个人对事物的看法都受制于他的成长背景、生活经历和认知发展。青少年看待事物，有其独特的眼光。具体地说，就是对事件的关注角度、对事件性质和后果的认识、对事件的态度会在一定程度上有别于成年人。他们的叙事话语和语气也会有别于成年人。不少成长小说都以青少年为叙事者，以有限叙事法、日记体和书信体以及童话叙事等来讲述他们自己的故事。

所谓有限叙事是指叙事者作为作品中的一个人物，他的行动范围和社会角色所赋予他的观察视野必定是有限的，因此他的叙事也会受到视野局限的影响。作者利用这一特点，故意在叙事中留下各种信息空缺，让读者参与想象、补充和整合。人物的叙事只包括情况和经过，经常不讲理由；只作描述，不作分析。这是符合青少年认知特点的，也是青少年叙事的一大特点。这样的叙事方法需要调动起青少年读者的参与热情，可以培养想象力和补充信息空缺的推断能力。我们以几部具体的成长小说为依据，分析有限叙事的特点和效果。

下面一段选自《巴德,不是巴迪》,它讲述了巴德寻父途中的经历:

> 弗林特突然一下子消失了,我现在站在乡村里了。这种情况很像有些时候街的这一面下着雨,而另一面却不下。这边,是弗林特的大街,你站在人行道上,只要迈出一小步,就马上进入那边的农村,走上一条肮脏的路。在人行道这一边有一个标志,上面写着:"现在你要离开弗林特了,快些回来吧。"而在那条脏路的边上也有一个标志,写的是"你现在进入弗林特了——好好享受吧。"
>
> 我在弗林特城里城外跳进跳出了七次,最后实在腻烦了,决定还是往大拉皮兹走去。这时候天已经很黑很黑了,除非农村的情况跟别的地方不一样,否则天不可能很快亮起来的。①

巴德为什么要在弗林特城里城外跳进跳出?他没有解释。这是一种典型的青少年叙事:只讲情况和经过,不讲理由。对行动的理由和人物心理的分析,留给读者自己去猜想。

在另一部成长小说《芒果街的房子》中,作者也采用了大量的有限叙述法。这种叙事给读者留下了许多信息缺口(information gap)和想象空间,需要读者参与补充。以"小脚家庭"一章为例,对女孩们来说,从试穿彩色高跟鞋到获得性观念,之间有很大的信息缺口。故事开头讲:"有那么一个家庭,全家人都是小个头。他们

① 柯蒂斯:《巴德,不是巴迪》,第85页。

的手臂很短，手掌也小，个子不高，脚也很小。”[①]这家人的外貌被描写得像童话故事中可爱的小矮人一样。因此，当女主人送给女孩们几双彩色高跟鞋时，她们兴奋极了。色彩艳丽的高跟鞋，刚刚合脚，她们一下子觉得自己变成了穿上水晶鞋的“灰姑娘”。她们穿上鞋，在附近走来走去。可是本尼先生看见了，很惊讶她们会穿这种鞋，警告她们说，年轻女孩穿这种鞋上街很危险，要她们脱掉。女孩们没有听他的，反而跑开了。很快一位男子看见了她们，冲她们高叫：“女士们，带我去天堂。”[②]酒店门口的一位流浪汉看见她们，说那些鞋子很漂亮，还要求露西亲他一下，他会付一美元。她们吓得赶快逃走了，流浪汉还冲着她们的背影大声喊叫。叙事者除了纪实性地叙述了女孩们穿高跟鞋的经历以外，并没有多少主观评价，甚至没有历事人物的主观感受，只是到这一章的最后才道出了女孩们的醒悟：“我们厌倦了扮靓。露西藏起了那些鞋子……直到某个周二，她的母亲把鞋子都扔了，也没有人抱怨。”[③]

从女孩们的这段经历可以看出，在一个对性信号极端敏感的社会，女孩穿颜色鲜艳的高跟鞋已经成为一种暗示和符号，所以她们招来了男性的各种反应。童话式的叙事语言和“灰姑娘”穿的漂亮鞋，打破了孩子们美好的联想和兴奋的体验，“文明”的社会给鲜艳的高跟鞋打上了龌龊的性符号。来自男性的性骚扰破坏了女孩们的心情。这些都是需要读者自己进行填补的信息空缺。

该小说的另外一章“第一份工作”，也是表现青少年叙事特征

① Sandra Cisneros, *The House on Mango Street*, p. 39.

② Ibid., p. 41.

③ Ibid., p. 42.

的典型章节。艾丝珀兰妮先告诉读者,她在一所天主教学校学习,教会学校学费比公立学校高,所以她需要打工。姑妈娜娜给她介绍了一份比较体面的工作,到一家照片冲印店工作。接着她讲述了第一天工作的见闻和感受。让她终生难忘的是,一位看上去很友好的东方移民来接班,跟她说了几句话后,他告诉艾丝珀兰妮,那天是他的生日,并请求艾丝珀兰妮给他一个吻。见他已经上了年纪,艾丝珀兰妮打算友好地吻他一下,但那人却突然双手捧住她的脸,在她的嘴上使劲地吻起来,不让她抽身。这一章就此结束,仍然是白描的纪实性叙述,没有评论,没有人物心理描写。艾丝珀兰妮的感受都留给了读者自己去感悟和补充,让读者去设想这个突发事件的意义和可能包含的更多故事。

再如"不讲英语"一节,仅用了两页纸的篇幅,介绍了一位叫玛玛西塔的女人。她的丈夫拼命工作才把她和儿子接到美国来共同生活。艾丝珀兰妮描述了玛玛西塔如何走出出租车,走进家门,从此再也没有出过门。由于玛玛西塔不懂英语,没法与人交流,人们常常看到她坐在窗边,收听西班牙语节目,用海鸥般的声音唱着思乡曲。人们有时还听到她的丈夫对她吼叫:"这里就是家。我在这里,将来也不会离开。讲英语,讲英语,克莉丝!"①人们也常常听到她歇斯底里的喊叫。当她的儿子学会唱电视上百事可乐广告插曲时,玛玛西塔更加绝望,她告诉儿子:"不讲英语,不讲英语。"虽然叙述简短,一位身在美国、心在故里的孤独女性被生动地勾画出来。激励读者填补信息空缺的叙事话语,就是玛玛西塔绝望抵抗的呼喊。虽然理解这种简笔叙事需要读者有一定的生活阅历和阅

① Sandra Cisneros, *The House on Mango Street*, p. 78.

读技能，需要他们凭借对社会的认知，去填补没有被讲述出来的关于玛玛西塔的更多故事和情感生活，但是这种叙事方法是符合青少年叙事者的认知特点的，也符合当代文学理论“作者退出作品”的观点，因而它经常出现在当代美国成长小说中。

书信体和日记体是成长小说中一种比较流行的叙事载体。从认知层面看，书信和日记是认识自我的重要途径。从叙事层面看，书信和日记往往记录生活中重要的片段或事件。它的篇幅可短可长，比故事体更具灵活性。故事体则需要注重故事的连贯性、复杂性和完整性，对作者的写作技能要求更高。因此，日记及书信体常常成为成长小说中年轻主人公使用的体裁。

在《公主日记：第三次好运》中，米娅解释了她为什么要写日记，她说：“自从开始写日记以来，我就与自己的情感建立起了联系。我通常都知道自己的确切感受。……但问题是我不能告诉别人。”[①]也就是说，写日记是更加准确地把握思想和情感的途径，是内心秘密的倾诉方式和倾诉对象。当代作家的创新精神，也给日记体带来了变化。在《公主日记》中，生活中发生的种种事件都可以进入日记，如米娅用不同的字体区分课堂上进行纸条对话的两个人，用不同的字体区分上交的作业、老师的评语和日记中的叙述，用空白空间把日记和作业区分开来。这些超语言的叙事手段得到充分运用，而且取得了良好的视觉和阅读效果。

大多数日记小说由叙述式引出事件，呈现式用于构建丰满的人物或故事的生动性。而在《公主日记》中，小说一开始就是呈现，米娅把英语课上的作业要求呈现出来。老师要他们写一篇作文，

---

① Meg Cabot, *The Princess Diaries*: *Third Time Lucky*, p. 75.

要求学生讲述自己家里是怎样过感恩节的。在作业要求的下方，就是她自己写的一篇作文，详细记录了感恩节这一天，她从早上6点45分起床，一直到晚上12点的活动。类似这样的以呈现式开始的日记还不少。如米娅对12月8日周二英语课的记录，一开始就用两种不同的斜体字呈现出她与一位女同学在课堂上进行的纸条对话。对话结束后，在排版上流出长长的空间，接下来记载的是她在课堂上完成的作业。那空白的版面可以理解为对话终止后的沉默和对作业的思考。再如，12月12日晚上12点10分的日记中，呈现的是她写给母亲和盖尔尼尼先生的养猫注意事项，因为她要跟父亲和奶奶回儿诺维亚(Genovia)。她的猫必须交给他们喂养。这一篇日记整个由养猫注意事项组成。当然，更多的日记则继承了由讲述开头的叙事传统。

灵活的文体与叙事方式跟高中生活泼、随意的性格相吻合。米娅喜欢写日记，但并不严谨呆板，什么都可以记入日记：对话、电子邮件、作业要求、待完成的作业、日程表、注意事项、网上聊天、课堂纸条等等。作者利用多媒体和互文性等后现代技术和观念，使叙述手段得到极大的扩展和丰富，人物的性格特征也在日记这种私密性的表达方式中得到充分刻画和展现。该小说记载了米娅在12月5日到12月19日这些天里经历的事件，而每天的日记可以分时段记载，如12月5日星期六，她写了两次。第一次没有标明写作时间，第二次是晚上11点写的一篇长长的日记，其中记录了她和莉莉的对话，还包含了一份单子，列举了她为什么讨厌在纽约过节日的十条理由。

故事体中的对话也越来越多地被运用在书信体中，形成多声部的叙事，丰富了叙事视角和叙事话语。如在另一部以书信和日记组成的成长小说《亲爱的汉修先生》中，主人公鲍雷伊在日记中记下他和母亲的一段对话：

我：妈，您为什么不再结婚？

妈：这个，我不知道。我想，女人一旦离开学校，就不大容易遇到男人了吧。

我：您不是还有约会吗？您跟查理出去吃了好几次晚餐呢。他怎么样？

妈：几次就够了。不要再提查理了。

我：为什么？

妈：（想了一会儿。）查理离过婚，有三个小孩要养。他真正需要的是能够帮忙养孩子的人。

我：哦。（突然冒出来三个兄弟姐妹，那可得考虑清楚再说。）可是我到处都看到男人。一大堆男人。

妈：不见得是适合结婚的那种啊！（她笑了笑。）我猜我大概很怕又找到一个实际上只爱车子的男人。

我：（我仔细品味着她的话，没有作声。爸爸爱的是车子？那是什么意思？）

妈：你怎么突然问我这个问题呢？

我：我在想，假如我有一个爸爸跟我们住在一起，或许他可以教我怎么在午餐袋里装防盗警报器。

妈：（大笑起来。）你能不能找个更好的理由让我再婚？

——对话结束。①

① 贝芙莉·克莱瑞：《亲爱的汉修先生》，第64—66页。

在日记中加上双声部的对话,这里面包括了作者的意图和作者希望表现的鲍雷伊的意图。一个人在日记里精确地记下对话的内容和当时的神态,他必然赋予了这段对话值得回味的意义。鲍雷伊是问题的发出者,他希望妈妈再婚,有个爸爸或许可以帮他解决午餐被偷的难题。但妈妈却没有理解他的意图,以为他只是想要一个爸爸,把他真实的想法当作借口,还觉得这个借口太拙劣了,问他能不能找个更好的理由。鲍雷伊需要回味的是妈妈反问的问题,还有妈妈对爸爸的看法,妈妈要找什么样的人结婚等。这可能是鲍雷伊记下这段对话的意图。那么作者的意图又是什么呢?这段对话告诉了读者女性对婚姻的认知,女性不想找哪类男性。作为女性作者,克莱瑞借此对话表达了她对婚姻的看法。该故事更加直接的意图是展示儿童与成人交际过程中出现的误解。儿童的想法其实是有根据的,但大人们由于不在其语境中,常常不能理会他们的想法,反而把他们的话语放置到自己的语境中去理解。所以在鲍雷伊的母亲看来,他的想法非常可笑,理由也很奇异,绝非她能编造出的借口。

这种双声部的对话给单调的日记体带来了变化。可以说这也是一种有限叙事法,让读者作为旁观者去发现他们交流中出现的问题和误解。叙事者不对此加以评论,只是起到记录者的作用,暗地里邀请读者参与意义的补充和挖掘,参与创造过程,体验发现的快乐。由于读者处于了解双方内心活动的特殊地位,知道误解缘何而起,因而可能产生一种超越人物认知能力的快感。

让书信反映青少年的成长是书信体成长小说的主要意图。在《亲爱的汉修先生》中,鲍雷伊的日记不仅在文字上越来越长、内容越来越丰富,形式上也发生了演变:从短小、不规范到完整规范,再到表现出写作才能。这样的成长小说还包括沃克的《紫色》,这部小说也是当代书信体成长小说的杰出代表,它记录了主人公茜丽从14岁到中年的成长过程。她从一个幼稚软弱的少女,成长为一个自强自立的黑人妇女。整部小说由她写给上帝的信、她和妹妹耐蒂之间的通信组成。茜丽的信由简短、幼稚、自怜到内容充实、逐渐建立起自信和自尊。而书写本身的意义也得到了展现,它帮助茜丽在述说中释放心中的痛苦,并形成自己的思想,认识自己的处境,了解自己的需求,获得表达能力,最后解决自己的成长问题。对于大多数时候都处于孤立无援状态的茜丽来说,书写日记是她建立起一个与自己、与他人、与上帝沟通的有效方式。通过这一完全掌握在自己手中的沟通方式,她展示并收藏了她成长过程中经历的苦难、挫折、迷茫、奋斗等各种酸甜苦辣的经历。

在青少年叙事中还有一种常见的叙事特征——童话叙事。童话叙事通常采用的是第三人称全知视角,叙事者能够深入到人物的内心,用夸张、风趣、生动的话语说出儿童的所思所想。但叙事者观察事物的方式却常常在模仿儿童,带有写意性,也就是说忽略细节和过程,聚焦轮廓和主要印象。如同动漫片中的物体,以轮廓和夺目的色彩为主,不求工细。我们以获得纽伯瑞奖的小说《孤女流浪记》为例,来详细阐述这种童话叙事的特点。

该小说中的孤女没有名字,人们叫她"布蕾特",或叫她粪金龟。她营养不良,骨瘦如柴,无依无靠,常常被虐待和嘲弄。在她眼里,这个世界上处处都是凶狠恐怖的人。

每个村庄都有一些男孩子喜欢嘲笑、辱骂、掐或踢别人。那些男孩个个都瘦得要命,长得又丑又脏又笨,而且老是被其他人挑剔，全世界比他们更笨、更难看的人，就只剩下她而已，于是布蕾特成为他们嘲笑和揶揄的对象。在每个村庄都是这样，所以，她闭上双眼，默默承受。①

这一段的叙事者虽然是第三人称，但观察的视角源自布蕾特。证据有两个：第一，我们从小说后来的发展得知，布蕾特其实长得很漂亮，而且她在小小的年纪就跟着产婆学会了帮人接生的技术，她还设计让那些做了坏事的人一一受到惩罚，这些都证明她不笨；第二，说她笨，其实是因为年幼的布蕾特尚无一技之长，又常常被人嘲笑，因而没有自信而已。也就说，是布蕾特自己认为她很笨。

叙事者除了不时潜入布蕾特的视角以外，还常常采用童话视角，捕捉事物和人物的主要特征，并加以扩大，使主要特征得到凸显，细枝末节被忽略。如产婆第一次出场时，她的口吻一下子就表现出了她的性格：

喂，男孩子们！走开！你们把我的走道和西班牙真皮皮鞋弄脏了，滚远一点！

还有你，小丫头，你到底是死是活？②

小说中其他人物的行为常常也很夸张，如同舞台表演一般。如磨坊主来找产婆去为他的妻子接生，产婆不在，他便拖着产婆的

① 凯伦·库什曼：《孤女流浪记》，姚文雀译，南京：译林出版社2001年版，第3—4页。

② 同上，第5页。

徒弟布蕾特到他家去接生。

磨坊主抓住布蕾特的双臂说："那么，你必须亲自上阵了。"接着就拖着金龟到他的房子去。

"不可以，"她说，"我怕！我不知道怎么接生，我根本就不会接生呀！"但他仍然继续抓她、拉她。很快地，金龟就发现她已经在磨坊主家了。在其他时候，或许她会相当高兴来这里，因为她从没到过这么舒适的住处：楼上有两个房间，再上去有一间阁楼，还有一张四周围着帘子非常柔软的床，就像是给国王或教皇睡的床。

但是，现在是非常时刻。那张床上躺着一个身材巨大、脸色苍白的女人，等着产婆来替她接生，然而她等到的却只是金龟而已。磨坊主将金龟推向床边说："产婆的徒弟来了，亲爱的。她会帮你的，现在事情就简单多了。"然后，他就走了。①

磨坊主像是在舞台上演戏，话语简洁，行动夸张。这是童话中比较典型的写意叙事，只突出要点，不在意细节。金龟一路上是怎么挣扎的？磨坊主对她的抵抗做出了什么反应，一路上都说了些什么话，这些都被省略了，叙事直奔主题。而磨坊主家里的舒适和床上女人的巨大身材都是透过这个身材弱小、住惯了垃圾堆和猪圈的小女孩的眼光得到的图像。观察者和叙事者在此是分离的。

接下来的描述也很夸张，女主人把气都冲向金龟，把一杯酒、半条面包、一根香肠、锅碗瓢盆等拿得到的东西统统砸向金龟。而

① 凯伦·库什曼：《孤女流浪记》，第30—31页。

产婆赶来后，也不甘示弱，“抓住她，给她几个巴掌，一次、二次、三次、四次……不知道过了多久，尖叫声及巴掌声终于都停止了。”①这样的夸张描写，给小说增添了紧张和风趣。

童话似的写意特征在“旅舍”一章中也能找到。此时的金龟已经有了名字，叫艾莉丝。她在学者麦吉斯特·瑞斯的引导下找到了自信，明确了未来的生活目标。而在这之前，艾莉丝一直对瑞斯先生充满敬畏，不敢跟他讲话。瑞斯先生通过对她的猫咪讲话，教她学会了26个英语字母。这一章节的结尾是：

> “你没有那么笨，”他说，“你读书读得和你的猫一样好。”
>
> 艾莉丝微笑了。冬天转为春天了。②

艾莉丝的微笑跟冬天转为春天没有逻辑关系，但在童话中这样的联系却很常见。这也是童话写意的特点。

童话叙事中除了写意叙事以外，游戏叙事也是一种常见现象。游戏叙事往往类似于猜谜或找东西的游戏，具有愉悦功能。比较典型的是“芝麻开门”那样的叙事，主人公必须找到正确的口令才能通过这扇门。《孤女流浪记》的结尾就重现了这样的叙事方式：艾莉丝在学者的启发下，不再彷徨，她做出了未来生活的重大抉择——回到产婆身边，学习做一个合格的助产士。她满心欢喜地回去敲产婆的门，但产婆听了她的陈述，却不让她进门。艾莉丝陷入失望和困惑之中。经过一段时间的思考之后，艾莉丝获得顿悟。

---

① 凯伦·库什曼：《孤女流浪记》，第33页。

② 同上，第111页。

她又回去敲产婆的门,并对她说:

> "珍·夏普,是我——艾莉丝——你的助手。我回来了,如果你不让我进去的话,我会一再尝试的。我会做你叫我做的事,你给什么我就拿什么,而且我知道如何不断尝试、接受失败、再次尝试,并且不会放弃,永远都不会离开。"
>
> 门开了。艾莉丝走进屋里,猫咪也跟着她走进去。①

以上这段话的背景是艾莉丝曾经被人请去接生,但她遇到困难就吓得逃跑了,离开了产婆家,跑到一家旅店去当服务生。所以当她回到产婆家,告诉她自己会做些什么时,产婆说这些都是必备的素质,没有让她进门。在她承诺不再放弃后,产婆才肯接受她。这种"芝麻开门"的游戏叙事,在新童话中,与现实生活的联系更加紧密,游戏的色彩虽然淡化,但游戏的性质依然存在。

游戏叙事在"恶魔"一章也比较明显。村里有人在雪地发现了奇怪的动物脚印,经过众人的猜测和谣传,大家迷信是恶魔出现在村子里了。大家找来牧师,带上圣水引路,寻找线索。结果脚印引导他们发现了村子里的几起坏事:磨坊主偷别人的粮食、高大凶恶的葛罗美和猪倌偷情、偷吃执事家食物的华特、和产婆通奸的面包师。由于大家相信这些人是中了邪,所以没有处以重刑。磨坊主得到的惩罚是把自己的石磨绑在脖子上,在雨中站上一整天;葛罗美整夜斋戒祈祷;华特必须为执事照看那些脾气暴躁的猪;面包师被交给他的太太惩罚。仅仅这样,游戏是不完整的,小说写道:

① 凯伦·库什曼:《孤女流浪记》,第159—160页。

……艾莉丝从树丛中走出来，她从裙子里掏出一样东西丢进河里，然后跟在村民后面回家。所有曾经嘲笑过或折磨过艾莉丝的人(除了幸运的产婆以外)，全都因为他们自身所犯的秘密罪行而遭受惩罚。从此以后，村子里就再也没有恶魔的踪影了。除了艾莉丝，没有人知道真正的原因。

几天后，有不知名动物的蹄型木雕在靠近河流入海处的某个村庄被冲上岸。没有人知道这个东西的用途，也没有人知道它是从哪儿来的。最后，一个叫安妮·布莱德宾的人把它丢进炉火，在秋日夜晚享受了一顿热腾腾的炖兔肉。①

如果说前一段是谜底——艾莉丝是幕后策划者，让读者得知神秘的“恶魔”脚印实际上是艾莉丝丢进河里的东西。至此，“恶魔”之秘已经解开。后面一段则纯粹是为了愉悦而设计的巧合，具有游戏性。藏匿与寻找的游戏有了一个完整的结局。

当代美国成长小说在创作手法和创作形式上不断有创新。传统小说设法营造一个个真实的故事，让读者相信。当代美国成长小说中有不少作品故意显示虚构的一面，提醒读者小说虚构的本质。还有些作品虚构与真实之间有明显的对比，甚至有些突兀，如《可爱的骨头》、《唐老鸭》、《所罗门之歌》、《星妞》等。比如，在《唐老鸭》中，关公、宋江、李逵等中国古典文学作品中的人物以梦的形式出现，为主人公唐纳德对《水浒》不准确的理解提供了很好的理由，同时又表明了唐纳德的心愿：他希望当今的华人有古人那样的英雄豪气。在梦中，他梦见中国古代英雄，表明他的文化身份

① 凯伦·库什曼：《孤女流浪记》，第64页。

是不能真正消除的。他还梦见早期中国移民在修建横跨美国东西部的铁路时，所表现出的顽强和勇敢。他去图书馆借阅历史资料，进行核实，发现中国人的确创造过修建铁路的奇迹，把体格强大的爱尔兰铁路工人比了下去。在历史课上，当老师讲述中国移民修建铁路的历史时评说道："他们消极的哲学和不竞争的性格使得他们遭受剥削，成为受害者。"[①]在历史老师的叙述话语中，中国人是贫穷和胆怯的化身。这种观点在美国具有普遍性。唐纳德勇敢地打断了老师，用他核实过的史实来证明中国人并不消极，也具有竞争心态。中国人在修建铁路时，曾经在1869年4月29日创造过一天筑路里程最长的历史。但历史书上却抹去了1200名中国人的功劳，只记下8位和他们一起工作的爱尔兰人的名字。唐纳德还指出，华人还曾因为低廉的报酬举行过罢工，中国工头为中国人说话，并取得了胜利。这一事件在唐纳德看来，非常重要，因为它反映了华人也有人权意识和反抗勇气。《唐老鸭》中，唐纳德的梦具有真实与虚构的双重特征。唐纳德仿佛具有特异功能，在他梦境里出现的场景居然跟他在书中找到的事实有许多吻合之处。而且，是他的梦促使他去图书馆寻找历史事实。他梦中的筑路情景连贯有序，具有很强的真实感。但梦毕竟不能等同于事实。这是当代小说故意让虚构和事实耦合的范例。而且，许多虚构之处都是主人公或作者理想的折射。

当模拟真实的现实主义手法显得陈旧时，用仿真与明显虚构相混合的手法编织青少年的生活故事成为一种新的叙事策略，它反映了当代美国成长小说对后现代艺术观念和手法的吸收和应

① Frank Chin, *Donald Duk*. Minneapolis: Coffee House Press, 1991, p. 151.

用，是对艺术表现途径的开拓。但任何一种创作手法一旦被过度使用，也会失去新颖性，变得陈旧。因此新颖的创作手法对文学创作的贡献应该是添砖加瓦，丰富艺术表现手段。它不可能，也不应该取代传统的创作手法。

第八章　成长小说的社会功能

我希望文学能够教我生活，而不是文学本身。

——布莱斯《侨居者》

文学一方面源自生活，另一方面又通过读者的阅读、学者的阐释，媒体的传播，影响和改变着生活，文学具有参与社会文化建构的功能。从创作层面看，成长小说的作者对当代青少年群体的认识既有个人的观察，亲身的体验，也不可避免地受到大众媒体关于青少年报道的影响。当代社会心理学关于青少年自我中心、社会化、成长环境等的相关研究促进了社会对青少年的认识，反映在小说创作中是青少年人物多样化、青少年问题复杂化，青少年文学越来越丰富多彩。从文学研究层面看，了解跨学科关于青少年成长的理论有助于我们拓展视野，探索出研究青少年文学及成长小说的新方法和新视角。

心理学告诉我们，童年时期是自我中心和自我意识形成的阶段，儿童不仅不能对他人的动机、愿望和意图作出正确判断，而且还经常认为自己知道的事情别人也必然会知道，倾向于在所有方面积极评价自己。7 岁至 10 岁的儿童思维有所变化，不但自我中心思维在减弱，还开始有意识地限制自我中心的膨胀。12 岁左右开始越来越多地利用心理维度对同伴进行比较。到了 14 岁至 16

岁，青少年不但知道熟人性格上的相似和不相似，也知道很多情境因素会使人的行为和性格表现出变化和矛盾。①

在成长过程中，一个人去自我中心的过程就是社会化萌芽和发展的过程。“社会化”指儿童获得所属社会能够接受的思想观念、价值判断和行为方式的过程。总的来说，经历和见识有助于社会化程度的提升。不仅心理学通过实验观察得出这样的结论，文学家也通过艺术作品表达出这样的认识。19 世纪英国作家乔治·艾略特就认为，人天生自私，但人的道德水准可以通过经验得到提高；她说：“我们所有的人都天生带有一种愚昧的道德观，即把自己摆在了至高无上的位置，而把整个世界当成了只供我们吸吮的奶头。”②她认为，后天的教育能够使人在道德上不断趋于完善，而这一教育功能有一部分可以由小说来实现。因此，她把唤醒世人的同情心视为小说的基本道德标准。文学作品唤醒读者同情心的过程就是展示人物经历，揭示其内心体验的过程。读者在阅读中认识和体察到一种行动或一种言论可能产生的后果，从而获得移情能力，学会替他人着想，这样的人是社会化程度较高的人。

文学作品不仅能够通过文字表述直接传递社会知识和社会伦理，而且还通过故事，把理性认识感性化，以人们喜闻乐见的方式影响和感动读者。优秀的作品是智慧的宝库，能够开拓读者的视野，丰富读者的知识，提高读者的感知能力。优秀的成长小说通过展示丰富的生活画卷和人物的内心世界，向青少年读者传递成长的智慧。

---

① 参见谢弗，大卫：《发展心理学——儿童与青少年》，第 252、464、465 页。

② 参见殷企平等：《英国小说批评史》，第 61 页。

第一节　成长小说与青少年的社会化

个人要生存和发展，必须了解所在社会的主导价值观，适应社会环境，融入其中，参与社会的发展和建设，才能获得社会的认可，实现个人价值。这也是个人社会化的目标。有学者认为，个人社会化的成败将决定其生活质量。关于“社会化”，心理学著作解释如下：

> ……从社会的角度看，社会化是指帮助某一社会及其文化得以持续的手段。任何一个社会都会通过种种社会功能促使它的每一个成员发展为符合该社会规范所要求的人。从个体的角度看，社会化是个体在特定的人类历史发展阶段，通过加入社会环境、社会关系以及同社会环境、社会关系的相互作用，由单纯的自然人转变为成熟的社会人的过程。……个体通过社会化，学习和掌握人类生活、劳动、创造的基本知识和能力，形成并确立自身的人生目标和价值观，明确自己的社会角色和任务，遵守社会的行为规范，从而使自己逐步地成为一名合格而成熟的社会成员。[①]

心理学研究还告诉我们，个体的社会化过程实质上是个性的形成过程，这个过程从生命诞生就开始了。个性的形成过程可划

① 王德华、高希庚：《青年交往心理学》，湖南人民出版社1988年版，第36页。

分为三个领域：活动、交往和自我意识。个体在进入青春期后，社交需要迅速增强，社会化过程迅速发展。[①] 尤其是跟未来职业、性别角色和价值观形成等个人身份有关的社会化过程快速发展[②]。青春期还是青少年逐渐脱离家庭影响，叛逆和独立欲望最强烈的时期。这个时期的青少年最需要社会参照反观自我、塑造自我。

帮助青少年认识自我、超越自我、融入社会、服务社会，是当代美国成长小说的主流价值取向。当代美国成长小说的创作主体是成年作家，其显著特征是意识形态色彩比较浓厚。受到广泛认可的、尤其是获得各类文学奖的成长小说一方面传播了主流意识形态，另一方面又包含了对主流意识形态中潜在问题的揭露和反思。所谓意识形态，是指"一个浸透着情感、充满了幻想、关系到行动的，有关人类与社会、合法性与权威的，从日常与习俗性的强化力量中获得的信仰体系与价值体系"。[③] 包含了信仰和价值体系的意识形态反映了人们的精神世界。一个社会意识形态总是多元化的，除了占有支配地位的主流文化和价值观以外，还有民间的、大众的、边缘的等一系列亚文化和价值观。在当代社会，这些亚文化和价值观通过网络等现代通讯手段得到传播。无论主流还是非主流意识形态都具有"反映现实、指引方向、鼓动民众、付诸行动的社会功能"[④]。作为一种书面传播文本的成长小说，因其读者对象包

---

① 王德华、高希庚：《青年交往心理学》，第 37 页。

② Jeffrey J. Arnett, *Adolescence and Emerging Adulthood: A Cultural Approach*, p. 374.

③ 转引自季广茂：《意识形态视域中的现代话语转型与文学观念嬗变》，北京大学出版社 2005 年版，第 2 页。

④ 关于意识形态的社会功能，参见季广茂：《意识形态视域中的现代话语转型与文学观念嬗变》，第 72 页。

括大量青少年,它们所反映的意识形态有比较鲜明的倾向性和所指性。成长小说的教育引导气息比其他类型的小说更加浓厚。与"性"和"暴力"泛滥的美国电视节目相比,反映青少年成长的小说具有更大的社会价值和引领青少年社会化的功能。而那些挑逗起青少年对"性"和"暴力"产生兴趣的电视节目和作品,则可能引发青少年的反社会行为。由于美国成长小说的作者大多是成年人,通过小说对年轻读者传达理想和正确的行为方式,是不少创作者的自觉追求。

优秀的成长小说具有引领读者健康发展的功能,是读者反观自我成长的一面镜子。朱利叶斯·莱斯特说:"书使我们品尝到别人的经历。通过书,我们经历别样人生;通过书,我们认识自己和我们希望成为的人……书把我们带到灵魂深处,让我们成为幻想中的人而不是现实中的自己;书使我们换上别人的精神,暂时把个人私利放在门边的盒子里……这是一本书或所有的书所能提供给我们的一个坦白自己和认识自己的机会:坦白和认识我们的梦幻、乐趣和忧伤,坦白和认识我们的渴望和失败、信心和恐惧。"①莱斯特的这段话描述了优秀文学作品具有的社会意义,她所指涉的"我们希望成为的人",应该是指受社会认可、有价值感的人。这样的人必然是社会化程度高、自我与社会协调较好的人。

成长小说作为传播意识形态的一种媒介,一个重要的目的就是帮助青少年走出个人中心,了解和认同社会主流价值观,实现个人的社会化;它让人物和故事帮助读者辨别哪些是普世性的、永恒

① 转引自斯坦利·J. 巴伦:《大众传播概论:媒介认知与文化》,刘鸿英译,中国人民大学出版社 2005 年版,第 89 页。

的价值观，哪些是非主流的价值观；了解价值判断的必要性和复杂性。它通过“仿真”的个人生活故事和艺术化的表现来引起读者对他人和社会的关心。它是提高青少年社会认知、自我认知、道德认知、情感认知、智慧认识的有效途径。

一个人若不因意外生活在与世隔绝的荒岛或山林，他的成长过程就是获得方方面面的认知发展以适应社会生活的过程，其成败将决定一个人的幸福指数。一个社会对青少年成长的种种期待就是这个社会对青少年的社会角色定位，这个社会的价值观也蕴涵其中。比如我们认为，现代青少年应该有文化、有知识、有技能专长、有教养、遵纪守法，成人之后能够凭借自己的才能服务社会并获得生存保障，受到社会认可。围绕这些基本价值观，社会为儿童提供了义务教育，学校也为实现这些目标开设了各种各样的课程。对于儿童来说，需要逐步克服随意性和自我欲望，学会服从理性，适当妥协，角色移位（或移情），接受传输的知识，发展提出问题和解决问题的能力等。这个过程其实充满坎坷。只要看看每年入学时，媒体对新生的观察和报道，就知道要让同一班级里的学生步调一致，共同进步，有多么困难：在幼儿园开园第一天，有孩子追赶离去的家长，有的哭叫不停；吃午饭时，有人不吃，有人哭泣，有人吃两口要溜达两圈，有人等着喂饭等等。在小学一年级新生的班级里，有孩子随意起身走动，有的脚放在凳子上，有的与身边同学讲话或沉迷于自己的爱好，有人上课期间随意起来走动，甚至打打闹闹。从个性差异带给一个班级的混乱可以想象，要让个体学会跟一个集体融合，协调一致，这个过程充满了戏剧性，对一些人来说甚至是痛苦的过程，他们必须学会自我控制，或者妥协本性中与社会环境和社会要求不相符合的欲望和冲动。社会对他们的要求越高，他们越需要尽快学会适当压制自我欲望，比如军队对新兵的要求就比学校对新生的要求更高。适应社会规范缓慢的人，将面临种种社会压力和成长烦恼；挑战社会规范的人将面临社会的惩罚，甚至生存危机。

在成长小说中，这种社会化进程的表现途径常常是由时空变化带给主人公的新视野、新体验和认知发展。具体地说，从个人的眼光转向更多的观察视角，更广泛的社会维度，逐渐从自我为中心转向对共存、共享的认同，从非白即黑的简单思维模式转向接受客观世界的复杂性、多样性和矛盾性，从而获得心理和道德的健康成长。成长小说以故事的形式，不仅为读者提供了审美愉悦，也提供了经验参照。

“他人是一面镜子。”这面镜子对于青少年成长很有帮助，离开了镜子和具有镜子功能的参照物，人们很难想象自己的模样。镜子是个人获得自我认知的重要工具。从镜子中，人们首先知道了自己的面孔，并接受这张面孔。随着年龄的增长，人们开始认识到模样是可以改变的，于是尝试从衣着、装饰、发型和表情等方面改变自己的模样，使之更加符合自我意愿，并进一步发展到对人格美（内在美）的认识。文学阅读也如同照镜子，在这面镜子中，年幼的读者看到的是各种各样的人物，并认同那些受人喜爱、尊敬和成功的人物，还通过模仿主人公的某些行为举动，获得更高的自尊和评价；少年读者看到的是生动的故事，他们对那些惊险、神奇、超自然的故事津津乐道，对有着超凡能力或独特个性的人心向往之。随着年龄增长和阅历增加，青少年读者开始从效仿过渡到反思，过渡到有选择的认同和批判。文学这面镜子是帮助青少年社会化的有益工具。

第二节 成长小说与社会文化的互动

有记者曾向诺贝尔文学奖获奖者托尼·莫里森提问:“你怎样理解你的作用?”她回答说:“我同意约翰·伯格的看法,他认为农民们不写小说,因为他们不需要小说。他们对自己的看法来自于闲聊、故事、音乐和节日庆祝。那就足够了。工业革命开始时,中产阶级需要自己的形象,因为旧的印象已经不适用于这个新的阶级,小说正好起到了这个作用;今天,它仍是如此。它讲述的是城市的价值。”①

不仅中产阶级需要自己的形象,青少年也需要自己的形象,需要明确的价值观引导他们构建自己的形象。1960 年心理学家马斯洛在《哈珀杂志》上发表文章,比较美国与墨西哥儿童教育和违法犯罪的情况。他指出,墨西哥的少年违法、损坏公共财产以及破坏行为比美国少,少年结帮攻击成人的案例几乎闻所未闻,尽管那里的生活必需品匮乏到了几乎饥荒的程度。根据马斯洛研究,在墨西哥文化中,人们关于社会的基本价值与是非,有着普遍的认同和更多的一致性;正因为成人没有什么价值迷惑,所以儿童也很少有是非迷茫。父亲是一家之长,他会果断地制定一套行为准则。对此,妻子全力支持,所以孩子也乐于服从和遵守。他说:“相比之下,美国的父母却是迷茫的、不确定的、负疚的、充满内心冲突的。

① 托尼·莫里森:“语言不能流汗”,少况译,宋兆霖选编:《诺贝尔文学奖获奖作家访谈录》,浙江文艺出版社 2005 年版,第 333 页。

过去的传统一去不返了，而新的传统还有待建立。”①打破长久形成的传统价值远比构建新的价值体系容易。理性不足的人凭借冲动可以即刻摧毁旧东西，理智的人则不急于摧毁，他们首先要思考用什么新观念、新体制去替代旧观念和旧体制。

能够获得各种奖项的美国成长小说，往往是一方面在强化某些传统观念，另一方面又在努力构建一些新观念，激励读者参与对新观念的思考。它们以一种让人愉悦的感性方式践行着文学的社会责任。比如2004年获得美国国家图书奖、ALA青少年最佳图书等奖项的小说《无神论者》，讲述了15岁男孩杰森创建宗教组织并以失败告终的故事。从亚马逊图书网站上读者们的反应看，这部小说的亮点是它能够激发人们认真审视宗教信仰问题，包括宗教的产生过程（在这部小说中杰森的一时兴起和叛逆冲动促使他创建新的宗教）、入教的动机（杰森的尝试性、鑫的虔诚、玛格达的好奇、亨利的猎奇、丹的盲目）、宗教信仰（杰森提议水崇拜，鑫创建了一套水崇拜信条）、宗教仪式（杰森提议以山顶上的水塔为膜拜的神，亨利建议爬到塔顶去朝拜，又嬉戏似地跳进蓄水池里洗礼）、宗教内部组织（杰森因为畏惧街头小霸王亨利，又因为亨利帮助他爬到了水塔顶，他独自决定接纳亨利为新成员，并任命他为大祭司，引发了鑫的不满和内部不和）、宗教集会（他们认为爬到塔顶集会虽然十分冒险，但符合该宗教的精神，具有很好的象征意义）、宗教与社会关系（他们游戏性的洗礼仪式污染了公共水源，受到判罚）、参与宗教组织的后果（在蓄水池中他们差点淹死；从水里出来后亨利从水塔上滑下，摔断了腿；鑫因宗教热情一发不可收拾而精神失

① 弗兰克·G.戈布尔：《第三思潮——马斯洛心理学》，第6页。

常;玛格达被判处到福利院洗盘子;杰森和丹被判处到公路上拾垃圾;杰森失去了所有的朋友,失去了大家对他的好感)。小说让杰森的父亲沉痛地告诉他,他的人生路将会是孤独的,因为他不像大多数孩子一样加入父母所在的教堂,跟随他们的信仰。但他苦笑着激励杰森:"世上还有其他一些好的宗教,你很聪明,相信你会找到自己的信仰。"①杰森的故事其实反映了许多宗教组织面临的共同问题。但该小说并没有因此全盘否定宗教,而是让杰森通过反思得出结论:人需要有追求和信仰,传统宗教也好、人际间的相互信仰也好、对科学的信仰也好,只有当人有了信仰,他的生活才会充实起来。杰森的认识也反映出一个重要的观点,即信仰不局限于宗教。

有学者指出,美国教育理念中缺少对性格发展和道德发展的重视,给社会带来了很大危害。早在1969年,加利福尼亚教育厅邀请一些学者进行了一项全国性的公立学校德育教育调查。该项调查向各州的官员咨询的问题是,他们州的教育部门是否为学校的道德教育拟定了指导性原则?有29个州回答说,既没有指导原则,也没有任何研究这一问题的委员会。② 如何进行道德教育一直是困扰美国社会的难题。在殖民时期的北美,学校通常是由宗教组织开办,校长和老师的重要职责就是培养学生良好的品格。20世纪初,随着人们对宗教认识的变化,学校能否对学生进行道德教育成了有争议的问题。有学者认为,导致这种转变的原因是移民潮的涌入、城市人口的膨胀和美国从农业社会向工业社会的快速

① Pete Hautman, *Godless*, New York: Simon Pulse, 2004.

② 弗兰克·G.戈布尔,《第三思潮——马斯洛心理学》,第150页。

转变。多种文化和宗教团体构成的“熔炉”社会，要求学校放弃单一的宗教观念，以避免宗教冲突。后来政教分离意味着公立学校不得从事宗教教育，教师不能在课堂上灌输宗教信条和基于宗教的伦理观念。学校在学生道德发展中起到的作用萎缩了。[①] 随着社会、家庭和教堂对青少年道德教育的削弱，不断有呼声要求学校应该在青少年道德发展上发挥更大的作用。有人指出：“父母经常不在家，没有人告诉青少年该干什么；他们很少有机会观摩成人的行为。成人榜样的相对缺失成为一个严重的问题。”[②]在很多当代成长小说中，父母形象形同影子，他们对青少年的指导非常有限。同龄人成为青少年的情感依靠。传统成长小说中提供关怀和智慧的引路人正在消失，青少年人物的焦虑在增加。

弗莱曾说过：“智慧，从根本上讲是经过试验和检验的方式，是长者的方式——因为不论哪里有持续性焦虑，父辈权威或一般来说长者的权威便被视为社会安全的基础。父亲把他这一代的智慧以谚语或道德准则的方式传给他儿子，这种父亲的原型贯穿在文学之中，……”[③]但是，当代美国青少年从成年人那里获得的影响越来越小。反映在文学作品中，父母与长辈的身影也在萎缩。与此同时，同伴、电视和网络的影响越来越大，反过来进一步加剧了青少年与父母之间的距离，减少了他们共度的时间和交流的机会，其结果更加不利于青少年的社会化。成长引路人的消失导致了越来越多的反社会行为：艾滋病传播、强奸、早孕、种族歧视、吸

---

① John S. Dacey, *Adolescents Today*, p. 156.

② Ibid., p. 186.

③ 诺思洛普·弗莱：《批评之路》，第20页。

毒、自杀、枪杀等问题都被青少年文学，包括成长小说有所反映。当然，青少年文学应该在多大程度上反映这些社会问题，对这些问题的揭示应该以怎样的方式进行，也一直是评论者们争论的焦点。

在西方，伴随宗教的衰退，人们普遍希望文学能够在一定程度上替代宗教的教化功能，在对青少年的教育和影响上发挥作用。美国的青少年文学的发展和壮大，是对这种呼吁的积极反应。随着青少年文学的发展，它从儿童文学中逐渐独立出来，文学奖项也纷纷为青少年文学设立单独的类别。美国的出版界、图书馆和教育界定期举办最佳青少年文学作品提名，向青少年读者推介优秀作品，因为大多数人还是坚持传统的看法——艺术反映生活，也改变生活；作家不仅受社会的影响，也在影响社会。其实，读者按照作品中的人物塑造自己的例子屡见不鲜。如上个世纪的50年代，美国青少年纷纷模仿《麦田里的守望者》中的霍尔顿，反戴鸭舌帽以示个性，尽管在这个虚构的人物身上有不少缺点。青少年模仿他们喜爱的文学人物，表明这些人物身上反射出他们自己的影子，他们可以从这些人物成功和失败的故事中学会判断和选择。

在青少年亲社会行为的培养上，文学作品可以发挥的作用在教育心理学者们的研究中也得到了印证。他们认为，儿童通过文学作品了解真实生活或故事中深陷困境中的动物和儿童，可以培养乐于助人的爱心和能力。对于具有类似困难的儿童，他们可以通过文学作品，学习互助合作和表达情感的能力，有人称之为“书籍疗法”（bibliotherapy），并建议教师引导学生阅读文学作品，培养移情能力和合作精神,淡化竞争意识。[1] 由此可见,无论在哪种文化或社会中,乐于助人、具有合作精神,都被看作是促进和睦的亲社会行为。

在"书籍疗法"的倡导者们心目中,文学作品是能够帮助青少年了解现实生活的。无论从他们的预期目标还是理论的出发点看,他们的立论建立在那些具有较强的教育功能的文学作品上。我们知道文学作品具有许多功能——娱乐功能、信息功能、教育功能、启蒙功能、传教功能、批判功能、宣泄功能等等。一部文学作品可能包括多种功能,但在一部或者一类作品中,作者希望实现的功能常常被强化,因而比较突出。当代美国成长小说属于教育功能比较突出的一类。

一位从事青少年犯罪问题研究的美国学者说,追溯她事业的源头,还得归功于少年时代阅读 S. E. 辛顿的《局外人》。[2] 这是一部曾在美国引起较大反响的成长小说。该小说让她产生了对青少年犯罪根源的兴趣。进入大学后,她开始从事这方面的研究,思考社会环境以哪些方式影响了人们的选择,改变了人们的生活。《局外人》让青少年时代的她看到了社会上的不公平现象。同样是青少年团伙,同样参与打斗,与贫民窟孩子组成的"油污帮"相比,富家子弟组成的"上流帮"逃脱社会的惩罚要容易得多,尽管他们是肇事者。这个故事让她对贫民窟长大的孩子充满同情。小说中波

① Alice S. Honing and Donna S, Wittmer, "Helping Children Become More Prosocial: Ideas for Classrooms, Families, Schools, and Communities", *Educational Psychology*, 2000 (1).

② Michelle Inderbitzin, "*Outsiders* and Justice Consciousness", *Contemporary Justice Review*, 2003, Vol. 6(4), p. 357.

尼小子忿忿不平地说，他们很早就体会到一个事实：即便拼命努力，他们还是会落在“上流”之后。看到亲密的伙伴约翰尼去世，波尼说：“在大街上生活了16年，你可以学到很多东西。不过都是些错误的东西，不是那些你想学的。在大街上生活了16年，你可以看到很多，但是都是些不该看到的景象，不是你想看到的东西。”①这些话深深地打动了她，影响了她后来的人生，促使她从事青少年犯罪和社会公平问题的研究。她指出：“油污帮”的孩子们难以实现理想，主要原因是他们的经济条件。生长在贫民窟这样的环境里，孩子们发展的机会受到极大制约，发展空间大大缩小。这位社会工作者以亲身实例说明了文学作品对她人生的影响。

英国有一本学术期刊《儿童文学与教育》(*Children's Literature in Education*)，其中有大量论文论述了青少年文学及成长小说对青少年读者产生的影响。比如在一篇题为“安全的讨论而非亲身遭遇：青少年通过历史小说审视种族主义”②的文章中，两位美国教师讲述了他们在课堂上收集到的学生观点。学生们讨论的作品是一部反映黑人青少年成长的小说《滚雷听到我的哭声》。学生们利用这部小说来了解一段历史并评论这段历史，还设想角色换位后他们将如何面对种族歧视行为。两位教师总结说，这样的小说可以让逝去的历史在读者的想象中成为现实的一部分。他们还指出：“如果一个社会的文学是这个社会价值体系和社会现实的直接反映，那么挑战并设法改变种族主义的一个关键就在于分析和阐释

① S. E. Hinton, *The Outsiders*, Puffin Books, 1997, p. 122.

② Wanda Brooks and Gregory Hampton. "Safe Discussions Rather Than First Hand Encounters: Adolescents Examine Racism Through One Historical Fiction Text", *Children's Literature in Education*, Vol. 36 (1), March 2005.

《滚雷听到我的哭声》这样的作品。”他们认为，让青少年通过对文学作品的讨论来了解种族主义的复杂性，比亲身体验种族歧视更加安全，而且更加容易从中获得启发。

另一篇论述小说教育功能的文章提出，让未成年人通过文学认识历史上的屠杀事件是行之有效的方式。由于儿童心理和情感承受能力较弱，阅读从儿童的角度叙述的大屠杀历史，既不影响他们的心理健康，又能让他们设想角色换位，体会大屠杀带给主人公的灾难。文章作者认为这样的文学作品会促使孩子们思考大屠杀究竟是怎么一回事，为什么会有大屠杀之类的问题。该作者还指出，一些对屠杀细节描述过于详细，过于渲染的作品不是好作品。相反，既受到儿童认可，又可用于教学的作品往往有意采用各种策略，避免过分渲染恐怖和刺激，同时又让相关信息得到传达，这些作品才是成功的作品。它们起到了教育儿童，而不是震慑儿童的作用。他们提出的一个重要观点是：“文学是能够让儿童以人性的方式面对非人性的一种途径。”[①]优秀的作品不是让儿童变得悲观，而是唤起他们的希望。历史小说的意义在于让现代读者认识到人类所犯下的过错，认识到他们也有可能陷入同样的情形之中，过去的事件不再是那么难以置信。

托尼·莫里森曾就青少年问题反思说：“我觉得我这一代人对孩子犯了很大的错误，这就是，我们不再给孩子们情感上的支持了。原因是现在的大人只顾自我扩张，只看到自己‘正确’，只顾自己享受。无论在哪里，孩子总是受气包，当然还有别的人也受气，

① Sarah D. Jordan, “Educating Without Overwhelming: Authorial Strategies in Children's Holocaust Literature,” *Children's Literature in Education*, Vol. 35 (3), 2004.

但要数孩子最倒霉。现在的教师只把教书当职业,而不看作是一种事业,一种使命。就是在最好的学校里,学生受到的虐待也叫人听不下去。"①她还说:"往日,人总是有一条长大成人的路子可以遵循。现在呢——把你扔在那儿,是沉是浮任你挣扎。"②

另一位著名美国作家辛格也曾比较过他的成长环境和当今青少年的成长环境。他说,他是在一个存在某种希望的世界里长大。《摩西五书》给他指出了生活的道路。"生我养我的是属于一种善恶兼而有之的世界。几乎没有什么是不偏不倚的。你或者奉行神命,或者违犯教规,二者必居其一。在我们当今的时代,这种思维方式差不多绝迹了。事情到了这个地步,就产生了危机,不光在人们的伦理观方面,而且在其他许多方面。当今的孩子认为,没有善恶这样的一桩事,什么事情都是相对的。然而,人们是不能够带着一种完全中立的思想活在世上,而且成长壮大的。一个在道德上中立的人是一个畸形儿。"③

两位作家都指出了共同的问题:青少年成长需要成年人的正确引导和关心。青少年由于认知发展的局限,需要比较明确的是非标准,成年人常常对犯错误的人采取维护其脸面的世故行为,这对青少年来说,可能是一种误导。另外,若不提供一套新的伦理代替日益弱化的宗教伦理,青少年的道德成长必将遭遇困惑和障碍。

约翰·厄普代克曾说:"小说的一个通常目的就是表达道德,

① 托尼·莫里森:"我怎么写小说",斯默译,宋兆霖选编:《诺贝尔文学奖获奖作家访谈录》,第348页。

② 同上,第351页。

③ 参见宋兆霖选编:《诺贝尔文学奖获奖作家访谈录》,第161页。

以增强读者的善恶感。”[①]我们知道后现代的一些小说故意淡化道德意识或模糊道德界限，这种趋势对于成长小说的创作既不可取，也很危险。当代社会提倡的多元化并不等于应该放弃明确的是非观念，解构权威不等于可以消解人类经过漫长历史建立和积累起来的普世价值观。公正、同情、关爱、正直等是人类拥有的基本的、永恒的价值观。正如有学者指出的那样，“不同的文化会有一些不同的法规（如交通法），但公正原则在所有文化中都是一样的。除非某些社会势力阻止公正的实施，否则公正会是社会共存的自然结果，如同皮亚杰认为民主是人类的自然状态一样。”[②]每个社会的主导伦理观中，可能存在某些不合时宜的成分需要更新，但放弃明确的道德标准只会给青少年成长带来更多的困扰。

让文学作品发挥社会功能，是很多成长小说的明确意图。如《局外人》的作者辛顿通过波尼小子的作文，道出了自己的心声。波尼在作文中写道：

> 突然间我感到这不是我个人的事，我想象得出成千上万的孩子生活在城市阴暗的角落，那些长着黑眼睛的孩子终日惶恐不安。我看到成千上万看日落、看星星和渴望美好事物的孩子，他们在午夜时分闲荡在街头，走向堕落。他们桀骜不驯，憎恨这个世界，但现在再去告诉他们在这个世界上还有美好的事物为时已晚，应该有人在事情还能挽救的时候告诉他

① 参见 Wayne C. Booth, *The Company We keep—An Ethics of Fiction*, University of California Press, 1988, p. 24。

② John S. Dacey, *Adolescents Today*, p. 165.

们这一切。应该有人讲出他们身边的故事,人们也许才会理解他们。①

詹姆士·哈丁认为,成长小说从它形成之初就以关心青少年的成长、反思青少年的行为为主要特征。② 对行为的反思不仅对于个人成长,对于一个民族的成长都是十分必要的。反思为未来的行动提供了方向,赋予行动理性和目的性。而盲目、顺从、狂妄和叛逆往往是幼稚和不成熟的表现。许多成长小说因其大量的反思和心理描写,不仅青少年爱读,成年人同样爱读。主人公对行动的反思,不仅对青少年具有启发,对成年人的发展也是良好的参照。

其实,每一部文学作品都或多或少具有反思性。虽然虚构是文学作品的特征,但很多情节和事件要么建立在客观经验之上,要么是根据现实条件设想出的具有发生可能性的事件。很难设想有完全脱离现实的想象和缺乏反思的创作,即便是荒诞不经的梦也能在心理学家那里获得与现实有关的分析。成长小说对现实的反映和反思,为初出茅庐的青少年提供了必要的间接经验和人生智慧。成长小说中的大多数主人公称不上英雄,但又因其善于观察和反思,成为普通人中的佼佼者。另外,许多成长小说都带有很强的自传性,比如哈泼·李的《杀死百舌鸟》、波·马歇尔的《棕色姑娘,棕色砖房》、玛亚·安吉罗的《我知道笼中鸟为何歌唱》、柴姆·波多克的《起始之处》、凯瑟琳·马歇尔的《克里斯蒂》等。这些作

① S. E. Hinton, *The Outsiders*, p. 179.

② James Hardin (ed.), *Reflection and Action: Essays on the Bildungsroman*, University of South Carolina Press, p. xiii.

者本人也是受人尊敬、有较高社会地位的人。从这个角度看，大多数成长小说通过回顾个人的成长经历，为青少年成长提供了良好的参照。

美国学者斯坦利·J. 巴伦说，书籍是社会和文化变迁的中介力量，是重要的社会知识宝库，是我们看过去的窗口，是提高个人素质的重要源泉，是娱乐、逃避和个人反省的极好港湾，是文化的镜子。他还说，比起其他媒介来，书籍趋向于鼓励个人向更深处反思。[①] 巴伦的这些描述同样适合于对优秀成长小说的评价。

第三节　青少年文学的阅读补偿功能

一个人的成长需要从他人的评价、描述、反应和对照中获得自我认识。他留给别人的印象和激发的反馈，成为反观自我的"镜子"。离开了这面"镜子"，自我意识必然是淡薄的，甚至是无知的。对于青少年读者，成长小说起到了反观参照的作用。越是优秀的成长小说，越是能够透过虚构世界中青少年人物独特的"自我"，反映现实社会中青少年群体的"自我"。这个群体的"自我"相当于青少年的"集体意识"和"共性"。青少年读者通过这面"镜子"，获得对自我的进一步认识和对照，从而改变自我，把握机会，开拓更好的发展空间。很多时候，人们如同《孤女流浪记》中的小金龟，当听到别人的称赞后，才知道原来自己也很美。在这部描写一位孤

① 斯坦利·J. 巴伦：《大众传播概论：媒介认知与文化》，刘鸿英译，第83—89页。

女成长为乡村接生员的小说中，小金龟第一次听到陌生人赞美她时，很受震动；还有一次她被一位陌生男人当成了一位名叫艾莉丝的、会读书识字的女孩。金龟从这两次经历中获得了自信和目标，要做一个聪明的艾莉丝——一个全新的自我。从此，孤女金龟有了自己的名字——艾莉丝。小金龟转变成艾莉丝的故事说明，他人的评价和反馈是我们获得客观自我评价的重要参照。

阅读也如同照镜子。在这面镜子中，青少年读者往往会认同那些受人欢迎的人物，并通过模仿主人公的某些言行举止来塑造自我。文学作为一种交际手段，具有示范和引领人们进行社会交往的功能。

阅读还具有层次之分：第一层次是读故事，第二层次是读故事并思考故事，第三层次是思考故事并研究故事创作。普通读者的阅读停留在第一和第二个层次。创作者和研究者会有意识地把阅读推向第三个层次。青少年文学的繁荣除了需要前两个层次的读者，还需要后一层次的读者对创作进行评价，促进创作的繁荣和水平的提升。

然而，青少年的阅读与成年人的阅读不能用同样的价值标准来判断。密尔顿曾说，智者可以很好地利用一本无聊的小册子，而蠢人则不能很好地利用《圣经》。弗莱对此话进一步发挥说，这句话的含义是指读者自己应该对他所读的东西的道德性质负责，而正是逃避这种职责的欲望，不论是为了自己还是为了他人，才产生了出版审查制度。① 显然，两位大师对文学阅读的复杂性看得过于简单了。这种关于读者应该为读物的道德性质负责的观点，可能

---

① 参见弗莱：《批评之路》，第86页。

适合于成年人,但不适合青少年。庸俗的读物如同垃圾,虽然可以被利用,甚至被某些人合理有效地利用;但对另外一些人、尤其是抵抗力不强的人来说,垃圾只能破坏环境卫生,影响健康。对于成长中的年轻人来说,一下子成为明辨是非的智者是不现实的。再说,智者也曾有过成长的过程。在成为智者之前,他们也需要健康的读物和评论,引导他们健康成长。

阅读的另外一个价值判断是阅读补偿和回报率。读者的阅读行为和阅读心理犹如消费者购买商品和消费商品的心理,回报和补偿是对付出的自然期待;一件商品给我们的满足感越多、越持久,我们越会认可为这件商品所付出的时间、精力和金钱。在生活节奏越来越快速的今天,阅读所付出的金钱、时间和精力也越来越昂贵,读者对回报的期望也越来越高。阅读其实遵循了一种"补偿原则",即阅读带给读者的满足感越多,读者对所读作品的接受程度就越高。平庸的作品给读者的补偿是比较单一的,或是语言表达有一定特色,读者能够玩味其语言技巧;或是一个比较精彩的故事,可以让人消磨时间;或是一个想象丰富的荒野遇险,教会读者一些生存技巧;或是一个虚构的经历,演绎出某种观念等等。但优秀的作品常常能够赋予不同年龄阶段的读者不同方面的补偿:独特的语言风格、丰富的想象、知识和智慧、奇妙的构思、难忘的人物、奇特的经历、异域风情、人性洞见和认知启发等等。一些传统经典之所以能够引发多重视角的研究,激起一代代读者言说不尽的评论,就在于它们给读者提供了丰富的阅读补偿。

韦勒克和沃伦在讨论阅读问题时说,当我们重新阅读一部作品时,每次都在其中发现了新东西,"我们所指的新东西,通常并不是发现了更多的另一种东西,而是指在新的层次上发现了新的意义,新的联想形式,即我们发现诗或小说是一种多层面的复合组织。"[①]也有学者把文学作品的这种特征称之为"多义性"。艾略特曾评论莎士比亚的一部戏剧说,"头脑最简单的人可以看到情节,较有思想的人可以看到性格和性格冲突,文学知识较丰富的人可以看到词语的表达方法,对音乐较敏感的人可以看到节奏,那些具有更高的理解力和敏感性的观众和听众则可以发现某种逐渐揭示出来的内含意义。"[②]这就是我们所称的"文学阅读的补偿原则"。读者花时间阅读一部作品,总是希望得到更多的补偿——知识方面,可以获得信息、教育和启发;心理方面,可以获得愉悦和宣泄;美育方面,可以获得熏陶和修养;语言方面,可以获得新的措辞和表达技巧;思想方面,可以开拓思维深度,深化对世界的认识;经验方面,可以拓展人生视野,扩大读者的生活体验。越是优秀的作品,读者获得的补偿就会越多。关注读者的反馈,可以让我们更全面地发现一部作品所具有的各种魅力和社会意义。

如果从阅读中得不到补偿,没有人愿意继续读一本书。无论是专门研究小说的评论家,还是普通的小学生,他们愿意废寝忘食地痴迷于某些小说,原因在于他们都从中获得了阅读的补偿。而评论家和小学生获得的补偿可能完全是不一样的。一部作品若能吸引各个年龄层次的读者,说明它具有多种补偿功能。它就像一个大型超市,人们可以在里面各取所需。一部作品若只能迎合某类人的胃口,那么它就像一个专卖店,只有特定的一部分顾客光顾。了解文学作品的补偿原则,有助于我们认识经典,经典的价值

① 韦勒克、沃伦:《文学理论》,第278页。
② 转引自韦勒克、沃伦:《文学理论》,第279页。

就在于它们能够从各个方面给不同的读者提供不同的阅读补偿和回报。要发现经典的价值自然也就需要听到不同读者的阅读体验。

成长小说因其主题的重要性,具有广泛的认可度。作为一种小说样式,它在西方文学史上具有悠久的传统,而且跨越地域和文化,在各民族的文学宝库中都可以发现它的身影。个人的成长经历和感受其实是对其所在的社会和文化的映射,优秀的成长小说往往具有深刻的社会洞察和丰富的文化含量。在描写人物个体的成长经历和感受时,不仅主人公的社会认知、自我认知、道德认知、情感认知、智慧认知和环境认知等各个方面的认知发展过程都浓缩在作品中,一个社会的精神风貌、道德风尚和智慧也浓缩在其中,读者因此能够享受阅读的收获。

参考文献

英文参考文献(按作者姓氏首字母顺序排列):

Abel, Elizabeth el al., *The Voyage in: Fictions of Female Development.* NH: University Press of New England, 1983.

Arnett, Jeffrey J., *Adolescence and Emerging Adulthood: A Cultural Approach*, Prentice-Hall, 2001.

Atwood, Margaret., *Survival*, Toronto: Anansi, 1972.

Bakerman, Jane S., "Failures of Love: Female Initiation in the Novels of Toni Morrison," *American Literature* 52 (4), 1981.

Ballantyne, Sheila, *Imaginary Crimes*, Penguin Books, 1983.

Blaise, Clark, *Resident Alien*, Penguin Books, 1986.

Booth, Wayne C., *The Company We Keep—An Ethics of Fiction*, University of California Press, 1988.

Bowman, James, "Ain't Gettin Any Older: The Bizarre Triumph of Youth-Recent Spate of Youth-Oriented Movies Reflects A Culture That Refuses to Grow Up", *National Review* Nov 8, 1999.

Bradford, Clare, *Unsettling Narratives: Postcolonial Readings of Children's Literature*, Wilfrid Laurier University Press, 2007.

Brooks, Cleanth and Warren, Robert P., *Understanding Poetry* (4th edition), Foreign Language Teaching and Research Press, 2004.

Brooks, Wanda and Hampton, Gregory, "Safe Discussions Rather Than First Hand Encounters: Adolescents Examine Racism Through One Historical Fiction Text," *Children's Literature in Education*, Vol. 36 (1), March 2005.

Bullock, Alan and Stallybrass, Oliver (ed.), *The Fontana Dictionary of Modern Thought*, London: Fontana/ Collins, 5th ed. 1982.

Cabot, Meg, *The Princess Diaries: Third Time Lucky*, Macmillan Children's Books, 2002.

Cabot, Meg, *Teen Idol*, Macmillan, 2004.

Cart, Michael, *From Romance to Realism*: 50 *Years of Growth and Change in Young Adult Literature*, NY: HarperCollins Publishers, 1996.

Chin, Frank, *Donald Duk*, Minneapolis: Coffee House Press, 1991.

Cisneros, Sandra, *The House On Mango Street*, NY: Vintage Books, 1984.

Cooper, Pamela, "A Body Story with a Vengence: Anatomy and Struggle in *The Bell Jar* and *The Handmaid's Tale*," *Women's Studies*, Vol 26 (1), 1997.

Cormier, Robert, *The Chocolate War*, NY: Dell Publishing Co., Inc., 1974.

Coulthard, A. R., "Joyce Carol Oates's 'Where Are You Going, Where Have You Been?' as Pure Realism," *Studies in Short Fiction*, Vol. 26 (4), Fall 1989.

Coyle, William (ed.), *The Young Man in American Literature: The Initiation Theme*. NY: The Odyssey Press, 1981.

Dacey, John S., *Adolescents Today* (Second Edition), Scott, Foresman and Company, 1982.

Daldick, Chris, *Oxford Concise Dictionary of Literary Terms*, Shanghai Foreign Language Education Press, 2000.

Dalsimer, Katherine, *Female Adolescence: Psychoanalytic Reflections on Literature*, Yale University Press, 1986.

DeMarr, Mary J. and Bakerman, Jane S., *The Adolescent in the American Novel since 1960*. NY: Ungar, 1986.

Donelson, Kenneth L., and Nilsen, Alleen Pace, *Literature for Today's Young Adults*. New York: Addison Wesley Educational Publishers Inc., 1997.

Douthat, Ross and Phillips, Brian, *Study Guides to To Kill a Mockingbird*. SparkNotes LLC., 2002.

Eucken, Rudolf, *Present-day Ethics in Their Relations to the Spriritual Life — Lectures Delivered in* 1913 *at New York University* (English Edition), W. Tudor Jones, D. Phil. (Jena) (ed.)., London: Williams &

Norgate, 2006.

Feldman, Robert S., *Essentials of Understanding Psychology* (3rd edition), NY: The McGraw-Hill, 1997.

Fiedler, Leslie, *Love and Death in the American Novel*, Penguin, 1982.

Franklin, Benjamin, "Remarks Concerning the Savages of North America," in *The Heath Anthology of American Literature* (*Vol.* 1), D. C. Heath and Company, 1990.

Friedberg, Barton, "The Cult of Adolescence in American Fiction," *Nassau Review*, (Spring 1964).

Friedenberg, Edgar Z., *The Vanishing Adolescent* (13th edition), NY: Dell, 1970.

Gilbert, P., "And They Lived Happily Ever After: Cultural Storylines and the Construction of Gender," in *The Need for Story*, A. H. Dyson and C. Genishi (eds.), Urbana, IL: National Council of Teachers of English, 1994.

Guy, Rosa, *The Friends*, New York, Chicago, San Francisco: Holt, Rinehart and Winston, 1973.

Hassan, Ihab, "The Idea of Adolescence in American Fiction", *American Quarterly* 10, 3 (Fall 1958).

Hardin, James (ed.), *Reflection and Action*: *Essays on the Bildungsroman*, University of South Carolina Press, 1991.

Hautman, Pete, *Godless*, New York: Simon Pulse, 2004.

Hicks, David (ed.), *Ritual and Belief*: *Readings in the Anthropology of Religion*, McGraw-Hill College, 1999.

Hinton, S. E., *The Outsiders*, Puffin Books, 1997.

Hintz, Carrie and Ostry, Elaine (eds.), *Utopian and Dystopian Writing for Children and Young Adults*, NY: Routledge, 2003.

Hollindale, Peter, "The Adolescent Novel of Ideas," *Children's Literature in Education*, Vol. 26 (1), 1995.

Honing, Alice S. and Wittmer, Donna S., "Helping Children Become More Prosocial: Ideas for Classrooms, Families, Schools, and Communities," *Educational Psychology*, 2000 (1).

Hunt, Irene, *No Promises in the Wind*, NY: Berkley Books, 1970.

Inderbitzin, Michelle, "*Outsiders* and Justice Consciousness," *Contemporary Justice Review*, Vol. 6(4), 2003.

Johnson, James William, "The Adolescent Hero: A Trend in Modern Fiction," *Twentieth Century Literature* 5:1 (1959).

Jordan, Sarah D., "Educating without Overwhelming: Authorial Strategies in Children's Holocaust Literature," *Children's Literature in Education*, Vol. 35 (3), 2004.

Kaywell, Joan F., "Adolescent Literature as a Complement to the Classics. Christopher-Gordon Publisher," Inc. 1993.

Kearny, Edward N. et al., *The American Way: An Introduction to American Culture*. Printice-Hall, 1984.

Kiell, Norman, *The Adolescent through Fiction: A Psychological Approach*, New York: International UP, 1959.

Kim, Elaine H., *Asian American Literature: An Introduction to the Writings and Their Social Context*, Temple University Press, 1982.

Konigsburg, E. L., *The View from Saturday.*, NY: Aladdin, 1998.

Lee, Gus., *China Boy*, NY: Plume, 1994.

Lerner, Max, "Growing Up in America", in *The Young Man in American Literature*, William Coyle (ed.), NY: The Odyssey Press, 1969.

Lowry, Lois, *The Giver*, Boston: Houghton Mifflin, 1993.

Lurie, Alison, *Not in Front of the Grown-Ups: Subversive Children's Literature*, Cardinal, 1991.

Mackler, Carolyn, *The Earth, My Butt, and Other Big Roung Things*, Candlewick Press, 2003.

Marcus, Mordecai, "What Is an Initiation Story?" in William Coyle (ed.), *The Young Man in American Literature: The Initiation Theme*, NY: The Odyssey Press, 1981.

Marshall, Catherine, *Christy*, NY: Avon, 1967.

McGillis, Roderick, "Self, Other, and Other Self: Recognizing the Other in Children's Literature", *The Lion and the Unicorn*, Vol. 21 (2), 1997.

Meece, Judith L., *Child and Adolesent Development for Educators*, McGraw-Hill,

1997.

Momaday, N. Scott, *House Made of Dawn*, NY: Perennial, 1999.

Morrison, Toni, *Sula*, A. Knopf, 1994.

Oates, Joyce Carol, "Where Are You Going, Where Have You Been?" in *The Heath Anthology of American Literature* (*Vol.* 2), D. C. Heath and Company, 1990.

O'Dell, Felicity Ann, "Socialisation Through Children's Literature: The Soviet Example," Cambridge University Press, 1978.

Otano, Alicia, *Speaking the Past: Child Perspective in the Asian American Bildungsroman*, Münster: Lit Verlag Münster, 2004.

Peck, Robert Newton, *A Day No Pigs Would Die*, NY: Random House, 1972.

Plath, Sylvia, *The Bell Jar*, London: Faber and Faber, 1966.

Potok, Chaim, *In the Beginning*, Penguin Books, 1975.

Radley, Gail, "Spiritual Quest in Young Adult Literature", *The ALAN Review*, Vol. 28 (3). 2001.

Reynolds, Guy, *Twentieth-Century American Women's Fiction*, NY: St. Martin's Press, 1999.

Saldivar, Jose David, "Postmodern Realism," in *The Columbia History of the American Novel*, Emory Elliott et al (eds.), Beijing: Foreign Languages Teaching and Research Press, 2005.

Sebald, Hans, *Adolescence: A Social Psychological Analysis* (Third Edition), Prentice-Hall, Inc, 1984.

Sebold, Alice, *The Lovely Bones*, London: Picador, 2002.

Steinberg, Laurence, *Adolescence* (Fifth Edition), Boston: McGraw-Hill, 1999.

Swanson, Diana L., "My Boldness Terrifies Me: Sexual Abuse and Female Subjectivity," in *The Voyage Out*, *Twentieth Century Literature*, Vol. 41 (4), 1995.

Swarthout, Glendon, *Bless the Beasts and Children*, NY: Doubleday, 1970.

Taylor, Mildred, *Roll of Thunder*, *Hear My Cry*, Puffin Books, 1976.

Thompson, Julian F., "An Under-utilized Resource: Values Education and the Older YA Novel," *The ALAN Review*, Vol. 23 (3), 1996.

Tomlinson, Carl M., and Lynch-Brown, Carol, *Essentials of Young Adult Literature*, Boston, New York, San Francisco: Pearson Education, Inc., 2007.

Twain, Mark, "The Adventures of Huckleberry Finn," in *Four Great American Classics*, NY: Bantam Books, 1986.

Twain, Mark, *The Adventures of Tom Sawyer*, Wordsworth Editions Limited, 1992.

White, Barbara, *Growing Up Female: Adolescent Girlhood in American Fiction*, Westport: Greenwood Press, 1985.

Witham, W. Tasker, *The Adolescent in the American Novel*, 1920-1960, New York: Ungar, 1964.

Wittke, Gabriele, *Female Initiation in the American Novel*, Peter Lang, 1991.

Yong, Erica, *Fear of Flying*, London: Vintage, 2004.

Zipes, Jack, "Forward" in *Utopian and Dystopian Writing for Children and Young Adults*, Carrie Hintz and Elaine Ostry (eds.), NY: Routledge, 2003.

中文参考文献(按作者姓氏首字音序排列):

巴赫金:《小说理论》,白春仁、晓何译,石家庄:河北教育出版社,1998年。

巴伦斯,坦利·J.:《大众传播概论:媒介认知与文化》,刘鸿英译,北京:中国人民大学出版社,2005年。

鲍曼,齐格蒙特:《后现代伦理学》,张成岗译,南京:江苏人民出版社,2003年。

布鲁克斯,克林斯和沃伦·罗伯特编:《小说鉴赏》,主万等译,北京:中国青年出版社,1986年。

陈英和:《认知发展心理学》,杭州:浙江人民出版社,1996年。

迪克斯坦,莫里斯:《伊甸园之门——六十年代美国文化》,方晓光译,上海:上海外语教育出版社,1985年。

弗莱,诺思罗普:《批评之路》,王逢振、秦明利译,北京:北京大学出版社,1998年。

弗莱,诺思罗普:《批评的解剖》,陈慧等译,天津:百花文艺出版社,

2006 年。
福斯特,爱·摩:《小说面面观》,苏炳文译,广州:花城出版社,1984 年。
戈布尔,弗兰克·G.:《第三思潮——马斯洛心理学》,吕明、陈红雯译,上海:上海译文出版社,2006 年。
格拉斯文集《与乌托邦赛跑》,林笳等译,上海:上海译文出版社,2005 年。
格里芬,大卫·雷主编:《后现代精神》,王成兵译,北京:中央编译出版社,1998 年。
惠兰,格洛丽亚:《无家可归的小鸟》,温晨红译,南京:译林出版社,2004 年。
卡波特,梅格:《不想当公主的公主》,姚小文译,南宁:接力出版社,2004 年。
卡特,佛瑞斯特:《少年小树之歌》,姚宏昌译,杭州:浙江文艺出版社,2005 年。
康利,简·莱斯利:《谁知我心》,胡芳慈译,天津:新蕾出版社,2005 年。
考尔曼,J. C.:《青春的本性》,杨高潮、杨新潮译,杭州:浙江人民出版社,1987 年。
柯蒂斯:《巴德,不是巴迪》,黄乔生译,南京:译林出版社,2001 年。
柯里,马克:《后现代叙事理论》,宁一中译,北京:北京大学出版社,2003 年。
克莱瑞,贝芙莉:《亲爱的汉修先生》,柯倩华译,天津:新蕾出版社,2004 年。
库什曼,凯伦:《孤女流浪记》,姚文雀译,南京:译林出版社,2001 年。
赫尔曼,戴卫主编:《新叙事学》,马海良译,北京:北京大学出版社,2002 年。
胡赛尼,卡勒德:《追风筝的人》,李继宏译,上海:上海人民出版社,2006 年。
赖特,德里克:《行为·性格·犯罪》,周振林、朱晓平译,哈尔滨:黑龙江人民出版社,1988 年。
李,哈泼:《百舌鸟之死》,舒逊译,上海:上海译文出版社,1984 年。
刘国枝:"南方淑女情结与'百舌鸟之死'",《外国文学研究》1999 年(1)。
刘若端:《十九世纪英国诗人论诗》,北京:人民文学出版社,1984 年。
马丁,华莱士:《当代叙事学》,伍晓明译,北京:北京大学出版社,2005 年。

毛泽东:《毛泽东思想基本著作选读》,北京:人民出版社,2001 年。
米勒,J. 希利斯:《重申解构主义》,郭英剑等译,北京:中国社会科学出版社,1998 年。
莫里森,托尼:《所罗门之歌》,胡允恒译,北京:外国文学出版社,1987 年。
聂珍钊:"关于文学伦理学批评",《外国文学研究》2005 年(1)。
欧茨,乔伊斯·卡罗尔:《狐火:一个少女帮的自白》,闻礼华、金林鹏译,武汉:长江文艺出版社,2006 年。
帕金翰,大卫:《童年之死:在电子媒体时代成长的儿童》,张建中译,北京:华夏出版社,2005 年。
祁林:《电视文化的观念》,上海:复旦大学出版社,2006 年。
塞林格,J. D.:《麦田里的守望者》,施咸荣译,太原:北岳文艺出版社,2001 年。
申丹:《叙述学与小说文体学研究》(第三版),北京:北京大学出版社,2005 年。
斯皮勒,罗伯特·E.:《美国文学的周期》,王长荣译,上海:上海外语教育出版社,1990 年。
斯皮内里,杰里:《星妞》,陶咏译,南京:译林出版社,2004 年。
宋兆霖:《诺贝尔文学奖获奖作家访谈录》,杭州:浙江文艺出版社,2005 年。
孙建江:《20 世纪中国儿童文学导论》,南京:江苏少年儿童出版社,1995 年。
泰勒,查尔斯:《现代性之隐忧》,程炼译,北京:中央编译出版社,2001 年。
陶东风:《文体演变及其文化意味》,昆明:云南人民出版社,1994 年。
童庆柄、程正民主编:《文艺心理学》,北京:高等教育出版社,2001 年。
王德华、高希庚:《青年交往心理学》,湖南人民出版社,1988 年。
王家忠:《人性·社会·心灵——社会潜意识研究》,山东人民出版社,2006 年。
王泉根:《中国现代儿童文学主潮》,重庆:重庆出版社,2004 年。
韦勒克、沃伦:《文学理论》,刘象愚等译。北京:生活·读书·新知三联书店,1984 年。
谢弗,大卫:《发展心理学——儿童与青少年》(第六版),邹泓等译,北京:中国轻工业出版社,2005 年。

殷企平等:《英国小说批评史》,上海:上海外语教育出版社,2001 年。
詹姆逊,弗:"反乌托邦与后现代",王逢振译,《南方文坛》1997 年(3)。
张颖、杨千帆:"论辛顿新现实主义杰作中的浪漫主义色彩",《吉林师范大学学报》2005 年(2)。

作品名称中英文对照

（按作品出版年代排列）

《简·爱》(*Jane Eyre*, by Charlotte Bronte, 1847)
《维莱特》(*Villette*, by Charlotte Bronte, 1853)
《小妇人》(*Little Women*, by Louisa May Alcott, 1868)
《汤姆·索耶历险记》(*The Adventures of Tom Sawyer*, by Mark Twain, 1876)
《哈克贝利·芬历险记》(*The Adventures of Huckleberry Finn*, by Mark Twain, 1884)
《梅西知道多少》(*What Maisie Knew*, by Henry James, 1897)
《一个青年艺术家的画像》(*A Portait of an Artist as a Young Man*, by James Joyce, 1916)
《达洛维夫人》(*Mrs. Dalloway*, Virginia Woolf, 1925)
《海浪》(*The Waves*, by Virginia Woolf, 1931)
《家庭纽带》(*Family Ties*, by Clarice Lispector, 1944)
《坟墓的闯入者》(*Intruder in the Dust*, by William Faulkner, 1946)
《山狮》(*The Mountain Lion*, by Jean Stafford, 1947)
《麦田里的守望者》(*Catcher in the Rye*, by J. D. Salinger, 1951)
《看不见的人》(*Invisible Man*, by Ralph Ellison, 1952)
《莫德·玛莎》(*Maud Martha*, by Gwendolyin Brooks, 1953)
《社会中坚》(*Salt of the Earth*, by Herbert Biberman, 1953)
《棕色姑娘,棕色砖房》(*Brown Girl*, *Brownstones*, by Paule Marshall, 1959)
《杀死百舌鸟》(*To Kill A Mocking Bird*, by Harper Lee, 1961)
《钟形瓶》(*The Bell Jar*, by Sylvia Plath, 1963)
《黎明之屋》(*House Made of Dawn*, by N. Scott Momady, 1966)
《上帝的特选》(*The Chosen*, by Chaim Potok, 1966)

《局外人》(*The Outsiders*, by S. E. Hinton, 1967)
《对手》(*The Contender*, by Robert Lipsyte, 1967)
《克里斯蒂》(*Christy*, by Katherine Marshall, 1967)
《博·乔·琼斯先生和夫人》(*Mr. and Mrs. Bo Jo Jones*, by Ann Head, 1967)
《你从哪里来,将到何方去?》(*Where Are You Going, Where Have You Been?* by Joyce Carol Oates, 1967)
《猪人》(*The Pigman*, by Paul Zindel, 1968)
《清晨红色的天空》(*Red Sky at Morning*, by Richard Bradford, 1968)
《我的恋人,我的汉堡包》(*My Darling, My Hamburger*, by Paul Zindel, 1969)
《波特诺伊的抱怨》(*Portnoy's Complain*, by Roth Philip, 1969)
《保佑动物和孩子》(*Bless the Beasts and Children*, by Glendon Swarthout, 1970)
《最蓝的眼睛》(*The Bluest Eye*, by Toni Morrison, 1970)
《风中无信》(*No Promises in the Wind*, by Irene Hunt, 1970)
《我知道笼中鸟为何歌唱》(*I Know Why the Caged Bird Sings*, by Maya Angelou, 1970)
《那是过去,这是现在》(*That Was Then, This Is Now*, by S. E. Hinton, 1971)
《我们不能呼吸》(*We Can't Breathe*, by Ronald Fair, 1972)
《没有猪儿被宰杀的一天》(*A Day No Pigs Would Die*, by Robert N. Peck, 1972)
《我叫阿歇尔·列夫》(*My Name Is Asher Lev*, by Chaim Potok, 1972)
《妈妈、狼人和我》(*Mom, the Wolfman and Me*, by Norma Klein, 1972)
《朋友》(The Friends, by Rosa Guy, 1973)
《英雄无非三明治》(*A Hero Ain't Nothin' But a Sandiwich*, by Alice Childress, 1973)
《惧怕飞行》(*Fear of Flying*, by Erica Yong, 1973)
《秀拉》(*Sula*, by Toni Morrison, 1973)
《巧克力战争》(*The Chocolate War*, by Robert Cormier, 1974)
《起始之处》(*In the Beginning*, by Chaim Potok, 1975)

《少年小树的教育》(*The Eduducation of Little Tree*, by Forrest Carter, 1976)
《滚雷听到我的哭声》(*Roll of Thunder, Hear My Cry*, by Mildred D. Taylor, 1976.)
《平凡的人》(*Ordinary People*, by Judith Guest, 1976)
《通向特拉比西亚的桥》(*Bridge to Terabithia*, by Katherine Paterson, 1977)
《所罗门之歌》(*Song of Solomon*, by Toni Morrison, 1977)
《杀死格里芬先生》(*Killing Mr. Griffin*, by Lois Duncan, 1978)
《黛西之歌》(*Dicey's Song*, by Cynthia Voigt, 1982)
《紫色》(*The Purple Color*, by Alice Walker, 1982)
《假想的罪恶》(*Imaginary Crimes*, by Sheila Ballantyne, 1983)
《亲爱的汉修先生》(*Dear Mr. Henshaw*, by Beverly Cleary, 1983)
《芒果街的房子》(*The House On Mango Stree*, by Sandra Cisneros, 1984)
《侨居者》(*Resident Alien*, by Clark Blaise, 1986)
《喜福会》(*The Joy Luck Club*, Amy Tan, 1989)
《给星星编号》(*Number the Stars*, by Lois Lowry, 1989)
《唐老鸭》(*Donald Duk*, by Frank Chin, 1991)
《某个黑暗之处》(*Somewhere in the Darkness*, by Walter Dean Myers, 1992)
《轻松生活的护身符》(*Charms for the Easy Life*, by Kaye Gibbons, 1993)
《狐火——一个少女帮的自白》(*Foxfire: Confessions of a Girl Gang*, by Joyce Carol Oates, 1993)
《谁知我心》(*Crazy Lady*, by Jane Leslie Conly, 1993)
《传承者》(*The Giver*, by Lois Lowry, 1993)
《制作柠檬汁》(*Make Lemonade*, by Virginia E. Wolff, 1993)
《女孩》(*Girl*, by Blake Nelson, 1994)
《中国男孩》(*China Boy*, by Gus Lee, 1994)
《孤女流浪记》(*The Midwife's Apprentice*, by Karen Cushman, 1995)
《加利福尼亚蓝蝶》(*California Blue*, by David Klass, 1996)
《记忆中的鬼兄弟》(*Memories of My Ghost Brother*, by Heinz Insu Fenkl, 1996)
《相约星期六》(*The View from Saturday*, by E. L. Konigsburg, 1996)
《布鲁的麻烦》(*Blu's Hanging*, by Lois-Ann Yamanaka, 1997)
《远离芝加哥的地方》(*A Long Way From Chicago*, by Richard Peck, 1998)

《洞》(*The Hole*, by Louis Sachar, 1998)
《巴德,不是巴迪》(*Bud, Not Buddy*, by Christopher P. Curtis, 1999)
《讲述》(*Speaking*, by Laurie Halse Anderson, 1999)
《黎明之屋》(*House Made of Dawn*, by Momaday, N. Scott. 1999)
《收集蓝色》(*Gathering Blue*, by Lois Lowry , 2000)
《希望曾在此》(*Hope was Here*, by Joan Bauer, 2000)
《星妞》(*Stargirl*, by Jerry Spinelli, 2000)
《背井离乡的365天》(*A Year Down Yonder*, by Richard Peck, 2000)
《不想当公主的公主》(*The Princess Diaries*, by Meg Cabot, 2000)
《无家可归的小鸟》(*Homeless Bird*, by Gloria Whelan, 2000)
《彩虹女神哭泣的时候》(*When the Rainbow Goddess Wept*, by Cecilia Manguerra Brainard, 2001)
《信徒》(*True Believer*, by Virginia E. Wolff , 2001)
《蜜蜂的隐密生活》(*The Secret Life of Bees*, by Sue Monk Kidd, 2002)
《可爱的骨头》(*The Lovely Bones*, by Alice Sebold, 2002)
《不再青涩》(*Never So Green*, by Tim Johnston, 2002)
《公主日记:第三次好运》(*The Princess Diaries: Third Time Lucky*, by Meg Cabot, 2002)
《地球、我的屁股和其他又大又圆的东西》(*The Earth, My Butt, and Other Big Roung Things*, by Carolyn Mackler, 2003.)
《蒙布鲁的房客》(*The Tenants of Moonbloom*, by Edward Lewis Wallant, 2003)
《追风筝的人》(*The Kite Runner*, by Khaled Hosseini, 2003)
《无神论者》(*Godless*, by Pete Hautman, 2004.)
《青少年偶像》(*Teen Idol*, by Meg Cabot, 2004)
《第一学期》(*First Semester*, by Cecil B. Cross II, 2007)
《堕落》(*Falling*, by Doug Wilhelm, 2007)
《隔壁的男孩》(*The Boys Next Door*, by Jennifer Echols, 2007)
《总有一天伤痛会对你有用》(*Someday This Pain Will Be Useful to You*, by Peter Cameron, 2007)
《众神的气味》(*The Scent of the Gods*, by Fiona Cheong, 2010)